Eva Klingler
Blaublut

Zu diesem Buch
In drei Mordfällen half sie der Polizei auf die Sprünge, und das ist nun der Dank: Bei Ex-Freund Melchior und Kommissarin Elfie läuten die Hochzeitsglocken. Die Ahnenforscherin Maren Mainhardt hat das Detektivspielen satt.

Doch dann bittet sie der rüstige Rentner Herr Konrad um Hilfe und Maren stolpert buchstäblich über eine Leiche. Dabei entdeckt sie auch noch den entscheidenden Hinweis. Und die resolute Kommissarin Karina Ix, Elfies Konkurrentin, bezieht Maren kurzerhand in die Ermittlungen mit ein. Ausgangspunkt sind eine Aktentasche und ihr geheimnisvoller Inhalt, unter anderem eine verschlüsselte Botschaft ...

Sind Herr Konrad und die Senioren seiner Laienschauspielgruppe *Badisch Art* wirklich so harmlos? Oder gehört der Mörder zu den Baden-Fanatikern des Vereins Badische Freiheit?

Alle Spuren scheinen im Sande zu verlaufen.

Monate später ist der Fall noch immer ungelöst. Während die Polizei von einem Raubmord ausgeht, ist Maren längst mit anderen Dingen beschäftigt: Sie engagiert sich in Sachen Handschriftenstreit und forscht im Auftrag ihrer Freundin Marie Lasalle nach einem alten Kindersarg, der ebenfalls mit dem Haus Baden in Verbindung zu stehen scheint. Doch bei ihren Recherchen zur Grablege in Pforzheim stößt Maren auf eine Mauer des Schweigens – und immer wieder auf einen Namen: Kaspar Hauser ...

In ihrem vierten Maren-Mainhardt-Krimi verknüpft die Autorin Eva Klingler geschickt alle Fäden und sorgt so für Hochspannung bis zum überraschenden Showdown.

Die Autorin
Eva Klingler, geboren 1955, ist Journalistin und Autorin. Sie arbeitete als Redakteurin beim SWR und für verschiedene Tageszeitungen und veröffentlichte bisher zahlreiche Romane und Kurzgeschichten. In der Maren-Mainhardt-Reihe sind im G.Braun Buchverlag die Bände »Erbsünde«, »Blutrache« und »Kreuzwege« erschienen.

Eva Klingler

BLAUBLUT

Ein badischer Krimi

G. Braun Buchverlag

Prolog

Alles endete damit, dass ich zu der Hochzeit meines Ex-Freundes Melchior und Kriminalkommissarin Elfie Kohlschröter mit halbiertem Kopf erschien. Eine Seite frisch geschnitten, die andere von der Friseurschere noch verschont. Das mag eigenartig klingen, aber wer wartet schon geduldig auf dem Friseurstuhl, bis er fertig ist, wenn er gerade in das Auge eines Mörders blickt?

Doch vielleicht erzähle ich die Geschichte besser von Anfang an. Diese ganze merkwürdige Sache um einen ungeplanten Mord, einen Diebstahl und ein Kind, das seit fast 200 Jahren tot war, begann mit Marie, meiner neuen Bekanntschaft aus bestem Hause.

Der eigentliche Auslöser war jedoch der Besuch von Sigurd Konrad, einem älteren Herrn, der unweit von mir in der bunt zusammengewürfelten Karlsruher Südstadt lebte ...

ERSTER TEIL
Frühjahr 2007

1. Kapitel

An einem kühlen Nachmittag tauchte besagter Herr Konrad überraschend bei mir auf und bat mich um Hilfe.

Über gelegentliche kurze Straßengespräche mit den für ihn typischen launigen Andekdötchen waren wir bisher eigentlich nicht hinausgekommen. Ich wusste, dass er auch einen Hund hatte, den er allerdings zu ganz anderen Zeiten ausführte wie ich den meinen. Greif war ein uralter, noch ziemlich imposanter Schäferhund, der vom Typ her eigentlich nicht zu seinem Herrchen passte. Herr Konrad hatte mir bei einer Begegnung auf dem mageren Grünstreifen, der die Häuserschluchten der Südstadt durchschneidet, erzählt, der Hund sei vakant geworden, als seine Tochter der Liebe wegen nach Osaka gezogen sei, wo die Haltung eines deutschen Schäferhundes undenkbar sei.

Nessie, mein frecher Minitierheimköter, erkannte in dem sich jetzt langsam die Treppe hinaufschraubenden Herrn Konrad die andere Hälfte von Greif und knurrte ihn von der obersten Stufe aus giftig an.

»Darf ich hereinkommen, Frau Mainhardt?« Herr Konrad bog um die letzte Kurve und deutete vor meiner Tür eine leicht atemlose, aber formvollendete Verbeugung an.

Superlockeres Lächeln meinerseits. Lebensgefühl Wohngemeinschaft. Leute klingeln, kommen rein, kriegen Kaffee – alles total offen und easy. Keine Vereinsamung in einer misstrauisch erkalteten Welt. So gut, so schön die Träume.

Die Realität ist allerdings, dass ich alleine lebe und eigentlich keine unangekündigten Besucher mag. Dennoch sagte ich heuchlerisch: »Natürlich. Gerne.«

Herr Konrad war ein mit rheinischem Humor ausgestatteter Mensch, der seinen runden Bauch und sein angedeutetes Doppelkinn wie Prädikatsmerkmale trug. In dem immer zum Schmunzeln aufgelegten Gesicht blinkerten zwei dazu passende weinselige Äuglein, die den in die Jahre gekommenen Casanova verrieten.

Sein eisengraues Haar mit jugendlichem Schnitt war noch voll. Entweder suchte er ein Sonnenstudio auf, oder er war von Natur aus braun gebrannt – jedenfalls war er von gesunder Farbe und zu dem sympathischen Eindruck, den er vermittelte, passte es auch, dass er nahezu immer mit Birkenstocksandalen herumlief, zwischen deren Riemchen rustikale graue oder braune Socken hervorlugten. Er war nicht besonders groß, sprach mit gutturaler Stimme und die Betonung seiner Sätze ließ immer vermuten, er stehe unmittelbar davor, einen Witz zu erzählen.

Herr Konrad hatte vermutlich bessere Zeiten gesehen. Dafür sprachen der gepflegte alte Mercedes, mit dem er recht zackig fuhr, seine hochwertigen Pullover, Hemden und Jacketts, seine guten Umgangsformen sowie die Tatsache, dass er lateinische und griechische Wendungen in seine Sätze einzuflechten pflegte. Kurzum – im sozialen Gefüge der Südstadt war er ein Exot und damit auch prädestiniert, Kunde in Theos Antiquariat zu sein. Besonders nahe standen sich die beiden allerdings nicht. Zu all den positiven Eigenschaften des Herrn Konrad gesellten sich zwei negativ angehauchte Facetten: Er neigte zum ausschweifenden Erzählen und dabei zur Besserwisserei – beides Eigenschaften, die mein verschrobener, unsportlicher Freund Theo ebenfalls verkörperte.

»Entschuldigen Sie die Unordnung hier, bitte. Ich bin heute nämlich noch nicht dazu gekommen ...« Mein Gott, ich hörte mich schon an wie meine eigene Mutter. Gleich würde ich anfangen, die Kissen aufzuschütteln. Mit einem resignierten »Am besten ist es noch in der Küche« stieß ich die Tür zu meinem erklärten Lieblingsraum auf.

Wenn man bei mir noch von Lieblingsraum sprechen konnte, denn bereits seit einiger Zeit fühlte ich mich nicht mehr wohl in meinem Zuhause. Alles in mir verlangte nach Veränderung. Tatsächlich hatte ich darüber nachgedacht, mich im Herbst um eine der freundlichen Wohnungen in Rüppurr und damit im Grünen zu bewerben. Lediglich die räumliche Nähe zu meinem spießigen Dauerverehrer Matthias samt seinem unansehnlichen Kater Herbert, die ebenfalls dort zu Hause waren, hatten mich bisher davon abgehalten. Matthias hatte das Ende meiner von Anfang an problematischen Beziehung mit Kripokommissar Melchior Oberst aus Freiburg, dem ewig ironischen Schweigsamen, mit Genugtuung gesehen und eine neue Chance für sich gewittert. Zumal seine ohnehin ominöse Liebschaft mit einer mir unbekannt gebliebenen Frauensperson ebenfalls beendet schien. Doch ebenso wie Theo hatte Matthias keine Aussichten, mehr als ein platonischer Freund zu werden. Mein Liebesleben musste ich zunächst einmal ruhen lassen und dann auf Neustart stellen. Der 21. Oktober, mein herannahender vierzigster Geburtstag, schien mir dafür der richtige Zeitpunkt.

»Ach, das stört mich nicht«, knarrte Herr Konrad tolerant. »Äußere Ordnung war mir nie wichtig. Meine Frauen waren alle keine perfekten Haushälterinnen.«

Meine Frauen? Aus dem Mund eines älteren Herrn hörte sich das seltsam an. Mochte Herr Konrad auch ein Schlitzohr sein, so sprachen Witwer normalerweise in zarter Wehmut von *einer* Frau, aber nicht gleich von mehreren.

Er bemerkte meine Verwirrung, seufzte, hob die Schultern und ein Anflug von Kummer zog über sein heiteres Gesicht. »Ich hatte Pech. Mehrmals schreckliches Pech. Aber das ist ein anderes Thema und deshalb bin ich bestimmt nicht zu Ihnen gekommen.«

»Ich hatte auch mehrmals Pech«, versetzte ich trocken.

»*Meine* Frauen sind aber alle gestorben«, gab Herr Konrad gelassen zum Besten.

Meine Ex-Freunde nicht. Sie leben noch munter und vergnügt, dachte ich mit wachsender Verbitterung. Vor allem, wenn ich an Melchior dachte. Durch einen Mordfall waren wir uns nahe gekommen – wenn man dieses Wort für Melchior überhaupt anwenden konnte – und durch einen weiteren Mordfall hatte ich ihn wieder verloren.

Herrn Konrads Frauen waren also allesamt gestorben? Ein bisschen unheimlich. Ich wusste nicht, was man auf so etwas üblicherweise sagte. Schweigen kehrte ein.

»Ach, da ist ja ihr reizender kleiner Hund. Wie heißt er eigentlich?«

»Nessie. Nach dem Monster.« Der reizende kleine Hund begab sich in eine dekorative Hundestellung mit ausgestreckten Pfoten und betrachtete den Besucher forschend.

»Mein Hund ist mir manchmal eine Belastung. Ich habe so viele Verpflichtungen.« Herr Konrad schmunzelte leicht selbstgefällig. »Seit ich Rentner bin, führe ich erstmalig einen Terminkalender.«

Instinktiv schielte ich nach seiner Jackentasche. »Nein, nein, in Outlook natürlich«, korrigierte er mich heiter. »Bei mir läuft der Rechner Tag und Nacht.«

Ich wies auf einen Küchenstuhl. Wieder eine Illusion weniger. Wo waren die alten Herren, die keinen Vornamen hatten außer Opa und die ihren zahlreichen Enkeln zeigten, wie man Stöcke schnitzte und Fährten im Wald erkannte? Heute hat Opa Outlook, trägt Jeans und weigert sich einfach, zum alten Eisen zu gehören.

Herr Konrad hüpfte beinahe auf den ihm zugewiesenen Stuhl. Trotz des Schicksals mehrerer wie auch immer verlorener Gattinnen schien er sich sein frohes Gemüt bewahrt zu haben.

»Ich bin auch sehr beschäftigt. Gebe Lateinnachhilfe bis zum Abitur. Das hält jung.« Kicherte.

»Außerdem habe ich meine Theatergruppe, die *Badisch Art*. Früher nannte sie sich *Die Graureiher*, aber einige von uns fanden, wir sollten das Badische in unserer Arbeit stärker hervorheben. Regionalisierung in Zeiten der Globalisierung, verstehen Sie? Wir sind wieder stolz, Badener zu sein. Auch, wenn – wie bereits Stéphanie sagte – dem Land ein wenig ›embonpoint‹ fehlt.«

Fragezeichen: Wer war in diesem Zusammenhang Stéphanie, und was bedeutete ›embonpoint‹?

»Unser Land ist halt ein schmales Handtüchle, und als Stieftochter Napoleons war sie natürlich etwas anderes gewohnt.« Ich schwieg. *Die* Stéphanie. Natürlich. Die Stephanienstraße in Baden-Baden. Das Stephanienbad an der Alb.

»Und dann spiele ich Schach ... Sie auch? Ein schönes Schachrätsel lenkt von allen Sorgen ab.«

Ich musste unteres Mittelmaß in dieser Sportart eingestehen. Herr Konrad lachte wieder sein gutturales, lebensbejahendes Lachen. Ich konnte mir denken, dass er durchaus noch Chancen bei den Damen hatte. Er gehörte jener Generation an, in der sich die Ehemänner früh in eine bessere Welt geflüchtet hatten und zahlreiche besterhaltene Witwen mit Pensionen, Führerschein und Eigentumswohnung zurückgelassen hatten. Flotte Witwen, die sich weigerten, auf dem Abstellgleis zu warten, bis es Zeit fürs Pflegeheim war. Die sich eben *keinen* Dackel anschafften, damit sie jemand zu füttern hatten, die *nicht* Trauer trugen und keineswegs in Bad Reichenhall unter den langweiligen Salinen wandelten, sondern in die USA flogen. Dazu passte Herr Konrad nicht schlecht.

»Ich will aber jetzt mal zum Wesentlichen kommen.« Wenn bei mir jemand aus der Nachbarschaft zum Wesentlichen kommt, will er meistens eine preiswerte Ahnentafel haben. Und Herr Konrad war genau in dem Alter, in dem die Leute anfangen, mangels allzu viel Zukunft die Vergangenheit aufzubereiten.

Im Geiste überlegte ich mir bereits, wie ich das mit dem Honorar handhaben sollte. Seltsam eigentlich, dass man bei Nachbarn – also Leuten, die in der gleichen Straße einkaufen und im gleichen Supermarkt verkehren – geneigt ist, günstigere Tarife anzusetzen. Nicht gerade den für Freunde und Verwandte, sondern irgendwas zwischen normal und Verwandtschaft. Nachbarschaftstarif eben. Offenbar ein Rest alten Territorialdenkens.

Misstrauisch schielte ich nach seiner Tasche. Aus der würden jetzt die Stammbäume hervorkommen. Doch er hatte gar keine Tasche bei sich. Ich wartete. Herr Konrad wechselte die Anrede. »Frau Maren, Sie waren doch schon erfolgreich in Kriminalfälle verwickelt?«

Die Frage »Woher wissen Sie das?« käme meiner Freund- / Feindin Kriminalhauptkommissarin Elfie Kohlschröter jetzt vielleicht wie von selbst von den misstrauischen Lippen, doch ich sparte sie mir. Jeder hier bei mir im Viertel wusste inzwischen von meinen Abenteuern, obwohl mir gerade bei den letzten beiden keine entscheidende Rolle zugefallen war. Ich hatte die Mörder nicht gefunden – die Mörder hatten sich wie von selbst in meine Richtung begeben. Oder besser gesagt: Unsere Wege hatten sich zu einem für die Mörder ungünstigen Zeitpunkt gekreuzt.

»Erfolgreich? Wie man es nimmt, Herr Konrad. Da wird manches überbewertet«, wehrte ich bescheiden ab. Dann, scherzhaft locker: »Aber ich hoffe, Sie sind *nicht* in einen Kriminalfall verwickelt. Zumindest sehen Sie nicht wie ein Verbrecher aus.«

Dumme Bemerkung. Und unwahr, wenn ich an meine zurückliegenden Fälle dachte. Die Mörder hatten alle nicht wie Mörder ausgesehen. Man wäre mit jedem einzelnen von ihnen bedenkenlos nachts durch den Schlosspark gegangen und hätte sich dabei wohl gefühlt.

»Nicht, dass ich wüsste«, meinte Herr Konrad jetzt nachdenklicher, »aber die Sache ist einfach etwas seltsam.«

Ich fror ein verbindliches Lächeln ein und wartete.

»Ich habe nämlich das Gefühl, ich werde verfolgt.« »Verfolgt?« »Ja. Es ist, als beobachte mich jemand.«

Ich musterte Konrad interessiert und überrascht. Leute, die meinen, jemand beobachte sie, sind manchmal verrückt. Leiden an Verfolgungswahn. Das fällt nicht in mein Tätigkeitsgebiet. Von dem gemütlich-charmanten Herrn Konrad hätte ich so etwas allerdings nicht erwartet.

»Jetzt auch?«, erkundigte ich mich vorsichtig und sanft.

»Nein, jetzt nicht. Nicht bei Ihnen hier. Wie auch? Aber sonst. Wenn ich auf der Straße laufe, wenn ich ins Haus gehe. Ich wohne im dritten Stock, und wenn ich meine Wohnungstür aufschließe – das dauert, denn ich habe ein ziemlich kompliziertes Sicherheitsschloss wegen meiner wertvollen Sammlung alter Schachspiele – dann habe ich einfach das Gefühl, unten Schritte zu hören. Oder die Eingangstüre klappt zu. Ich versuche mir zu sagen: ›Das bildest du dir ein!‹ Aber es stimmt. Ich kann es nicht beschreiben, doch ich bin sicher. Es ist, als wandere man im Gebirge, und hoch über einem schwebte die ganze Zeit ein Raubvogel, der einen beobachtet. Vielleicht sollte man das nicht so ernst nehmen, vor allem, weil es erst seit kurzem so geht, aber es ist, ja, es ist ... einfach ein bedrohliches Gefühl.«

Beeindruckender Vergleich.

»Haben Sie denn jemals jemanden bemerkt, der ihnen nachschlich oder auflauerte ...?«

Herr Konrad schüttelte das Haupt mit dem noch immer vollen Haar. »Nein, nein. Niemand gesehen, obwohl ich mich genauso verhalten habe wie die Verfolgten in den amerikanischen Krimis. Plötzlich stehen geblieben. Umgedreht. Um eine Ecke verschwunden und direkt dahinter gewartet. Nichts und niemand. Und doch ist es so: Jemand schleicht mir nach.«

Ich räusperte mich taktvoll. Herr Konrad war schließlich nicht mehr der Jüngste.

»Und es wäre nicht möglich, dass Sie sich täuschen? Ich meine, so etwas ergibt sich doch leicht. Man kommt heim, war eingeladen, es war lustig, man hat ein oder zwei Gläschen getrunken ...« Ich lachte, um meinen Worten jeglichen Anflug von Kritik zu rauben. »Also, dann kann es mir auch passieren, dass ich Schritte höre.«

Herr Konrad straffte seinen barocken Körper. »Mir nicht«, erwiderte er mit unerwarteter Schärfe. »Das, was ich trinke, vertrage ich auch. Ich stamme aus Koblenz und bin mit Rheinwein getauft, und meine Kommunion wurde mit Moselwein begossen!«

»Natürlich.« Ich wusste nicht recht weiter. Dies hier war eine neue

Rolle. Dreimal war ich auf eigenartige und zufällige Weise in Mordfälle geraten. Vielleicht war es beim dritten Mal kein reiner Zufall mehr gewesen, denn Elfie Kohlschröter, von mir seit ihrer einige Wochen alten Verlobung mit Melchior kurz ›die Schlange‹ genannt, hatte mich in gewissem Sinne um Hilfe gebeten. Bei großzügiger Auslegung. Allerdings nur, um ihrer gleichgestellten Rivalin im Dienst, der mir bis heute unbekannten Karina Ix, zuvorzukommen ... Beide Damen kämpften offenbar seit einiger Zeit um eine für mich nicht sonderlich durchschaubare Beförderung. Wenn ich mich recht erinnerte die zur Ersten Kriminalkommissarin. Die Zeiten zwischen den Ermittlungen hatte Elfie sinnvoll dazu genutzt, mit meinem Freund Melchior auf dem Jakobsweg zu wandern und sich mit ihm enger anzufreunden. Das Ergebnis dieser engen Freundschaft würde Ende September gefeiert werden. Elfie und Melchior. Melchior, der sich in etwa so mühsam öffnen ließ wie eine verkrampfte Muschel und dessen verschlossene Art trotzdem zum Weiterversuchen reizte. Und in den ich vielleicht immer noch verliebt war.

Ich verdrängte den Gedanken.

Hier bat mich also erstmals jemand von sich aus um detektivische Hilfe. Deshalb betrachtete ich Herrn Konrad wohlwollender und mit neuem Interesse.

Nahmen wir an, er litt nicht an Verfolgungswahn, an Alkoholismus, an Demenz. Auch, dass er sich nur wichtig machen wollte oder unter einem Vorwand meine Gesellschaft suchte, mochte ich nicht recht glauben. War demnach ein Korn Wahrheit an seinem Verdacht?

Also fragte ich, was die Leute in den Kriminalfilmen immer fragen und was er ja wohl auch von mir erwartete: »Haben Sie eine Vorstellung, warum jemand Sie in dieser Weise bedrängen könnte?«

»Ach, bedrängen ...«, Herr Konrad wehrte gekonnt bescheiden ab, »bedrängen möchten mich schon einige. Ich bin vierundsiebzig und damit ein Übriggebliebener in einer Welt voller Witwen.« Ich muss wohl erstaunt ausgesehen haben, denn er fühlte sich bemüßigt zu erläutern: »Die Wissenschaftler haben ausgerechnet, dass ein Mädchen, das heute in Japan geboren wird, hundert Jahre alt werden wird. Medizin. Vorsorge. Technik. Ob sich's dort lohnt, weiß ich allerdings nicht.«

Eine kleine Pause. »Nicht nur statistisch, sondern auch im alltäglichen Leben kommen auf einen wie mich zehn muntere Witwen. Ich finde in unserer Theatergruppe mehr Anwärterinnen auf weibliche

Rollen als die Weltliteratur hergibt. Besonders lange muss ich suchen, bis ich ein Stück mit vielen Damenrollen im mittleren Alter gefunden habe. Oftmals schreiben wir dann einfach ein neues Stück oder bauen einzelne Szenen um.«

Nun musterte ich ihn eher mürrisch. An Orten, die tendenziell der Partnersuche dienen, gibt es immer mehr Frauen. Schon in der Tanzschule hatte ich den Eindruck gehabt, es gäbe mehr Mädels, die auf ihren Stühlchen saßen und warteten als Jungs, die zum Tanzen aufforderten. Dabei war die Zahl genau ausgewogen gewesen, doch aus irgendeinem Grunde hatte man immer nur die Mädchen bemerkt. Vielleicht auch deshalb, weil sich etliche 16-jährige Tänzer auf die Herrentoilette zurückgezogen hatten, um in aller Seelenruhe Skat zu spielen.

Ich kehrte zu dem ersten Kriminalfall zurück, der mir ins Haus geschneit war und nicht umgekehrt. »Sie haben sich also plötzlich umgesehen? Und da war wirklich niemals eine bekannte oder verdächtige Person in der Nähe?«

Er schüttelte das imposante Löwenhaupt. »Nein. Ich habe natürlich auf Leute geachtet, die für so eine Sache in Frage kommen. Junge Männer, Typ Bodyguard. Oder Ladies, Typ Flittchen!« Gutturales Lachen. Kennerblick mit Augenzwinkern.

Ich ermahnte ihn vorsichtig: »Aus meiner Erfahrung weiß ich, dass man sich da sehr täuschen kann. Auch eine ältere Dame könnte theoretisch jemanden beschatten.«

»Na, das weiß ich wohl. Ich sag Ihnen doch, ältere Mädchen verfolgen mich genug. Und manch eine sieht gar nicht mal schlecht aus!« Wieder das vielsagende Grinsen. Jetzt übertrieb er es mit der Nonchalance ein wenig.

Ich wiederholte etwas hilflos: »Aus was für einem Grund könnte jemand Sie beschatten?«

»Ich habe keine Ahnung. Ich dachte, vielleicht können Sie mal hinter mir herlaufen.«

Er zwinkerte. »Natürlich nur *so!* Ansonsten haben wir zwei ja nichts miteinander.«

»Ob das nicht auffällt?«, gab ich zu bedenken. »Ich bin ziemlich bekannt in unserem Viertel, und wenn tatsächlich ein Profi Sie observiert, würde er mich schnell bemerken. Ich denke, wenn Sie sich ernsthaft bedroht fühlen, sollten Sie zur Polizei gehen.«

Jetzt änderte sich die Stimmung schlagartig. »Zur Polizei?« Auf Herrn Konrads Gesicht erschien das typische Misstrauen und jener abweisende Ausdruck, welcher der Erwähnung der Polizei meistens folgt.

»Ja. Ich kenne da – jemanden.« Aus meiner Freundin Elfie war ein anonymer ›Jemand‹ geworden. Eigentlich schade. Mann verloren, Freundin verloren.

Er straffte sich. »Das muss ich mir erst mal überlegen. Ist ja nicht lebensbedrohlich, das Ganze, oder? Und ich habe ja meinen Hund.«

Ich dachte nach. Welche Frage könnte ich noch stellen, um meinem Ruf gerecht zu werden?

»Wie lange«, das war eine gute Frage, »haben Sie denn schon dieses Gefühl, verfolgt zu werden?«

Herr Konrad dachte nach. »Noch nicht lange. Seit gestern. Ja, erst seit gestern.« Er stand auf, ernster geworden. Offenbar war ihm erst durch die Erwähnung des Wortes Polizei klar geworden, dass er einen handfesten Verdacht vorgebracht hatte.

Auch mir war etwas klar geworden. »Noch einmal: Hatten Sie auch das Gefühl gehabt, beschattet zu werden, als Sie jetzt zu mir gingen?«

Herr Konrad dachte nach. »Ja. Ja, ich glaube schon.« Und dann traten wir beide ans Fenster. Aber inmitten der üblichen Szenerie – alte Leute, junge Leute, Hunde, zwei Tauben, eine Art Rabenvogel und eine Katze, die ihn observierte – sahen wir nichts Verdächtiges. Da unten entfaltete sich das normale alltägliche Großstadtleben, das mir hier immer so gut gefallen hatte.

Als ich kürzlich im Internet nach den Wohnungsangeboten in der Rüppurrer Gartenstadt geschaut hatte, war ich mir wie ein Verräter an meinem Viertel vorgekommen. Rosenweg! Irisweg! Sicher befiel einen jedes Mal gute Laune, wenn man seine Adresse nannte.

Meine Zeit in der Südstadt mit Multikulti, Spätheimkehrern und einer Kneipendichte wie in Rüsselsheim war abgelaufen. Es wurde Zeit, etwas zu verändern. Zeit zu akzeptieren, dass Elfie und Melchior beschlossen hatten, ihre Macken unter einem Dach und einem Namen zu vereinen. Sonst kam ich mit mir selbst nicht weiter.

Vielleicht hatte der alte Herr Konrad Recht, und ich sollte tatsächlich Schach spielen lernen. Zwar hatte ich es bisher nicht besonders weit gebracht in dieser Kunst, doch Herr Konrad hatte darauf hingewiesen, dass man alles andere vergessen könne, wenn man sich nur mit dem Lauf des Königs, der Dame und ihrer Untergebenen auseinander setzte. Ich beschloss, gelegentlich die Stadtbibliothek aufzusuchen, um mir ein Schachbuch auszuleihen. Erst musste ich allerdings die Mahngebühr verkraften, die ich dort für das langfristig ausgeliehene Werk ›Wie liebt man einen schwierigen Mann?‹ zu entrichten gehabt hatte. Für die Mahnsumme hätte ich das Buch glatt zweimal kaufen können.

Noch schlimmer ist es allerdings, wenn man ein Buch in der von mir verehrten Landesbibliothek ausleiht und dann verliert. Nicht nur musst du das Buch bezahlen, nein, du musst es in genau der Version ersetzen, in der es dort geführt wurde. Kann schwierig sein. Der Stadtführer Baden-Baden von 1952 etwa war nur noch zu Lasten des gesamten Weihnachtsgeldes meiner Patentante zu erstehen gewesen. Sie halten verdammt viel von Originalausgaben in der Landesbibliothek.

Zurück in die Gegenwart und zu Herrn Konrad, der noch immer auf meinen Rat wartete.

Wenig überzeugend äußerte ich: »Ja, dann müssen wir einfach abwarten, was passiert. Wenn Sie nicht zur Polizei gehen wollen, bleiben uns wenig Mittel.«

Wir schwiegen beide. Er kraulte sich am Kopf. Ein Büschel grauen Haares stand danach wie ein Teufelshörnchen ab.

»*Warum* sollte mich eigentlich jemand beobachten? Ich bin ein normaler Bürger. Ein normaler Mann. Ich habe keine Eheversprechen laufen und kein Mädel hat Sorgen wegen mir. Das ist vorbei.«

»Sorgen?« »Na ja …« Er deutete eine Wölbung an seinem Bauch an, eine Wölbung, die tatsächlich da war. Trotzdem wusste ich, was er meinte.

»Ich weiß nicht, was Sie im Alltag tun, Herr Konrad! Und ob es da Dinge gibt, die einen Beschatter auf den Plan rufen.« Eigentlich wollte ich ihn jetzt los sein. *So* besonders sympathisch fand ich den in die Jahre gekommenen Schwerenöter plötzlich nicht mehr.

Er schien das zu spüren und stand auf. »Also, ich werde noch einen Tag abwarten und dann gehe ich vielleicht wirklich zur Polizei.« Es klang so, als tue er mir und der Polizei damit einen Gefallen. Innerlich zuckte ich mit den Achseln, aber mein Gesicht lächelte dabei. Ich bin freiberuflich. Ahnenforscherin. Habe mit zahlenden Kunden zu tun. Zur Auftragsbestätigung gehört ein Lächeln einfach dazu.

Herr Konrad ging, und ich stellte mein Lächeln ab.

2. Kapitel

Die Anrufe von Elfie Kohlschröter hatte ich in letzter Zeit immer unbeantwortet gelassen. Wie gesagt, ich war neidisch auf ihr neues Glück,und Neid ist keine gute Gesprächsbasis unter Frauen. Während meiner ganzen Beziehung mit Melchior hatte ich im Grunde gewusst, dass etwas nicht stimmte. Ich war nie auf diese unschuldige Weise glücklich gewesen, welche die erste Zeit des Verliebtseins normalerweise begleitet. Es waren immer Zweifel da gewesen: Einmal bei mir, dann bei ihm. Vielleicht hatte mich Elfie vor einem folgenschweren Fehler bewahrt. Tapfer versuchte ich, die Dinge so zu sehen.

Wenn sie heute anriefe, würde ich also abnehmen. Wer sagte denn, dass es nur eine bestimmte Menge Glück auf der Welt zu verteilen gab und wenn Elfie glücklich war, konnte ich es nicht werden, weil alles bereits aufgebraucht war? Theoretisch konnten wir beide etwas davon abbekommen.

Reife Gedanken. Aber schließlich kann man sich mit beinahe vierzig nicht mehr benehmen wie eine Fünfzehnjährige, die ein Anrecht auf kindisches Verhalten hat und ›Elfie, du gans gemeine Schlampe‹ mit Straßenmalkreide und falscher Orthographie an einen Brückenpfeiler malen darf.

Stattdessen würde ich jetzt sehr erwachsen in die Badische Landesbibliothek gehen und das Wappen der Oehlschlägers heraussuchen. Die Oehlschlägers waren eine nette, vielköpfige Familie, die mit mehreren Generationen eine wagenburgartige Häusergruppe in Knielingen bewohnte. Einzelne Mitglieder der Sippe kannte ich aus der Hundeschule, die Nessie mit wenig Erfolg besucht hatte. Irgendwo im Gestrüpp der Verwandtschaft hatte man sich in den Kopf gesetzt, für einen runden Geburtstag eine Torte mit dem Wappen darauf zu servieren. Natürlich hatte ich den Leuten fairerweise vorgeschlagen, selbst in die Landesbibliothek zu gehen – sie würden in diesem Falle das Honorar für mich sparen – doch sie hatten mich angeschaut, als habe ich sie aufgefordert, das Bundeskanzleramt aufzusuchen. Die Badische Landesbibliothek mit ihrer klaren Strenge schreckt ab und ist für den Normalbürger nicht das Gleiche wie die Stadtbibliothek. An die hat man sich schon als Kindergartenkind gewöhnen können, wenn es in der Gruppe zum Märchenhören ins Prinz-Max-Palais ging, und man wächst dann so automatisch mit seinen Lebensphasen aus der Kinderbibliothek heraus und in die Stadtbibliothek hinein: ›Ausbildungsberufe von A-Z‹, dann ›Tischdekoration mit bunten Hochzeitsmotiven‹, später ›Das weihnachtliche Haus‹. Irgendwann vielleicht ›Schwangerschaft und Stillzeit‹. Dann unweigerlich ›Sinnvoll die Rente gestalten‹, dazu ›Junge Katzen erziehen und verstehen‹, vielleicht ›Häkeln‹, ›Schach‹ oder ›Bridge‹, und schließlich ›Neue Formen der Bestattung‹.

Ich aber liebte die Landesbibliothek und besonders den Lesesaal im ersten Stock. Dort stand auch das Wappenbuch, in dem ich Oehlschlägers problemlos finden würde, denn ein Wappen hat fast jeder Name, zu dem sich jemand mal ein Bild ausgedacht hat. Es ist nichts Adeliges und auch nichts Besonderes, was viele meiner Kunden aber nicht wissen. Wenn ich ihnen das kopierte Bild auf gutem Papier überreiche, sind sie stolz und freigebig.

Ich betrat die heiligen Hallen. Sperrte Handy und Geld ins Schließfach. Die Welt bleibt draußen, und ich gehe auf in der reinen Welt des Geistes und des Wissens. Und nicht nur das. Die Badische Landesbibliothek hatte mir vor drei Monaten – daran musste ich heute wieder denken – immerhin eine neue Freundin beschert: Marie Lasalle!

Eigentlich hatte Maries und meine Freundschaft mit einem echten Anmachersatz begonnen …

»Könnten Sie mir Ihren Kugelschreiber ganz kurz leihen, bitte?«
Ich las damals gerade etwas über die Waldenserdörfer im Kraichgau nach. Die Frau neben mir, ein wenig jünger als ich, kratzte verzweifelt mit ihrem Füller auf einem Stück Papier herum. Die goldene Feder spreizte sich bedenklich, als sie auf das Blatt gedrückt wurde. Sie gab jedoch trotzdem keinerlei Tinte mehr von sich.

Wer schrieb heutzutage überhaupt noch mit einem Füller? In der Badischen Landesbibliothek triumphieren sowieso die Laptops. Je winziger desto besser. Vor allem die zahlreichen Asiaten tippen bienenfleißig auf Tastaturen in Postkartenformat herum.

»Danke. Ich will nur diese Signatur hier notieren. Normalerweise würde ich eine Ersatzpatrone mit mir führen«, die Frau sprach in betontem Hochdeutsch, »doch heute könnte ich sie wohl vergessen haben.«

Ich betrachtete zuerst den Füller, dann das Buch, dessen Signatur sich die Frau notiert hatte, und dann die Frau selbst. Das Einzige, was an diesen drei Gegenständen *nicht* edel war, war das Buch. Der Füller war bestimmt teuer gewesen. Gewisse Bestandteile an ihm glänzten in einem satten dunklen Gelb, das verdächtig nach Echtgold aussah. Die Frau war ebenfalls teuer angezogen. Aber es war nicht nur das. Elfie Kohlschröter hatte auch immer sehr korrekt, solide und zusammenpassend eingekauft, doch die Garderobe hatte an ihr in letzter Zeit manchmal gewirkt, als habe sich eine stellvertretende Stationsschwester ausgehfein gemacht.

Es gibt diesen ganz bestimmten Frauentyp, an dem die Sachen so hängen, als habe der Designer beim Entwerfen ihr Foto neben dem Zeichenbrett gehabt.

Diese hier war stilsicher genau so angezogen, wie es sich für einen Vormittag in der BLB gehörte. Teure Jeans in dezentem Beige. Braune Wildledersneaker. Eine Lederjacke. Ein hellbraunes T-Shirt mit der Aufschrift ›California State University‹. Ein ledernes Mäppchen für ihren Füller. Die Uhr: braunes Armband. Eher sportlich. Nur ein schmaler Goldreif am Arm und das gleiche Design als Ring am Finger. Understatement vom Feinsten.

Ihr dunkelblondes Haar hatte sie mit einer Hornspange zu einer Art Pferdeschwanz gequetscht, und sie war nur leicht geschminkt.

Das Buch, dessen Titel sie sich da gerade notierte, hatte es ebenfalls in sich: »Der Adel im Südwestdeutschland des 19. Jahrhunderts«. Wahrscheinlich eine Studentin, die sich aus welchen Gründen auch immer mit diesem irrsinnig relevanten und spannenden Thema abgab. Für eine Studentin war sie allerdings keineswegs jung genug. Sagt aber heute nichts mehr aus. Da studieren Kosmetikerinnen plötzlich noch Geophysik, und Leute mit Einserabitur werden Biobäcker auf dem Ökohof und kneten Teig auf selbstgeschreinerten Weichholztischen.

»Sie studieren Geschichte?« Ich lächelte so offen, wie es die Frauenzeitschriften vorschreiben: *»Wenn Sie Anschluss an neue Menschen suchen, können Sie auch einmal in einen Volkshochschulkurs gehen, oder vielleicht finden Sie Gleichgesinnte bei einem kleinen Ausflug in Ihre örtliche Bibliothek. Auf jeden Fall: Lächeln Sie offen!«*

Manchmal fühlte ich mich jetzt ein wenig einsam. Consuela, die eigentlich immer Zeit für mich und für Nessie gehabt hatte, nahm Nessie immer noch gerne, hatte aber seit neuestem eine Angestellte, die ihre

Zeit in Anspruch nahm. Eine Kartenlegegehilfin. Carmen Venezuela nannte sie sich, ich wusste aber, dass sie eigentlich Annelotte Zeissig hieß und aus Offenburg stammte.

Meine Freundin Raika war sehr beschäftigt, seit sie erstmals einen Auftrag für ein Theaterstück außerhalb Bayerns bekommen hatte, nämlich von der Insel Borkum. Das warf sprachliche Probleme auf, denn als Rumänin hatte sie es eigentlich schon schwer genug, sich in die bajuwarische Mundart einzufühlen. »Was heißt ›a fesches Maderl‹ auf Borkisch?«, hatte sie mich im Café vor kurzem eindringlich gefragt.

Erinnerungen ans Ohnsorgtheater meiner Kindheit kehrten zurück. »Ne bannig feine Deern!«

»Moment, kannst du das mal schnell buchstabieren? Und dann muss ich gleich heim.«

Kurzum: Keiner hatte richtig Zeit. Ich fühlte Bedarf nach einer neuen Freundin. Zum Klagen, Weggehen, Kino und Einkaufen.

»Geschichte? Ich? Nein, nein.« Die Frau neben mir musterte mich aus blaugrauen Augen. Ich bemerkte, dass die Augenbrauen fein gestrichelt waren – das Werk einer Kosmetikerin, nahm ich an.

»Ich bin Architektin. Feng Shui-Architektin.« Und auf meinen erstaunten Blick: »Man muss sich heutzutage spezialisieren. Es ist schwer für Frauen in diesem Beruf. Zuerst wollte ich Kaufhaustoiletten gestalten, weil das nur wenige machen. Dann hatte ich vor, mich auf Einsegnungshallen und Trauervorräume zu spezialisieren, aber bald war mir die Beschäftigung mit Sargmodellen, Aufbahrungsmöglichkeiten und mit Bänken, auf denen es sich komfortabel weinen lässt, zu traurig. Schade, ich hatte schon viel Arbeit in Sargkunde investiert.«

»Und jetzt machen Sie in Feng Shui?« »Ja. Wohnen für die Seele!«

Oh Gott, dachte ich, hoffentlich betritt sie niemals meine Wohnung. Dort könnte eine Feng Shui-Architektin bis zur Rente eine Vollbeschäftigung finden.

Ich warf einen weiteren Blick auf ihr Buch. »Dann richten Sie wohl jetzt Schlösser für die Seele ein?«

Sie zögerte einen Moment, entschloss sich dann, zu lachen. »Na, vielleicht eines Tages. Nein, nein, ich habe ... werde ... *hätte* –«

Wieder ein Zögern. Wieviel sollte sie einer Wildfremden anvertrauen? Ich wartete. Bei Frauen entscheidet sich die Frage: *»Mag ich sie oder mag ich sie nicht?«* in Sekunden. Das einmal gefällte Urteil kann revidiert werden und wird auch manchmal revidiert, aber nur zu oft kommt der Moment, an dem man sich dann doch in seiner Ursprungsmeinung bestätigt fühlt. Dann fallen Sätze wie »Ich fand immer schon, dass du ...«

Anscheinend war das Urteil hier positiv für mich ausgefallen.

»Es sieht aus, als hätte ich gelegentlich mit diesen Leuten zu tun.«

Über dem Buch kreuzten sich unsere Blicke. »Mit dem Adel?« Sie nickte. Dann streckte sie die Hand aus. »Ich würde mich gerne vorstellen: Marie Lasalle.« Ein Name, der stutzen ließ. Zumindest für jemand, der einen halbwegs soliden Geschichtsunterricht genossen hat. »Ein schöner Name. Interessant!«, bemerkte ich. Sie nahm das lässig. Hörte es wahrscheinlich nicht zum ersten Mal.

»Ja. In meiner Vorfahrenkette muss es wohl ein französisches Glied gegeben haben.«

Sie sah mich an, und ich sah sie an. Dann wurde ihr klar, was sie gesagt hatte, und wir lachten beide los. So laut, dass der ältere Mann, der neben uns höchst intensiv in einem uralten, winzigen Büchlein las, und der Japaner, der hinter einem derart hohen Stapel von Nachschlagewerken kauerte, dass er beinahe verschwand, gleichzeitig zischten.

Marie und ich beschlossen also unabhängig voneinander, es miteinander zu versuchen. Freundinnen zu werden.

»Und wenn«, sagte ich immer noch lachend, »wäre ich genau die Richtige, es herauszufinden. Ich bin nämlich Ahnenforscherin.«

»Ahnenforscherin?« Ich mag meinen Beruf, aber ich hasse es, dass die Leute immer einen Schritt zurücktreten, wenn ich ihn nenne, und mich mustern wie ein fremdes Tier.

»Das *könnte* einmal ein ganz interessanter Kontakt sein«, teilte mir Marie Lasalle geheimnisumwittert mit. »Aber dazu möchte ich noch nicht viel mehr sagen! Ich würde jedenfalls gerne etwas über den Adel erfahren. Jetzt weiß ich zumindest«, sie strich sich das Haar glatt, obwohl es dessen nicht bedurfte, »dass die Idee einer etablierten Gesellschaftsschicht, die sich durch überlegene Leistungen in Militär und Wirtschaft mehr Einfluss auf das Geschehen innerhalb der Gemeinschaft verschafft, schon so alt ist wie die Zivilisation. Aber natürlich muss man heute zwischen dem Briefadel und dem Uradel unterscheiden. Na, das kennen Sie ja vermutlich alles.« Und für den Fall, dass ich es nicht wusste: »Uradel sind die, die schon vor dem 14. Jahrhundert als Adelige in die Geschichte eingingen.« Das alles klang wie aus dem Geschichtsbuch auswendig gelernt. War es wohl auch. Sie machte eine zufriedene Pause und nieste dann ganz bürgerlich. »Der Staub! Es sieht aus, als müsste ich niesen«, sagte sie und zog ein besticktes Taschentuch heraus. Ich lachte. Sie sah mich an und lachte auch.

Um es schon mal vorwegzunehmen: Für unsere ganze Beziehung, die bald von einer gewaltigen historischen Erschütterung bedroht werden sollte, waren diese Worte geradezu paradigmatisch. Marie wollte nie etwas Konkretes sagen. Sie legte sich nicht fest, sie nannte nie Ross und Reiter. Unter keinen Umständen. Marie war eine wahre Meisterin des Konjunktivs, die alles im Vagen ließ. Sie könnte morgen mit mir in der Stadt Kaffee trinken, doch sicher sei es keineswegs. Sie würde möglicherweise anrufen. Man hätte die eventuelle Gelegenheit, sich irgendwann zu dritt mit ihrem Freund zu treffen ... Es wäre möglich, dass sie bald woanders lebte, aber wo vermöge sie nicht zu sagen, könne sie nicht mal andeuten. Ich musste mir die Fakten ihres Lebens stets selbst zusammensetzen.

Unsere Freundschaft blieb lange Zeit sehr distanziert. In meine Wohnung lud ich sie selten ein. Wir trafen uns meistens in einem Café oder wir gingen sogenannte Kleinigkeiten essen. Gelegentlich nahm sie mich zu Vernissagen oder Atelierpartys mit, wo alle Männer schwarze Rollkragenpullover trugen, alle Frauen schlank waren und sommers wie winters kurze urbane Fischgratwollmäntel im Stil vom Paris der fünfziger Jahre an den Garderobenhaken hingen.

Marie war 34 Jahre alt. Und obwohl man es sowieso sah, teilte sie mir überdies gleich beim ersten Gespräch mit: Sie stamme aus einer gutbürgerlichen Familie. Vater Anwalt. Mutter Lehrerin. Großtante Ärztin. »Zu der Zeit eine kleine Sensation! Aber oft läuft ja ein bestimmter beruflicher Faden durch die Familien. Ich kenne eventuell jemand etwas näher, also sogar ziemlich näher, der ist Banker, sein Vater ist Banker und ich glaube, dessen Bruder hat ebenfalls in dieser Bank gearbeitet. Der war aber ursprünglich auch Architekt. Jetzt ist er allerdings Privatier und betätigt sich schöngeistig. Die Mutter von dem, den ich näher kenne, ist allerdings sehr an Geschichte interessiert. Sie verstehen?«

Nein. Meine Großtante war Schneiderin. Niemand sonst in der Familie konnte nähen. Und was waren das für Leute, die Marie eventuell näher kannte?

Marie fuhr fort. »Meine Vorfahren stammen ja väterlicherseits höchstwahrscheinlich aus Frankreich.« Ich nickte. Hatten wir schon.

»Aber keine Hugenotten«, beschied sie mir weiterhin, als gelte es sich unbedingt von dieser Volksgruppe abzugrenzen. »Höchstwahrscheinlich aus dem Pariser Raum.«

Bevor ich mich allerdings freuen konnte, eine neue Gefährtin in einsamen Singlestunden gefunden zu haben, hatte mir Marie mitgeteilt, sie sei übrigens verlobt und würde eventuell bald heiraten.

»Verlobt?«, wunderte ich mich. »Macht man das heute noch?« Schnell verdrängte ich den Gedanken, dass auch Elfie und Melchior sich verlobt hatten.

»Es kommt darauf an«, kam es kryptisch. »Man könnte das missverstehen, wenn ich mich dazu äußern würde. Aber ich schließe nicht aus, dass es in der Familie, in die ich einheirate, noch häufig gemacht wird. Eines Tages könnten Sie vielleicht mehr erfahren.«

Aha. Zu diesem Zeitpunkt wusste ich noch nicht, *wie* viel mehr ich über diese Familie erfahren sollte, und wie gefährlich dieses Wissen sein würde.

Diese erste Begegnung lag jetzt eine Weile zurück. Seither waren wir befreundet.

Allerdings nicht so eng, dass wir uns jemals zu streiten wagten. Das kann man nur mit den allerbesten Freundinnen. Sie war mehr so etwas wie eine gute Bekannte, und deshalb war es sehr fraglich, ob unsere Beziehung jenes mörderische Abenteuer überstehen würde, das Marie jäh aus ihrem Paradies werfen sollte ...

****

Zurück zu Herrn Konrad.

Ich hatte den Besuch meines nonchalanten Nachbarn bereits vergessen, als ich am Nachmittag des nächsten Tages nach Hause kam und sah, dass Herr Konrad vor der Haustür auf mich wartete. War sein eigentlich gut gelauntes Gesicht beim letzten Besuch ernst gewesen, so lächelte er heute deutlich entspannter. In seiner Hand hielt er etwas Verpacktes, auf das alle Eigenschaften einer Flasche Wein zutrafen.

Ich musterte das Mitbringsel lustlos. Meinen Wein kaufe ich mir am liebsten selbst. Ich finde, Wein ist fast so persönlich wie Parfüm. »Möchten Sie mit nach oben kommen?«

Gegenüber hatte die alte Frau, die sich immer auf ein Kissen am Fensterbrett stützt, die Fernbrille aufgesetzt, um nur ja nichts zu verpassen.

»Ist eigentlich nicht nötig. Ich wollte Ihnen nur sagen, dass die Beobachtungen aufgehört haben. Ich kann mich umdrehen und umwenden, wie ich will: Nichts. Doch diesmal ist da wirklich nichts. Das spüre ich. So wie ich es eben vorher auch gespürt habe.«

Nachdenklich betrachtete ich meinen Nachbarn. Leute, die so vieles spüren, was man nicht sieht, sind mir normalerweise eher suspekt. Doch schon wie bei seinem ersten Auftritt wirkte Herr Konrad vollkommen normal.

»Aber wieso sollten diese Beschattungen plötzlich aufhören? Haben Sie gestern etwas getan, das Sie heute nicht mehr tun?« Zu Recht sah er mich verwirrt an.

Warum hatte ich mich jetzt eigentlich nicht einfach umgedreht, gesagt: »Fein, Herr Konrad, dass alles wieder in Butter ist!«, und war meiner Wege gegangen? Vermutlich bedauerte ich es im Innersten, dass mein erster und einziger detektivischer Auftrag, der von selbst zu mir gekommen war, schon wieder zu verblassen begann. Innere Leere? In meiner durch Lebenserfahrung gereiften Seele formierten sich die Lebensweisheiten wie von selbst.

Jedenfalls forderte ich Herrn Konrad zur fassungslosen Begeisterung der alten Frau gegenüber auf, mich nach oben zu begleiten.

Dort ließ er sich wieder leise schnaufend auf einen Stuhl fallen. »Ich habe nicht viel Zeit«, teilte er mir mit, »denn heute Abend ist Probe. Unser neues Stück kommt noch vor Ostern – Premiere ist am Gründonnerstag, und da gibt es noch einiges zu tun.«

Ich bot ihm Wasser oder ein Glas Wein an – beides lehnte er ab. So schenkte ich mir ein Glas Mineralwasser ein und setzte mich ihm gegenüber. Nessie überlegte, ob es sich lohnte, ihre Schlafdecke zu verlassen, und entschied sich dagegen.

»Nehmen wir mal an, Sie sind wirklich beobachtet worden. Dann *muss* es einfach einen Grund geben, warum dieses Phänomen plötzlich aufgehört hat. Denken Sie doch noch einmal nach! Was haben Sie denn gestern gemacht?«

Herr Konrad schien nicht gerade begeistert davon, mir seinen Tagesablauf zu berichten. »Na, wie immer. Sehr früh aufgestanden, Zeitung geholt, Zeitung gelesen und gefrühstückt. Mit Ei und so.« Letzteres hörte sich beinahe trotzig an. »Kann man sich ja mal gönnen.«

»Und dann?«

»Dann bin ich in die Stadt gegangen. Ich hatte noch Krepppapier zu besorgen. Für unser Stück. Und Klebeband sowie Holzleim. Die technischen Sachen sind für uns immer am schwersten zu bewerkstelligen. *Auf* die Bühne wollen alle, *hinter* die Bühne keiner. Gegessen habe ich sehr zeitig in der *Nordsee*. Um kurz vor elf. Scholle. Paniert. Und ein Glas Weißweinschorle. Das konnte ich mir mal gönnen.« Wer weiß, was sich Herr Konrad noch alles gönnte.

»Hatten Sie da noch immer das Gefühl, beobachtet zu werden?«

Er dachte nach. Mein Telefon läutete in seine Gedanken hinein. »Entschuldigen Sie.« Es war Marie Lasalle. »Maren, hättest du gegebenenfalls Lust, heute Abend mit mir zur Majolika zu gehen? Es sieht aus, als spielte eine Band. Ich könnte dir einen Cocktail spendieren.«

»Nimmst du deinen – *Verlobten* nicht mit?«

»Es scheint so, als hätte er vielleicht keine Zeit. Sogar zwei Cocktails wären drin, und wir könnten uns die Sektkübel ansehen, die sie da herstellen. Ich würde vielleicht einen für die Mutter des Mannes, den ich kenne, kaufen. Sie liebt das Besondere. Und Majolika ist Tradition. Badische Wertarbeit. Was meinst du? Machen wir zwei uns einen kuscheligen Abend?«

Meine Vorstellungen von kuscheligen Abenden wichen zwar ein wenig von dem ab, was Marie darunter verstand, aber ich hatte keine Alternativen. Majolika war schon in Ordnung, aber eben lieber mit ... Ja, mit wem eigentlich? Mit Fantasiegestalten aus meiner Zukunft jenseits des 21. Oktobers, meines vierzigsten Geburtstages? Abende mit Fantasiegestalten endeten bei mir in letzter Zeit öfters mit einer morgendlichen Überdosis Alka Seltzer.

»Ich frage Consuela, ob sie den Hund nimmt. Ich rufe dich zurück.«

Als ich in meine Küche zurückkehrte, saß Herr Konrad noch ebenso auf seinem Stuhl wie zuvor, allerdings mit erhelltem Gesichtsausdruck. Vor ihm noch immer das Mitbringsel.

»Ich habe nachgedacht: Ja, irgendwie hatte ich beim Mittagessen immer noch dieses Gefühl.« Er seufzte. »Ich kann mich täuschen. Vielleicht irre ich mich ja wirklich. Nachdem es nun so plötzlich aufgehört hat.«

»Was haben Sie nach der Scholle und der *Nordsee* gemacht?«

»Danach?« Herr Konrad sah mich jetzt beinahe böse an. Nachdem sein Problem abgeschlossen war, wollte er am liebsten nichts mehr mit mir zu tun haben. Dies ist das Schicksal aller Dienstleister. Ich hatte auch bei meinen ahnenforscherischen Aufträgen häufig den Eindruck, dass mich die Leute danach nicht mehr gerne um sich hatten. Stammbaum abliefern und möglichst schnell ins Auto steigen und verschwinden. Es war so, als wisse ich zuviel von ihnen.

»Danach bin ich an den Bahnhof gefahren und habe mir eine weitere Zeitung geholt. Ich kaufe mir gerne die Süddeutsche, aber nur wenn am Tag vorher etwas Relevantes passiert ist.«

»Etwas Relevantes?« »Ja, so wie Wahlen oder ein Terroranschlag.« »Hm.«

»Dann habe ich – das Wetter war ja schön – auf der Bank vor dem Zoo ein Eis gegessen. Jetzt war es kurz vor zwölf. Andere stehen da erst auf!« Ich sah zur Seite.

»Meinen Kaffee habe ich danach bei der Irma getrunken.«

»Sie sind also danach zu einer Irma gefahren.«

Es schien mir, als überziehe eine zarte Röte das an sich kraftvolle Gesicht des Herrn Konrad. »Nicht eine Irma. *Die* Irma. Frau Irma Löber. Eine sehr liebe, eine sehr nahe Bekannte."

»Aha. Wo wohnt diese ... pardon ... eben jene Irma?«

»In Mühlburg. In der Nuitsstraße.« »Dorthin sind Sie also gefahren?«

»Ja, die Irma, Frau Löber ist Witwe, und sie spielt die Hauptrolle in unserem Stück. Dem Stück ›*Drei sind zwei zuviel*‹.« Er blinzelte schelmisch. »War nicht einfach. Um die Rolle hatten sich einige andere Damen beworben. Es ist ein heiteres Stück, aber nicht geistlos.«

Das Telefon läutete wieder. Nie läutet das Telefon so oft, wie wenn man Besuch hat. Das hat auch etwas Gutes. Die Leute denken, man ist beliebt. An der Nummer sah ich, dass es nur Matthias war. Ich nahm nicht ab. Ich wusste, dass er wieder anrufen würde. Herr Konrad fuhr fort mit seiner zähen Erzählung.

»Ja, ich bin also zu ihr gefahren, alles mit öffentlichen Nahverkehrsmitteln natürlich, das geht wunderbar. Wir haben Kaffee getrunken und einen sehr schönen Käsekuchen gegessen.« Man sah Herrn Konrad förmlich vor sich, wie er seinen Mund zu einem anerkennenden »Ooooh!« formte und ein Häufchen blassgelben Käsekuchens darin aufgehen ließ.

»Nichts Besonderes also.« Leichte Ungeduld.

»Nein, nichts Besonderes.«

Schweigen kehrte ein. Herr Konrad fiel nachdenkend ein wenig in sich zusammen. Jetzt, in dieser Haltung, sah er so alt aus wie er war. »Wenn ich es mir recht überlege, hat das Gefühl, verfolgt zu werden, aufgehört, nachdem ich bei Irma war. Ich war etwa eine Stunde bei ihr, dann bin ich zur Haltestelle gegangen und habe mich wie befreit gefühlt.«

Innerlich begann ich an Herrn Konrads Gefühlen zu verzweifeln. Einmal verfolgt, dann befreit. Was mochte sich bei jener Irma abgespielt haben? Ich formulierte meine Frage lustlos: »Gab es irgend etwas Ungewöhnliches an dem Besuch bei Ihrer Bekannten? Irgendein Grund, warum die Verfolgung von da an aufhörte?«

Herr Konrad erwies sich als störrischer Zeuge. »Nein, ich besuche sie doch öfters. Ich sagte es bereits: Wir arbeiten eng zusammen. Sie spielt die Hauptrolle in unserem badischen Stück, und wir besprechen gelegentlich kleine Änderungen und dergleichen miteinander. Diesmal habe ich ihr ein paar Requisiten mitgebracht, damit sie ein wenig üben kann.«

»Requisiten für das Theaterstück?«

»Richtig. Ganz richtig: eine Ledertasche, einen Hut und einen Muff. Sie stellt in dem Stück eine resolute wohlhabende Geschäftsfrau dar.«

Ich lachte. »Da stürzen Sie sich mit Ihrer Theatergruppe ziemlich in Unkosten, wenn Sie jedes Mal eine komplette Ausstattung kaufen.«

»Oh, nein, wir haben inzwischen eine kleine Requisitenkammer. Bei unserer Margret und ihrer Schwester Gerhild zu Hause. Ledige Schwes-tern. Die beiden haben früher ein Altenheim betrieben. Leben in einer sehr schönen geräumigen Eigentumswohnung in der Weinbrennerstraße.«

»Aha.« Die unbekannten Schwestern Margret und Gerhild stahlen mir meine Zeit. Mein erster eigener Fall löste sich in purer Langeweile auf. Auch Herr Konrad sah unsere Geschäftsbeziehung als beendet an und stand endlich auf. Trotzig kam: »Außerdem waren die Sachen gar nicht teuer. Ich mache das sonst natürlich nicht, schon gar nicht in solchen für Frauen ...«

»Wie bitte?«

»Ich habe alles Secondhand gekauft. In einem Secondhandlädchen in der Sophienstraße. Da war ich schon manchmal. Die haben gute Sachen, aber man muss schnell sein. Morgens kriegen die neue Ware und mittags sind die Schnäppchen schon weg. Ich lief vorgestern zufällig daran vorbei, da sah ich in den Auslagen diesen Schal. Gerade frisch dekoriert. Ich hab denen erklärt, wofür wir die Sachen brauchen. Ein ganz junges Mädchen hat da bedient und ich wollte nicht, dass sie denkt ... nun ja. So eine mit schwarz geschminkten Lippen und einem lila Kleid. Sie fand das jedenfalls witzig. Ist Studentin und würde gerne nach Paris oder London gehen, auf die Schauspielschule oder wenigstens mal für ein Wochenende dort ins Theater, hat sie mir erzählt.« Verständnislos und ein wenig tadelnd schüttelte Herr Konrad den Löwenkopf.

»Nun, also, auf jeden Fall hat sie richtig Spaß gehabt an der Idee, ein paar alte Leute mit Klamotten – wie die heute sagen – auszustatten. Den Schal hatten sie schon länger, den hat sie mir aus dem Schaufenster geholt, und dann ist sie nach hinten zu den Kisten mit den Sachen, die wohl gerade erst angeliefert worden waren und hat einen Muff, eine Brosche und eben diese schwarze Tasche herausgeholt. Die Brosche habe ich nicht genommen, denn meine Irma hat von ihrer Mutter ein paar ähnliche Broschen geerbt, obwohl es ein schönes Stück war, mit einer Art Wappen darauf – einem Baum mit Laub, umgeben von den gezeichneten Konturen des Badenerlandes, sehr dekorativ – und gepasst hätte sie dadurch auch zu unserem badischen Theaterstück. Ich habe aber gesehen, dass sie gleich danach verkauft wurde. An eine junge Frau, die nur französisch sprach.«

Herr Konrad hielt ein wenig schnaufend inne. »Aber den Schal, den Muff und die Aktentasche habe ich genommen. Die Tasche war alt, aber hochwertig, und der Muff roch noch nach einem teuren Parfüm. Zusammen habe ich fünfunddreißig Euro bezahlt. Der Muff sah beinahe aus wie echter Nerz, und die Tasche war aus Leder. Das war doch nicht zuviel, oder?«

Ich wollte es ihm nicht bestätigen, denn eigentlich fand ich das für Secondhand ziemlich teuer, aber die Sachen hörten sich nach noblen

Vorbesitzern an, und die hatten wahrscheinlich ihre Preisvorstellungen vorher bekannt gegeben.

Kurzes Schweigen.

»Ja«, mein Gegenüber erhob sich schließlich, »dann danke ich Ihnen auf jeden Fall recht freundlich. Die ganze Sache hat sich ja nun in Wohlgefallen aufgelöst.« »Sieht so aus.«

Herr Konrad ging hüpfend die Treppe hinunter. Über seiner Schulter baumelte heute fröhlich eine braune Herrentasche mit zahlreichen Außenfächern und Reißverschlüssen – das unsägliche Accessoire mancher Männer, welches auch Matthias besaß und in dem er alle seine Geheimnisse herumtrug: den Minicomputer mit Adressen und Kontakten, ohne die er bekanntlich verloren war, und sein Geld und sein Handy, einfach alles.

Tasche. Handy. Computer. Unterlagen.

»Herr Konrad!«

Durch das Treppengeländer äugte er zu mir nach oben.

»Warten Sie noch einen Moment: Es ist nur ein Gedanke ... Sie wurden seit vorgestern verfolgt. Vorgestern haben Sie auch die Requisiten im Secondhandgeschäft gekauft, und die Verfolgung hörte auf, als Sie Ihre Einkäufe zu Irma brachten. Könnte das Ganze – nehmen wir mal an, es ist wirklich alles so, wie Sie es sagen – mit eben jenen Dingen zu tun haben?«

»Ein Muff, ein Schal und eine Tasche?« Konrad runzelte die Stirn. »Wenn es die Brosche gewesen wäre – die hätte vielleicht etwas wert sein können. Wie gesagt, sah nobel aus, das Ding mit diesem Wappen, aber die anderen Sachen ...«

So leicht wollte ich meine Idee nicht aufgeben. »Aber die Tasche?« Konrad kam mir wieder ein paar Schritte entgegen. »An der Tasche war nichts. Ich habe hineingesehen. Die Tasche war ganz leer.«

»Auch die Seitenfächer?«

»Seitenfächer?« »Ja, jede Aktentasche hat noch etliche kleinere eingenähte Taschen. Fächer. Für Handy, Geld, den Schlüssel oder Kugelschreiber. So wie Ihre Tasche da auch. Nur in manchen sind diese Fächer innenliegend.«

»Ich habe überall nachgesehen. Nicht, dass ich der Irma da irgendwelches Zeug mitbringe ... Da habe ich nichts bemerkt.«

»Es könnte trotzdem sein, dass der Grund für Ihre Verfolgung diese Tasche war. Vielleicht war versehentlich noch Geld drin oder ein Schmuckstück, als sie im Secondhandladen landete, und der Vorbesitzer hätte das gerne wieder gehabt.«

»Dann hätte er es doch offen sagen können. Ich stehle doch kein Geld! Und außerdem war nichts drin. Ich bin vielleicht Rentner, aber deshalb nicht senil.«

»Wenn Sie nichts dagegen haben, Herr Konrad, fahren wir rasch zu Ihrer Irma und sehen uns die Tasche einfach nur mal an.«

3. Kapitel

Einige Zeit später saß ich in einer wildfremden Küche und versuchte meine Beine um die Stuhlbeine zu wickeln, damit sie aufhörten zu zittern.

Nebenan lag eine Leiche.

»Wie also haben Sie gemerkt, dass etwas nicht stimmte?«

Wir wurden getrennt verhört, Herr Konrad und ich. Herr Konrad war offenbar in ihren Augen der ernstere Fall, deshalb hatte sich die mollige Frau mit dem runden Gesicht, den offenen blauen Augen und dem Mund, der aussah, als lache er gerne, seiner angenommen. Ich war höchst erstaunt gewesen, als sie mir als Kommissarin Ix vorgestellt worden war. Nach Elfie Kohlschröters Erzählungen hatte ich mir eine biestige karrieresüchtige Dürre vorgestellt, die mit kalten Knopfaugen Geständnisse aus Unschuldigen herauspresste und ansonsten über Leichen ging.

Frau ›Erste Hauptkommissarin in spe‹ Ix sah nicht nur eher gemütlich aus, sondern sie hatte mich auch ausnehmend freundlich begrüßt. »Ach, Sie sind unsere heimliche freie Mitarbeiterin?« Wenn ich mich nicht ganz täuschte, hatte sie sogar mit den Augen gezwinkert, als sie Herrn Konrad ins Schlafzimmer bat. »Unser Chef war in der Vergangenheit nicht gerade begeistert über Ihre Aktivitäten. Und jetzt liest er Ihren Namen wieder in einem Protokoll. Na, bravo!«

Ich war zunächst in die Hände des mir bereits vertrauten Bodo Gutenberg gefallen. Auch er sah völlig unpassend zur vorliegenden Situation so aus, als sei ihm beinahe zum Schmunzeln zumute. Wir saßen in der Küche der Verstorbenen, die zum Hinterhof hinausging. Irma Löbers Wohnung war klein, praktisch geschnitten, in einem halbwegs modernen Wohnhaus mit acht Parteien. Die Nuitsstraße selbst war sehr eng. Als wir unten hineingegangen waren, hatte ich aus den offenen Fenstern Essensgerüche gerochen und Geräusche aus den Wohnungen der gegenüberliegenden Häuser gehört. In den Vierecken der Fenster hatte man überall Gesichter auftauchen und hastig wieder verschwinden sehen.

»Es ist geradezu unglaublich, dass Sie schon wieder über einen Mord stolpern, Frau Mainhardt!« Bodo schüttelte den Kopf und betrachtete mich wie eine Kuriosität auf dem Jahrmarkt.

»Normalerweise ja.« Ich hatte noch immer dieses irreale Wattegefühl. Wir saßen in der Küche der gewesenen Irma Löber. Auch der Anblick der Kaffeemaschine, die noch eingeschaltet war, konnte das Romanhafte der Situation nicht verscheuchen. »Doch diesmal liegen die Dinge anders, denn diesmal kam Herr Konrad zu mir mit der Bitte, ihm zu helfen. So, als sei ich eine Privatdetektivin. Eigentlich ist dieser Mordfall also eine Auftragsarbeit.«

»Verstehe ich nicht«, sagte Bodo Gutenberg, der mir noch niemals durch ein ausgeprägtes Gespür für komplizierte seelische Zusammenhänge aufgefallen war. »Also dann wollen wir mal. Schildern Sie mir, wie Sie Frau ...«, Blick auf seinen Zettel, »wie Sie Frau Irma Löber fanden!«

Mein Blick glitt sehnsüchtig zu der gelegentlich leise zischenden Kaffeemaschine. Eine Tasse hätte mir jetzt gut getan, aber es wäre pietätlos gewesen, danach zu fragen.

Ich war lange genug bei der Kripo, wenn auch nur als Zaungast, um einen korrekt abgefassten Bericht zu liefern.

»Wir trafen etwa um vier hier ein. Haben geklingelt. Es hat niemand geöffnet. Doch das Balkonfenster der Toten stand offen, und Herr Konrad sagte, er wisse, dass sie niemals das Haus verlassen würde, ohne es zu schließen. Obwohl die Wohnung im ersten Stock lag. Da er überdies wusste, dass die Verstorbene leicht herzkrank war, machte er sich nach eigenen Angaben Sorgen, dass ihr etwas zugestoßen sein könnte.«

»Und dann ...«

»Dann hat Herr Konrad seinen Schlüssel, den Zweitschlüssel, verwendet, um die Tür aufzuschließen und gemeinsam – er voraus – haben wir die Wohnung betreten.« Ich zuckte bei der Erinnerung wieder zusammen. Dies war das erste Mal in meiner kriminalistischen Karriere, wenn man meine Einmischung in Mordfälle so nennen mochte, dass ich eine echte Leiche an einem echten Tatort sah, und dies auch noch als Erste. Jedenfalls authentisch. Ich hätte auf die Erfahrung verzichten können. Es berührte mich anders als ein Bericht von einem Mord. Eigenartig. Beinahe peinlich. Fast wollte ich nichts mit der ganzen Sache zu tun haben. Dies war kein lustvoller Voyeurismus mehr, dies war blutige Realität. Und als erste Reaktion hatte ich merkwürdig wenig Lust, mich näher mit Irma Löbers Tod zu beschäftigen. Seltsam.

»Und was fanden Sie vor?«

Das grausige Bild tauchte wieder vor meinen Augen auf. Das sonderbar Statische, ja Ruhige an der Szenerie. »Diese Irma Löber – ich kannte die Frau überhaupt nicht, aber jetzt weiß ich, dass es sich um Irma Löber handelte – lag ausgestreckt auf dem Boden. Blut war aus einer großen Wunde am Kopf auf den Flokatiteppich gesickert. Es sah«, ich suchte nach einem Wort, um zu beschreiben, was ich gefühlt hatte, »es sah ziemlich ... furchtbar aus. Ich konnte nicht lange hinsehen.«

»Und?« Bodo wartete mit dem Schreiben. Das wusste er ja alles selbst.

»Herr Konrad rief ihren Namen mehrmals, ›Irma, Irma!‹, und beugte sich über die Frau. Er hat sie auf den Rücken gedreht und so etwas wie eine Mund-zu-Mund-Beatmung versucht, aber das kam mir ziemlich ungeschickt und ein wenig ...«, ich zögerte, »ja, es kam mir theatralisch vor. Dann hat er sein Ohr an ihre Brust gelegt und mich angeherrscht: ›Hol einen Spiegel. Wir müssen wissen, ob sie tot ist!‹«

Bodo begann zu schreiben und hob dann aufmerksam den Kopf. »Hat er *das* gesagt? Wir müssen *wissen*, ob sie tot ist?«

Inzwischen bin ich erfahren genug mit Ermittlern und ihrer Denkweise, dass ich mir darüber klar war, ich würde Herrn Konrad in ein ungutes Licht rücken, wenn ich meine Worte bestätigte. Dennoch nickte ich widerstrebend. »Ja. Ich habe keinen Spiegel gefunden, bin in der Wohnung herumgelaufen. Ich muss zugeben, etwas planlos, außerdem suche ich nicht gerne in der Wohnung anderer Leute nach Sachen. In der Zwischenzeit hat Herr Konrad sich soweit beruhigt, dass er ihren Puls fühlen konnte. ›Nichts‹, hat er gesagt, als ich ins Zimmer zurückkam. Nichts.«

Bodo schrieb.

»Wir standen dann beide einen Moment wie erstarrt. Es war auch so still. Ich habe mich kaum getraut zu atmen. Das kann man nicht beschreiben. Irgendwann habe ich dann wohl gesagt, dass wir die Polizei rufen müssen ...«

»Die Wohnung sah aus, wie sie jetzt aussieht?«, erkundigte sich Bodo.

»Ja, ein paar Sachen waren umgefallen, das Tischtuch verrutscht, ein oder zwei Stühle umgestoßen. Einen haben wir in unserer ersten Reaktion wohl wieder aufgestellt. An der Garderobe waren die Mäntel und Jacken heruntergerissen.«

»Sonst noch Verwüstungen?« »Nein. Alles wie es jetzt ist. Im Schlafzimmer und in der Küche war nichts. Die Frau muss sehr ordentlich gewesen sein. Es war alles sauber und aufgeräumt.« Trotz meines Schocks musste ich lächeln. »So etwas fällt mir immer auf.«

»Die Tatwaffe lag neben dem Opfer?«

»Ja, ich denke, sie war es. Es war jedenfalls Blut daran. Verschmiertes Blut, beinahe bräunlich. Eklig. Dass ihr das immer ansehen könnt. Eine Figur. Als wir auf die Polizei gewartet haben, habe ich mal ganz kurz draufgeschaut. Das Ding sah aus wie ein goldener stehender Mann.«

»Es handelt sich um eine Nachbildung des *Oscar*. Den die Amis immer an ihre Schauspieler verleihen«, klärte mich Bodo auf.

»Von einem *Oscar* erschlagen«, murmelte ich. »Ein merkwürdiger Tod.« »Fürwahr«, erwiderte Bodo friedlich, »aber unsere Todesfälle sind meistens merkwürdig. Sonst würden wir gar nicht erst gerufen.«

Er wollte nun natürlich wissen, was wir überhaupt bei Frau Irma Löber, 71 Jahre alt, Opfer eines Gewaltverbrechens, gewollt hatten. Einen kurzen Moment erwog ich, nichts von Herrn Konrads Verfolgungsfantasien zu erzählen. Es würde ihn wahrscheinlich in ein schlechtes Bild rücken. Doch konnte ich nicht einfach darüber hinweggehen, zumal ich nicht wusste, was er wiederum Frau Kommissarin Ix preisgeben würde. Schon verhängnisvoll, dass die Kripo immer zwei Leute getrennt und parallel verhört.

Also berichtete ich von dem Hintergrund meiner insgesamt doch sehr flüchtigen Beziehung zu dem älteren Herrn.

»Und dann habe ich ihn gefragt, ob die Verfolgung und das Ende des Gefühls, er werde beschattet, mit der Tasche zusammenhängen könnten. Deshalb sind wir gemeinsam zu dieser Irma Löber gefahren. Offenbar sind wir aber zu spät gekommen. Meiner Meinung nach hat jemand anders die Tasche ebenfalls gesucht und hat sie gefunden. Oder ist sie etwa noch da? Herr Konrad sagte, sie hatte sie an die Garderobe gehängt.«

»Das haben wir überprüft. Da hängt keine Tasche. Sie ist auch sonst bisher nirgends aufgetaucht. Bisher. Aber nehmen wir mal an, sie ist nicht mehr da. Haben Sie diese ominöse Tasche jemals gesehen?«

»Nein.« Ominöse Tasche! Das hörte sich an, als sei ich notorisch unglaubhaft. Ich begann mich schon wieder zu ärgern. Warum ich? Schon wieder der Kritik ausgesetzt? Bei Licht betrachtet hatte ich mit dieser ganzen Sache nicht das Geringste zu tun. Ich kannte Frau Löber nur tot, nicht lebendig. Auch Herr Konrad war nur eine Nebenfigur in meinem Leben.

Die Tür zum Nachbarzimmer wurde geöffnet. Frau Kommissarin Ix und ein müde, aber nicht verzweifelt wirkender Herr Konrad betraten die Szene. Irgendwo hatte ich gelesen, dass die Emotionen im Alter an Intensität nachließen. Es musste so sein. Herr Konrad schien nachdenklich, aber nicht am Boden zerstört. Obwohl heute, ein seltsamer Gedanke, die vierte Frau, mit der er verbunden gewesen war, gestorben war.

Ein Uniformierter streckte den Kopf in den Raum. Ix stand auf, folgte ihm, kam kurz darauf zurück.

»Diese Aktentasche ist also definitiv nicht mehr da. Der Muff übrigens auch nicht«, erklärte sie und schüttelte ihren Kopf. Ein Laut, der beinahe wie ein Kichern klang, entfuhr ihr. Ich betrachtete sie ungläubig. Elfie hätte in solch einer Situation niemals gekichert.

»Und der Schal? Herr Konrad hat ihr auch einen Schal gebracht. Blauschwarz.«

»Der ist da. Er liegt am Boden unter der Garderobe.«

Langsam nickte ich. Frau Ix beobachtete mein Mienenspiel.

»Es könnte tatsächlich sein, dass der Mörder genau diese Tasche gesucht hat. Sie wollte sie ihm wahrscheinlich nicht aushändigen, und er hat sie bei einem Handgemenge erschlagen. Eigentlich hätte es ja genügt, den gesuchten, vielleicht wertvollen Inhalt herauszunehmen und zu verschwinden, aber dazu hat möglicherweise die Zeit nicht gereicht, oder die Nerven des Täters haben nicht mitgespielt. Er hat dann noch ein bisschen Unordnung gemacht, damit es aussieht wie ein Raubüberfall.« Sie zuckte die kräftigen Schultern. »Wenn es nicht so tragisch wäre, würde ich sagen: Inszeniert wie in einem drittklassigen Theaterstück. So was sehen die Leute im Fernsehen. Jedenfalls ist es durchaus möglich, dass die Tasche eine Rolle gespielt hat. Ein merkwürdiger Gedanke, am Rande bemerkt. Hätten Sie eine andere Tasche gekauft, würde Frau Irma Löber vielleicht noch leben.« Herr Konrad verzog säuerlich das Gesicht. »Ist das etwa meine Schuld? Es war nichts in der Tasche«, murrte er stur.

Gelassen durchsuchte Frau Ix nun ihre eher unordentlich wirkenden Unterlagen. Warf mir dabei einen ironischen Blick zu. »Ich hoffe stark, dass Ihre Aussagen mit denen von Herrn Konrad übereinstimmen. Lassen Sie uns nochmals kurz die Zeitabläufe durchgehen: Herr Konrad war gestern bei Ihnen und berichtete, er habe den Eindruck, er werde beschattet. Sie konnten ihm nicht weiterhelfen, verwiesen ihn aber an die Polizei!« Ich nickte brav.

»Einen Tag später, also heute, erschien er am frühen Nachmittag wieder bei Ihnen und meldete das Ende der angeblichen Verfolgung. Alles beruhte zunächst auf Gefühlen. Später konnten sie gemeinsam das Gefühl dahingehend konkretisieren, die mutmaßliche Beobachtung bestehe, seit er die Tasche zusammen mit anderen Requisiten für das Theaterstück ›*Drei sind zwei zuviel – ein urbadisches Stück*‹ in einem Secondhandladen in der Sophienstraße in Karlsruhe gekauft hatte. Sie beschlossen gemeinsam, Frau Irma Löber aufzusuchen, in deren Besitz die Tasche nunmehr seit ein paar Stunden war.«

Ich nickte kurz.

»Gut. Die Vorgeschichte: Heute Mittag erschien Herr Konrad gegen 12.15 Uhr bei Frau Irma Löber hier in dieser Wohnung und hat die betreffenden Requisiten abgeliefert, damit sie sich vorab damit vertraut machen konnte, bevor es ans Proben ging. Vielmehr – er wollte sie ihr zeigen.«

»Ja«, Herr Konrad regte sich auf, »vor allem, weil es einige andere Personen bei uns in der Gruppe gibt, welche meinen, die Irma sei nicht besonders schauspielerisch begabt. Deshalb muss sie vorher immer üben. Sie glauben nicht, was es für Menschen gibt.«

»Oh doch«, versicherte Karina Ix glaubwürdig und freundlich, »wir *wissen* das sogar.«

Schweigen in der Runde. Nebenan lag eine abgedeckte Leiche, zum Abholen bereit, und wir standen da und wussten nicht, wie wir uns sinnvoll unterhalten sollten, ohne dass es taktlos gewesen wäre. Den Kriminalbeamten unter uns vieren war das wahrscheinlich vertraut, für Herrn Konrad musste es furchtbar sein und für mich war es eigenartig. Es war fast, als höre die verstorbene Irma Löber noch zu.

»Sie gaben also die Sachen ab, blieben etwa eine Stunde, verließen dann diese Wohnung wieder, suchten verschiedene Plätze in der Innenstadt von Karlsruhe auf und hatten ansonsten von da an den Eindruck, die Beschattung habe aufgehört. Das teilten Sie Frau Mainhardt kurz nach 15 Uhr mit. Diese dachte nach ...«, ich senkte bescheiden

den Kopf, als mich alle drei ansahen, »und kam zu dem Schluss, dass es einen Grund geben müsse, warum sich die Sachlage so plötzlich geändert hatte. Gemeinsam mit Ihnen begab sich Frau Mainhardt zu dieser Wohnung hier, wo sie alle beide etwa um 16 Uhr eintrafen. Der Gerichtsmediziner wird den Todeszeitpunkt hoffentlich genauer bestimmen können.«

Für einen Moment kehrte Stille ein. Dann wandte sich Frau Ix mit ihrem schelmischen Lächeln freundlich an Herrn Konrad. »Sie waren offenbar der Letzte, der Frau Irma Löber lebend gesehen hat, Herr Konrad. Und Sie hatten theoretisch Zeit genug, den Mord zu begehen, gegebenenfalls Spuren zu verwischen, sich danach zu Frau Mainhardt zu begeben und mit ihr wieder hierher zu kommen.«

Ich dachte an Herrn Konrads Worte: »... ob sie wirklich tot ist!«, sah den charmanten, in die Jahre gekommenen Lebemann an und erschrak. Hoffentlich hatte ich nicht wieder einem Menschen vertraut, der freundlich und heiter aussah und der sich am Ende als Mörder entpuppte!

****

Herr Konrad wurde mit der Auflage entlassen, sich für weitere Befragungen bereit zu halten – sprich: keine unmittelbare Weltreise anzutreten.

Frau Karina Ix bat mich mit einer Handbewegung zurückzubleiben. Um uns herum hatten die Tatortspezialisten ihre Arbeit längst aufgenommen. Die Leiche selbst war endlich abtransportiert worden, nachdem ihre armselige Lage aus allen Positionen aufgenommen worden war, und zwar nicht nur mit den üblichen Digitalkameras, sondern auch mit Infrarotapparaten. Der spurensuchende Ministaubsauger hatte in der ganzen Wohnung sein Werk getan, die Fingerabdruckleute arbeiteten teilweise noch konventionell.

Alle waren leise. Es wurde wenig gesprochen, aber nicht aus Pietät, sondern wahrscheinlich aufgrund der Ermüdung durch tägliche Routine. Ich sah, wie ein Kamm, eine Zahnbürste und Hautcreme in beschrifteten Plastikbeutelchen verstaut wurden, wie mit Spezialzangen ein Geldbeutel und ein Schlüsselbund gesichert wurden und wie Frau Ix mit einem Kopfschütteln verhinderte, dass die Kleiderschränke durchsucht wurden. »Das machen wir später. Schaut, ob ihr so was wie Tagebücher findet. Notizbücher. Eintragungen in Kalendern. Nehmt alles mit, was sie aufgeschrieben haben könnte. Obwohl es wahrscheinlich nicht das Geringste bringt.«

Ich beobachtete das ruhige Wirken von Frau Ix. Ich bin freiberuflich, habe weder Chef noch Chefin, sondern nur Auftraggeber, aber es erfüllt mich trotzdem immer mit einer gewissen feministisch angehauchten Freude, wenn Männer machen, was eine Frau anweist.

»Setzen Sie sich noch einen Moment«, sie deutete mit einer ausholenden Geste auf den Stuhl neben dem Küchentisch. Ohne Leiche saß es sich hier jedenfalls wesentlich angenehmer.

»Was meinen Sie, Frau Mainhardt?« Ich wartete verwirrt, dass sie weitersprach. »Ist der sauber, der alte Draufgänger?« Sie schmunzelte wieder und strich sich mit einer natürlichen Geste eine Strähne ihres langen hellbraunen Haares aus dem Gesicht. Aus der Art, wie sie ab und zu mit der Hand in Richtung ihrer Tasche tastete, vermutete ich, dass sie Raucherin war.

Ich kam aus dem Staunen nicht heraus. Elfie hatte mir Frau Ix als den Teufel in weiblicher Gestalt ausgemalt, doch die echte Ix war einfach nur nett. Sie wirkte gemütlich und auf angenehme Weise selbstsicher mit ihren freundlichen, hellblauen, ein wenig zu kleinen Augen im rundlichen Gesicht. Elfie hätte mich niemals so offen gefragt, was ich über einen Verdächtigen in einem Mordfall dachte.

»Ehrlich gesagt, weiß ich es nicht. Die ganze Nummer mit der Beschattung war ein wenig dubios. Wer sollte den schon beschatten, dachte ich mir. Außer Damen im Pensionsalter, die sich um ihn reißen, was er offenbar nicht ungern sieht.«

»Ja ...« Nachdenkliche Pause. Dann sagte sie entgegenkommend: »Frau Mainhardt, Sie haben der Kripo schon ein paar Mal auf die Sprünge geholfen – wie ich gehört habe, mit dem richtigen Gespür und mit ihrem Faktenwissen. Historiker sind unter uns Kripoleutchen ja eher selten ... Obwohl dieser Fall nicht danach aussieht, als habe er einen geschichtlichen Hintergrund.«

Ich unterdrückte ein geschmeicheltes Lächeln.

»Beim Vierordtbadmord war es genauso. Zunächst einmal ist da eine Leiche. Eine harmlose ältere Frau. Doch bis zu ihrem Tod führt eine lange Spur von scheinbar nebensächlichen Zufällen und Ereignissen.

Es ist«, ich suchte nach Worten, »irgendwie unheimlich. Könnte jeden treffen.«

»So darf man nicht denken«, meinte Frau Ix unerschütterlich und winkte einen jungen Mann durch, der etwas trug, das aussah wie ein Mikroskop. »Tom, da hinten kannst du anfangen.«

Zu mir gewandt meinte sie: »Er durchsucht noch mal die nächsten Meter rund um die Fundstelle. Manchmal ist etwas am Boden verschmiert, das unser Sauger nicht aufnehmen kann. Er nimmt Proben, wenn er etwas entdeckt, und macht gleichzeitig Fotos von der Fundstelle. Unsere Arbeit ist leichter und komplizierter zugleich geworden.«

Elfie Kohlschröter hätte mich niemals freiwillig in die Vorgehensweise ihrer Leute eingeweiht. Sie durfte es nicht, und sie tat es nicht, *weil* sie es nicht durfte. Doch meine Ideen hatte sie ganz gerne aufgenommen. In Maulbronn, in Rust und in Speyer. Eine schwer definierbare Traurigkeit überfiel mich unerwartet. Eigentlich hatte sich Elfie immer nur meiner Intuition bedient und mir keinerlei Hilfe oder Dank zukommen lassen. Nicht nur sie – alle beide: Melchior und Elfie! Abwarten und Aushorchen. Und dann Austricksen. Nur zu gerne steigerte sich meine Seele blitzschnell in die vertrauten Rachegefühle hinein, und wild entschlossen versprach ich Elfies Konkurrentin Ix: »Ich helfe Ihnen gerne, wenn ich etwas beisteuern kann. *Ihnen,* wohlgemerkt.«

An ihrem Gesichtsausdruck sah ich, dass sie verstanden hatte. »Lassen Sie das meinen Chef nur nicht hören. Der reagiert jedes Mal allergisch, wenn sich Externe in die Ermittlungsarbeit einmischen. Früher hätte man ihn *Geheim*rat genannt. Keine Infos nach draußen. Bei dem stellen sich sogar die Nackenhaare, wenn unser Psychologe anruft.«

Ich wartete. Sie schien noch zu zögern. Sie reichte mir eine kräftige Hand.

»Aber er geht nächste Woche in Kur, und wenn wir den Mörder bis dahin nicht haben, liegt der Fall mit SoKo-Leitung bei mir. Sozusagen als Test für die Beförderung zur Ersten Polizeihauptkommissarin.« Sie verzog den großen Mund. »Schrecklich langer Titel, oder? Ich darf Ihnen natürlich keine vertraulichen Informationen geben, das wäre ein Grund für ein sattes Disziplinarverfahren. Aber fachlichen Rat darf ich sehr wohl einholen. Also machen wir es nicht kompliziert. Ich bin Karina. Alles darfst du – nur nenn mich nie Kari oder so ähnlich. Und das Käthchen ist für meinen Mann am Hochzeitstag reserviert. Vielleicht begleitest du meine Gedanken bis zu dem Tag, an dem wir den Mörder oder die Mörderin der armen Irma Löber erwischt haben?«

Dann ging sie mit großen Schritten auf ihren stämmigen Beinen zum Balkon, sah in den Hinterhof hinaus und rauchte eine Zigarette. Mich ließ sie vollkommen verblüfft zurück. Konnte es sein, dass sich in Elfies Dunstkreis eine so erfrischend normale Person bewegte?

»Kann ich dich mitnehmen?« Karina Ix stand in der Tür der Küche. »Wir fahren zu dem Secondhandladen. Es ist sechs. Er könnte noch offen sein.«

Im Auto berichtete sie mir freimütig, was Herr Konrad zu Protokoll gegeben hatte. Sie zündete sich eine Zigarette an, riss den Autoaschenbecher auf, fragte mich nicht, ob es störte, setzte eine andere Brille auf und schaltete das Radio aus, das laut auf SWR 3 gestellt war. Hinten im Auto lagen ein zerknüllter Blazer und ein Buch mit Eselsohren.

»Er hat eine Beziehung mit ihr gehabt. Allerdings rein platonisch, behauptet er. Das muss man ihm erst einmal glauben. Sie war Witwe, er war Witwer – also eine ganz normale Sache. Allerdings seien da einige andere Damen in der Theatergruppe, die Frau Löber um ihn, den alten Stenz, beneideten. Das reicht sicher nicht als Mordmotiv. Aber man muss sich diese Theaterleutchen trotzdem mal ganz genau anschauen. Sie treffen sich hinten beim Tempel. Da dürfen sie einen Proberaum benutzen. Die Stadt stellt ihnen die Räumlichkeiten im Rahmen der lokalen Kulturförderung zur Verfügung. Eine badische Seniorentheatergruppe sieht offenbar nach einer unterstützenswerten Sache aus.« Tiefer Zug.

Elfie Kohlschröter hatte mich in unseren zurückliegenden Fällen immer möglichst aus allem heraushalten wollen. Hatte mir nur die Informationen gegeben, die sich gar nicht vermeiden ließen. Misstrauen erhob sein hässliches Haupt und grinste. Konnte es sein, dass Karina Ix ihr knappes Personalbudget durch unbezahlte Freiwillige aufstocken wollte?

»Bei uns«, meinte sie lapidar, als habe sie meine Gedanken erraten, »geht jetzt alles seinen Gang. Der Kriminaldauerdienst nimmt Hinweise an, die SoKo ›Irma‹ wird gebildet, alles durch sämtliche Computer gejagt, nach Parallelfällen gesucht, die Verwandtschaft und der Bekanntenkreis durchleuchtet, die Hausbewohner befragt, die Bankauskünfte eingeholt. Tagebücher, Kalender und dergleichen durchforstet, die

Tatorterkenntnisse ausgewertet. Und natürlich mit dem Sohn und dem Enkel gesprochen. Laut Nachbarin lebt der Sohn in Frankfurt, der Enkel studiert in Mannheim Informatik.«

Sie parkte schwungvoll vor dem Secondhandladen, schleuderte ihre langen braunen Haare zurück. »Und soll ich dir was sagen, meine Liebe?« Da sie zum Reden entschlossen schien, war keine Antwort nötig. »Das wird alles nichts bringen. Man sieht schon an der Wohnung: Hier hat es eine Durchschnittsexistenz erwischt. Keine Geheimnisse, nicht mal kleine. Die Frau hat abends ein Gläschen Wein getrunken und an Heiligabend vielleicht zwei. Sie hat einmal im Monat für den Studiosus gekocht und ihm ab und zu fünfzig Euro zugesteckt. Geld brauchte sie keines. Sie selbst hatte ein wenig geerbt, von einer kinderlosen Tante, und ihr verstorbener Mann war Beamter. Schnell gearbeitet haben die Jungs in der Zentrale, und der Computer hat auch mitgespielt. Interessanterweise war ihr Mann ganz früher mal bei der Polizei, aber da hatte er wohl Ärger mit seinen Vorgesetzten – was weiß ich, etwas mit einem nicht bewilligten Urlaub – und später war er dann im Gericht beschäftigt.«

»Stopp«, unterbrach ich, hellhörig geworden. »Das könnte doch etwas Ungewöhnliches sein: Witwe eines ehemaligen Polizisten, eines späteren Gerichtsbediensteten. Versetzt, nachdem er seine Kompetenzen überschritten hatte. Vielleicht hat er bei Gericht ...«

»Er war am Arbeitsgericht. In der Abrechnungsstelle«, versetzte Karina Ix trocken. »Nichts Spektakuläres. Sie selbst hat sich wohl gelegentlich abfällig über die Fähigkeiten unserer Zunft geäußert, aber damit steht sie nicht alleine in diesem Land. Da aber irgendjemand sie erschlagen hat, muss es noch etwas gegeben haben. Leute werden eher selten erschlagen, weil jemand mal ausprobieren will, ob das Spaß macht.«

Ich stieg aus. Sie lehnte sich über das Dach ihres BMW und schob ihre Sonnenbrille auf den Scheitel. Ihre kleinen Augen blitzten.

»Ich sehe drei Möglichkeiten: Sie hat sich mit irgendwelchen Heiratsschwindlern oder Leuten, die was verkaufen wollen, eingelassen und einer davon ist aus Gründen, die wir noch nicht kennen, gewalttätig geworden. Die zweite Möglichkeit ist, dass der Mörder in ihrer näheren Umgebung zu suchen ist. Dieser betagte Charmeur, oder der Sohn oder Enkel, deren Alibi wir noch nicht überprüft haben. Oder ein Nachbar oder eine Nachbarin, die sie aus irgendwelchen Gründen erpresst hat. Doch in ihrem Haus wohnen überwiegend ältere Leute, die schon jahrelang in dem Viertel leben. Man kennt sich dort gut. Trifft sich. Keine sozial auffälligen Personen. Alles wie bei meiner Tante Hanne, und die bringt auch keine Leute um.«

»Und die dritte Möglichkeit?«

Karina sah mich an und fragte trocken: »Wohin fahren wir denn gerade? Eben! Also die dritte Möglichkeit ist die, die mir am wenigsten gefällt, nämlich dass Frau Löbers Tod tatsächlich etwas mit dieser Tasche und dem Muff zu tun hat. Und wenn du mich fragst, warum mir das am wenigsten behagt – weil das einfach kein Mordschema für einen normalen Arbeitstag eines normalen Beamten ist. Die Tasche riecht nach Komplikationen. Und dass der Muff auch verschwunden ist, der Schal hingegen nicht, riecht nach noch mehr Komplikationen, denn das bedeutet – der Muff und die Tasche waren irgendwie wichtig. Klar?«

»Klar.«

Drei abgetretene Stufen erschwerten den Eintritt in das kleine Ladengeschäft, das aussah wie die meisten Secondhandläden. Eher dunkel und bescheiden die Auslage. Eine alte, fast schon vergilbte Schaufensterpuppe trug einen zu kurzen Rock und eine Jacke mit Pelzbesatz und lächelte zeitlos und elegant dazu. Der feine Eindruck wurde durch die Ergänzung *Quick Secondhandladen* allerdings eingeschränkt.

Die Glocke läutete. Es war eng in dem Lädchen, jeder Meter war ausgenutzt. Das übliche Bild. Lange Kleiderstangen, an denen Pullover, Blusen, T-Shirts baumelten. Im hinteren Teil, durch einen Vorhang diskret abgetrennt, ›Größere Größen‹. Zwei Frauen suchten intensiv in dem Angebot herum, Kauflust in den Augen. In Secondhandläden sucht man immer hochkonzentriert, denn es kann sich rächen, auch nur einen einzigen Kleiderbügel mit dem Designerstück zu übersehen, das früher mal und jetzt nur noch ... Jede von uns kennt das.

Rechts stand die Kasse auf einem Tresen. Schmuck und kleinere Accessoires, glitzernde Blusen für gehobenere Anlässe. Darüber lagen Hüte und baumelten Schals, in einem niederen Regal standen Schuhe und links davon hingen etwa zwanzig Taschen aller Größenordnungen.

Die Frau, die gerade Zahlen in eine Liste eintrug, war klein, rundlich, beinahe schwammig, mit messingfarbenem blondem Haar, das ihren Kopf wie ein Helm umgab. Ich hätte wetten können, dass sie ein Mieder trug, denn ihre stattlichen Speckröllchen quollen oberhalb und unterhalb ihrer Leibesmitte hervor.

»Suchen Sie was Bestimmtes?« Es klang nicht allzu entgegenkommend. Karina verzog keine Miene. Die Frau hatte keine Ahnung. Die zwei Kollegen, die uns vom Tatort in einem neutralen Wagen gefolgt waren, warteten unsichtbar vor der Tür.

Karina Ix zückte den Ausweis ohne jegliches Zögern oder zickiges Taktieren, das Elfie so liebte, und hielt ihn der Messingfarbenen unter die Nase.

»Polizei?« Die Nase zuckte wie bei einem Karnickel, das Witterung aufgenommen hat. Ein zweiter Blick. Die Frau kniff den Mund misstrauisch zusammen. Ihr Geschäftsfrauengesicht wurde scharf. Dann wanderte ihr Blick zu mir.

»Eine Mitarbeiterin.« Karina Ix steckte den Ausweis wieder ein. Ich sah sie von der Seite an. Sie hatte diese natürliche Autorität, die man nicht lernen kann. »Ihr Name?« »Karin Lohse!« Karina Ix nickte und notierte sich den Namen.

»Bei mir ist alles in Ordnung!« Die Frau uns gegenüber sprach etwas zu atemlos. »Alles angemeldet. Keine Lebensmittel, ich schenke keinen Kaffee aus, nichts. Und meine Kräfte sind alle ...«

»Ich bin von der Kriminalpolizei«, ließ Karina Ix gelassen fallen, »diese Dinge interessieren mich nicht.«

»Nein?« Jetzt wurde die Frau unsicher. Verständlich. Besuch von der Kripo ist nichts Angenehmes. Gleicht mindestens einem aufgeschobenen Zahnarztbesuch oder dem Moment, als meine Freundin Jutta das von ihrer Tochter für mich gemalte Bild im Papiermüll gefunden hatte. Ich habe nie wieder etwas von Jutta gehört.

»Ist etwas passiert? Mein Mann? Meine Mutter?« Jetzt wurde sie ängstlich. Würde ich auch werden.

»Nein. Wir interessieren uns für einige Gegenstände, die bei Ihnen gekauft wurden.« Die Erleichterung ließ die Speckröllchen erzittern, als die Frau ausatmete. Ein neuer Gedanke brach sich bei ihr wortreich Bahn.

»Ich kann nichts dafür, wenn was geklaut ist. Ich frage nicht. Das weiß jeder. Meine Praktiken sind bekannt. Wir haben einen bestimmten Abgabetag pro Woche. Der kann wechseln. Ich mache immer einen

Aushang, dann wissen die Leute, wann Abgabe ist. Und dann bringen sie ihre Kleider, und wir schauen sie uns an, ob sie passen. Vieles geht noch am gleichen Tag weg: Deshalb ›*Quick Secondhandladen*‹. Ist eine Geschäftsidee von mir. Ich habe gehobene Kundschaft. Die, die das Zeug bringen und die, die es kaufen. Quittungen von den Sachen haben die Leute meistens nicht mehr.«

Sie hielt atemlos inne. Inzwischen habe ich ein wenig Erfahrung. Wetten, dass diese Frau schon gestohlene Ware verhökert hatte – und das nicht nur einmal. Unschuldige strahlen eine unverkrampfte Gelassenheit aus. Sie haben keine Angst, bei einer Lüge ertappt zu werden, einfach deshalb, weil sie nicht lügen.

»Kein Problem. Damit setzen sich unsere Kollegen vom Diebstahlsdezernat bei entsprechenden Hinweisen auseinander«, erklärte Karina Ix kühl. »Vorgestern hat ein älterer Herr bei Ihnen einen Schal, einen Muff sowie eine Tasche erstanden. Eine schwarze Aktentasche. Können Sie sich an den Vorgang erinnern?«

Die Wachsamkeit in den Augen von Karin Lohse ließ noch nicht nach.

»Ich war vorgestern Nachmittag nicht im Laden. Morgens war viel los. Abgabetag – das schlaucht ganz schön. Vor allem, wenn man den Leuten sagen muss, dass ihre alte braune Leinenhose, auf die sie so große Stücke halten, einfach nicht mehr verkäuflich ist.«

»Und wer hat dann bedient?« »Eine Studentin, die ab und zu bei mir aushilft. Ich habe im Ganzen fünf solche Aushilfen. Aber es ist alles ...«

»Name?« »Caroline Renz.« »Wo wohnt sie?« »Hier um die Ecke, in der Goethestraße.«

»Die genaue Adresse geben Sie uns dann später. Gibt es irgendeinen Nachweis, wer was verkauft? Schreiben ihre Hilfen das auf?« »Ja. Wir machen das noch mit der Hand.« Karin Lohse legte das dicke Heft in Tagebuchformat vor sich hin. Sie blätterte eine Seite zurück.

»Sie hat vorgestern Mittag siebenundzwanzig Sachen verkauft. Am Nachmittag nach der Abgabe geht viel. Ein paar Röcke, mehrere Kleider, etliche Jacken, ein Ballkleid, eine Brosche, einen Schirm, einen Muff, einen Schal, eine Tasche und zwei T-Shirts Größe 36.«

»Die Käufer notiert sie natürlich nicht?« »Nein, das würden die sich hübsch verbitten. Glauben Sie, die gehen zum Opernball und gestehen, dass ihr Kleid aus zweiter Hand ist?« »Wie kommen denn die Verkäufer nun an ihr Geld?«

Frau Lohse richtete sich mit Stolz in den Augen etwas gerader auf. »Wir sind das einzige Secondhandgeschäft in Karlsruhe, das den Leuten gleich bares Geld für ihre Ware gibt und nicht nur auf Kommissionsbasis arbeitet. Den Leuten ist das sehr recht. Es ist anonym. Für uns ein größeres Risiko, aber der Verwaltungsaufwand ist geringer. Und man hat weniger Ärger. Das Wort *Quick Secondhand* können Sie ernst nehmen.«

»Können Sie sich denn an eine Aktentasche erinnern?«

Frau Lohses Blick wanderte zu dem Ständer, wo die restlichen Taschen noch auf Käufer warteten. Es waren alle möglichen Taschen. Laptoptaschen, Aktentaschen, kleine Damentäschchen.

»Nein. Nicht genau. Wie bereits gesagt, wir nehmen immer nur an einem Vormittag Waren an. Das ist bekannt. Vorgestern Morgen sind eine Menge neuer Sachen gekommen. Noch eine weitere Mitarbeiterin hat bei der Abnahme geholfen. Wir stehen nebeneinander, sichten die Sachen und legen sie dann erst einmal zur Seite.« Sie krauste die Stirn. »Doch. An den Muff erinnere ich mich, weil Muffs kriegen wir nicht oft. Er kam zusammen mit einer Tasche, denn ich hatte überlegt, ob ich ihn im Schaufenster dekoriere. Ein Mann und eine Frau haben die Sachen in einer kleinen Kiste gebracht. Es war noch ein T-Shirt dabei und eine Strickjacke. Die habe ich nicht genommen. Zu altmodisch.«

»Und weiter?« Karina konnte ihre Spannung gut verbergen.

»Ich habe den Leuten 23 Euro bar gegeben, weil der Muff gut war. 20 für den Muff und drei für die Tasche. Sie waren zufrieden, der Mann hat das Geld eingesteckt, und sie sind gegangen.«

»Können Sie die beiden Personen beschreiben?«

Frau Lohse tat so, als denke sie nach. In Wahrheit wollte sie uns nur schnell loswerden. »Ich hab mir die Leute nur ganz kurz angesehen. Kann sogar gut sein, dass ich sie jetzt mit anderen verwechsele. Der ganze Laden steht voll bis zur Tür am Abgabetag. Ich sehe fast nur die Hände von den Leuten, wenn sie mir das Zeug geben. Aber es war bestimmt nichts Besonderes an ihnen, sonst hätte ich genauer hingesehen. Ganz normale Leute.«

»Alter?« Frau Lohse zuckte mit den Schultern. »Vielleicht um die vierzig. Beide. Ich glaube, sie war klein und blond. Er untersetzt und mit braunem Haar. Aber ich hab sie mir wirklich kaum angesehen. Meine eigene Mutter könnte kommen und etwas bringen, ich würde es nicht merken. Der Laden ist am Abgabetag immer bumsvoll. Kommen viele, die schnell Geld brauchen. Fragen Sie doch meine Mitarbeiterinnen.«

»Wie lange behalten Sie die Sachen bei sich?

»Das kommt auf die Saison an. Aber meistens nicht länger als drei Wochen! Wie gesagt, bei uns ist ein schneller Umschlag. Gute Sachen gehen am gleichen Tag. Das ist bei der Kundschaft bekannt. Diese Taschen hier sind alle vorgestern Morgen gekommen. Das weiß ich genau, wir hatten nämlich gar keine Wintertaschen mehr. Und die gehen alle noch diese Woche weg.«

Vorne an der Eingangstüre klingelte die Ladenglocke. Eine schlanke junge Frau trat herein, warf uns und damit der Szenerie an der Kasse einen etwas erstaunten Blick zu und begann, sich bei den T-Shirts in jenen Minimaßen umzusehen, von denen ich nie weiß, welche erwachsene Frau da eigentlich hineinpasst. Bei der Größenangabe steht dann zu meiner Verblüffung auch noch »M«. Früher trug *ich* M – heute schweift mein Blick prüfend über XL.

Mein bevorstehender vierzigster Geburtstag drängte sich dadurch plötzlich wieder in meine Erinnerung und damit die Tatsache, dass es erstens nichts zu feiern gab und dass ich zweitens nicht wusste, mit wem ich dieses Nichts feiern sollte.

Wir waren inzwischen an einer dieser zahlreichen Sackgassen angekommen, wo man bei einem Mordfall immer denkt, es geht nicht weiter, und seltsamerweise passiert dann doch noch etwas. Es ist wie beim Scrabble: Irgendwann haben alle nur noch unmögliche Buchstaben, und es sieht aus, als gäbe es beim besten Willen kein Wort mehr – dann taucht plötzlich doch noch ein *Xylophon* oder ein *homophob* auf, das man nicht mehr für möglich gehalten hätte.

Karinas Handy läutete. Sie ging ins Hintere des Ladens und sprach leise. Kaum war sie fertig, läutete es wieder. Klar, sie steckte in den Anfangsermittlungen zu einem Mordfall. Die SoKo war gebildet, die ersten Ergebnisse der Technik begannen einzutrudeln, bald würde es die ersten Gespräche mit der Staatsanwaltschaft, die ersten Konferenzen und die ersten Pressetermine geben.

Von alledem war ich natürlich ausgeschlossen. Wie immer. Ich stehe immer am Rand, dachte ich, und bekomme nur die Informationen, die man mir nach einem für mich undurchschaubaren System gibt. Eine unschöne Rolle.

Karina Ix kehrte zu uns zurück und ließ sich die Adresse von Caroline Renz geben.

»Sie können sich also keinesfalls an irgendetwas Besonderes an den Leuten erinnern, welche die Sachen vorgestern abgegeben haben?«

Frau Lohse schüttelte den Kopf, wobei sich an ihrer helmartigen Frisur kein Härchen bewegte. »Wirklich nicht. Wie gesagt, ich habe sie kaum angesehen.«

»Schreiben Sie bitte auch die anderen Adressen auf. Wir werden mit all den Damen reden, die an dem Morgen Dienst hatten.« »Bitte!« Muffig kritzelte Frau Lohse drei Namen auf einen Zettel.

»Und danach«, stellte Karina Ix fest, »hatten Sie also nichts mehr mit den Sachen zu tun! Sie wurden von Caroline Renz verkauft.« Kurze Pause. Wir wandten uns zum Gehen. Da sagte Karin Lohse plötzlich ganz sachlich: »Nein. Nein. Ich lasse mir die neue Ware zeigen, bevor sie zum Verkauf ausgestellt und ausgepreist wird. Ein bisschen muss ja die Chefin doch Bescheid wissen, oder?« Letzteres klang spitz. Jetzt sah man deutlich, was für eine unsympathische Arbeitgeberin sie vermutlich war.

»Sicher. Und ...«

»Ich lasse mir alles vorführen. Schaue, ob es ordentlich gewaschen ist – das ist Voraussetzung bei uns – und ich sehe in die Hosentaschen, unter die Schuhe, ob die Sohlen noch gut sind. Eigentlich sollen das auch meine Mitarbeiterinnen machen, aber die sind da manchmal ein wenig lax. Ist ja nicht ihr Geld.«

»Hosentaschen?«

»Ja, wir haben schon zweimal beinahe einen Fünfzig-Euro-Schein mitverkauft. Und die Handtaschen sehen wir natürlich auch durch. Später kommen die Leute und behaupten, sie hätten ihre Bahncard oder so was drin vergessen.«

»Sie leeren also alle Taschen aus, wenn sie angeliefert werden?«

»Ja, natürlich. In der Mittagspause. Nicht vor den Augen der Leute, die sie abgeben. Das ist denen manchmal peinlich, was wir da aus den letzten Winkeln, die wir schon vergessen hatten, zutage fördern.« Sie wagte eine Art Kichern. »Und bei mir geht's gründlich zu, bitte. Nicht wie bei den anderen Secondhandläden, wo die Klamotten aufgehängt werden wie sie reinkommen. Und die Sachen, die ich da raushole, bewahre ich auch etwa ein Vierteljahr auf. Manchmal auch länger.«

Jagdfieber der altbekannten Sorte durchströmte mich, auch wenn ich die Gesprächsführung leider der Frau überlassen musste, die dafür vom Staat bezahlt wurde.

»Das heißt, Sie haben wahrscheinlich auch die in Frage kommende Tasche ausgeleert.«

»Sicher. Das machen wir später zusammen, denn wie gesagt, ich lasse das die Kundschaft nicht wissen. Wer mag das schon, dass sein Abgegebenes durchgewühlt wird? Sieht aus, als wollte man überprüfen, ob es sauber ist. Ich hab gute Kundschaft. Manchmal haben die sogar Haushälterinnen, die Sachen bringen. Ich habe nur wohlhabende Leute. Spricht sich rum.«

»Wo bewahren Sie die Sachen auf, die sie aus den Taschen entnehmen?«

»In zwei verschiedenen Schachteln. Eine für die Hosen und Jacketts, wo manchmal noch was drin steckt, und eine Schachtel für die Handtaschen.« Sie griff unter ihre Theke und holte zwei Kartons hervor.

Die schlanke Frau hatte inzwischen ein gelbes T-Shirt gefunden und bezahlte 2,50 Euro.

»Darf ich?« Karin Lohse kassierte das Geld, verpackte das Hemdchen in eine Tüte ohne Aufdruck. »Danke, Frau Stahl!«

Als die junge Frau gegangen war, wandte sie sich wieder uns zu. »Die ist eigentlich Frau Dr. Stahl, Tierärztin, aber sie legt keinen Wert auf den Titel. Also, wenn ich einen hätte, dann würde ich ihn nennen. Ich wäre als Kind gerne Prinzessin geworden, und ich hatte Nachbarskinder, die große Drachen gespielt haben, die mein Reich verteidigten. Prinzessinnen müssen doch ihr Reich verteidigen, nicht wahr? Koste es, was es wolle. So habe ich früher gedacht. Da wusste ich noch nicht, dass meistens die Prinzen König werden und Prinzessinnen nur ein angeheiratetes Reich haben. Obwohl man das genauso lieben kann.«

Karina Ix sah die Ladenbesitzerin an, als sei diese verrückt geworden. Ich musste lächeln. Frau Karin Lohse war so weit von einer Prinzessin entfernt wie ich von Angela Merkel. Oder noch weiter.

Und doch hatte uns diese lächerliche Person gerade den Schlüssel zu einem Mordfall geliefert, aber wir hörten natürlich mal wieder nicht hin. Und wenn wir hingehört hätten, so wären wir noch nicht so weit gewesen zu verstehen. Nicht im Frühjahr. Doch das Bild des Drachen war so farbig, dass ich mich später daran erinnern sollte.

Stattdessen warfen wir einen verblüfften Blick auf das, was sie innerhalb eines halben Jahres aus abgegebenen Taschen herausgeholt hatte. Taschentücher, Feuerzeuge, Lippenstifte, Kajalstifte, zwei Kondome, ein Schlüssel, der aussah wie ein Fahrradschlüssel, Kugelschreiber, ein Patiencekartenspiel, Zigaretten, mindestens fünf Brillen, eine Sonnenbrille und verschiedene Umschläge. Die Sachen waren teilweise ziemlich angegriffen, bei dem Patiencespiel waren Karten geknickt, eine war nur noch halb vorhanden. Trübsinnig sah uns der ramponierte Bube an. Ich dachte an Consuela und ihre nicht eingetroffenen Glücksversprechen und blickte trübsinnig zurück. Jetzt waren wir schon zwei ramponierte Glückssucher: Der Bube und ich!

»Na ja«, sagte Karin Lohse, »ich kann es ja nicht noch glatt bügeln. Da geht schon auch mal was kaputt, wenn man die Sachen rausholt.«

»In diesen Schachteln hier ist in den Seitenfächern gefundenes Geld«, sagte sie. »Hier zehn Euro, da fünf und dort fünfzig. Hier ist eine Fünf-Pfund-Note, da drin sind noch alte Mark und noch ältere Francs.«

Aus dem Kasten kramte sie schließlich einen weiteren, sehr verknitterten Umschlag hervor. »Und schauen Sie mal, hier drin ist ein Brief ... und dabei liegt dieser Ausweis hier, die waren vermutlich in ein und derselben Tasche, deshalb haben wir sie zusammengesteckt.«

Wir betrachteten den Ausweis. Ein Vereinsausweis? Er war ohne Foto, nur mit einem großen Buchstaben, einem aufgedruckten, etwas altertümlich wirkenden »A« versehen, und er trug eine Art Wappen.

»*Badische Freiheit*«, murmelte ich fragend. »Nie gehört.«

Karina Ix entfaltete den Brief oder den Zettel. Er war ebenfalls eingerissen, abgerissen, zerknüllt.

»Der obere Teil ist nicht dabei«, stellte sie fest. »Mindestens zwei Drittel fehlen.«

Frau Lohse fühlte sich sofort wieder angegriffen. »Na ja, in der Eile zerreißt auch mal was. Den Rest haben wir sicher weggeworfen. Meine Güte, die Leute sollten eben vorher in ihre Taschen schauen. In anderen Läden wird so was gleich weggeschmissen.«

»Oder einfach drin gelassen«, meinte Karina Ix nachdenklich und betrachtete den halben Zettel. Frau Lohse reckte den Hals. Ich stand bescheiden daneben. So Gott und die Kripo wollten, würde ich ihn zu sehen bekommen. Stumm hielt ihn mir Karina kurz hin. Das was ich sah, war ein Text aus fremden Zeichen und an der Seite etwas, das aussah wie eine unleserliche wellenförmige Grafik oder eine Formel, doch man konnte nur noch ein paar blasse Striche erkennen.

»Kann man nichts lesen. Fremdsprache!«, half uns Frau Lohse aus. Wieder ging vorne die Ladenglocke. Sie seufzte. Wer weiß, welche guten Geschäfte ihr heute entgingen.

»Wir müssen, Frau Ix!« Einer der Begleitbeamten stand in der Tür. »Die haben gerade angerufen. Meeting in einer halben Stunde unten im Großen Konferenzraum.«

»Okay.« Frau Lohse registrierte mit Unbehagen, dass sich eine Dame der feineren Kundschaft an dem Polizisten vorbeischieben musste, um in den Laden zu gelangen. Sogar das Glöckchen klang trostlos.

»Heute ist es zu spät, aber Sie müssen im Laufe des morgigen Tages aufs Präsidium kommen. Ja, auch wenn es ein Umstand ist. Sie wissen wo? Nicht weit von hier. Protokoll unterschreiben, und Sie erhalten dann eine Quittung für diese Dinge hier.«

Frau Lohse konnte es kaum erwarten, uns loszuwerden. Eifrig begleitete sie uns zur Tür, doch als ich mich noch einmal nach ihr umdrehte, hatte sich ihr Gesichtsausdruck zu nachdenklicher Besorgnis gewandelt. Gegenüber standen neugierige Ladenbesitzer und tuschelten. Vielleicht wurde ihr jetzt erst klar, was passiert war.

Wir strebten bereits dem Auto zu, als wir ihre atemlosen Schritte hinter uns hörten. Die Besorgnis war einer gewissen Entschlossenheit gewichen.

»Also, die Sachen, die Sie da mitgenommen haben ... Ich stand daneben, als meine Mitarbeiterin das Zeug rausgeholt hat. Schön gründlich, wie ich es ihr beigebracht habe. Auch die verborgenen Seitenfächer. Jetzt erinnere ich mich doch noch an die Tasche, aus der sie stammten. Es war die Tasche, die mit dem Muff kam.«

»Ja?« Karina Ix blieb stehen. Gelassenheit lag auf ihrem freundlichen Gesicht. Wahrscheinlich kannte sie dieses Phänomen der späten Geständnisse.

»Ja, die waren in der schwarzen Aktentasche. Eine Art Bürotasche, das stimmt. Zum Tragen oder zum Umhängen. Aber nicht so eine moderne billige Laptoptasche. Ein sehr hochwertiges Stück. Feinstes

Rindsleder. Schon ein paar Jährchen alt. Bestens gearbeitet. Vergoldetes Schloss ... Sie muss dann also auch vorgestern gleich verkauft worden sein.«

Sie hielt inne.

Wie ein Kind sah sie uns aus runden Augen an. Ihre Fettpölsterchen bewegten sich mit ihrem Atem. Beinahe hilflos fragte sie: »Ist mit der Tasche etwas nicht in Ordnung gewesen?«

Doch Karina wandte sich ab, ohne ihr eine Antwort zu geben.

4. Kapitel

Es war jetzt spät geworden. Ein eigenartiger Tag. Mir war elend zumute. Wieder ein Mord. Was war ich? Ein Medium? Zog ich Tod und Unglück etwa an? Anstatt Wärme und Lebensfreude zu verbreiten wie jene Frauen, die Apfelkuchen buken, im Schein einer warmen Lampe, umgeben von Kindern, Freunden und Katzen. Immer, wenn ich an die Beendigung meines Singlezustandes denke, habe ich solche kitschigen Bilder aus den Lesebüchern der fünfziger Jahre vor mir.

Karina Ix hatte mich nach Hause gefahren.

Natürlich durfte ich nicht mit aufs Präsidium. Meine Beziehung zur Kripo Karlsruhe war wie eine unerfüllte Liebesbeziehung. Immer, wenn es am schönsten ist, muss man sich trennen.

Ich holte Nessie bei Consuela ab. Ihre neue Assistentin Carmen, die eigentlich blond war, riss sich die schwarze Perücke vom Kopf. »Also, Consi, ich geh dann zu Hause den *Gehenkten* noch mal durch.«

»Mach das. Und leg mal die Karte *Brief* mit Funktion ›schlechte Nachricht‹ dazu.«

»Für den Gehenkten war die schlechte Nachricht wahrscheinlich im Preis inbegriffen«, murmelte ich und streichelte meinen kleinen Hund, der aus der Küche herausgeschossen kam. Nessie stellte sich an meinem Knie auf und freute sich so, wie sich ein Hund eben freut. »Hat sie schon gefressen?«

»Klar. Paella. Die Muscheln mochte sie besonders gerne.«

Ich seufzte. Gut, dass Frau Trondburg, die energiegeladene Tierschützerin, von der ich den winzig kleinen Köter hatte, nicht wusste, wie unkorrekt wir diesen Hund fütterten.

Zu Hause räumte ich erst einmal auf. Ich hatte gesehen, wie ordentlich es in der Wohnung dieser Irma Löber ausgesehen hatte. Bis auf Frau Löber selbst natürlich, die ziemlich unordentlich herumgelegen hatte. Mit vierzig muss man bürgerlich werden. Die Zeichen des Bohemelebens stehen nur einer jungen Frau – bei reifen Damen, wie ich bald eine war, wirken sie nur noch schlampig.

Ich bügelte sogar ein T-Shirt, anstatt darauf zu warten, dass es sich am Körper selbst glättete.

Dabei dachte ich wieder an den Tod von Irma Löber. Ihn zu verdrängen würde nicht möglich sein. Ein Schritt weiter, und das Blut wäre an meinen Schuh gekommen. Der Gedanke an den Mörder, der die *Oscar*-Figur wie ein Schwert auf sie niedersausen ließ, würde mich weiterverfolgen. Irma Löber. Eine Durchschnittsfrau.

Sie hatte eine Hauptrolle spielen wollen, vielleicht einmal im Leben, und war deswegen vielleicht gestorben. Wegen einer Tasche, die rein zufällig zu ihr geraten war.

Meine Gedanken wanderten zurück zu dem Inhalt der Tasche. Der Text des ohnehin halbierten Zettels war nicht zu lesen gewesen, und die wellenförmige Zeichnung mit den Kürzeln hatte natürlich bei einem ersten flüchtigen Draufschauen keinen Sinn ergeben. Wie eine Wirbelsäule. Oder wie Radiowellen.

Aber der Ausweis für diese Partei oder diese Gruppe? Ich stellte das Bügeleisen ab, schaltete den PC ein und begab mich ins Internet. Der Virus hatte mich wieder gepackt. Und diesmal hatte der Tod mich näher berührt als je zuvor.

Langsam fuhr das Bild zuckend hoch. *Badische Freiheit.*

Google antwortete gleich mit etlichen Eintragungen. Ich ergänzte die Suchbegriffe um »Verein« und landete bei der *Landesvereinigung Baden in Europa*. Was ich dort las, klang seriös und gar nicht uninteressant: Wahrung badischer Identität, Erhalt wertvoller badischer Kulturgüter. Förderung der grenzüberschreitenden Zusammenarbeit in der Region am Oberrhein ... Aber von »Badischer Freiheit« keine Rede.

Also zurück zu Google ... Badische Theaterstücke. Badische Zeitungen. Musikalische Aufführungen ... Dann endlich die Homepage der gesuchten Vereinigung. *»Herzlich Willkommen bei der Badischen Freiheit!«* Ich übersprang das Intro mit der badischen Fahne, die untermalt vom ›Badnerlied‹ vor einem betörend blauen Himmel flatterte. Dann erschien eine Landkarte, auf der das alte Land Baden eingezeichnet war. Die badischen Städte trugen rot-gelbe Wimpelchen.

Eine Geschichtstafel lieferte mir zum wiederholten Mal die für mich immer verwirrenden Daten der badischen Geschichte. Von Altbaden bis Baden-Württemberg. In Altbaden vor 1800 musste es auch nicht schlecht gewesen sein: Nur Karlsruhe, Pforzheim, Rastatt und Baden-Baden. Hübsch überschaubar.

Ich klickte ›Ziele‹ an. Auch hier ging es um die Wahrung der badischen Identität innerhalb des »Kunstproduktes« Baden-Württemberg.

Doch der Tonfall schien mir hier deutlich kampfbereiter: »Protest gegen die zahllosen unsäglichen Ungerechtigkeiten seitens der Landesregierung in Stuttgart«, »Unterstützung unserer elsässischen Brüder im Behauptungskampf gegen den französischen Zentralismus«.

»Wir sind die einzige Gruppierung«, behauptete man kühn, *»die sich wirklich mit Herzblut den badischen Interessen verschrieben hat. Seit 1985 gibt es uns, zuerst wollten wir nur die badische Geschichte in den Herzen am Leben erhalten, aber wir konnten nun schon mehrmals die Laus im Pelz der württembergischen Herren in Stuttgart sein. Die Wahrung unserer Rechte, der Schutz unserer Kulturgüter und unseres nationalen Erbes ist unser oberstes Ziel, für das wir mit all unserer Kraft einstehen.*

Kommen Sie zu unseren Versammlungen. Werden Sie Mitglied! Junge Menschen sind uns besonders willkommen.«

Da hier ein – wenn auch ältlich wirkendes, schlechtes und undeutliches – Foto des derzeitigen Vorstandes eingeblendet war, konnte ich mich getrost zu den angesprochenen jungen Menschen rechnen. Der Kopf dieser Badischen Partei bestand offenbar aus einer Frau und zwei Herren, die gewiss ihren Rentenbescheid schon vor einiger Zeit in Händen gehalten hatten. Feierlich blickten sie mit der gespannten Aufmerksamkeit jener in die Kamera, für die ein Foto noch etwas Besonderes gewesen war.

Ich fragte mich, wie viele Mitglieder diese obskure Vereinigung wirklich hatte. Alle Welt redete von Globalisierung, und die ließen »mit Herzblut« die badischen Fahnen wehen.

Das Telefon läutete. Es war Elfie, die seit neuestem darauf bestand, dass man sie mit Elfriede ansprach. Ich hatte sie immer nur als Elfie gekannt – so stand es sogar in ihrem Dienstausweis – und die Umstellung fiel mir schwer.

»Ich werde wahrscheinlich irgendwann Mutter sein«, lautete ihre abstruse Begründung. »Und da möchte ich nicht mit einer Verniedlichungsform identifiziert werden. Das könnte meine natürliche Autorität gegenüber meiner Tochter stören.«

Armes Kind, dachte ich und wusste nicht, ob ich wirklich wollte, dass es geboren würde. Auf jeden Fall wollte ich nicht, dass es *gezeugt* wurde. Und wenn – dann sollte es ein frecher Junge sein, der sich schon als Elfjähriger einen Drachen auf den Hintern tätowieren ließ und Nachhilfe in *allen* Fächern brauchte.

»Maren, ich wollte fragen, ob du einen eigenen Tischherrn mitbringen willst oder ob wir einen für dich bestimmen sollen!«

Was machte sie sich jetzt schon darüber Gedanken? Elfie-Elfriedes und Melchiors Hochzeit, die in großzügigem Stil in einem Restaurant gefeiert werden sollte, würde am 29. September stattfinden, rund einen Monat vor meinem Geburtstag. Beides waren eher emotionale Tiefpunkte für mich, und die Tatsache, dass man krampfhaft nach einem Tischherrn für mich fahnden musste, machte es nicht besser. Kaum würde ich das überstanden haben, wartete mein Geburtstag. Vierzig! Noch einen Zehnerschritt weiter, und ich konnte den Antrag auf Aufnahme in eine gepflegte Seniorenwohnanlage stellen, ohne dass es als wunderlich angesehen würde.

»Ich weiß nicht, Elfie. Kann ich mir das noch überlegen? Wer kann sicher sein, ob ich bis dahin noch lebe? Ich weiß übrigens sowieso nicht, ob ich überhaupt kommen kann. Habe derzeit viele Aufträge außerhalb …«

»Ach, Maren. Du willst dich nur drücken, aber ich habe dir schon oft gesagt, dass Melchior und du ganz einfach nicht zueinander passen würdet. Denk lieber, dass ich dir einen Gefallen tue, indem ich den falschen Mann wegheirate.«

»Vielen Dank!«, erwiderte ich ironisch. »Übrigens, es hat in Karlsruhe einen Mord gegeben.«

»Maren, ich kenne deine Beteiligung an der Sache. Unwahrscheinlich genug. Du scheinst Morde anzuziehen wie ein Magnet, aber natürlich bin ich längst informiert. Man hat mich auf mein eigenes Ersuchen hin nicht mit der Sache betraut. Angesichts der Tatsache, dass ich im Moment anderes zu tun habe und auch mit anderen Zuständigkeiten betraut bin, wird Frau Ix die stellvertretende Leitung der SoKo übernehmen.«

Wie immer betonte Elfriede das Wort »Ix« als beiße sie einer Salzgurke krachend den Kopf ab. Was waren denn jetzt ihre Zuständigkeiten? Hoffentlich das Überwachen des ruhenden Verkehrs!

»Ich habe sie kennen gelernt, und ich finde sie sehr sympathisch.«

Die neugeschaffene Elfriede lachte besserwisserisch.

»Noch, Maren, noch.«

»Elfie, pardon, Elfriede, es klopft in meinem Telefon. Ich muss Schluss machen.«

Ohne weitere Worte hängte ich ein. Diese Klopffunktion in den modernen Telefonanlagen ist gemein und hat gleichzeitig etwas Magisches. Ach, lass doch klopfen, sagt man sich und dem Gesprächspartner, doch je länger es klopft – oder wenn es aufhört und nach kurzer Zeit wieder anfängt – macht sich ein nagendes Gefühl breit. Und wenn es etwas Wichtiges ist? Ein Superauftrag etwa? Die baden-württembergische Lottozentrale mit den Worten: »Sprechen wir mit Frau Maren Mainhardt? Wir haben eine Mitteilung für Sie.« Oder ist Papa diesmal wirklich krank?

Im Fall von Elfriede legte ich deshalb sofort auf, aber ich gab nicht das übliche Versprechen, bald zurückzurufen.

Hinter dem Klopfen hatte sich Marie Lasalle versteckt.

»Hallo, Maren, ich würde möglicherweise gerne einen Kaffee mit dir trinken. Mit dem Cocktail klappt es ja derzeit nicht, aber das holen wir nach. Vielleicht hast du ja eventuell bald einen netten Partner gefunden und dann könnten wir das zu viert machen.«

Wenn meine Freundinnen ohne lange Vorrede mit mir Kaffee trinken wollen und das mit entschiedener Stimme verlangen, ist meistens etwas geschehen.

»Was ist passiert? Du warst doch am letzten Wochenende bei den Eltern deines Verlobten? War es nicht märchenhaft? Oder hat die Schwiegermama dir vergiftete Äpfelchen serviert?«

Marie entgegnete pikiert: »Es ist gar nichts passiert. Wenn du möchtest, würde ich dir vielleicht ein paar Fotos zeigen. Es ist sehr gediegen. Doch. Sehr feine, sehr feine Leute. Der Vater ruhig und still, immer in Gedanken. Die Mutter hochgebildet, ganz elegant und mit dem Stil ihrer Klasse. Keine böse Schwiegermutter.«

Ich verdrehte die Augen und zog Nessie am Ohr und dann am Schwanz. Sie fuhr herum und sah mich böse an. Wir sind beide zu alt für diese Scherze, schien ihr Blick zu sagen.

»Ja, und?« »Sie haben einen herrlichen Salon. Ich sage das möglicherweise nicht gerne, würde es eigentlich besser gar nicht sagen, aber man besitzt dort einen echten van Gogh. Er ist natürlich nicht besonders groß, aber ...«

»Der Salon oder der van Gogh?« »Maren, der Salon ist beeindruckend. Mit großen Ledersofas, verschiedenen Sitzecken, kleinen Teetischchen – Chippendale! – und Bücherregalen bis zur Decke. Sehr britisch. Nein, das Bild ist klein, geradezu winzig. Könnte direkt eine Straßenszene in Frankreich sein.«

»Was du nicht sagst. Frankreich sogar! Wer hätte das bei van Gogh vermutet. Na ja, das erbst du alles mal.«

Marie wusste es natürlich besser. »Nun, nicht unbedingt. In solchen Familien macht man sich mehr Gedanken als üblicherweise übers Erben und Vererben. Bernhards Familie ist sehr traditionsbewusst. Vor allem die Mutter. Da wird nicht gerade jeder eingeladen, nur weil er denkt, er gehöre dazu. Jemand, der nur *von der Irgendwas* heißt, ist beispielsweise *gar nicht* adelig.«

»Walther von der Vogelweide«, warf ich ein.

Marie ging nicht darauf ein. Ihr Geplapper drang weiter in mein bürgerliches Ohr.

»Gut, sie ist möglicherweise ein bisschen empfindlich. Zum eigentlichen Hochadel gehören sie im engen Sinne auch nicht. So nennt man die einst souveränen Herrscherhäuser, und die gehen nun mal normalerweise erst bei Grafen und Markgrafen los. Heute sind die Grenzen fließend, aber Bernhard sagt, das müssen wir bei seinen Leuten nicht dauernd ansprechen. Deshalb treffen sie sich natürlich meistens auch mit dem niederen Adel, den sie aber *gewachsenen* Adel nennen – das sind die mit nur einem einfachen *von* und Freiherren und Barone. Erst mit einem Grafen, der mal eine sogenannte Herrschaft hatte, also einen Stammsitz mit Ländereien drum herum, geht es in den Hochadel. Na ja, sie hatten immerhin einen Stammsitz. Irgendwo bei Offenburg. Aber das Anwesen war nicht zu halten. Im 19. Jahrhundert mussten sie das Schloss aufgeben. Renovierungsstau. Ich glaube, da ist sie schon noch ein wenig betroffen, davon ...«

Ich unterbrach Maries wirre Rede, bevor sie mir noch ein drittes Mal klar machte, dass ich mit dem Namen Mainhardt leider draußen bleiben musste.

»Und du anscheinend auch. Du hast mir jetzt zweimal erklärt, warum deine Phantomfamilie nicht zum Höchstadel gehört.« »Hochadel, Maren. Hochadel! Oder hoher Adel. Als Ahnenforscherin dürftest du das wissen.«

Ich wusste es auch. Es war gemein aber wahr: Ich wollte Marie provozieren. Eine schwierige Aufgabe angesichts ihres Glückes, das wie aus einem Fürstenroman daherkam.

Entnervt nahm ich das Telefon mit ins Bad und begann die Seifenschale auszuwaschen. Ich war anscheinend nur noch von Hochzeitern umgeben, die von ihrem Namenswechsel besessen waren.

»Wir könnten uns morgen treffen. Ich wäre gegebenenfalls sogar am Überlegen, ob ich dich zu meiner Hochzeit bitte. Bei alleräußerster Diskretion, versteht sich.«

Bei Marie war immer alles äußerst diskret. Geheimnisvoll. Im Vagen. Mit drei Pünktchen am Ende ... die Frau war die Gegenspielerin des Ausrufezeichens.

»Dann lass uns morgen früh Kaffee trinken gehen. Wo?«

Sie schlug das *Café Weinbrenner* vor. Ich lehnte ab. Mit Minitischchen und Couchsesselchen sowie hallendem Boden kein guter Platz für Nessie. Das Wetter war ungewöhnlich schön diese Tage, und es war morgens schon sehr mild.

»Dann könnten wir uns eventuell doch am Ludwigsplatz treffen ...« Drei Pünktchen.

Ich stimmte zu, und sie legte auf. Nachdenklich tat ich es ihr nach. Marie hatte bedrückt gewirkt. Sollte die Idylle ein goldener Käfig sein? Prinzessin auf der Erbse spürte die Hülsenfrucht auch durch zehn Van Goghs hindurch?

Ich hatte sowieso immer noch keine wirkliche Ahnung, um wen genau es sich bei ihrem geheimnisumwitterten Verlobten handelte.

»Die Presse könnte sich möglicherweise dafür interessieren, und das möchten wir wahrscheinlich im Vorfeld nicht«, hatte sie geraunt. Und angefügt, es werde für Leute wie mich ein offizielles Hochzeitsfoto geben.

Ich beschloss, den Abend mit meinem Rotwein und einem leeren Blatt Papier zu verbringen, auf das ich die Gäste für meinen unweigerlichen Geburtstag schreiben wollte. Ein Tisch für meine Familie. Musste ich meine Schwester einladen, die ich ewig nicht gesehen hatte? Und meinen Cousin Christian und Doris aus Speyer? Matthias und Theo, Raika, Consuela und die falsche Carmen. Elfie und Melchior, die hoffentlich absagen würden ...

Meine Gedanken wanderten zu Irma Löber und ihrem Tod. Und damit zum Inhalt der Tasche, die ihr möglicherweise zum Verhängnis geworden war. Ein Ausweis für eine Baden-Partei und ein verschlüsselter, unvollständiger Brief.

Würde man *dafür* morden? Unwahrscheinlich. Und warum hatte man die Tasche nicht einfach Herrn Konrad weggenommen?

Nessie maunzte fast wie eine Katze. Greif, fiel mir dabei ein. Natürlich. In eine Wohnung mit einem überlebensgroßen Schäferhund bricht man weniger gerne ein als bei einer älteren, zarten, allein stehenden Witwe. Doch die Witwe hatte sich offensichtlich nicht trennen wollen von ihrer Tasche ...

Mit Alpträumen von Taschen und Hochzeiten, bei denen Lady Diana ein wallendes Kleid mit einer bluttriefenden Schleppe trug, schlief ich ein.

****

Ich bin für meinen militanten Antisnobismus berüchtigt, weswegen der Ludwigsplatz nicht zu meinen bevorzugten Treffpunkten gehört. Ähnlich wie am Gutenbergplatz versammeln sich dort auf magische Weise und wie auf ein geheimes Stichwort hin Möchtegernschickis – nur, dass sie älter sind als die jungen Intellektuellen auf dem Gutenbergplatz, die samstags Bioware und Elsässer Brot in rustikalen Körben in ihre Altbauwohnungen tragen.

Am Ludwigsplatz triumphiert die nachgefärbte Blondine um die fünfzig, die gegen die »7« auf der Waage und gegen die Falten im Gesicht sowie um ihren Mann kämpft, der sich noch mal ein Motorrad gegönnt hat und dem Strasssteinchen im Rentnerohr blitzen.

Marie, die ja dabei war, sich in Supersnobkreise zu begeben, hatte den Ludwigsplatz als Versammlungsort mitten in der Stadt augenscheinlich bewusst gewählt.

Jetzt am Morgen herrschte schon halbmildes Wetter, und Marie wartete bereits draußen an einem Tischchen auf mich. Ich muss es nicht extra erwähnen – sie sah wieder dem Anlass entsprechend perfekt aus. Ein brauner Rock im Stil der Landhausmode mit Wildlederbesatz, knöchelhohe passende Stiefeletten, eine braune Bluse und eine ärmellose Weste.

Leider rauchte sie nicht. Auf diese Weise entging der Welt der Anblick eines passenden Zigarettenoutfits: Feuerzeug und Zigarettenetui in edlem Nostalgiebraun.

Wir begrüßten uns mit diesen unsäglichen doppelten Luftküsschen.

Ich mag das eigentlich nicht, aber sie hatte die Küsserei vom zweiten Treffen an zelebriert und mir keine Chance gegeben, mich zu entziehen.

»Was würdest du trinken?«, erkundigte sie sich, so als sei sie für das Catering bei unserem Treffen zuständig. Ich sah, dass sie vor einer Orangina saß und beschloss, mich anzuschließen.

»Wie geht es dir? Die Geschäfte laufen gut? Ich hatte deine Adresse an diese Baden-Badenerin, die praktisch ständig im *Brenner's* lebt, weitergegeben – hat sie sich gemeldet? Es ging irgendwie um einen Stammbaum.«

Wie erstaunlich. Oh ja, ich erinnerte mich. Eine total verrückte alte Dame, die mich im *Brenner's Parkhotel* in der Schwimmhalle empfangen hatte und mir dort die Behauptung abgerungen hatte, sie könne sich noch sehen lassen. Leider war es nicht um ihren Stammbaum oder den ihres verstorbenen Gatten aus der Sippe der steinreichen Mönnefeldts aus Greven im Münsterland gegangen, sondern um den ihres Hundes – eines töricht dreinschauenden Viehs mit langen Ohren und hervorquellenden Augen. So zumindest das Foto. »Wunderlich von Hagenhausen« hieß der potentielle Kunde, aber man durfte ihn ganz salopp ›Wundy‹ nennen. Ich verzichtete auf Wundy und den Auftrag.

»Ja, aber bis jetzt hat sich nichts daraus ergeben. Vielen Dank!«

Marie nickte. Sie fragte nicht weiter nach. Es war klar, dass sie eigene Probleme hatte. Mit einem beneidenswert lässigen Schnipsen wies sie die muffelige Kellnerin an: »Ach, ich bekomme noch so eine Orangina, aber bitte schön kalt, ja?«

Es gibt so etwas wie einen Herrschaftston. Den kann man nur sehr mühsam lernen. Bei ihrem Herrn aus besserem Hause musste Marie genau hingehört haben.

»Maren, schau mal. Wenn du möchtest, zeige ich dir hier ein paar Bilder von meiner eventuellen neuen Familie. Aber es wäre schön, wenn du das alles für dich behalten könntest. Es wäre sogar möglich, dass ich dir den Mann demnächst vorstelle, den ich möglicherweise heirate.«

Die zweite Orangina kam. Kalte Orangina kann süchtig machen. Ich hätte auch gerne noch eine bestellt, aber ich wusste nicht, ob Maries zukünftiges Adelsportefeuille groß genug war.

»Wie lange steckst du eigentlich in den akuten Hochzeitsvorbereitungen? Hast du soviel Zeit für Privates?«

»Ich nehme derzeit nicht viele Aufträge an«, bekannte sie. »Warum nicht?« »Nun, ich bin bald verheiratet.« »Und dann?«

Sie sah mich fragend an. »Na, dann bin ich verheiratet.« Vom Hals her breitete sich pastellfarbene Röte Richtung Gesicht aus. »Und ich hoffe, wir werden bald eine Familie sein.«

»Du bist dir aber schon klar darüber, dass sogar Christiane Vulpius eine Feministin war gegen dich und deine Einstellung?«

»Christiane ...?« »Soviel zum Bildungsstand unserer Akademiker«, schnappte ich. In Wahrheit war ich vielleicht nur neidisch auf das Hochglanzglück von Marie. »Das war Goethes Haus- und Bettschatz. Immer im Hintergrund. So sehr, dass du sie nicht mal kennst.«

»Ich habe andere Probleme. Dabei könntest du mir helfen. Zum Beispiel weiß ich noch nicht, welche Farbe von Kostüm ich tragen werde am ›Jour avant‹. Das ist so etwas wie der Tag *vor* dem Tag. So nennen sie das in der Familie. Da werde ich den Freundinnen meiner Schwiegermutter bei einer Art besonderer Champagnerstunde vorgestellt. Meine Schwiegermutter in spe legt großen Wert auf Repräsentation. Wen die alles kennt. Ich möchte die ganz großen Namen aussparen. Erpressung, du verstehst?!«

»Nein«, sagte ich, doch sie ging nicht darauf ein.

»Ich frage mich, ob der Farbton roher Lachs für ein Kleid etwas zu erwachsen wirkt. Meine Freundinnen meinen, zwischen Lachs und Apricot wäre passend.« Sie seufzte. Innerlich tippte ich mir an die Stirn. Roher Lachs ist mir als Sushi recht, als Kostüm sah ich ihn nicht direkt vor mir.

»Aber man hat bereits mit Fürstenbergs gespeist. Mit von Langensteins. Mit Thurn und Taxis' war man gemeinsam in den Bergen zum Skifahren. Also, nicht ganz gemeinsam, aber im gleichen Ort, und man ist sich freundschaftlich begegnet. Man bleibt in diesen alten Familien normalerweise unter sich. Früher musste eine Frau, die nicht ebenbürtig war, jahrhundertelang warten, bis vergessen war, dass sie nicht aus den richtigen Kreisen stammte. Nur wenn sie Glück hatte, verlor sie als Stammmutter künftiger Herrscher irgendwann ihren Makel; manche verloren ihn nie. Da brachte auch eine Erhebung nichts. Das Gedächtnis dieser Leute ist sehr gut.«

»Marie, du spinnst. Ist denn deine Schwiegermutter selbst so furchtbar adelig?« Marie zog ein indigniertes Gesicht, als hätte ich Majestätsbeleidigung begangen.

»Das steht nicht ganz genau fest. Die Kriegswirren, der Osten, du verstehst. Sie hat schon seit Jahren einen Topgenealogen da drangesetzt, der in den alten Papieren sucht, aber du verstehst: Im Osten.«

Ich verstand gar nichts. Ich dachte an den alten Witz, den mein Vater zu machen pflegte, wenn er von den Flüchtlingen nach dem Krieg erzählte: »Drei Sprachen gesprochen, alles durch die Russen verloren.« Alle Freundinnen, deren Eltern nach dem Krieg vertrieben worden waren, hatten mindestens auf herrschaftlichen Gütern gelebt. Normale Häuser schien es nicht gegeben zu haben.

»Schau mal.« Mit allen Anzeichen von Geheimnistuerei, so als hole sie die Kronjuwelen hervor, präsentierte mir Marie Fotos. Ein Haus, ein Hund, ein Mann.

»Ist das dein Bernhard?«

Marie deutete ein mysteriöses Lächeln an und sagte nur: »Aber bitte: zu niemandem ein Wort.«

Überrascht sah ich einen kräftigen, blonden, eher vierschrötigen Mann vor mir. Er hätte Bauer im Mecklenburgischen sein können. Sein Lachen war offen und er sah aus wie ein sterblicher Mensch.

»Ja, das wäre er also.« Hastig breitete Marie eine weitere Fotoserie wie eine Mustersammlung vor mir aus: Der Vater war ein anderer Typ. Melancholisch. Ernst. Schmaler. Dann ein Onkel. Ähnlich. Allerdings mehr ein Lebemann. Schnauzer. Leicht gerötete Weinkennernase. Im Jägeroutfit. Aber die Mutter machte dem Namen tatsächlich Ehre: Schlank, supergepflegt. Nur Escada – oder wie diese Nobelmarken für gestandene Damen hießen – kam an ihren Körper, da war ich mir sicher. Mit Schmuck war sie nicht gerade sparsam. Sie hielt ihren exakt frisierten Kopf so hoch, als hätte sie Angst, eine unsichtbare Krone fiele sonst herunter. Der Mund war zu einem geziert vornehmen Lächeln verzogen. Im Hintergrund sah man die Zinnen eines Schlosses. Ich sah genauer hin.

»Das ist eine sehr hübsche Fototapete. Im Hobbyzimmer: Burg Elz, und dahinten Schloss Windsor. Vom Feng Shui-Standpunkt aus genau richtig, um Vergangenheit und Perspektive in einer prachtvollen Symbolik zu einer Synthese zu führen«, lächelte Marie selig. Ich fand Fototapeten grauenhaft und sah meinerseits noch genauer hin. Diesmal bei Marie selbst. Sie war zweifellos eine intelligente Person und mochte auch zu irgendeinem Zeitpunkt ihres Lebens über eine normale Vernunft geboten haben. Wie konnte sie sich jetzt in ein Prinzengroupie verwandeln?

Warum war eigentlich jemand adelig? Wer hatte irgendwann einmal bestimmt: Du bist adelig und du nicht? Warum sah ich bei dem Gedanken an mittelalterliche Herrscher immer die Comicfigur Hägar vor mir, der mit Hörnern anstatt einer Krone auf seinem Thron saß?

Vielleicht lenkte mich die Welt der Noblen und Schönen von meinen treulosen Freunden ab, die meinen Geburtstag zur Demonstration ihrer gelungenen Lebensentwürfe benutzen wollten. Mitten in meine finsteren Gedanken hinein leuchtete, blinkte, surrte, zitterte und läutete mein Handy. Ich hatte sämtliche Funktionen eingestellt, so dass mir kein Anruf mehr entgehen konnte.

Es war Karina Ix. Wie immer mit fröhlicher und ausgeglichener Stimme. »Hallo, störe ich bei etwas, das man nicht zu sagen wagt?«

»Nein«, gab ich zurück und schob das Foto von Frau von Irgendwas zur Seite. »Und wenn ... deine ... Belange sind wichtiger, sollte man meinen. Ich rufe dich gleich zurück.«

Marie sah beleidigt aus und packte die hochwohlgeborene Sippschaft weg. »Man sieht sich. Ich melde mich. Vielleicht ...« Schnippte nach der Rechnung. Trieb den Kellner zur Eile an, bezahlte und tauschte mit mir ein teuer duftendes Küsschen. Und dahin schritt die künftige Stammmutter künftiger Erster Kreise ganz profan über den Karlsruher Ludwigsplatz.

Ich wählte Karinas Nummer. »Jetzt können wir reden ...«

»Also habe ich doch gestört. Können wir uns irgendwo treffen? Ich begleite dich auch gerne auf deinem Hundespaziergang. Ich glaube, mir tut es gut, auszulüften.«

»Gerne.«

Wir verabredeten uns für später am Eingang zum Oberwald. Höhe Dammerstock.

****

Die Überraschungen häuften sich. Nicht nur entpuppte sich die von Elfie Kohlschröter ins Teuflische verzerrte Kollegin Ix als sympathisch, sondern sie stand am verabredeten Treffpunkt – mit einem Hund. Wenn man das Geschöpf so nennen wollte.

Mit einem irischen Wolfshund. Er war etwa hundertmal größer als Nessie, die ihn in sinnloser Verzweiflung über die genetische Ungerechtigkeit laut und ausdauernd ankläffte, bis ihre Stimme brach und sie nur noch heiser röhrte.

»Er heißt Giant«, entschuldigte sich Karina Ix. »Aber das führt in die Irre. Er ist harmloser als eine Maus.«

Giant sah mir direkt in die Augen. Das kenne ich von Mäusen eher weniger.

Nessie umrundete ihn ungläubig. Giant bleckte Zähne so groß wie Steakmesser.

»Er lächelt nur«, behauptete Karina kühn.

Leute liefen vorbei. Die meisten machten einen großen Bogen um uns, doch insgesamt waren wir so auffällig, dass wir nur leise über das sprechen konnten, was uns verband.

»Höre, Maren ... ich habe Respekt vor deiner Intuition und den Ideen, die du in den letzten Fällen beigesteuert hast ... Wenn ich dir jetzt ein paar Einzelheiten über den Fall ›Irma Löber‹ erzähle, gehe ich selbstverständlich davon aus, dass du alles für dich behältst, ja? Auch kein Wort zu Frau Kohlschröter, obwohl sie meine Kollegin ist. Ich meine, ihr seid doch befreundet, oder?«

»War Cäsar mit Brutus befreundet?«, fragte ich zurück. »Vergiss es und sprich.«

Irma Löber war tatsächlich, so wie vermutet, zwischen zwei und drei Uhr ermordet worden. Der Täter hatte keine Fingerabdrücke hinterlassen. Eine schwache Spur an der Klinke zum Bad ließ auf Handschuhe schließen. »Aber keine glatten Gummihandschuhe, es war Wolle. Wir haben die Spur eines Wollfadenrestes gefunden. Dünne Wolle vermutlich. Eventuell gehäkelte oder gestrickte Handschuhe. Wir konnten keine solchen Handschuhe in Irma Löbers Wohnung finden. Das sagt aber nicht viel.«

Der Teppich hatte einige Abdrücke verraten. Die Tote selbst, wahrscheinlich Konrads Schuhe, dazwischen verschiedene schwach verwischte Spuren. »Keine Erkenntnisse!«

Im Flur war ein winziger Bestandteil Erde gefunden worden. Wurde labortechnisch untersucht. »Man kann manchmal aus den Samen- oder Pflanzenspuren Rückschlüsse auf die Herkunft der Erde ziehen. In den USA gab es einen Fall, wo ein Mörder durch ein Blütenblatt überführt wurde, da die betreffende Pflanze sehr selten war und direkt vor seinem Haus wuchs. Ich muss das noch mal genauer nachlesen«, erläuterte Karina Ix mit der ihr eigenen offenen Heiterkeit und warf Giant ein Stöckchen. Nessie schnappte es ihm vor den Steakmessern weg und rannte fort.

Da die Tatwaffe neben der Toten gelegen hatte, gab es hier kein Rätselraten. »Wir gehen von einer spontanen Tat aus. Es hat einen Kampf gegeben. Zwei Vasen auf dem Büffet waren umgefallen, ein Stuhl lag auf dem Rücken. Das hast du ja selbst gesehen.«

»Meinst du, der Mörder oder die Mörderin«, ich schluckte, »war mit Blut bespritzt?«

Karina Ix unterdrückte ein Lächeln.

»Nein. Wahrscheinlich nicht. Es gab aufgrund der Verletzung – einfach die Schädeldecke eingeschlagen, zertrümmert – relativ wenig Blut. Ein mehrfacher Splitterbruch, wodurch das Blut mit dem Hirn zusammen langsam heraussickerte. Kein Spritzen also. Der Täter konnte mit etwas Glück ziemlich ungeschoren davonkommen. Zumal Irma Löber sehr klein war. Der Kampf dürfte sich in Grenzen gehalten haben.«

»Wie kann man jemandem den Schädel einschlagen? Was empfindet man dabei? Grenzenlose Wut?«, murmelte ich. Nessie lief unter Giant durch. Er knurrte gutartig. Daraufhin probierte sie es gleich noch mal. Ein Eichhörnchen sah uns und verschwand, zwei Bäume auf einmal nehmend.

»Wut oder Verzweiflung. Da wir ja vermuten, dass er hinter der Tasche her war, ist anzunehmen, sie wollte sie ihm oder ihr einfach nicht geben.«

»Aber sie war doch eine ältere Dame. Ich meine, es kann nicht so schwer gewesen sein, ihr eine Tasche zu entreißen.« Karina zuckte die fleischigen Schultern.

»Und was mich noch wundert«, meinte ich langsam, »wenn es eine spontane Tat war, nicht geplant ... warum trug man dann Handschuhe, um keine Fingerabdrücke zu hinterlassen?«

»Der Mörder oder die Mörderin kann sie hinterher angezogen haben, um die Spuren zu verwischen. Oder er hat sie vorsorglich getragen, da er eigentlich nur einen Diebstahl begehen wollte. Oder«, das tat sie mit einem weiteren Achselzucken ab, »es war jemand, der sowieso Handschuhe trug.«

Ich nickte. »Wahrscheinlich.« Und verfolgte den Gedanken nicht weiter. Ihr weiterer Bericht ergab das, was ich schon vermutet hatte. Die Nachbarn hatten nichts bemerkt. Außer Irma Löber wohnten sieben Parteien in dem Haus. De facto waren es aber nur fünf, denn das »Ernährungsberatungsstudio« im ersten Stock war derzeit verwaist, und die Wohnung im Dachgeschoss stand leer. Von den erwähnten Parteien war nur eine einzige zu Hause gewesen, als der Mord geschah – es handelte sich um eine allein stehende Frau um die Vierzig, die mit einer Grippe zu Bett gelegen hatte.

»Aufgrund ihrer starken Erkältung hörte sie zur Tatzeit sowieso nichts«, sagte Karina bedauernd, »überdies hatte sie Fernsehen geschaut. Sie hat allerdings einen Freund, der sie mit Grippetabletten versorgt hatte und der an dem betreffenden Nachmittag das Haus betrat.«

»Hm.«

Es stellte sich heraus, dass Frau Irma Löber ursprünglich aus Hannover stammte, lange Jahre in der Innenstadt gewohnt hatte, Fremdsprachensekretärin gewesen war und sich seit Jahren im Witwenstand befand. Sie hatte nur einen Sohn, der als Apotheker bei Frankfurt lebte, verheiratet war und seinerseits wiederum einen Sohn hatte, welcher in Mannheim Informatik studierte. Ihre verwitwete Schwester war letztes Jahr gestorben. Es gab aus dieser Linie noch zwei Nichten, die in Rastatt wohnten und ihre Tante gelegentlich besuchten. Erste Befragungen hätten nichts Verdächtiges oder Ungewöhnliches bei den beiden Frauen ergeben, zumal sie alle ein Alibi hatten.

»Da müssen natürlich noch genauere Gespräche geführt werden!«, verkündete Karina. »Wir haben bald Wochenende. Das ist ein wenig ungünstig. Aber alle Beteiligten leben gutsituiert. Was für dich nichts bedeutet, aber für unsere ersten Routineermittlungen schon.«

»Weißt du«, sagte ich langsam, »es klingt jetzt verrückt, aber diese Tasche ...«

»Ja?«

»Diese Tasche war doch sozusagen das Symbol ihrer Würde als Hauptdarstellerin in dieser Laientheatergruppe. Ist es vielleicht möglich, dass ihr jemand diese Rolle neidete und sie ihr, quasi symbolisch, wegnehmen wollte? Herr Konrad hat Andeutungen gemacht, dass die Damen in seinem späten Harem ziemlich eifersüchtig sind.« Während ich sprach, verwarf ich diese Theorie auch schon wieder. Wegen der

Hauptrolle in einem badischen Theaterstück mordete niemand. Außer es hatte eine aggressive Auseinandersetzung zwischen zwei Frauen stattgefunden, die sich inbrünstig hassten. Ein Wort gab das andere, aufgestaute Gefühle verzerrten kleine Sticheleien zu tödlichen Beleidigungen.

Karina krauste ihre gerade, kurze Nase. Ihre wie bei einem Wolf eng beieinander stehenden, kleinen und überraschend blauen Augen sahen skeptisch drein.

Eine Familie mit Kindern kam uns entgegen. Das Kleinste fing an zu plärren, als es Giant sah. Der Hund schien zu seufzen, als ob er das schon kannte. Nessie sah ihn interessiert von der Seite an. Toll, wenn Kinder so viel Angst vor einem hatten.

»Das kann ich mir kaum vorstellen. Ältere Damen, die sich gegenseitig meucheln, um eines Rentners habhaft zu werden. Natürlich werden wir uns diese Theatergruppe noch genauer ansehen und mit den Beteiligten Einzelgespräche führen, aber ...«

Ich lachte, als sei ich seit Lebzeiten im Mord- und Totschlagsgeschäft. »Nun, die Mörderin wird wohl kaum aufstehen und rufen: ›Gott sei Dank ist die Polizei da – also, ich war's!‹, oder?«

Karina schwieg.

»Nein, sie werden alle ganz harmlos und betroffen dasitzen. ›Die arme Irma‹, werden sie heucheln. Und eure Fragen ruhig und vernünftig beantworten. Du weißt, es wird nie so viel gelogen wie ...«

»... wie bei einer Beerdigung. Ich kenne den Spruch«, unterbrach mich Karina, »und ich muss ihn ergänzen: Außer vielleicht bei einer Hochzeit, auf jeden Fall aber bei einem Klassentreffen. Ich habe nämlich demnächst eins. Schon jetzt mache ich mir Gedanken über mein Abschneiden auf der Erfolgsskala. Ich habe Mann, Hund und Job, aber keine Kinder. Bedeutet bei manchen Mädels bestimmt mindestens drei Felder zurück oder einmal aussetzen. Mehr Frauen als wir denken legen eben viel Wert auf diese Dinge, die man nicht für Geld kaufen kann: Wärme, Liebe, Kinderküsse, gelungene Zucchini im Garten, Freundeskreis, ein tolles Verhältnis zu ihren Nachbarn. Männer hingegen zeigen genau *das* gerne her, was sie für Geld kaufen konnten. Kinderküsse spielen dabei eine Nebenrolle. Klingt pauschal und nicht sehr feministisch, basiert aber leider auf Erfahrungen.«

»Du Arme«, sagte ich und meinte es ernst. Klassentreffen: »Weißt du noch …?« Und: »Du warst doch immer … Erinnerst du dich?« Spießig, rückwärtsgewandt, aber trotzdem irgendwie schaurig schön.

»Ich verstehe ganz gut, worauf du vorhin hinauswolltest«, lächelte Karina, »soweit habe ich deine Zusammenarbeit mit der verehrten Kollegin Kohlschröter schon verfolgt. Ich könnte mir deshalb vorstellen, dass du irgendwann demnächst ganz zufällig in dieser Theatergruppe auftauchst. Und einfach nur zuhörst. Es liegt mir natürlich fern, dich auf dumme Gedanken bringen zu wollen.«

»Man erfährt manchmal mehr auf diese Weise als mit einem Dienstausweis und einem auf dem Tisch ausgebreiteten Verhörprotokoll. Meinst du nicht?«

Karina grinste, und ich fühlte mich unsicher. War das jetzt eine Aufforderung gewesen oder wollte ich nur, dass dem so war? Um immer und immer wieder und aus der Ferne Melchior meine Klugheit zu beweisen? Das interessierte ihn sowieso nicht. Er hatte sich längst anders entschieden, spielte außer in meiner Fantasie nur noch eine Nebenrolle in meinem Leben.

Karina schien sich nun auch entschieden zu haben.

»Von mir aus. Sieh dich um. Keine Ahnung, warum ich mit dir zusammenarbeite. Es könnte mich, wie gesagt, meinen Kopf kosten, aber ich glaube, du denkst einfach andersherum als meine Mitarbeiter. Nennen wir es unkonventioneller.«

Ein zweifelhaftes Lob. Ich wartete ab.

»Die Befragung der Frauen in dem Secondhandladen hat nichts ergeben. Caroline Renz erinnert sich zwar an Herrn Konrad, aber Frau Hoffs, das ist die andere Mitarbeiterin von Frau Lohse, versichert, sie könne sich nicht erinnern, wer die Tasche und den Muff abgegeben habe. Sie stand zwar neben ihrer Chefin, aber am Abgabetag sei dort so viel los, dass man sich einzelne Gesichter nicht merke. Diesem ominösen Paar, das die Tasche möglicherweise abgegeben hat, kommen wir auf diese Weise jedenfalls nicht näher. Ob sie die Besitzer der Tasche waren, nur zufällig an sie geraten sind, sie gestohlen haben …«

»Könnte alles sein«, erwiderte ich nachdenklich und beschloss insgeheim, mir den Laden am nächsten Abgabetag mal anzusehen.

»Es gibt da aber noch etwas«, Karina seufzte und wies auf eine Bank. »Komm, wir setzen uns.« Wie ein Prüfling nahm ich ganz vorne Platz.

»Aber das ist jetzt wirklich brisant, und ich muss dich nochmals bitten: Kein Wort zu irgendjemandem. Nicht zu Eltern, Geschwistern oder Ehemann.«

»Ich habe bekanntlich keinen.« »Gut, dann eben auch nicht zu deinem Freund.« Ich zuckte die Achseln. Nessie drückte ihr graustruppiges Kinn an mein Knie.

»Du entsinnst dich: In der Tasche war dieser beschriebene Zettel und der Ausweis.«

»Für die Partei *Badische Freiheit,* ja.«

»Wir haben natürlich sofort ermittelt. Ausweise ohne Nummern, nur mit einem Wappen und dem Buchstaben A werden immer an sogenannte Anwärter vergeben. Das sind Interessenten, die angeben, künftig häufiger zu den Treffen kommen zu wollen. Man muss ein Jahr dabei gewesen sein, dann erst bekommt man einen richtigen Ausweis mit Namen und einer Nummer. Das würde also bedeuten, dass die Person, der die Tasche gehört hat, ein neues Mitglied oder ein Interessent war. Genauere Auskünfte stehen noch aus. Ist ein chaotischer Haufen, diese Gruppierung. Null EDV. Alles noch von Hand gemacht. Keiner will dort zuständig sein, und die, die zuständig sind, trauen sich nicht recht, überhaupt etwas zu sagen.«

»Diese Partei ...?«

»Es ist gar keine Partei. Sie sind eigentlich nur ein Verein. Verfassungsschutzmäßig bisher nicht relevant. Harmlose Spinner, die noch am ehemals großen Kleinstaat Baden hängen. Die singen das ›Badnerlied‹ ab und machen sich über die Schwaben lustig. Singen auch weniger nette Lieder wie ›Schwimmt ein toter Schwab im Rhein‹ oder so ähnlich. Sie bilden bei Spielen des KSC einen eigenen Fanblock, sie protestieren ständig wegen irgend etwas in Stuttgart und gegebenenfalls gehen sie auch den Leuten im Rathaus auf die Nerven.«

»Aber unter solchen Spinnern kann sich leicht auch ein Fanatiker verstecken. Die Grenze ist fließend.«

»Sicher. Das zweite Dokument aus der Tasche ist aus unserer Sicht allerdings wesentlich interessanter.«

»Der Zettel also.«

»Ja.«

Die Spätsommersonne flammte hinter einer Wolke hervor und überzog das Feld vor uns mit einem rötlichen Licht. Nessie warf einen neidisch-bewundernden Blick auf Giant und legte sich dann neben ihn in der gleichen Haltung. Es sah aus wie Gulliver, der von Zwergen umgeben ist. Von Ferne sah ich einen Spaziergänger herannahen. Am spinnenartigen Schritt erkannte ich Dauerfreund Matthias. Wenn er sich jetzt zu uns setzte, würde der Zettel womöglich in Vergessenheit geraten. Außerdem hatte er panische Angst vor großen Hunden, und wenn er Giant sah, würde er einen Herzanfall erleiden, ich müsste ihn ins Diakonissenkrankenhaus bringen, und der Zettel würde erst recht nicht mehr erwähnt.

»Lass uns weitergehen. Da hinten kommt ein Bekannter, dem ich ausweichen will.«

Ein Blick zurück. Ausweichen war nicht mehr nötig. Matthias, unsportlich mit seinen langen Spinnenbeinen, hatte wohl von Ferne den Riesenhund erspäht und drehte mit fliegendem Hemd ab. Wir liefen den Holderweg entlang.

»Der Zettel?«, mahnte ich sanft.

»Ja, der Zettel. Bekanntlich war er nur noch halb vorhanden. Vermutlich die untere Hälfte. Wir haben noch mal nachgefragt: Das Papier ist wohl zerrissen, als die Mitarbeiterin von Frau Lohse unter deren gestrenger Aufsicht die Tasche hastig ausgeräumt hat. Am Abgabetag ist da viel los, wie wir gehört haben. Sie wird dann die zerrissenen Reste weggeworfen haben. Vor allem, da sie auf dem Blatt Papier nichts erkennen konnte – am Rande des zerknitterten Papiers etwas wie eine Zeichnung, Bleistift, kaum zu identifizieren und der eigentliche Text unleserlich.

Übrigens handelt es sich laut unserem Spezialisten im BKA in Wiesbaden um eine sehr simple, beinahe spielerische Codierung: Symbole anstelle von Buchstaben. Und vermutlich eigene Symbole für die sogenannten Strukturwörter. Wir konnten die Verschlüsselung trotzdem nicht unverzüglich selbst knacken, aber wir rechnen stündlich mit Nachricht. Aber es ist bald Wochenende, und dann ist nicht die volle Besetzung an Bord. Die haben da aber heute wesentlich härtere Nüsse zu knacken: Bei Verwendung eines komplizierten Computerprogramms zur Chiffrierung kann die Sache zum Beispiel sehr schwierig werden, und die Dechiffrierung dauert entsprechend lang. Aber ich bin keine Spezialistin auf dem Gebiet. Warten wir es also ab.«

»Wenn es ein so einfacher Code war, dann sollte er vielleicht nur ein Lesen des Briefes auf den ersten Blick verhindern.«

»Spricht nicht für einen Profi«, stimmte Karina zu und unterdrückte ein Gähnen.

Wir waren am Ende unseres Spaziergangs angelangt.

Karina sah mir direkt ins Gesicht.

»Also – wenn du dich zunächst fürs Theaterspielen begeistern könntest und danach auch noch Interesse an einem Verein entwickelst, der sich für badische Belange einsetzt – also, *ich* wäre die letzte, die dich davon abhalten würde.«

5. Kapitel

»Was machst du eigentlich an deinem Geburtstag? Ist es nicht sogar, wie sagt ihr hier, ein runder? Merkwürdiges Wort.« Consuela sprach mich im Hinterhof an. Hinter ihr tauchte Carmen auf, die mich so forschend betrachtete, als sei sie bereits promovierte Kartenlegerin und ich für sie ein offenes Buch mit einem traurigen Schluss.

»Es heißt rund, weil man ein Jahrzehnt abrundet«, erwiderte ich muffig. »Und woher weißt du das? Kannst du mit dem zweiten Gesicht meinen Pass lesen? Wenn ja, sage mir bitte, wo er ist. Ich kann ihn mal wieder nicht finden.«

»Bei einer unserer Seancen hast du mir deinen Geburtstag verraten. Ich schreibe diese Dinge auf eine Karteikarte.«

»Erinnere mich nicht *daran*«, warnte ich. »An diese Sitzung. Das war die mit deinen neuen Kipperkarten, die du unbedingt gleich ausprobieren wolltest. Du hast mir damals den Durchbruch versprochen.« Consuela lächelte überlegen. »Der Durchbruch ist keine greifbare, sondern eine gedachte Größe. Der ist für jeden etwas anderes.«

»Aber mehrere gescheiterte Beziehungen, ein paar scheußliche Kriminalfälle und eine magere Auftragslage sowie eine düstere Zukunft sind für *niemand* der Durchbruch. Höchstens für Leute, die an Selbstmord denken.«

»Du wirst schon noch sehen. Die vier wird deine Zahl werden.« »So warte ich am besten, bis ich vierundvierzig bin. Dann ist es todsicher.«

Oben erwartete mich ein Anruf von Theo, der mir einen historischen Bildband von Baden-Baden anbot. »Gerade mit einem Rastatter Nachlass reingekommen. Uralte Familie. Haben schon unter der Ernestinischen Linie des Hauses Baden gedient.«

Da ich sehr häufig Kundschaft aus Baden-Baden hatte, nahm Theo an, dass ich mich dafür interessierte. Von der ernestinischen Linie des Hauses Baden wusste ich nur, dass sie irgendwann im Mannesstamm ausgestorben war. Ich hatte das Wort damals so eigenartig gefunden. Mannesstamm! Der war früher wichtig gewesen und nur der. Der Frauenstamm konnte blühen wie der Gottlose oder eingehen wie eine Primel, das war unwichtig. Alte Genealogie war wirklich nichts für Feministinnen!

»Machst du eigentlich was an deinem Geburtstag?« Theo ließ es beiläufig klingen.

»Theo, ich muss erst zwei Hochzeiten durchstehen. Gib mir Bedenkzeit.«

Weniger beiläufig klang später Matthias durchs Telefon. »Und, Maren? Wie geht es dir? Und soll ich mir im Oktober eigentlich einen ganz gewissen Termin freihalten?« Biederes Lachen.

Ausgerechnet Matthias, der seinerseits nie eine Einladung zu sich aussprach, aber sehr gerne und sehr hungrig zu den Festen anderer Leute erschien.

»Also, heute habe ich einen Hund gesehen, nur von weitem, ein Riese sag ich dir. Ich habe mich extra beeilt, um ihn mir aus der Nähe anzusehen, aber er war zu schnell.«

Soviel zu dem Gebot ›*Du sollst nicht lügen.*‹

Auch Matthias nahm enttäuscht zur Kenntnis, dass ich noch nicht wusste, wie ich meinen Geburtstag begehen wollte. Von ›Feiern‹ im klassischen Sinne konnte nämlich keine Rede sein, und er entließ mich endlich in den Abend, den ich bei Tomate-Mozzarella-Salat sowie mit der DVD ›Ladykillers‹ verbrachte. Ein passender Titel, wie ich fand. Nach zwei Vierteln Rotwein beschloss ich, mich Herrn Konrad als Regieassistentin anzudienen.

Eine Begründung würde mir noch einfallen.

****

Ich brauchte gar keine. Herr Konrad zog sofort die richtigen Schlüsse, und er war ziemlich empört.

»Liebe Frau Mainhardt, nicht mit mir. Ich bin alt, aber nicht vertrottelt. Sie wollen sich bei uns in der Theatergruppe mal unauffällig umsehen, wie? Richtig so. Ich kenne Sie ja und Ihren Ruf und ich habe nichts dagegen. Aber die Polizei behandelt mich direkt wie einen Verdächtigen. Wollten allerhand und alles Mögliche wissen von mir und der Irma, bis in zu ziemlich intimen Details. Ich muss schon sagen! Als ob ich die arme Frau erschlagen hätte. Ich würde doch nicht den Erfolg meines Stückes gefährden, indem ich meine Hauptdarstellerin umbringe, was?«

Sein Lachen klang nicht echt. Hinter dem Lachen steckte Traurigkeit, vielleicht auch Einsamkeit. Irma Löber war mehr gewesen als seine Hauptdarstellerin, doch offenbar fiel es ihm schwer, das auszusprechen.

Nachdenklich betrachtete ich ihn. Er wirkte älter als bei seinem ersten Besuch bei mir. Nein, eigentlich glaubte ich auch nicht, dass Herr Konrad seine Gefährtin umgebracht hatte. Andererseits war er dreimal verheiratet gewesen und jedes Mal als Witwer aus der Schlacht hervorgegangen.

Ich war allerdings ziemlich sicher, dass die Polizei in diesem Punkt auch schon nachgeforscht hatte. Mein Schweigen war ihm unbehaglich. Und als habe er meine unerfreulichen Gedanken erraten, brach es beinahe aus ihm heraus: »Die Marianne ist ertrunken. Im Urlaub an der Atlantikküste. Genauer gesagt in ›Le Touquet‹ bei Boulogne. Jeder weiß, wie gefährlich die Wellen dort sein können. Und sie hat mir kaum etwas hinterlassen. Nur die Rente und das Auto.«

Letzteres kam trotzig.

Ich seufzte. Manchmal kann Heiraten sehr profan sein.

Jedenfalls würde er mich morgen zu den Proben mitnehmen. »Von mir aus, schauen Sie sich unsere Truppe mal an. Und sei es nur, um mich zu entlasten. Ich hatte die Irma gerne, warum hätte ich sie umbringen sollen? In unserem Alter findet man nicht so ohne Weiteres einen neuen Partner.«

»In meinem auch nicht«, entgegnete ich trocken.

Im Grunde dachte ich, dass es sinnlos war. Jemand wollte diese Tasche haben. *Das* war das Motiv. Andererseits konnte sich Herr Konrad seine Belagerung auch eingebildet haben und der Diebstahl der Tasche war ein Symbol für irgendeinen dunklen Punkt im Leben der Frau Löber oder er diente nur als eine Art Alibi. Um ein anderes Mordmotiv zu verschleiern. Oder er hatte vom Start weg gelogen.

»Wo probt ihr?«

»Wie immer – im *Tempel*. Ich fahre mit dem Auto, habe noch Unterlagen dabei. Wollen Sie mitfahren?«

Ich entschied mich dafür, selbst zu fahren. Mein Autoschlüssel gab mir die Freiheit, die Szene bei Bedarf wieder zu verlassen. Morgen also. Solange konnte ich mich mit den Kleiderfragen auf höchstem Niveau befassen, die meine Freundin Marie plagten. Apricot oder Lachs. Ich war für Pfirsichbowle. Oder noch besser: Caipirinha.

Seit Tagen hatte ich im Internet einen Bogen um meinen virtuellen Kontostand gemacht: besser so. Ich sollte lieber bezahlte Aufträge annehmen anstatt der Polizei Liebesdienste zu erweisen. Kurz zuckte wieder der Gedanke durch meinen Kopf, dass auch die scheinbar so umgängliche Karina sich meines Services bediente, ohne eine Gegenleistung zu versprechen. Bis jetzt hatte sie mir noch nicht einmal einen Kaffee spendiert.

Doch ein klägliches Jaulen und ein Blick, von dem jedes Robbenbaby etwas hätte lernen können, lenkte mich ab.

Nessie forderte Futter und Wasser sowie ein kurzes hasserfülltes Spiel mit ihrer Feindin, der Plastikkatze. Mordlust machte sich in ihren Augen breit, als ich das bereits ziemlich zerbissene Vieh an einem Faden durch die Kissenlandschaft auf meinem Bett zog und sie danach schnappen ließ.

Nachdem zumindest Nessie lustvoll erschöpft war, schrieb ich mir auf einen Zettel, worum es im Fall Irma Löber eigentlich ging. Eine alte Aktentasche, die sowieso erst eine Stunde in ihrem Besitz gewesen war. Und ihr Mörder? Hätte sie ihm die Tasche ohne viel Aufhebens gegeben, wäre alles vielleicht nicht passiert. Warum hatte sie das nicht getan? Mir fiel ein, dass ihr Mann Polizist gewesen war. Möglicherweise hatte auch in der ermordeten Frau Löber noch ein letzter Rest uniformierten Misstrauens gesteckt. Und das hatte nun in einer verfrühten Familienzusammenführung geendet.

****

Die Senioren mit ihrem Theater *Badisch Art* probten im *Tempel*, einem alternativen Kulturzentrum im ansonsten nicht sonderlich alternativen Karlsruhe.

Ich liebe den *Tempel*, weil mich seine backsteingewordene Schäbigkeit irgendwie an Londoner Theater in Hinterhöfen erinnert. Oder an Paris. Vor meinem Auge sehe ich schwarzgekleidete Experimentaldramaturgen oder Rock Stars die ersten Töne proben, die Jahre später berühmt werden. Talent. Esprit. Genie.

All das drängte sich allerdings nicht auf angesichts des Ensembles der *Badisch Art*.

Etliche Personen, darunter nur zwei Männer – allesamt etwa um die siebzig oder darüber – saßen in einem nackten, leeren Raum ohne erhöhte Bühne auf Küchenstühlen herum. Weitere Stühle und ein Resopaltisch dienten als Abstellfläche für Kaffeetassen, und auf dem Tisch prangte ein halb aufgeschnittener, ganz offensichtlich selbstgebackener Kuchen.

Die Mienen der Anwesenden waren gefasst und betrübt. Doch da sie eben nur Laiendarsteller waren, konnte man Sensationslust hinter der einen oder anderen Maske des Kummers aufblitzen sehen.

Als Herr Konrad eintrat, stand ein älterer eleganter Herr auf und legte ihm mitfühlend die Hand auf die Schulter. Die Frauen verfolgten jede Regung der Männer mit Adleraugen – so wie sie wahrscheinlich zu deren Lebzeiten auch die ihrer Ehemänner verfolgt hatten.

»Das ist der eigentliche Autor unseres Stückes«, stellte mir Konrad den schlanken Mann vor, der um die achtzig sein mochte. »Ich habe mir lediglich erlaubt, es ein klein wenig auf mich, auf uns umzuschreiben.«

»Horst Köhler!« Der Herr verbeugte sich dezent und mit dem ihm gebliebenen Rest von werbendem Charme. Ein rauchiger Herrenduft wehte zu mir hinüber. Irgendwie kam mir der Name bekannt vor. »Haben Sie schon mehr geschrieben? Waren Sie mal im Fernsehen?«

Herzliches Gelächter der gestandenen Damenriege belohnte mich. Natürlich. Wie dumm von mir. Das ist der Vorteil der Engländer. Als Staatsoberhaupt müssen die sich seit Jahrzehnten nur den Namen Elizabeth Windsor merken, sonst nichts.

»Dies hier ist eine Nachbarin, eine liebe Nachbarin, die Frau Mainhardt. Sie hat einiges an Erfahrung«, verkündete Herr Konrad knapp und nicht ganz unwahr den anderen, wobei er offen ließ, auf welchem Gebiet ich Erfahrung hatte. »Sie wird uns ein paar Tipps geben. Ich sage nur: Südwestrundfunk.«

Ein Raunen ging durch die kleine Menge. Nicht ungeschickt, dachte ich und betrachtete Herrn Konrad mit neuem Respekt, gleichzeitig aber auch mit neuem Misstrauen. Er beherrschte die hohe Kunst, gut und gewandt zu schwindeln, ohne dabei zu lügen.

Inzwischen hatte sich die kleine Clique gesammelt. Natürlich wurde Irmas Schicksal von allen Seiten beleuchtet. Man murmelte leise Trauerbekundungen, fand mitfühlende Worte, aber auch Kritik schimmerte durch.

»Mag sein, dass sie auch manchmal die falschen Leute ...«, »In dem Alter sollte man ...«, »Der Mann von dieser Nichte hat doch angeblich ...«, und »Sie hat sich aber manchmal auch recht kokett verhalten, oder sag ich da jetzt was Falsches?«

Ich hörte natürlich ganz genau hin, doch das war alles nichts Konkretes. Es war das, was man bei meiner Ermordung auch murmeln würde.

Bei genauer Beobachtung kristallisierten sich ein paar zentrale Personen in der Gruppe heraus. Die neue Hauptdarstellerin in dem Stück mit – wie Herr Konrad betonte – »badischem Grundton« sollte eine Frau Annelies Trost sein. Die leicht gebeugte Frau mit kleinen Kräusellöckchen, die ein festgefrorenes Dauerlächeln auf dem Gesicht hatte, zierte sich anscheinend etwas, doch die gemeinsame Charmeoffensive von Herrn Konrad und dem Namensvetter unseres Bundespräsidenten überzeugte sie verdächtig schnell.

»Die Irma hat die Rolle ein wenig ordinär angelegt«, meinte sie gönnerhaft und immer noch lächelnd. »Sie war eine Spur zu kokett, fand ich. Wir sind ja schließlich *in den Jahren.*«

Indem das Verhandeln über die neue Rollenverteilung weiterging, versuchte ich mir ein Bild von dem Stück zu machen, welches da entstehen sollte.

Ein badischer Beamter wurde Witwer und eine schwäbische und eine badische Witwe rangen mit ihren jeweils landestypischen Vorteilen um seine Gunst. Zum Schluss wandte er sich einer Dritten zu, einer Norddeutschen, was die beiden im Hass erstmals vereinte und zu einem symbolischen Zusammenschluss von Baden-Württemberg führte.

»Wir werden das Stück auch rund um die Feierlichkeiten zum 55-jährigen Bestehen des Bundesverfassungsgerichtes in Karlsruhe aufführen«, erklärte mir Herr Konrad knapp. »Ein bedeutender Tag für unsere Stadt. Ich besitze zwei Einlasskarten für den Festakt am 29. September. Das ist ein Samstag. Dort habe ich auch Gelegenheit, das Programm auszulegen.«

Und eigentlich habe er Irma dorthin mitnehmen wollen. Jetzt sei ihre Einlasskarte vakant. Ich sah in Annelies' Augen nackte Gier aufblitzen.

Selbst bei allerkürzestem Überfliegen sah man bereits, dass das Werk voll männlicher Eitelkeiten war und von der Sehnsucht nach genossenen oder entgangenen Sinnesfreuden strotzte. Überdies war es grausig schlecht, und die Witze waren ziemlich billig. Sie drehten sich vor allem um so überlebensnotwendige Dinge wie ›Worschdsalat‹ und wie man ihn hüben und drüben der Landesgrenzen anmachte und wie ihn die norddeutsche Siegerin zu kredenzen pflegte: »Mit ein wenig Zucker in der Marinade!«, woraufhin sich die süddeutschen Köchinnen schüttelten.

Irma Löber hätte die Gewinnerin des Konrad'schen Herzens spielen sollen, auch aufgrund ihrer Herkunft aus Hannover. Jetzt, da ihre Position auf gewaltsame Weise frei geworden war und Annelies Trost die Hauptrolle übernahm, stellte sich die Frage, wer nunmehr die Badenerin zu geben hatte. Inge Friedmann, eine kleine ältere Dame mit braunen Augen und energisch kurzgeschnittenem grauen Haar, erhob Anspruch auf die Rolle: »Ich wäre sowieso mal wieder dran, und eigentlich könnte *ich* auch hochdeutsch.« Das war ein letzter Seitenhieb auf die Annelies, welche daraufhin lediglich die Schultern unter ihrem blauen Stretch-T-Shirt zuckte, auf das mit Strasssteinchen »Take me!« aufgestickt war.

Es wurde nun doch noch über die Hauptrolle abgestimmt. Alle Stimmen für Annelies und eine dagegen. Von wem die stammte, war unschwer zu erraten: Von der Benachteiligen selbst, die ihre Enttäuschung auch nicht verbarg. Ich konnte mich täuschen, aber als Herr Konrad in stummem Glückwunsch seinen Arm um Annelies legte, funkelte Abneigung in Inges Blick. Abneigung, stark genug, um zu töten? Kaum. Und warum Tasche und Muff klauen?

Margret, genannt Gretel, Westermann – gebürtig aus Oberderdingen an der Landesgrenze und damit sowohl des Schwäbischen als auch des Badischen mächtig – machte keinen Hehl aus ihrem Ärger über den Verlauf der Proben: »I hon bald koi Luscht me! Des isch a elende Intrigerei.«

Die vierte Dame des inneren Kreises der Darsteller unterschied sich im Typ ein wenig von den anderen. Sie hatte langes rotes Haar und war für die Kostüme, das Schminken und die Bühnenausstattung zuständig. »Ich war früher am Zimmertheater in Mannheim«, erläuterte sie mit einer Routine, die den häufig gesprochenen Satz verriet. Ich nickte und verzichtete darauf, zu fragen, wie lange dieses ›früher‹ her war. Das wäre taktlos gewesen.

Jetzt entfaltete sich endlich so etwas wie eine Probe. Herr Konrad verlangte laut Stück die ultimative Liebesprobe: Der umworbene Witwer ging jeweils mit einer Anwärterin in den Zoo und behauptete am Eingang, er habe sein Geld vergessen. Die drei Bewerberinnen um seine Hand reagierten ihrer Landsmannschaft entsprechend.

Die Badenerin lieh ihm das Geld, wies aber sachlich auf das Rückgabedatum und eventuelle Zinsen hin. Die Schwäbin verzichtete ganz auf den Zoobesuch und machte, dass sie nach Hause kam. Nur die Norddeutsche spendierte den Eintritt klaglos. Bei diesem Liebestest wurde Herr Konrad von einem anderen Herrn – kongenial gegeben von Horst Köhler – beobachtet, der ihn für einen Heiratsschwindler hielt und den Damen nachging, um sie zu warnen, woraufhin Herr Konrad ihn wiederum für einen Serienmörder hielt und bei einer Kommissarin – der Rothaarigen – anzeigte.

Alberner ging es wirklich kaum noch.

Dieses Stück befand sich weit unter meinem Niveau. Unter *jeglichem* Niveau. Selbst unter dem Aspekt betrachtet, dass ich in einem Mordfall ermittelte, war es kaum zu ertragen. Doch ich machte gute Miene zu dem zunehmend schrecklichen Spiel.

Den grausigen Höhepunkt erreichte das ganze Spektakel, als der Karlsruher Zoo von einigen der rollenlosen Randfiguren aus der Gruppe dargestellt wurde, die sich Zebrakostüme überstreiften – darunter hörte man Stöhnen, Husten und Niesen.

»Die Kostüme sind alle aus dem Fundus des Staatstheaters«, raunte mir Herr Konrad zu. »Ich habe da gute Kontakte. Komme an Sachen und Orte, die nicht jeder kennt.« Sein leicht ins Anzügliche spielende Grinsen ließ die Art dieser Kontakte erahnen.

»Nein, Gretel, du sollst nicht sagen: ›Ich hab kein Geld‹. Du sollst sagen: ›Ach, jetzt hab ich doch auch mein Geld vergessen!‹ Und das auf Schwäbisch, damit man es glaubt.«

Ich nickte und tat so, als machte ich mir Notizen. In Wahrheit malte ich Strichmännchen in meinen Block. Selten war ich mir so fehl am Platze vorgekommen und musste mich mehrfach selbst daran erinnern, warum ich hier war. Nämlich um die Damen und Herren zu beobachten. Bis jetzt präsentierte sich mir hier eine geballte Ladung südwestdeutscher Harmlosigkeiten.

Irgendwann war die Probe beendet. Erleichtert strebten alle dem eigentlichen Zweck ihres Engagements in dieser Gruppe zu: Dem Kaffeetrinken und der Bewertung des Kuchens, den die badische Konradverehrerin Inge Friedmann gebacken hatte. Es handelte sich um eine Mandarinencremetorte mit Schokostreuseln, die vor mir ganz sicher war, denn ich mag keine Mandarinencreme. Zitrusfrüchte und Schokolade gehören bei mir einfach nicht zusammen. Jede Dame nahm sich ein Stück, den Herren wurden lächelnd Teller mit Kuchen gereicht.

»Es ist schrecklich«, eröffnete Inge den Reigen. »Meine Mandarinencreme hat sie so gerne gegessen.« »So gerne auch nicht«, kam es spitz von Annelies, die ihr Kuchenstück kritisch musterte, und zwar von der Seite, so als offenbare es genau dort seine Schwächen.

Jetzt waren die Schleusen geöffnet. Man verbreitete sich zunächst erneut darüber, wie »arm« und »bedauerlich« die Tote war, wie »viel zu früh«, »grausam« und »unverständlich« ihr Ende gekommen war. Ich wartete geduldig ab. Irgendwann würden unweigerlich auch die anderen Seiten der Verstorbenen zutage treten. Als das jeweils zweite Mandarinenkuchenstück die Runde machte, war es soweit. Offenbar in Ermangelung echter Fehltritte seitens Irma Löber wurde erneut hervorgehoben, dass die Verblichene »unvorsichtig« gewesen war und manchmal mit den falschen Leuten »freundlich« getan hatte. Auch habe sie sich nicht »ihrem Alter« entsprechend gekleidet und habe – wie Annelies auspackte, heuchlerisch als Kompliment getarnt – »noch ganz gern mit den Wimpern geklimpert.«

»Also, man muss schon sein Alter kennen!«, verkündete Inge Friedmann und schoss einen Seitenblick auf Herrn Konrad, der ungerührt eine einsame Mandarine auf seinem Teller herumscheuchte.

»Ich würde nicht zu Hause sitzen und warten, bis ein Herr auf mich zukommt. Das ist vorbei«, erläuterte hingegen Diana Peter, die Rothaarige, und entpuppte sich damit als spätberufene Feministin. »Sie hätte ein wenig mehr bei sich selbst bleiben sollen und bei ihren wahren Bedürfnissen. Nach der Familienphase sollte sich jede Frau neu definieren. Aber die Irma hat ihre wahren Bedürfnisse wahrscheinlich nach den Jahren im Ehejoch sowieso nicht mehr erkannt.«

Diana war mit etwa fünfundsechzig die Jüngste in der Runde. Sie war vermutlich schon lange alleine und hatte aus dem Zustand eine selbstbewusste Kriegserklärung an die Welt der Zweisamkeit gemacht.

»Neugierig war sie auch. Wollte immer alles von allen wissen.«

»Das war, weil ihr Mann früher bei der Polizei war.« »Nun, das steckt ja nicht an. Aber es stimmt: Im Aushorchen war sie ganz gut.«

Ich sah bescheiden zu Boden. »Auf jeden Fall«, so Annelies spitz, »war es ihr Bedürfnis, hier die Hauptrolle zu spielen. Koste es, was es wolle. «

Ein weiterer Seitenblick auf Konrad traf sein Ziel. Konrad aß ungerührt weiter.

Im allgemeinen Gemurmel erklangen weitere Kommentare zu Irmas Tod: »Man ist nicht mehr sicher. Nicht einmal in der eigenen Wohnung.« – »Wie gut, dass ich im Betreuten Wohnen lebe!« – »Bei uns laufen zu viele Ausländer frei herum.« An diesem Punkt begann sich die Runde räumlich aufzuteilen.

Von Horst Köhler, der melancholisch um den Tisch mit der Torte kreiste, erfuhr ich nunmehr einiges über die Gruppe selbst. Die Senioren mit ihren heiteren kurzen Dialektstücken und dem Theater *Badisch Art* gab es seit sieben Jahren. Aus der Taufe gehoben hatten es Horst Köhler, Herr Konrad und ein Mann namens Schweickert, der jetzt nicht mehr dabei war. »Früher nannten wir uns die *Graureiher*, aber das klang ein wenig negativ. Und das Badische ist ja unser aller Anliegen.«

»Der Schweickert ist dann mehr ins Politische gegangen«, fügte Horst Köhler an und ließ es ein wenig obszön klingen. »War immer schon einer, der aufs Ganze rauswill. Aber wir machen Theater und proben hier nicht den Aufstand gegen die anderen.«

Gemurmel in der Runde.

Die Grundidee sei gewesen, die wunderschöne badische Mundart und die reiche Kultur nicht aussterben zu lassen. »Ich sage nur ein Wort: Stuttgart!«

Man mochte ihm ja zustimmen, nur bei dem schmückenden Beiwort »wunderschön« wurde mein Lächeln dünner. Die anderen Herrschaften nickten übereinstimmend und wurden dadurch ihrem einstigen Namengeber, dem Graureiher, immer ähnlicher.

»Wir sind Badener, und wir stehen dazu. Unser Land ist reich. Wozu brauchten wir diese künstlich geschaffene Einheit Baden-Württemberg? *Unsere* Städte hätten uns wahrhaftig ausgereicht: Mannheim – die Fabrik. Heidelberg – der Geist. Freiburg. Baden-Baden – das warme Wasser. Offenburg, und Konstanz – alles badisch. Und hier in Karlsruhe: die Residenz.«

»Und Pforzheim«, sagte ich spontan, »die frühere Residenz.«

»Genau. Durlach und Pforzheim. Die Keimzellen der Markgrafschaft Baden. Und Rastatt«, fuhr er hochtrabend fort, »Hort der Freiheit! Nenn mir einer blühendere Landschaften.«

Ich schwieg. Jeder fand die Landschaft, in der er verwurzelt war, blühend. Das gehörte zu den vielen Tricks unserer Seele, sich das irdische Jammertal erträglicher zu machen.

»Ich habe mir darüber bisher keine Gedanken gemacht«, bekannte ich. Ganz stimmte das nicht. Wenn ich einem echten Schwaben begegnete und seinen Dialekt hörte, musste ich immer eine Mischung aus Lachen und Abneigung bekämpfen und mich bemühen, in ihm einen Menschen wie alle anderen zu sehen. Sämtliche Vorurteile wie streifenfreie Ergebnisse der Kehrwoche und exzessive Sparschweinhaltung mussten streng unterdrückt werden.

»Das sollten Sie aber«, wurde ich belehrt. »Man muss nicht gleich so radikal werden wie Knut Schweickert. Der ist zu dieser Gruppe *Badische Freiheit* gegangen und sammelt am Europaplatz Unterschriften für alles Mögliche – gegen den Wahnsinn von ›Stuttgart 21‹ und gegen irgendwelche Flughafenpläne ... Aber ein wenig stolz dürfen wir wirklich auf unser Land sein. Unsere Behörden gehören nach Karlsruhe und nicht nach Stuttgart. Karl-Wilhelm hat am 17. Juni 1715 seine Residenz in den Hardtwald gebaut, weil er gesehen hat, welche Möglichkeiten sich hier boten, und das werden wir ihm nicht vergessen. Schließlich hätte er auch in Durlach bleiben können – ist er aber nicht. Karlsruhe war seine Idealstadt, der er treu bleiben wollte. Deshalb hat er am gleichen Tag auch den Fidelitasorden gestiftet.«

Konrad wusste auch etwas: »Es heißt, er hatte ein zänkisches Weib und er wollte sie gerne los sein. Außerdem war Durlach durch die Franzosen niedergebrannt worden. Und ›Carols Ruh‹ war ursprünglich nur als Lustschloss geplant. Wahrscheinlich eher als ein Fluchtort.« Er kicherte wissend.

Ich beobachtete ihn. Es war schwer zu sagen, wie nah ihm der Tod von Frau Löber wirklich ging. Vielleicht hatte er nach der Erfahrung, drei Frauen begraben zu müssen, gelernt, eine lächelnde Maske aufzusetzen.

Vielleicht hatte ihm Irma Löber aber auch nichts weiter bedeutet als eine Abwechslung im Rentneralltag. War sie ihm lästig geworden? Hatte er sie beiseite geschafft? Hatte es die Geschichte mit der Tasche wirklich gegeben? Er hätte leicht alles erfinden können. Hatte er die

Tasche selbst verschwinden lassen, um die Kripo auf eine falsche Spur zu lenken?

Die anderen grinsten mit. Das mit der zänkischen Frau konnten sie allesamt verstehen.

Ich hingegen horchte bei der Erwähnung von Knut Schweickert auf. Eine erste Verbindung stellte sich her. Eigentlich war es die einzige Verbindung, denn ernsthaft konnte ich mir weder Herrn Köhler noch einen anderen der hier Anwesenden vorstellen, wie er eine *Oscar*-Figur schwang und einer Mitspielerin den Schädel einschlug. Nur der Wunsch, Konrads vierte Ehefrau zu werden, konnte es nicht sein.

»Und zu dem Knut habt ihr keinen Kontakt mehr?«

»Nein.« Horst Köhler legte seinen Kaffeelöffel klirrend auf die Untertasse. »Er ist da ziemlich eingespannt bei der *Badischen Freiheit*. Und so viele Herrenrollen haben wir auch nicht zu besetzen.«

Ich seufzte innerlich. Ich hätte mal wieder eine Herrenrolle zu besetzen, aber das Casting würde wahrscheinlich diesmal ziemlich lange dauern.

****

Später schrieb ich Karina eine E-Mail und schilderte ihr mein Treffen mit den Theaterleuten von *Badisch Art* in kurzen Worten.

Sie antwortete erst abends, indem sie mir am Telefon mit der ihr eigenen freundlich-tiefen Stimme erklärte: »Entschuldige bitte, aber wir haben natürlich jetzt alle Hände voll zu tun. Tausend Anrufe, Hunderte von Hinweisen und natürlich keine einzige konkrete Spur. Niemand hat etwas bemerkt, keiner hat etwas gehört. Sie hat niemals etwas von einer Drohung oder überhaupt einer Unregelmäßigkeit in ihrem Leben berichtet. Ihre Verwandten wussten auch nichts. Keine Skandale, keine Feindschaften. Es gab kein Geld in ihrer Wohnung – die Frau hatte nicht einmal eine EC-Karte. Hat einmal in der Woche eine kleine Summe abgehoben und ausgegeben. Das Geld hatte sie recht originell in ihrer Waschmaschine im Waschpulverfach versteckt. Unsere Leute haben es nur durch Zufall gefunden.«

Ich fragte mich, welcher Zufall ein paar Polizisten darauf kommen ließ, im Waschmittelfach nach Geheimnissen zu forschen.

»Derzeit überprüfen wir bundesweit alle gewaltsam verlaufenen

Wohnungseinbrüche mit ähnlichem Muster. Sowie alle Tatverdächtigen. Da gibt es natürlich schon ein paar interessante Kandidaten, und es hat sich eine vage Querverbindung ins Mühlviertel in Österreich ergeben.« Karina Ix klang wenig hoffnungsfroh.

»Hm.« In den Fällen, in denen ich bisher die Ehre gehabt hatte, der Polizei zur Seite zu stehen, hatten solche Computerrecherchen niemals etwas gebracht. Die Mörder waren nicht gespeichert gewesen. Sie waren nämlich niemals zuvor aufgefallen. Sie waren nur ein einziges Mal ausgerastet. Oder zweimal. Und die Gründe hatten tief in ihrer Seele verwurzelt gelegen – ein Ort, an den kein Computer der Welt vordringen konnte.

Karina Ix, mit dem für ihren Berufszweig vollkommen untypischen Wunsch, mir Informationen zukommen zu lassen, sprach unterdessen weiter und antwortete sogar auf eine Frage meinerseits mit einer ganz klaren Antwort: »Nein, von den Dechiffrierleuten in Wiesbaden haben wir noch nichts gehört. Aber das kann bei einer einfachen Codierung nicht lange auf sich warten lassen. Die verstehen ihr Handwerk. Am Schlimmsten wäre es nur, wenn sie von einem Kind stammte. Kinder verschlüsseln emotional. Unlogisch. Das kann kein Dechiffriersystem der Welt knacken, denn diese Systeme kennen keine Gefühle.«

Auch hierzu schwieg ich. Vom Chiffrieren verstand ich nichts. Das hatte für mich zuviel mit Zahlen und Systematik zu tun, und mit diesen Dingen halte ich es nicht. Ich würde auch wie ein Kind verschlüsseln. Total emotional. Karina sprach immer noch weiter. Beinahe unheimlich, die Frau.

»Wir haben uns sicherheitshalber die Leute aus dem Secondhandladen noch mal vorgeknöpft. Bilder aus unserem Fotoalbum gezeigt, den Polizeizeichner drangesetzt. Frau Lohse und Frau Hoffs bleiben dabei: Sie können sich an keine Besonderheiten erinnern, und je länger die Zeit vergeht, um so weniger wissen sie, wer die Tasche und den Muff abgegeben hat. Mindestens sechzig Leute hätten an dem Morgen Kleider abgegeben.«

Innerlich nahm ich mir daraufhin vor, meinen Kleiderschrank auch einmal durchzusehen. Raika war kürzlich bei mir gewesen und hatte mich gebeten, für eine Art Kostümfest der Schule nach einem Matrosenhemd zu schauen. Als Rumänin war ihr Nordseekluft eher fremd. Ich hatte sie einfach wühlen lassen. Ein Matrosenhemd hatte sie nicht gefunden, dafür aber zwei Röcke, die ich nicht mehr trug. Zu lang. In langen Röcken sehe ich aus wie eine Bauersfrau. »Bevor du sie eines Tages deiner zukünftigen Putzfrau mitgibst …«, lachte sie. »Oh, ich weiß, du hast noch keine, aber du wirst bald vierzig, und da gehört für die gute deutsche Frau eine Putzfrau doch dazu, oder? Sie nennen sie ›Perle‹, so wie früher; sie sagen: ›Meine Perle ist aus Polen, *aber* sehr ehrlich und fleißig!‹ Und dann schenken sie ihr die Sachen, die sie selbst nicht mehr brauchen.«

Ich hätte Raika besser zuhören sollen. Aber schon ihre Idee schien mir absurd. »Nie werde ich eine Putzfrau haben. Ich müsste erst vorputzen, bevor sie das erste Mal kommen dürfte, und das überfordert mich.«

Zurück zu Karina. »Die Studentin in dem Secondhandladen, die ja bekanntlich an dem betreffenden Nachmittag verkauft hat, hat zu den Ermittlungen nichts beitragen können. Sie erinnert sich jedoch sehr gut an Herrn Konrad, obwohl an dem Tag viel los war, sagt sie. Aber ein älterer Herr, der große Taschen sowie Damenaccessoires kauft, fällt natürlich auf. Er hat die drei Sachen gekauft und bezahlt und ist gegangen. Und wurde möglicherweise verfolgt von dem Mörder, der seine Tasche zurück haben wollte. Hatte er zu spät bemerkt, dass der codierte Brief und der Ausweis noch darin steckten, als sie im Secondhandladen abgegeben wurde? Wenn es tatsächlich so war, dann müssen wir davon ausgehen, dass zumindest eines dieser Dinge von besonderer Bedeutung für ihn war – vermutlich der Brief. Hoffentlich können uns die Dechiffrierleute dazu bald mehr sagen.

Warum hat er nicht im Secondhandladen danach gefragt? Denn wie uns die Verkäuferinnen bestätigt haben, hat sich niemand nach der Tasche beziehungsweise ihrem Inhalt erkundigt. Vielleicht wollte er dort aus irgendeinem Grund keine Aufmerksamkeit erregen. Oder er hatte dazu einfach keine Zeit mehr; er sah Herrn Konrad mit der Tasche den Laden verlassen und musste ihm folgen, um einen günstigen Moment abzupassen, sie ihm wieder abzunehmen. Daher dessen Eindruck, er werde beschattet. Warum er allerdings nicht bei Herrn Konrad das Gleiche versucht hat wie bei Frau Löber, wäre noch zu klären. Vorausgesetzt, alles stimmt, was Konrad erzählt.«

Ich schwieg. Der Hund. Niemand bricht gerne bei jemandem ein, der einen Hund hat.

»Aber dann hätte er oder sie ja vor dem Laden gewartet haben müssen.« Karina räusperte sich skeptisch.

»Ich halte es für wahrscheinlicher, dass die betreffende Person genau in dem Moment zurück in den Laden kam, als Herr Konrad die Tasche gekauft hat. Eigentlich ganz logisch, wenn man bedenkt, dass Konrad nach eigener Aussage gleich nach der Mittagspause, also um drei Uhr, im Laden war. Der spätere Mörder muss seinen Fehler um die Mittagszeit bemerkt haben und plante, die Tasche mitsamt Inhalt noch am selben Nachmittag baldmöglichst zurückzukaufen. Schließlich handelt es sich bei dem Laden um einen Schnellverkauf, also musste auch entsprechend sofort reagiert werden. Und doch war er am Ende nicht schnell genug: Herr Konrad war ihm knapp zuvorgekommen. Also ging er ihm hinterher. Er oder sie wusste ja nichts von der rigiden Geschäftspraxis der Frau Lohse, alles auszuleeren.«

»Hast du speziell nach einer jüngeren Frau oder einem jüngeren Mann gefragt, der sich kurz nach der Mittagspause im Laden herumgedrückt hat?«

»Die Studentin, die Konrad bedient hat, war so mit ihm beschäftigt – sie sagt, sie fand ihn amüsant – dass sie nicht weiter darauf geachtet hat ... Aber warum eine junge Person?«

»Der Mitgliedsausweis. Für Anwärter ...«

»Anwärter können doch auch ältere Personen sein, die noch in ihrem ersten Beitrittsjahr in dieser badischen Gruppe sind. Über das Alter der Anwärter gibt es doch keine Nachweise. Ich lasse dir übrigens die Uhrzeiten und den Ort, wo diese Parteifreunde sich treffen, zukommen. Du verstehst. Unsere Leute waren natürlich schon in amtlicher Funktion in dem Büro, das sie betreiben. Irgendwo am Kronenplatz. Es ist nur eine Stunde am Tag besetzt.«

Ich nickte. Karina, die mich durchs Telefon nicht sehen konnte, fuhr bereits fort: »Der Vorsitzende, ein Herr Justus Braun – ich hoffe, der Name ist kein schlechtes Omen im Hinblick auf die politische Ausrichtung dieser Leute – ist erst seit zwei Jahren in dieser Gruppierung aktiv. Er gab an, der Ausweis sage ihm leider nichts, da sie diese Ausweise wie gesagt zunächst ohne Namen an Besucher aushändigen, denn nicht jeder, der nur mal ›reinschnuppern‹ wolle, sei auch willens, gleich mit Namen erfasst zu werden. Ein solcher Ausweis bedeute nur, dass man grundsätzlich an den Aktivitäten der Gruppe näher interessiert sei. So ein Ausweis sei zunächst zwar unverbindlich, steigere aber dennoch das Zugehörigkeitsgefühl. Man habe damit auch Zutritt zu den internen Treffen, bei denen Gelegenheitsbesucher nicht zugelassen seien. Nach einem Jahr könne man dann entweder ordentliches Mitglied werden oder man verliere das Interesse und gebe diesen Ausweis zurück. Er wisse anhand seiner Unterlagen, dass derzeit fünfzehn solcher Ausweise unterwegs seien. Im Ganzen hatte es ursprünglich hundert Stück gegeben, und jetzt seien eben nur noch fünfundachtzig da. Er könne aber versuchen, die Namen zu rekonstruieren, denn einige kämen inzwischen regelmäßig. Total veraltet das ganze System.«

Karina schien meine Kritik telepathisch zu erahnen, denn sie fuhr fort: »Okay, ich denke auch, dass diese Anonymität noch andere Gründe hat. Diejenigen, die sich für diese Partei interessieren, sind vielleicht nicht immer ganz hasenrein. Und wollen nicht, dass sie erfasst werden, wenn sie probeweise dort auftauchen. Solche Gruppierungen ziehen immer Leute an, die auf der Suche nach einem Ventil für ihre Aggressionen sind.«

Schweigend hörte ich weiter zu. Wie wenig wusste ich eigentlich wirklich über das Treiben in dieser Stadt? Oder unserem Land? Niemand, den ich kannte, würde zu solch einer Partei gehen, und dennoch hatten die immerhin allein hundert Anwärterausweise. Von denen allerdings nur fünfzehn im Umlauf waren ...

»Natürlich stritt dieser Braun jegliche Radikalität seiner Gruppierung ab. Sie seien einfach nur aufrechte Badener, sonst nichts – und das könne wohl nicht verboten sein. Als Kind habe er bereits von seiner Mutter gehört, wie ungerecht es in Baden zugehe. Die badische Seite der Schwarzwaldhochstraße sei ein Geröllweg gewesen und kaum war man am Ruhestein, gab es breite, neu gepflasterte Straßen. Er selbst war übrigens früher Bankangestellter.«

»Einer von den Theaterleuten – früher nannten sie sich die ›Graureiher‹ – ist auch in dieser Partei. Ein Knut Schweickert.«

»Interessant. Nun, dieses Häufchen muss man sich mal ganz gründlich anschauen. Von *innen*.«

Ich verstand das wohl ganz zutreffend als Aufforderung.

»Eine Sache wäre da übrigens noch ...« Es gibt bei diesen Leuten von der Kripo immer noch ein »Übrigens ...«

»Auf einem Notizblock in Frau Löbers Küche, neben den Rezepten, die sie sich aus ihren Heften ausgeschnitten hatte, haben wir ein paar Telefonnummern gefunden. Einige waren durchgestrichen, an anderen waren Haken. Wir haben sie alle nachgeprüft. Eine davon ging nach Frankreich.«

Ich ahnte, was jetzt kam. Irgendwie hatte ich es vermutet.

»Es sieht ganz danach aus, als habe Irma Löber in Le Touquet angerufen.« Wir kannten beide die Schlussfolgerungen, die sich fast von selbst zu ergeben schienen. »Das heißt, sie hat sich nach Herrn Konrad erkundigt, beziehungsweise dem Todesfall seiner ersten Frau nachgespürt.«

Ich konnte mir bildlich vorstellen, wie Karina am Telefon bedächtig den Kopf wiegte.

»Das gefällt uns gar nicht, Maren.«

Mir auch nicht. Vor allem, weil ich Herrn Konrad tief in meinem Inneren tatsächlich potentiell für fähig hielt, einen Mord zu begehen. Es war die ganze Zeit über so gewesen, und ich wusste nicht mal, warum.

6. Kapitel

Aus irgendeinem Grund zog es mich an einem der folgenden Tage, Nessie im Schlepptau, noch einmal zu dem Secondhandladen in der Sophienstraße.

Es war Mittwochmorgen. Die Türen standen weit geöffnet, vor der Tür warteten Buggys mit und ohne Kinder darin, zwei Hunde waren draußen angeleint und winselten leise.

Beherzt schnappte ich Nessie und nahm sie auf den Arm. So kommt man fast überall rein. Sogar in Kirchen. Ein Hund auf dem Arm ist sozusagen entschärft. Er kann nicht pinkeln, nicht schnüffeln, nicht beißen.

Die Räumlichkeiten quollen tatsächlich über von Leuten, die Sachen abgeben wollten. Rechts bewertete eine Frau mittleren Alters mit blonden Fusselhaaren und einem runden Gesicht wie ein Mond die abgegebenen Sachen. Mit wichtiger Miene stellte sie dann einen Zettel aus. An der Kasse stand ein schmales schwarzgekleidetes Wesen – vermutlich die Studentin – und zahlte aus.

»Die Tasche da? Ist sie schon leer? Ja, also. Gibt höchstens zwei Euro.«

Die Mondgesichtige griff nach meiner Tasche, ohne mich dabei überhaupt anzusehen. Nessie knurrte und schnappte von dem anderen Arm aus nach ihr. Jetzt blickte sie mich mit wässrigen Augen an. »Hund verboten. Lassen Sie den Hund bitte draußen.« Sie fuchtelte mit der Hand Richtung Tür, traf beinahe Nessie am Ohr. Hundehass sprach aus ihrem Blick. Jetzt holte sie noch mit dem Ellbogen aus. So was habe ich gerne.

Angestauter Frust und spontane Abneigung ließen mich einen Text sprechen, von dem ich nicht wusste, aus welchen archaischen Tiefen meiner Seele er kam. Er hörte sich jedenfalls an wie aus einem Film, an den ich mich nicht erinnerte.

»Alte Hexe!«, zischte ich. »Ich erscheine dir im Schlaf, wenn du mir nicht sagst, wer diese schwarze Tasche aus dem Mordfall hier abgegeben hat. Du hast die Leute gesehen, da bin ich ganz sicher. Lass mal deine kleinen Grauen joggen, sonst statten wir, also meine … meine Freunde dir einen kleinen Besuch ab.«

Sie starrte mich an. Ich brach ab. War *ich* das? Waren diese Worte aus *meinem* Mund gekommen? Es war dumm, niveaulos und hatte überdies geklungen wie eine Zeile in einem schlechten Derrickkrimi. Und die Drohung hatte auch keinerlei Aussicht auf Erfolg, da die Polizei ja bereits mit den beiden Frauen gesprochen hatte.

Die Mondgesichtige starrte mich allerdings noch immer in blindem Entsetzen an. Nessie grummelte noch ein wenig nach, wie ein fernes Gewitter.

Ich wusste bisher nicht, dass man lautlos kreischen kann. Aber diese Frau brachte es fertig. Ihr Mund klappte auf und wieder zu.

Dann kam gequetscht: »Was wollen Sie denn? Ich will keinen Ärger. Stand neben der Chefin und hab Ware angenommen. Da hat man keine Zeit, die guckt einem genau auf die Finger. Ich sag nichts. Ich will keinen Ärger. Bei uns im Block wohnen Russen. Okay?« Ich starrte sie an. Irgendwas war da mit der Integration schief gegangen.

»Aber ich streit alles ab. Alles. Ich habe niemanden gesehen. Nix. Sie sehen ja, dass wir an den Abgabetagen so viel zu tun haben. Ich kann mich an keinen erinnern. Doch eins«, fügte sie beinahe höhnisch feixend an, »die Tasche war teuer, aber das Parfüm der Herrschaften war billig. Und die Brosche, die war auch nichts Besonderes. Trotzdem hat Madame Lohse sie einfach verkauft, obwohl sie doch angeblich alles aufhebt, was in den Taschen ist. Und jetzt nehmen Sie den Hund weg! Ich wohne mit Russen im Haus. Ich will keinen Ärger.«

Ich glaubte ihr. Sie hatte vor lauter Hektik neben ihrer herrischen Chefin wahrscheinlich wirklich nichts Besonderes bemerkt, und das, was sie bemerkt hatte, brachte uns nicht weiter. Und diese Frau hier würde mir nichts mehr sagen, das stand fest. Sie hatte wahrscheinlich wirklich Angst.

Eines war allerdings interessant: Die Brosche, die man Herrn Konrad zum Kauf angeboten hatte, war also ursprünglich auch in der Tasche gewesen! Und Karin Lohse hatte sie gegen ihre angeblichen Prinzipien nicht aufgehoben, sondern einfach weiterverkauft. Und der Polizei natürlich nichts davon gesagt ...

Ob die Lohse noch mehr wusste? Ich glaubte es eigentlich nicht. Die Ladenbesitzerin schien mir nicht gewieft genug, um irgendwie in unseren Fall verwickelt zu sein. Sie wollte sich mit allen Mitteln bereichern, sonst nichts.

Deshalb verwarf ich den Gedanken, Karina gleich anzurufen, um ihr das Gespräch zu beichten. Ich konnte ihr bei Gelegenheit davon erzählen. Es war ja eigentlich nichts dabei herausgekommen.

Dachte ich!

****

Ich erinnerte mich an meine anderen Fälle. Ein Besuch im Haus oder in der Umgebung des Opfers war niemals ganz sinnlos gewesen. Irgendwo ist immer eine Spur, ein Gedanke, eine Erinnerung, eine Assoziation oder ein Gefühl. Keiner im Haus und in der Straße hatte etwas gesehen – laut Karina. Ich war natürlich geneigt, ihr zu glauben. Doch ich hatte inzwischen auch meine Erfahrungen mit den Fragemethoden des durchschnittlichen Polizisten gemacht. Er hat nicht viel Zeit. Er hakt ab, was er fragen soll: *Haben Sie etwas Ungewöhnliches bemerkt? Nein. Gut, wenn Sie bitte hier unterschreiben, dass ich da war.*

Und der gedachte Polizist ging zur nächsten Tür, wo er die gleichen ergebnislosen Fragen stellte. Dabei kam normalerweise nichts heraus. Die Leute sind froh, wenn die Polizei wieder geht. Sie denken nicht nach. Sie sagen »Nein, nein ich habe nichts gesehen«, weil sie keinen Ärger wollen. So wie die Frau im Secondhandladen. Manchmal wissen sie nicht einmal, dass sie etwas bemerkt haben.

Bei mir sind die Leute anders. Ich wirke solide, wenn ich mich bemühe. Ich bin allmählich mittleren Alters und trotz dichter brauner Locken sehe ich überwiegend deutsch aus. Außerdem kann ich gut zuhören.

Nessie ließ ich mit einem sogenannten Hundespaghetti aus dem Tiernahrungsgeschäft um die Ecke zu Hause und fuhr nach Mühlburg, wo ich die Segnungen der Brötchentaste am Parkautomaten kennen lernte, die eine Viertelstunde freies Parken erlaubt.

Die Nuitsstraße selbst war keine Prachtstraße. Eng, hohe Häuser und erst am Ende lockte ein Ausläufer des Grünstreifens vom Fliederplatz Kinder und Hunde an.

Ich strich eine Weile um den Eingang von Nummer 19 herum. Zunächst geschah nichts, doch dann ergab sich, was sich eigentlich immer ergibt. Eine Frau mit Einkaufstasche kam aus dem benachbarten Metzgerladen und strebte auf das gegenüberliegende Haus zu.

Sie sah mich wartend herumstehen und rang eine kurze Weile mit sich, doch dann erkundigte sie sich, ob ich jemanden suche.

»Ja, ich wollte …« Weiteres war nicht nötig. Die Frau betrachtete mich offenbar als Ihresgleichen und stufte mich als nicht bedrohlich ein.

»Seien Sie aber vorsichtig. Ich weiß nicht, ob die Polizei das Haus noch überwacht.«

»Die Polizei?«

Die Frau stellte ihre Einkaufstasche hin. Sie seufzte. »Man ist nirgends sicher. Das war früher eine ruhige Gegend. Hier ist kürzlich eine Frau ermordet worden. Eine *ältere* Frau.« Sie seufzte noch einmal. »Sie haben den Mörder noch nicht. Mein Mann sitzt im Rollstuhl. Wir haben uns sofort eine neue Schließanlage bestellt.«

Sämtliche Krimis von Agatha Christie, die ich als Jugendliche mit Begeisterung gelesen hatte, standen im Geiste vor mir. Ein Mann, der im Rollstuhl saß. Der Tag und Nacht aus dem Fenster sah, weil er nichts anderes zu tun hatte. Der den entscheidenden Hinweis gab. Ein Klassiker! Ich lächelte ermutigend.

»Wir haben nichts gesehen und nichts bemerkt. Wir waren nicht da an dem Tag«, erläuterte die Frau sachlich und zerstörte all meine Träume von einem schnellen Durchbruch. Sie nahm die Tasche wieder auf. Ich sah einen Knochen aus einem Stück Papier herauslugen. Sie bemerkte meinen Blick. »Wir haben einen Hund«, erläuterte sie freundlich. »Unsere Jenni ist schon alt, aber ihren Knochen frisst sie doch noch jede Woche.«

Ich sah vor meinem geistigen Auge Nessie mit ihrem Hundespaghetti. Dekadenter kleiner Köter.

»Dann haben Sie an dem Tag, als es geschah, gewiss einen Ausflug mit ihrer Jenni gemacht?«

»Nein, die war nicht dabei. Wir waren beim Arzt. Spezialist. Da kann sie nicht mit. Unser Schatz war bei der Frau Butter ein Stockwerk unter uns. Die nimmt die Kleine immer, wenn es mal nötig ist. Einsame alte Frau. Hat niemanden auf der ganzen weiten Welt. ›Wo wäre ich, wenn ich meine Nachbarn und meine Freunde hier im Viertel nicht hätte‹, sagt sie immer. Manchmal geht sie in den Seniorenkreis von der Gemeinde. Oder zur Bastelstunde. Die arme Frau. Ja, wenn man halt auch keine Kinder hat. Unsere Jenni bleibt nicht gerne alleine, wissen Sie? Und sie nimmt nichts dafür. ›Ihr könnt sowieso mal alles von mir haben‹, sagt sie immer. ›Was braucht eine alte Frau? Ein schönes warmes Plätzchen.‹«

Es kostete mich einige intellektuelle Kraft, von der kinderlosen Butter auf die gesellige Jenni umzuschalten.

»Ich weiß«, sagte ich und dachte an Nessie, die auch nicht gerne alleine blieb. Letztes Mal hatte sie meine Strümpfe in der ganzen Wohnung verteilt. Ein Strumpf hing noch quer über ihrem Gesicht. Das hätte sehr lustig ausgesehen, wäre er nicht Bestandteil eines Paares für zwanzig Euro gewesen: Mikrofaser!

»Die Frau Butter ist immer daheim. Strickt, liest ihre Adelsheftchen. Manche sagen, sie ist zu neugierig, aber ich konnte noch nie klagen. Was will man machen, wenn man nur wenig Rente hat? Sie hat ja nicht mal einen Farbfernseher. Da schaut man halt den lieben langen Tag aus dem Fenster.«

»Die Polizei hat sicher auch mit Frau Butter gesprochen?«

»Weiß ich nicht. Vielleicht. Aber die Frau Butter ist nicht der Typ, der viel herumerzählt. Die Polizei mag sie sowieso nicht. Über die Gründe möchte ich nicht sprechen, aber jeder macht mal was Dummes, und wenn der falsche Kerl im Spiel ist sowieso. ›Ich rede mit meinen Tieren, das reicht‹, sagt sie. ›Mehr brauche ich nicht. Ich brauche kein Geld. Das was ich habe vermache ich dem Tierheim, und meine Möbel und die anderen Sachen könnt ihr alle haben. Wenn ich mal tot bin, dann hab ich Tag der offenen Tür, und jeder kann sich was nehmen. Das schreibe ich sogar dem Notar.‹ Hat sie gesagt. Komisch, oder?«

»*Tiere?* Mehrere?« »Ja, außer unserer Jenni nimmt sie noch ab und zu Hunde in Pflege. Aber nur kleine Hunde!«, fügte die Frau drohend an, so als traue sie mir ohne Weiteres zu, einen genehmigungspflichtigen Dobermann zu besitzen.

»Oh, das ist interessant. So jemanden suche ich händeringend ...« Auf ihren Blick hin sprach ich jene Zauberworte, die bei älteren Damen immer ankommen.

»Wenn man mal zum Arzt muss, wissen Sie.«

Eine halbe Stunde später saß ich bei Frau Butter am Couchtisch. Ich hatte ihr mehrere Fotos von Nessie gezeigt sowie niedliche Anekdoten zum Besten gegeben. »Wenn sie spielen will, sitzt sie vor dem Schrank, in dem ihre Plastikkatze ist, und bellt. Was würden Sie für einen Abend Hundesitting verlangen?«

Frau Butter, klein, rund, mit schwarzen Knopfaugen und einer Haut wie gegerbtes Leder, nickte verständnisvoll. »Die Tiere verstehen so viel.

Fünfzehn bis zwanzig Euro.« Aus einem altmodischen Fernseher in der Ecke drang lautes Geschrei. Fette Teenager in schwarz-weiß brüllten einander im Auftrag einer Talkmasterin an. Die unanständigen Worte wurden mit einem Piep unhörbar gemacht. Es piepte fast nur. Auf dem Couchtisch lagen zerlesene, aber überraschend aktuelle Zeitschriften, die aus der für Frau Butter unerreichbaren Welt der Edlen, Berühmten und Reichen berichteten.

Langsam musste ich mich dem Eigentlichen nähern. Fromm sagte ich: »Das ist preiswert. Ja, wenn es nur Tiere auf der Welt gäbe, wäre es ein besserer Ort hienieden. Es gäbe keinen Diebstahl, nicht Raub und nicht Mord.«

Sie nickte. Und schwieg. Erwies sich als zäh, die alte Schachtel.

»Aber Karlsruhe ist, was das angeht, noch die Insel der Seligen. Hat mir kürzlich ein Polizist gesagt. Und die Polizei weiß, was sie sagt.«

Endlich war Frau Butter weichgekocht. »Na ja. In Karlsruhe lässt es sich leben. Und das Viertel hier ... Ich fühle mich hier wohl. Die Leute kennen mich. Wenn ich tot bin, lasse ich sofort am anderen Tag meine Wohnungstür öffnen, und jeder darf sich was nehmen. Das habe ich sogar im Testament und das sag ich jedem. Jedem. Meine Nichte, diese kleine Schlampe in München, soll nicht denken, sie kriegt auch nur einen Nagel.« Offenbar erzählte sie die Geschichte ihrer Erbverwaltung gerne und oft. Die letzten Worte klangen drohend. Sie stand auf und holte blasse, billige Kekse, die sie mir direkt aus der Packung heraus anbot. Schließlich kam es: »Im Haus gegenüber ist eine Frau ermordet worden.«

»Ach?« Weitere Minuten verstrichen, in denen ich Unkenntnis heuchelte. Es gab dann viele Seufzer, und das Wort »arm« und »unverdient« und »unerwartet« fiel erwartungsgemäß oft aus dem Mund von Frau Butter.

Schließlich fragte ich: »Sie sind oft zu Hause. Und Sie sehen den Eingang von hier aus ganz gut. Schade, dass Sie nichts gesehen haben. Gar nichts. Sie hätten der Polizei so wunderbar helfen können. Die Polizei findet ja so schnell Verdächtige, nicht wahr?«

Frau Butter blinkte mich raffiniert an. Ich hatte den richtigen Knopf gedrückt. »Die Polizei bekommt, was ihr zusteht. Sie haben mich gefragt, ob ich jemand Verdächtiges beobachtet habe. Habe ich nicht. Ich hab nur *Nicht*-Verdächtige beobachtet, die an dem Nachmittag ins Haus gegangen sind.« Und sie kicherte. »Damit hab ich doch nicht gelogen, oder?«

»Ganz genau.« Ganz genau ist übrigens ein guter Ausdruck. Er gilt immer und überall und verbreitet Positives.

»Da waren der Mann von Bofrost, den kenne ich, der kommt auch zu uns. Ein älterer Mann – das war ihr Bekannter, nach dem hat die Polizei sogar mit Bild gefragt. Und das Mädchen, das den Kurier bringt und sicherheitshalber ins Haus legt. Später noch eine ältere Person, die ich nicht kannte ... Und natürlich der Bursche, der wahrscheinlich zu der anderen Frau wollte – zu der, die angeblich krank war. Na, und dann diese dicke Frauensperson im Rollkragenpullover mit einem Paket. Oder war da noch dieser junger Mann ...? Nein, das war der Tag davor.«

Es stellte sich heraus, dass die dicke Person mit dem Paket einem Lieferwagen der Post entstiegen war.

»Die bringen das Zeug, was die Leute sich im Internet bestellen. Schmuddelkram.« Frau Butters Äuglein funkelten. »Es war niemand Verdächtiges dabei. Oder ist eine ältere Person was Verdächtiges?« Und kicherte. Ich versuchte mich genau an ihre Worte zu erinnern. Im Grunde war während Frau Butters Beobachtungszeit offenbar nur ein ihr Unbekannter ins Haus gegangen. »Die ältere Person, die Sie nicht kannten – war das ein Mann oder eine Frau?« Ich versuchte es ganz beiläufig klingen zu lassen.

Sie zögerte, als müsse sie erst darüber nachdenken. Wusste sie es tatsächlich nicht, oder wollte sie mir etwas verschweigen? Schwerfällig erhob sie sich aus ihrem Sessel. Als sie sah, dass ich einfach sitzen blieb und sie fragend ansah, kam es mürrisch: »Hmm – Ein Mann. Wohlhabend. Ist das etwa verboten?« Etwas Vorsichtiges und Lauerndes trat in Frau Butters Blick.

Stumm verneinte ich.

»Bringen Sie mir gerne Ihre Kleine vorbei. Wir werden uns schon vertragen, was?«

****

Ich hatte so meine Erfahrungen gemacht mit der Kripo. Elfie hatte mir zunächst niemals geglaubt, wenn ich etwas herausgefunden hatte. Und hinterher – wenn sich eine Spur als tragfähig erwiesen hatte – war sie sich nicht zu schade gewesen, meine Beihilfe an der Auflösung bei Presse und Vorgesetzten zu verschleiern. Karina Ix konnte ich in dieser Hinsicht noch nicht einschätzen.

Beim Abendspaziergang grübelte ich über diesen älteren Mann nach, den Frau Butter gesehen hatte. Ein älterer Herr war als ursprünglicher Besitzer der Aktentasche denkbar. Jedenfalls war ein Mann bei der Abgabe der Tasche im Secondhandladen dabei gewesen; allerdings war er nach Aussage von Frau Lohse um die vierzig gewesen. Andererseits kann man sich beim Alter eines Menschen leicht verschätzen. Und wie wahrscheinlich war es, dass ein wohlhabend aussehender alter Mann eine Statue schwang, um eine Frau wie Irma Löber zu erschlagen?

Und wie passte ein älterer Herr zu der Neumitgliedschaft in einer leicht radikal angehauchten Gruppe wie der *Badischen Freiheit*? Alles natürlich nicht ausgeschlossen, aber war es wahrscheinlich? Plausibler erschien mir, dass der bewusste Herr ein harmloser Besucher gewesen war. Aber wen hatte er besuchen wollen? Die Kranke? Oder war er nur irgendein Vertreter gewesen?

Frau Butter hatte jedenfalls nichts mehr preisgeben wollen. Weder, wann der ältere Herr das Haus wieder verlassen hatte, noch wollte sie die ältere Person näher beschreiben.

Misstrauisch und abweisend kam: »Ganz normal eben. Also mehr sage ich jetzt nicht. Ich weiß doch gar nicht, wer Sie sind. Genauso wie Sie fragen auch die von der Kripo!«

Heimlich geschmeichelt versicherte ich ihr meine räumliche und emotionale Ferne zur Polizei und verschärfte diesen Eindruck durch die Bemerkung: »Bullen darf man ja nicht sagen, nicht wahr, Frau Butter!«, was mir einen kleinen Lächelerfolg einbrachte. Ich erinnerte mich an die letzten Worte der Metzgereikundin, als Frau Butter sagte: »Wen die einmal auf dem Kieker haben, den lassen sie nicht mehr los.«

»Da haben Sie Recht. Ich will Sie auch nicht weiter behelligen. Sie sagen mir nur, was Sie wollen.«

Das kam gut an. Frau Butter erzählte noch, sie habe den Mann hinein-, aber nicht mehr hinausgehen sehen, da im Fernsehen das von ihr sehr geschätzte Magazin ›Skandal‹ lief, in dem von Hugh Grant, Klausjürgen Wussow sowie von Roberto Blanco die Rede war. Das verpasse sie nie. »Und dann frag ich mich, warum *der* nicht heiratet? So schöne blaue Augen.« Roberto schloss ich in dieser Sache aus und tippte auf Hugh Grant. Doch ich lag vollkommen daneben. »Der Albert. Von Monaco. Aber die müssen ja immer was Passendes finden. Die Grace, die war ja nicht adelig, aber sie hat sich benommen wie eine Adelige und das zählt fast genauso viel wie das Blut. Außerdem hatte die Geld, und das macht auch beinahe adelig. Heute ist man ja angeblich nicht mehr so, aber ich denke, die Von-und-zus bleiben trotz allem gerne unter sich.« Kichern.

So Frau Butter, Adelsphilosophin aus der Nuitsstraße.

Ich verließ Frau Butter. Aus irgendeinem Grund, der in meinem geltungssüchtigen Herzen lag, beschloss ich, Karina Ix zunächst nichts von dem älteren Mann zu sagen ...

In den folgenden Tagen war ich auch mit anderen Dingen beschäftigt. Ich erhielt einen interessanten Auftrag von einer vierschrötigen, leicht verrückt wirkenden Frau, die mich bat, nach ihrem Vater in der Nähe von Paris zu suchen. Sie war Besatzungskind und hatte auf dem Totenbett den Namen ihres Erzeugers aus ihrer Mutter herausgequetscht. Recherchebeginn war erst in drei Wochen, wenn sie aus dem Kururlaub in Reichenhall zurück sei.

Elfie belästigte mich zweimal mit Albernheiten rund um ihre Hochzeit: Reiswerfen sei verboten und außerdem taktlos. Melchior wolle angeblich keine Kinder mehr, aber da sei das letzte Wort noch nicht gesprochen. »Ach, und Maren, nur damit du nicht enttäuscht bist: Das Brautstraußwerfen entfällt, denn außer dir haben eigentlich alle einen Mann, und nur für dich lohnt es sich nicht, einen Strauß zu werfen. Melchior meint das auch.« Na danke!

Und Marie, die zweite Hochzeiterin in meinem Bekanntenkreis, meldete sich ebenfalls und stellte mir nach den üblichen rätselhaften Andeutungen eine Einladung auf Schloss Weißenberg irgendwo im Kraichgau in Aussicht. Dort lebe eine Tante ihres Verlobten, die alljährlich eine noble Lifestylemesse für mehr oder weniger geladene Gäste abhalte, und ich dürfe auch kommen.

»Die Frau Baronin würde sich freuen, wenn du mitkämest«, verhieß sie mir mit wichtiger Miene. Ohne es zuzugeben, freute ich mich über die Einladung. Ich hege eine heimliche Vorliebe für den Adel – wahrscheinlich weil sie so tolle Stammbäume besitzen.

Meine Freude über die sogenannte Einladung kühlte allerdings deutlich ab, als ich überall in der Stadt Werbeplakate für die Veranstaltung ›Lebenskunst im Schloss‹ sah. In einschlägigen Läden lagen stapelweise Werbezettel, auf denen ein sich verheißungsvoll öffnendes Schlosstor zu sehen war. Es handelte sich zweifellos um eine kommerzielle Veranstaltung, jedem offen, der bereit war, zehn Euro zu bezahlen und über Siebenhügelland zu reisen, um bei Adels ein Glas Champagner zu süffeln.

Dennoch: Ich brannte heimlich vor Neugier, Maries schöne neue Welt kennenzulernen und beschloss, am nächsten Sonntag mit ihr nach Gut Weißenberg zu reisen.

Zuvor aber hielt das Schicksal für mich noch ein Treffen mit Matthias, mit Karina sowie mit Consuela bereit. Alle drei fanden an einem Freitag statt.

Kurzfristig hatte ich überlegt, Matthias zu fragen, ob er mich zu der Schlossfete begleiten wollte, aber wie ich ihn kannte, würde er die Gelegenheit lediglich nutzen, um seine Versicherungen anzubringen, etwa: »Majestät, haben Sie schon unsere aktuelle Schloss- und Burgversicherung? Kandelaber übrigens eingeschlossen?«, und das wäre nur peinlich.

Stattdessen ging ich mit ihm im Karstadt frühstücken – bekanntlich für Matthias stets eine Art Frühsport: Schaffte er es, seinen Frühstücksteller für 2,50 Euro derart voll zu laden, dass die Firma Karstadt mit ihm ein Minusergebnis erzielte? Er hatte dafür eine höchst kompliziert berechnete Schichttechnik auf dem kleinsten Teller entwickelt, gegen die der Turmbau zu Babel wie Schlamperei aussah.

Er sah mich gespielt schelmisch an und wirkte dadurch ein wenig lächerlich, denn Matthias ist nun mal kein Schelm und wird nie einer werden.

»Maren, es sieht aus, als wolltest du meine Versicherung böswillig mit Beerdigungkosten belasten. Ich habe in der Zeitung von einem Gewaltverbrechen in Mühlburg gelesen. Leider vermuten meine Gesellschaft und ich, dass du dich da wieder einmischst. Warum kannst du nicht Rezepte ausschneiden und Acrylbilder malen wie andere Frauen, wenn ihnen langweilig ist? Zumindest erwarte ich das von der Frau, die meine Kinder erzieht.«

»Mir ist nicht langweilig, ich will deine Kinder weder kriegen noch erziehen. Außerdem stößt meine Meinung inzwischen gelegentlich auf behördliches Interesse!«, erwiderte ich grob. Matthias nahm das gar nicht wahr. Lächelte nur vielsagend.

»Hat die Polizei schon jemanden?« »Soviel ich weiß: Nein!«

Matthias errichtete ein solides Fundament aus Kartoffelrösti am Boden seines Tellers.

»Immer diese älteren Damen, die in deinem Umfeld getötet werden. Was können die nur für düstere Geheimnisse haben?«

»Ich glaube, diese hier hütete überhaupt kein Geheimnis. Sie hatte einfach nur eine Tasche zuviel«, gab ich zurück. Matthias war praktisch denkend. »Und in der Tasche war etwas von Bedeutung? Schmuck? Geld? Wertsachen?« »Ja, etwas Wertvolles. Aber nur für den Besitzer, denke ich.«

»Dann hätte er nicht töten müssen. Wenn es nur für *ihn* interessant war, meine ich.«

Ich dachte über Matthias' Worte nach. Er hatte Recht. Offenbar war der Inhalt der Tasche nicht nur für ihn interessant. Sondern für ... ja, für wen? Was konnte von solcher Brisanz sein, dass man dafür über Leichen ging? Die Brosche war nicht wertvoll gewesen, das hatte die Mondgesichtige im Secondhandladen gesagt. Und der Ausweis für die *Badische Freiheit* konnte niemandem persönlich zugeordnet werden ... Welches Geheimnis steckte hinter dem verschlüsselten Text?

»Nein, das hätte er nicht. Und wie geht es dir sonst, Matthias?« Ich war abwesend.

Matthias sah mich mit jenem Verführerblick an, der schon seit Jahren bei mir eine augenblickliche Senkung meiner Körpertemperatur bewirkt: »*Noch* wäre ich zu haben, Maren. Aber ich darf sagen, dass die Konkurrenz nicht schläft.« Und versteckte eine Scheibe Edelsalami unter der Röstischicht.

»Dann sollte sie ein mildes Beruhigungsmittel einnehmen«, versetzte ich. Und auf seinen erstaunten Blick: »Wenn sie nicht schlafen kann, meine ich.«

Consuela hatte mich um die frühe Siestastunde eingeladen.

Es gab wie so oft keinen Kaffee, sondern dicke dunkle Schokolade mit Zimt, offenbar etwas Urspanisches. Ich kann davon nur wenige Schlucke trinken, dann wird mir schlecht.

Sie hatte neue Wahrsagekarten bekommen. Zigeunerkarten mit einfachen Motiven, direkt aus Südfrankreich, mit Wasser aus Les Saintes-Maries de la Mer getauft.

Ich nutzte ihre gute Laune, die der Zusendung der Karten zu verdanken war. Habe ich schon erwähnt, dass meine wahrsagende Freundin sehr launisch ist?

»Probier sie gleich aus und schau mal kurz für mich rein, bitte. Vielleicht wirken diese primitiven Karten bei mir besser. Animalischer.«

Noch immer hoffte ich auf den schneidigen jungen Mann mit dem eheversprechenden Lächeln als persönliche Zentralkarte. Im Oktober würde ich in den Statistiken der Meinungsforscher in eine neue Gruppe wechseln. Mit der Spalte ›20 bis 39‹ war es vorbei. Allmählich sollte er sich wirklich sputen, der Kartenmann.

Consuela legte widerstrebend die kleine Serie aus. Eine zentrale Karte und eine Vergangenheits-, eine Zukunfts- und eine Gegenwartskarte. Die zentrale Karte war tatsächlich ein Mann, allerdings wies ihn seine Kleidung als vornehmen Herrn aus. »Aha, vielleicht Maries Prinzentraum«, murmelte ich.

»Er ist …«, Consuela zögerte, »nicht der Richtige für dich …«

»Warum nicht? Da habe ich schon einmal einen Herrn in der zentralen Position, und dann ist er nicht richtig. Was stimmt nicht mit ihm, hm?«

Consuela sah mich und die Karte eine Weile lang an, dann schloss sie die Augen. »Ich sage das nicht gerne, aber er ist irgendwie behindert.«

Ich hielt die Luft an.

Sie sah noch einmal lange und genau hin. »Es stimmt etwas nicht mit ihm. Er läuft merkwürdig und spricht langsam.«

Das schockierte mich und dazu fiel mir auch beim besten Willen keine scherzhafte Bemerkung ein. Erst viel später erahnte ich die Bedeutung von Consuelas Vision. Sie hatte zwar den »richtigen« Mann gesehen, aber konnte nicht genauer erkennen, warum er für mich nicht in Frage kam: Der Gute war nämlich schon seit beinahe zweihundert Jahren tot.

Consuela studierte mit gekrauster Stirn den Rest der ausgelegten Karten. Die Vergangenheitskarte sah aus wie eine Königin, und seltsamerweise waren die beiden restlichen Symbole ebenfalls Frauen.

»Also, ›Die weise Frau‹ und ›Die Alte‹!«, meinte Consuela achselzuckend. »Tut mir Leid. Im Moment kein ernstzunehmender Mann zu sehen. Du musst offenbar zunächst mit Frauen vorlieb nehmen. Halte dich vor allem an ältere Frauen, dann kann laut meiner Karten hier nichts schief gehen.«

Nessie, die bald zwei, und ich, die ich bald vierzig wurde, sowie eine ältere Dame, die erschlagen in ihrem Blut lag, und dazu ein Haufen weiterer älterer Frauen, die sich um Herrn Konrad scharten, schienen mir zunächst genügend reife Frauen in meinem Leben zu sein.

Und dann gab es als Kontrast noch jenen älteren Herrn, von dem die Polizei noch nicht wusste, dass er das spätere Opfer am Mordmittag besucht hatte...

Karina Ix und ich trafen uns diesmal am Rhein bei Rheinstetten und sahen gerührt zu, wie unsere Hunde Schiffe verbellten.

Nessie hatte sich mittlerweile an den Anblick von Giant gewöhnt und machte sich eine Art Spaß daraus, zwischen seinen vier Beinen Slalom zu laufen.

»Wann schaust du dir diese Leute von der *Badischen Freiheit* an?«, erkundigte sich Karina. Nicht zum ersten Mal fragte ich mich, ob es wirklich *nur* reine Freundlichkeit war, dass sie mich in diesen Fall einband. Sie wartete auf die Ernennung zur Ersten Hauptkommissarin. Eine solche Beförderung war leistungsbezogen. Die Aufklärung eines Mordfalls *war* eine Leistung. Deshalb antwortete ich eher zurückhaltend.

»Am Montag haben die ihre reguläre Sitzung. Ich habe die Nummer angerufen, die auf der Homepage verzeichnet ist, Interesse an den Zielen ihrer Bewegung bekundet und mich für Montag als Gast angekündigt.«

»Gut. Wir haben natürlich offiziell bei denen ermittelt, aber es ist nichts dabei herausgekommen. Sie haben 470 Mitglieder. Wir können im Moment nicht alle verhören, zumal die eingetragenen Mitglieder keinen A-Ausweis mehr haben. Um den richtigen Ausweis zu bekommen, muss man auf jeden Fall das Provisorium abgeben. Ein Schriftvergleich des Briefes und der Unterschriften auf den Aufnahmeanträgen hat demnach bisher auch nichts ergeben.«

Nessie scheuchte kläffend und hektisch ein Eichhörnchen den Baum am Rheinufer hoch. Giant verfolgte die Aktion mit ruhigem, gutmütigem Brummen. Sein Fell zauste sich im leichten Flusswind.

»Ich sage dir was, wenn du mir ein weiteres Mal versprichst, alles für dich zu behalten. Dies hier ist ein Mordfall und keine Bagatelle. Ich verstoße praktisch minütlich gegen die Vorschriften.«

Schlechtes Gewissen befiel mich. Sie hatte mir eigentlich nichts getan, diese Karina Ix. Im Gegenteil. Sie war eine natürliche Feindin von Elfie und damit auf meiner Seite.

Ich würde ihr also von der Brosche in der Aktentasche, vor allem aber von dem Besuch des alten Herrn bei Irma Löber berichten, auch wenn Frau Butter mich den Rest ihres Lebens hassen würde.

Doch Karina sprach schon weiter: »Wir haben den halben Text auf dem Zettel entschlüsselt. Es war übrigens eine sehr merkwürdige historische Verschlüsselung, die mehr in dein als in unser Gebiet fällt.«

»Nämlich?«

»Maria Stuart hat aus dem Gefängnis heraus eine verschlüsselte Botschaft als Antwort auf einen Komplottplan geschrieben, welcher zur Ermordung von Königin Elisabeth führen sollte. Man nennt dies das *Babington Komplott*, da dessen Anführer ein fanatischer Katholik dieses Namens war. Der Text wurde mit einem sogenannten Nomenklator verschlüsselt ... « »Wie bitte?«

»Buchstaben wurden als Zeichen dargestellt und bestimmte häufige Wörter auch durch eigene Symbole. Es war keine sonderlich komplizierte Methode, und so machte sie einer der bedeutendsten Kryptographen der damaligen Zeit auch durch die Häufigkeitsanalyse bald lesbar. Das Ganze führte dann letztendlich zur Hinrichtung von Maria Stuart. Und Babingtons, der gehenkt, gekocht und gevierteilt wurde.« Ich erschauerte. Nichts war es mit der guten alten Zeit.

»Die Entschlüsselung durch die Häufigkeitssystematik ist gängig, und so haben es unsere Leute in Wiesbaden auch gemacht, nur dass das heute natürlich der Computer mit einem blitzartigen Dechiffrierprogramm erledigt. Dass es trotzdem ein wenig gedauert hat, lag daran, dass die Person in jeder Zeile die Symbole einmal gewechselt hat sowie eine Art Verschiebungstechnik bei den Füllwörtern angewandt hat. Na ja, aber heutzutage ist auch so was kein Hexenwerk mehr.«

Mit ausladenden Schritten, ebenso ausladend wie die ihres Riesenhundes, schritt sie neben mir. Und schwieg.

»Karina, ich dränge ungern und ich will auch nicht neugierig erscheinen, aber was *besagte* jetzt eigentlich diese Botschaft oder dieser Brief?«

»Ich darf dir den genauen Wortlaut nicht mitteilen. Ich würde mich nach geltendem Beamtenrecht strafbar machen. So kann ich dir nur den groben Inhalt schildern, und da wir nur weniger als die Hälfte des ursprünglichen Zettels – und zwar wohl eher den Schlussteil – in Händen haben, war das Ganze sowieso nicht so eindeutig. Im Übrigen war der Text eigentlich zunächst nicht spektakulär.

Es handelt sich offenbar tatsächlich um einen Brief, eine Nachricht oder eine Art Leserbrief. Gerichtet vielleicht an die Polizei, an eine Zeitung oder ans Finanzamt, und es sollte darin scheinbar ein Betrugsfall angezeigt werden. Es ist die Rede von unrechtmäßiger Inanspruchnahme von Leistungen und Erschleichung von Vorteilen sowie einem gigantischen Betrug am Steuerzahler und am Bürger.«

Ich dachte an meine eigene Steuererklärung, die mit der Wirklichkeit nicht viel gemeinsam hatte, bemühte mich aber um einen staatstragend empörten Gesichtsausdruck.

»Ja. Mit diesen Dingen ist nicht zu spaßen. Kann eine Existenz vernichten.« Amüsierter Blick.

»Es heißt in dem Schreiben weiter, der bewusste Betrug sei nur vertuscht worden, und es seien Beweise aufgetaucht und Unterlagen erstellt worden, die man den entsprechenden Behörden zustellen werde, damit eine Untersuchung eingeleitet werde. Hier endet das Schreiben. Am Ende kommt wohl nicht mehr viel. Was aber eben dank der hektischen Tüchtigkeit der Leute in dem Secondhandladen fehlt, ist der Anfang, der uns möglicherweise Einzelheiten über diese Steuerhinterziehung – oder was immer das Vergehen war – mitgeteilt hätte. Und den Adressaten, an den der Brief gehen sollte. Wenn das überhaupt alles so stimmt. Steuerhinterziehungsfälle werden uns aus purem Neid sehr oft gemeldet. Nachbarn beobachten genau, wie viele Klavierstunden die junge Lehrerin gegenüber erteilt, rechnen die Summe zusammen und melden es uns. Sie rufen sogar als Kunden getarnt an und erfragen den Preis.«

Karina Ix schüttelte den Kopf.

»Der Mörder wusste, dass die Nachricht in der Tasche war, ja?« Karina hielt mit dem Schütteln inne und nickte.

»Dann gibt es zwei Möglichkeiten. Es war seine Tasche, und die Nachricht war drin, weil er sie dem Ankläger bereits abgenommen hatte. Irrtümlich hat er oder jemand aus seinem Haushalt dann diese Tasche weggegeben. Oder es war die Aktentasche des Anklägers, der sie ebenfalls versehentlich in den Laden brachte. Hilflos musste dann der Angeschuldigte, der ihn verfolgt hatte, zusehen, wie die Tasche mit dem ihn belastenden Inhalt an einen vollkommen Unbekannten verkauft wurde. Dadurch geriet zuerst Herr Konrad ins Visier des Verfolgers und später dann Irma Löber.«

Meine Güte, war das verworren. Ich war nie eine Leuchte in Mathe gewesen. »Wir wissen ja auch nicht, wie alt die in dem Brief erhobene Anklage ist. Und das ist alles so unlogisch: Jederzeit hätte doch der Schreiber des Briefes seine Anschuldigungen neu formulieren können. Mit der Ermordung von Frau Löber und dem Entwenden des belastenden Schreibens war doch der *Tatbestand* nicht aus der Welt.«

Karina beobachtete mich aufmerksam.

Langsam sagte ich: »Karina, etwas muss an diesem Brief gewesen sein, das einmalig war. Das den Mörder derart unter Druck setzte, dass er über Leichen ging. Vielleicht war der Text nicht ganz verschlüsselt. Briefkopf und Anschrift zusammen mit der Botschaft mussten so brisant sein, dass die Polizei sofort auf den Plan gerufen worden wäre.«

Ich hielt inne. Das klang verdammt kompliziert. Karina hatte mir trotzdem geduldig zugehört und nickte jetzt zustimmend.

»Das sind in etwa auch unsere Überlegungen. Natürlich wurde das Papier mit den modernsten Methoden untersucht. Die verfeinern sich ständig, nicht mal ich bin auf dem allerneuesten Stand: Papierart, Papiergewicht. War es chemisch behandelt? Wie war es an den Block gebunden? Es handelt sich offenbar leider um einen ganz normalen linierten Block, wie er millionenfach verkauft wird. Das Alter lässt sich nur ungefähr bestimmen. Die Charge, aus der das Papier stammt, ist wahrscheinlich ein halbes Jahr alt. Die Person hat einen Füllhalter benutzt. Die Tinte war grün und die Schrift etwa zwei Wochen alt. Das kann man anhand des Eindringens in die Papierfasern und aufgrund des Verblassungsgrades ziemlich gut bestimmen. Graphologisch könnte der Schreiber ein Mann oder eine Frau sein – die Tendenz unseres Graphologen geht zu einem Mann, da die Schrift zügige Unterlängen zeigt sowie ziemlich starken Druck. Es sei jedenfalls die Schrift einer gebildeten Person, wahrscheinlich nicht mehr ganz jung. Und einer Person, die sehr viel schreibe. Das schien uns interessant. Der Graphologe schloss eine Lehrerin, eine Journalistin oder eine Schriftstellerin nicht aus. Aber mehr kann man im Moment nicht sagen. Unser Psychologe beschäftigt sich derzeit noch mit der Wortwahl ...«

»Das heißt, es geht um den Brief. Und nur um den Brief. Ist die Person, die die Anklage erhebt, nun Mitglied in der *Badischen Freiheit* oder die Person, die angeklagt wird?«

»Das versuchen wir herauszufinden, aber der derzeitige Vorsitzende des Vereins, der bereits erwähnte Justus Braun, mauert natürlich. Seine Leute seien alle tipptopp in Ordnung.«

»Ich denke, sie können sowieso nicht genau sagen, wer einen A-Ausweis hat.«

»In den meisten Fällen können sie es offenbar nachvollziehen. Abgesehen davon, dass der Ausweis so primitiv ist, dass man ihn leicht fälschen könnte, wozu aber aus unserer Sicht kein Anlass vorlag. Die Leute mit dem A-Ausweis gelten als Anwärter oder Freunde und dürfen bei den Versammlungen dabei sein und Flugblätter bei den Aktionen verteilen, werden aber bei Abstimmungen und gewissen Strategiesitzungen aus dem Raum gewiesen.«

»Bist du ganz sicher, dass das keine extremistische Gruppierung ist?«

Karina zuckte die Achseln. »Wie gesagt: Ich habe mich bei den Kollegen von den BNN umgehört, die sich mit diesen Baden-Themen beschäftigen. Du weißt schon: Die intimen Kenner des Hauses Baden und diejenigen, die Artikel über die vergangenen Großherzöge und ihre Frauen schreiben oder sich mit der Stadtgründung und der Pyramide beschäftigen. Dann gibt es natürlich noch die unentwegten Kaspar-Hauser-Freaks. Nein, unsere *Badische Freiheit* ist noch nie als besonders fanatisch oder gar extremistisch aufgefallen. Für mich sind es also immer noch Spinner. Nette Baden-Spinner halt. Die leben in der Vergangenheit. In einer Zeit, als es noch einen Markgrafen gab und als Napoleon noch nach Baden schaute, weil er seine grenznahen Machtspielchen damit verband. Den deutschen Bund schwächen und die Badener stärken. Du kennst das. Diese badischen Revolutionäre denken, es reicht, ein paar Weinreben zu haben, schöne Städte und fleißige Bauern, um mithalten zu können in Europa – als selbständiger Staat.«

»Andererseits – die Slowakei ist auch nicht so furchtbar wirtschaftsstark. Oder Moldawien.«

»Und geht es denen vielleicht gut in Moldawien?«

»Weiß nicht.«

Nach diesem weltpolitischen Ausflug schwiegen wir beide eine Weile.

»Maren, aber wir wissen nicht, ob dieses Schreiben überhaupt etwas zu bedeuten hat. Für die Verfolgungstheorie gibt es nur Herrn Konrads Worte. Hast du dir schon mal überlegt, dass er die ganze Geschichte erfunden haben könnte? Dass er diese vollkommen bedeutungslose Tasche selbst gestohlen hat? Um sich aus dem Spiel zu bringen?«

Nachdenklich betrachtete ich, wie meine Füße ganz koordiniert einen Schritt nach dem anderen machten. Wunderwerke der Biomechanik. Das mache ich immer, wenn ich verlegen bin. Nein, die Idee war mir nicht gekommen.

»Ich muss dir ganz offen sagen, dass mir dieser Herr Konrad nicht gefällt. Ein zwielichtiger Vogel, wenn du mich fragst. Hat früher EDV-Systeme an Taxiunternehmen vertrieben. Leicht windig. Firma hat Konkurs gemacht, der Offenbarungseid war fällig, und praktischerweise ist dann seine dritte Frau ertrunken. Das Ganze am Atlantik. Hübsch weit weg. Die Polizei in Le Touquet, das heißt in Boulogne, wird uns möglichst bald die Unterlagen schicken. Die müssen natürlich dann übersetzt werden.«

Ich dachte an Herrn Konrad. Der Mann war kein lieber, alter Opa, sondern ein geltungsbedürftiges Schlitzohr. Soweit waren wir uns einig. Aber ein Mörder? Und warum sollte er die bequeme, angenehme Beziehung zu Irma Löber auf so eine unangenehme Weise beenden?

»Er hat kein stichhaltiges Alibi für die Zeit, als Frau Löber umgebracht wurde. Will nach dem Besuch bei ihr rund ums ZKM spazieren gegangen sein. Später war er dann angeblich in der Stadt. Ich meine, ich will ja nicht spießig erscheinen, aber welcher ältere Mensch läuft schon rund ums ZKM?«

Im Gegensatz zu ihr konnte ich das durchaus verstehen. Das Museum und der Platz vor dem Kinopalast strahlen etwas Großstädtisches aus. Mit ihrer gläsernen Funktionalität und ihrem leichten Hauch von Moderne, in dem sich Kunstyuppies mit schwarz flatternden Leinenklamotten wie in einem Biotop wohl fühlen, könnten sie überall und nicht nur in Karlsruhe stehen. Vielleicht wollte Herr Konrad ab und zu diese Luft schnuppern und sich nicht auf Seniorenkaffeeplaudereien abschieben lassen?

Karina musterte Giant mürrisch, wie er seufzend langsamer wurde. Der Hund war nicht so fit, wie er groß war. Nessie hingegen rannte meilenweit für eine Kaustange vom Aldi.

»Große Hunde ermüden schneller«, erläuterte sie beinahe entschuldigend. Wir Frauen sind manchmal verrückt: Sind unsere Kinder nicht gut in der Schule und unser Hund nicht schnell genug, fühlen wir uns sofort verantwortlich.

»Das liegt an ihrem genetischen Potential. Gut, Maren. Ich sage dir offen, dass wir mit unseren Ermittlungen weiter sein müssten. In den ersten Stunden nach einer Gewalttat muss etwas passieren, sonst wird es mühsam. Die Spuren werden kalt, die Erinnerung der Leute verblasst. Jetzt läuft die Sache auf die übliche zermürbende Kleinarbeit heraus. Und auf das vergebliche Warten, dass er noch einmal mordet. Doch dies ist unwahrscheinlich. Nehmen wir an, es ging wirklich um die Tasche. Die hat er ja nun.«

»Aber er hat die Nachricht nicht.«

»Nein. Und er weiß nicht, wo sie sich befindet. Dass wir sie haben, ist aus seiner Sicht unwahrscheinlich, und er wird sich nach dem Mord hüten, im Laden noch mal nachzufragen. Ging aus dem Schreiben ursprünglich wirklich sein Name und ein Vergehen hervor, so wären wir ihm außerdem bereits auf den Fersen. Vermutlich hofft der Mörder, der Zettel sei bereits im Secondhandladen oder von Herrn Konrad oder Frau Löber als unwichtig befunden und vernichtet worden. Aber ganz genau kann er es nicht wissen.«

Ich gab mir einen Ruck. Stockend und mit vielen halben Entschuldigungen versehen, berichtete ich von meinem Gespräch mir Frau Butter.

Karina blieb unbeeindruckt.

»Die Alte gegenüber? Laut ihrer Aussage hat sie nicht besonders darauf geachtet, wer am Nachmittag des Mordes in das betreffende Haus ging. An männlichen Besuchern hat sie nur Herrn Konrad sowie den Freund der Kranken und den Mann, der die Tiefkühlkost bringt, gesehen. Im SoKo-Meeting haben wir davon gesprochen. Die Kollegin, die die Befragung durchgeführt hatte, hatte den Eindruck, dass sie sich zwar einerseits gern wichtig macht, aber andererseits nichts mit der Polizei zu tun haben will. Im letzteren Fall haben wir es schwer. Die Leute haben einfach Angst, sie tauchen vom Tag ihrer Aussage an lebenslänglich immer wieder im Fahndungscomputer auf. Einen älteren Mann will sie gesehen haben? Nun, wir können der Sache nachgehen. Doch es ist sehr unwahrscheinlich, dass etwas dabei herauskommt. Vielleicht wollte sie sich tatsächlich nur wichtig machen.«

»Und wenn nicht? Ihr könntet ihr die Fotos der anderen Mitwirkenden am Theaterstück zeigen. Ich habe dir ja gesagt, dass sie anfangs nicht so recht mit der Sprache heraus wollte, als ich nachgehakt habe. Sie schien mir irgendwie unsicher. Vielleicht hat sie sich ja doch getäuscht, und der ältere Mann war in Wirklichkeit eine Frau?«

Karina äußerte sich nicht dazu. So verschiedenartig sie auch von Elfie Kohlschröter sein mochte – meine Vorschläge, wie sie ihren Dienst zu versehen hatte, wurden auch hier nicht gnädig aufgenommen.

Frau Butter würde mich natürlich von nun an ebenfalls hassen. Matthias hatte Recht. Warum konnte ich mir eigentlich nicht die Nägel lackieren, ins Kino gehen, eine Freundin besuchen und Mirabellenmarmelade kochen, anstatt mich in anderer Leute Mordfälle einzumischen?

Giant und Nessie hatten den Moment unserer geistigen Abwesenheit genutzt, waren in eine Lichtung geschlichen und nahmen Kurs auf eine Grillstelle, wo ein alternativ aussehender Vater seinem Sohn gerade zeigte, wie man Würstchen auf einen Stock spießte und in ein alternatives Feuer steckte.

Der Junge deutete nur stumm hinter seinen Vater, der sanft lächelte, nickte und nicht reagierte. Erst als der Kleine »Da, da ...« murmelte, drehte sich der Vater um und sah Giant direkt in die Augen. Bleich erhob er sich aus seiner hockenden Stellung.

Karina eilte herbei und leinte ihr Monster an. Diese Situation nutzte Nessie, um sich eine der bereits vorbereiteten Würste zu schnappen und damit fortzurennen.

»Nessie!«

Nessie warf die Wurst ins Laub, schnupperte an ihr, ließ sie verächtlich liegen und kam unverrichteter Dinge wieder zu uns, die wir uns inzwischen bei dem jungen Vater tausendfach entschuldigten.

»Diese Wurst ist teuer«, sagte er und langsam kehrte Farbe in sein bleiches Gesicht zurück. »Diese Wurst war aus Tofu! Aus *Öko*tofu!«

Karina und ich sahen uns an und kicherten. Das zumindest unterschied sie von Elfie und ihrem schweigsamen Verlobten: Die beiden kicherten nie.

7. Kapitel

Unter anderem wegen Vorkommnissen wie diesen durfte Nessie nicht mit auf das Landschloss Weißenberg bei Bretten.

Um 14 Uhr wollte mich Marie abholen. Von 12 Uhr an posierte ich vor dem Spiegel und überlegte, was ich anziehen sollte. Das Wetter war wechselhaft. Wolkig mit blauen Abschnitten, wie der Wettermann es formulieren würde – nicht kalt, eher mild.

Jeans und elegantes Oberteil? Schwarze elegante Hose und lässiges Oberteil? Stilmix. Ethno. Trotzlook: Jeans *und* lässig? »Schaut her: Ich bin streng antimonarchistisch gesinnt!« War ich aber gar nicht.

Deshalb kramte ich eine BUNTE der letzten Woche hervor und sah nach, was Kate Middleton, die leicht glupschäugige Freundin von Prinz William so trug, wenn sie ausging. Was sie offenbar dauernd tat.

Jeans, hohe Stiefel, eine kurze Lederjacke und eine weiße Bluse sowie edlen Schmuck und ein gutes Halstuch.

Marie würdigte mein Outfit. »Du siehst aus wie jemand, den ich kürzlich in der Zeitung gesehen habe!« Ich lächelte bescheiden. »Na ja«, sagte ich, »mit den Jahren hat man halt so seinen Stil.« Na, Maren, fleißig üben, dann klappt es bald besser mit dem Lügen.

Das musste ich Marie mit ihrem Rock im Vintagelook und ihrer weißen Bluse im Kräusellook nicht sagen.

»Also, lerne ich jetzt dort deine zukünftige Familie kennen? Und wie soll ich sie anreden? Muss man einen Knicks machen, wie wenn man der Queen in Ascot über den Weg läuft?«

Marie verstand meine Ironie natürlich nicht. Zu tief war sie schon im Sumpf der Aristokratie versunken. »Verhalte dich ganz natürlich«, wies sie mich stattdessen an, als seien wir mindestens auf dem Weg zum Papst.

Ich sagte nichts mehr. Vielleicht diktierte mir nur der Neid meine Gedanken.

Die Straße nach Bretten kannte ich ja bereits aus meinem Maulbronnabenteuer. Sie schwingt sich freiheitssuchend aus der Stadt heraus, auf die sanften Hügel zu, die in den verschiedensten Grünschattierungen nach Landschaftsmalern zu verlangen scheinen.

Marie saß kerzengerade neben mir. Haltung zeigen.

»Die Veranstaltung ist sehr gut besucht. Man hat heutzutage ein positiveres Verhältnis zum Adel«, belehrte sie mich erneut, so als sei ich ganz besonders durch umstürzlerische Aktivitäten aufgefallen.

»Neueste Umfragen haben proroyalistische Gefühle bei achtzig Prozent der Bevölkerung ergeben. Angehörige des Adels werden nicht nur als Vorbilder in Sachen Stil, sondern auch als Symbole für Stabilität und Tradition gesehen.«

»Amen!«, sagte ich.

Wir durchquerten die Stadt Bretten, die mich immer leicht ratlos hinterlässt, weil ich nie weiß, ob ich sie schön oder schrecklich finden soll und ob sie nicht nur ein Dorf ist, das Stadt spielt.

Die Hügellandschaft wurde noch toskanischer, als wir Richtung Oberderdingen fuhren, und irgendwann tauchten die großen Schilder auf, die uns zum edlen Event auf dem Schloss führten. Parkwächter in Fantasieuniformen wiesen uns ein. Marie reckte den Hals.

»Ich könnte natürlich auch auf den Familienparkplatz hinter dem Anwesen fahren, aber man möchte möglicherweise nicht auffallen.«

Natürlich nicht. Wir parkten auf dem Rasen wie alle anderen Leute auch. Doch von da an ging es gesellschaftlich bergauf mit mir. Marie zeigte am Eingang des Hofgutes eine rätselhafte, mit Wappen bedruckte Einlasskarte, während ich tatsächlich zehn Euro bezahlen musste, um Einlass zu finden. Mehrere schöne Stallungen, Wirtschaftsgebäude und ein stattliches Wohnhaus gruppierten sich um einen reizenden, frühjährlich begrünten Innenhof. Gut und schön, doch den Eintrittspreis fand ich trotzdem ziemlich hoch.

»Es kostet sehr viel Geld, solche Anwesen zu bewahren. Für die Nachwelt«, erläuterte Marie. »Denke an Salem!«

Ich hingegen hegte den ketzerischen Gedanken, dass diese Besitzer hier das Anwesen zunächst einmal für sich selbst bewahrten. Und für die vielen Kinder, die sie wahrscheinlich hatten. Meiner Erfahrung nach haben alle Adeligen mindestens so viele Kinder wie Mormonen.

Außerhalb des eigentlichen Landgutes, auf dem Rasen, der das Anwesen umgab und von dessen Hügeln aus man beinahe bis nach Stuttgart zu schauen glaubte, waren witzige kleine weiße Zelte aufgebaut, in denen hoffnungsfrohe Händler trotz der noch frühen Saison Luxuswaren feilboten: Schmuck, edles Porzellan, Designerklamotten, teure Autos, provençalische Stoffe, englische Seifen, Olivenöl aus der Toskana, Hundeaccessoires wie Winterjäckchen mit abnehmbaren Kapuzen und brillantbesetzte Leinen. Aber auch ein Himmelbett für Menschen stand zum gefälligen Ausprobieren mitten auf der Wiese zwischen Herumschlendernden mit Champagnerglas in der Hand. Alles, auch die kleinen Zelte und das Himmelbett, war mit schicken Standheizungen erwärmt. Ich wandte den Blick ab, weil es mich irgendwie traurig machte, dieses Bett.

Marie nickte hier und dort gezierte Grüße in Gruppen zusammenstehender Jungvornehmer hinein. Manche hatten Kinder dabei, die bereits niedliche teure britische Regenjäckchen trugen und schon wussten, wie man sich benahm, wenn man dazugehörte.

»Die eigentliche Familie ist wohl im Inneren«, entschied meine Begleiterin schließlich, nachdem sie lange genug so unauffällig wie möglich nach ihrer neuen Sippschaft Ausschau gehalten hatte.

»Im Inneren« hieß im Wohnhaus, das zwar an dem Platz, an dem die Leute auf und ab flanierten, lag, aber nicht öffentlich zugänglich war, wie ein etwas prätentiöses Schild mit der Aufschrift »prive« verkündete. Leider fehlte der Accent auf dem »e«, aber niemand ist perfekt.

Gemeinsam mit Marie betrat ich ein sehr geräumiges, mit Antiquitäten eingerichtetes Wohnambiente. »Meine Schwiegereltern wohnen wohl nicht weit von hier, Richtung Sinsheim. Großraum Mannheim. Ihr Anwesen ist ein wenig kleiner, aber dafür besser modernisiert«, flüsterte Marie mir ein. »Kleiner wäre auch sonst besser. Wegen der Dienstboten. Du kriegst ja heute kaum jemand. Und sie nehmen nicht gerne die Mädchen vom Land. Die schwätzen so viel. Lieber solche aus Mannheim. Muss ich mir merken.«

Ich nicht!

»Außerdem halten sie noch eine Wohnung in Karlsruhe in der Stadt. Wegen Theater und Konzert und anderer gesellschaftlicher Verpflichtungen. Sind ziemlich oft dort. Auch Schwiegermama alleine. Dort braucht man natürlich auch wieder eine Hilfe.« Marie seufzte. Sie trug künftig eine schwere Last. »Derzeit hat sie dafür eine Polin. Räumt auf, putzt. Tüchtig und schnell fertig. Kommt immer ganz früh morgens, so dass sie nie stört. Wie diese Leute leben müssen! Hat natürlich kein Auto, die Arme. Der Mann fährt sie, aber der ist sowieso arbeitslos.«

Marie seufzte wieder, wenn sie an das Elend der unteren Schichten dachte.

»Meine Schwiegermutter meint, die kann auch bei mir in meiner Karlsruher Stadtwohnung helfen.«

Man sagt in diesen Kreisen helfen und nicht putzen. Aber im Moment helfe ich mir noch lieber selbst.

Schließlich meldete sich Marie bei einer jungen Frau an, die eine Uniform trug und wohl zu den Aufsehern anlässlich des sich draußen dezent entfaltenden Events gehörte, und wir wurden in den großen, üppig ausgestatteten Salon gebeten. Hier sah es aus, wie man es sich als Bürgerliche bei den besseren Kreisen vorstellte.

Englisch-rote Ledersitzgruppen in quadratisch aufgestellten Inseln, flache Tische, riesige Bücherregale, Pflanzenarrangements und Lampen in allen Stilrichtungen, Hauptsache teuer und edel.

Dort befand sich die Familie, die mir wie ein lebendes Wachsfigurenkabinett vorkam. Ich zählte insgesamt sechs Personen, was nicht schwer war, da sie sich in etwa so gemessen hin- und herbewegten wie Figuren auf einem Schachbrett. Nicht auf meinem wohlgemerkt, wo die Figuren Wutanfälle bekommen und ihre Lauflinien verbotenerweise ständig verlassen.

»Tante Emilie, darf ich dir eine Freundin von mir vorstellen: Maren Mainhardt. Sie ist Genealogin. Ich habe sie in Karlsruhe kennengelernt. Maren, das ist Emilie von Weißenberg.« Eine hagere Frauensperson mit Hakennase, aber mit einer guten Portion Humor im Gesicht, reichte mir eine trockene Hand. »Mein zukünftiger Schwiegervater Baron Christoph von Lingenberg ...« Das musste der Bruder der Hakennasigen sein. Man sah es deutlich.

Nicht schlecht aussehend. Schlank, ein wenig vornübergebeugt, ebenfalls eine leicht gebogene Nase, braunes Haar mit leichten Wellen und ein freundlicher Blick. Er sah müde um die Augen aus. Und es war ein schwer zu fassender Ausdruck von Traurigkeit in seinem Gesicht. Marie hatte mir erzählt, er leite eine Privatbank. Sein Bruder – »Der Künstler in der Familie, Baron Berthold von Lingenberg« – hatte fast die gleichen Züge, doch wirkten sie bei ihm wässeriger. Als sei man mit einem Weichzeichner darüber gegangen.

Er lachte und ließ sich mit vermutlich jahrzehntelang geübter Nonchalance auf etwas fallen, von dem ich glaubte, dass es eine Recamière war. Wo anders als hier sollte sich ein solches Möbel zu Hause fühlen?

»Ich male ein wenig, nur dilettierend, aber ansonsten sehe ich mich als Lebenskünstler, meine schöne Bürgerliche. Wussten Sie, dass früher die jüngeren Brüder niemals jung geheiratet haben, sondern sich als familientechnisch letzte Reserve aufgespart haben? Um das Aussterben und damit die Verteilung des Familienerbes an Fremde zu verhindern. Also, ich warte noch. Nicht auf das Sterben meines Bruders natürlich.«

Und er lachte gespielt. Schlecht gespielt.

Ich lächelte, um mein Unbehagen zu vertuschen. Immerhin bemerkte ich noch, dass der Lebenskünstler eine sehr teure Uhr und sehr teure handgearbeitete Schuhe trug und ansonsten offenbar ein Liebhaber von Kaschmirwolle war.

Es folgten Herr von Weißenberg, ein gebeugter älterer Herr mit schlohweißem Haar, der abwesend wirkte, und dessen Sohn, ein großer, ebenfalls freundlich aussehender Mann mit Bauchansatz und unreiner Haut: »Bruno von Weißenberg.« Als letzte folgte Maries zukünftige Schwiegermutter – ganz offensichtlich ein Verstoß gegen die Etikette.

»Ich dachte schon, Du hast mich vergessen?«, merkte sie auch sogleich näselnd an. »Oder sollte es deine Erziehung sein, die dafür verantwortlich ist?« Sie stellte ihren Drink auf ein Beistelltischchen und winkte mit einer Hand voller Ringe irgendeinem Dienstmädchen, welches das Glas unauffällig entfernte.

»Nein, aber die Gastgeber wären, würden …«, stotterte Marie, die ich sonst gar nicht so unsicher kannte. Ich fasste die zukünftige Schwiegermama näher ins Auge. Also, mit einem Wort: Ich hätte sie nicht haben wollen! Sie erinnerte mich an jemanden, aber ich konnte zunächst nicht sagen, an wen. Ein Tweedrock, eine sehr konservative taubenblaue Seidenbluse mit einer knapp über dem nicht sehr mütterlichen Busen endenden Perlenkette, teure aber langweilige Schuhe. Sie trug alten Schmuck an Fingern und Armen und hielt ihre Handtasche fest an sich gepresst.

Insgesamt strahlte sie etwas sehr britisches aus, und da fiel mir auch ein, an wen sie mich erinnerte: An die Queen. Es fehlten eigentlich nur noch die Corgies.

»Roseanna von Lingenberg«, beeilte sich Marie zu sagen, »Baronin Roseanna von Lingenberg. Verzeih, bitte. Du hast Recht. Ich denke, vor unserem Hochzeitsempfang werde ich noch ein, zwei Stunden bei Frau Dubonet in Baden-Baden nehmen.«

»Tu das, du kannst diese Dinge noch nicht sicher beherrschen.«

Huldvoll reichte mir die Baronin die Hand mit einer Geste, als erwarte sie einen Handkuss. Verwirrt drückte ich die kühle Hand, die mit sicherem Druck antwortete. Wetten, dass die Baronin eine kühne Reiterin war? Und in karierten Karottenhosen Golf spielte? Und auch beim Tennis ein siegreiches Racket führte?

»Unser Sohn Bernhard wird sich etwas verspäten. Er hatte noch Geschäfte«, verkündete sie nun und bat mich graziös, zum Teetrinken Platz zu nehmen. »Fühlen Sie sich willkommen. Die Familie meines Mannes, das alte Haus Baden, war immer sehr gastfreundlich. Wie es Clemens von Brentano in seinem Gedicht sagt: *Nymphe. Alle deine Gäste, lasse fröhlich bei dir sein. Schmücke selbst dich fromm zum Feste, denn der Herr geht zu dir ein.* Dies Gedicht hat Clemens von Brentano 1805 zum ersten Aufenthalt von Großherzog Carl Friedrich in Baden-Baden geschrieben.« Sie hob geziert die Schultern. »Ach, Sie verzeihen doch meinen Ausflug in die Lyrik. Ich habe mich immer schon sehr für Literatur und Geschichte interessiert, und unser badisches Land bietet von beidem so viel, nicht wahr?«

Ja, was sollte ich sagen? Das Ganze hier war ein Theaterstück. Ich verstand, wie sich Lady Di gefühlt haben musste, als sie das erste Mal bei Elizabeth und den Ihren zu Gast gewesen war. Teetassen klirrten auf edelstem Porzellan, trockene Sandplätzchen schottischen Stils und kleine Häppchen, die geschmacklich zurückhaltend mit Käse, Kresse, Gurken und Schinken belegt waren, wurden herumgereicht. Der selbsternannte Künstler der Familie stand auf, schlenderte müßig umher und sah sich schließlich die Bücher in der Bibliothek an. »Ist das eine Erstausgabe, Schwester? Gut. Ich versuche den zweiten Teil in London aufzutreiben, wenn ich nächste Woche dort bin.«

Man unterhielt sich ansonsten gesittet über die draußen vor der Tür taktvoll und teuer auf- und abspazierende Gästeschar, das überraschend gute Wetter, und schließlich wandte sich Roseanna von Lingenberg mir zu.

»Sie sind Genealogin, Frau Mainhardt. Studierte Genealogin?«

Roseanna hatte das Talent, die Frage klingen zu lassen als sei ich ein Stubenmädchen, das sich um eine niedere Stelle bewarb: ›Und Sie können also auch in den Ecken reinigen, ja?‹

»Ja, das trifft zu. Ich habe Geschichte und Germanistik studiert und eine Fortbildung in Marburg ...« Ich hielt inne. Warum sollte ich mich präsentieren wie bei einem Bewerbungsgespräch? *Ich* wollte ja nicht in die von Lingenbergs einheiraten.

Alle sahen mich an. Jetzt war höfliches Geplauder angesagt. »Ein schöner Beruf«, schloss ich schwach und schnupperte an dem Tee, in den mir das Serviermädchen Milch gegossen hatte, wahrscheinlich um das Englische an der ganzen Szenerie hier zu untermalen. Ich aber hasse Tee mit Milch und würde ihn auch dann nicht trinken, wenn ihn mir Herzogin Camilla selbst einschenken würde.

»Wie schön. Ich habe ebenfalls Geschichte studiert. Geschichte und Englisch, bis mich mein Weg an einen anderen Platz führte, an dem ich nun ebenfalls gefordert bin. Historisch, wenn Sie so wollen. Also eine Genealogin? Nun, bei uns würden Sie arbeitslos werden«, lächelte Roseanna huldvoll und legte mir mitfühlend eine Hand auf den Unterarm. Vielleicht war sie gar nicht so übel, dachte ich. »Wir haben einen sehr gut dokumentierten Stammbaum. Interessiert er Sie?« Eigentlich interessierte er mich *nicht*. Es war, als fragte man einen Koch, ob man ihm seine Rezeptsammlung zeigen sollte oder als ob man einem Arzt in seiner Freizeit jeden Körperteil plus dem dazugehörigen Leiden in blutiger Breite beschriebe.

Ich stellte meine Teetasse hin und hoffte, dies genügte als hinhaltende Antwort. Sicherheitshalber räusperte ich noch einen nicht identifizierbaren Laut dazu. Dies alles wurde als Zustimmung gewertet.

Der Künstlerbaron stellte sein Buch zurück und eilte davon, einen Duft von teuerstem Rasierwasser hinterlassend.

Er kehrte wieder, eine Kopie in einem Ledereinband in der Hand, ein Tischchen wurde herangeholt und der Stammbaum liebevoll entfaltet. Ich warf einen ersten Blick darauf. Namen. Daten. Zahlen. Linien. Symbole.

Mir stockte tatsächlich einen Moment lang der Atem. Während da draußen drei italienische Musiker Vivaldi spielten und auf dem Rasen eine Kindermodenschau stattfand, beugten wir uns alle über den tischgroßen Plan, auf dem mit einem orangefarbenen Marker die Linie der von Lingenbergs von Anbeginn an sorgfältig nachgezeichnet war. Meine Augen wanderten andächtig von verschiedenen Ludwigs und Karl Ludwigs und Karls und Bertholds immer weiter hinauf ... dieser Stammbaum war tatsächlich der Traum eines jeden Genealogen.

»Ja, schauen Sie«, sagte Maries Schwiegermutter sanft und wurde angesichts der eindrucksvollen Ahnentafel sichtlich noch freundlicher, »wir stammen direkt von dem alten Geschlecht der Zähringer ab. Ich denke, es ist für jedermann wichtig, sich mit seinen Ahnen zu beschäftigen. Es gibt einem das Gefühl, nicht alleine zu stehen, sondern Teil einer Kette zu sein. Eines Ganzen, verstehen Sie?«

»Oh ja. Davon lebe ich. Die Zähringer«, sagte ich langsam und versuchte mich an ›Geschichte des Mittelalters Seminarbaustein 1b‹ zu erinnern, »waren eine reiche und mächtige schwäbische Adelsfamilie, die im süddeutschen Raum beheimatet war. Ihr Einflussgebiet ragte zeitweilig bis ins die Schweiz und bis ins Burgund hinein. Typisch für ihre Städte war das sogenannte Zähringerkreuz, das von Straßen gebildet wurde, welche die Stadt in vier Viertel teilte. Siehe Freiburg und Offenburg. Sie kämpften zäh um Anerkennung im Hochadel und scheinen es geschafft zu haben. Ein Zähringer wurde irgendwann im ganz frühen Mittelalter sogar mal als Königskandidat gehandelt.« Roseanna nickte wohlwollend und bot mir noch Tee an. »Im sogenannten Mannesstamm sind sie ausgestorben«, fügte ich an. »Das heißt, sie leben im heute ›regierenden‹ Haus Baden fort.« Letzteres betonte ich ironisch.

»Ja«, sagte Roseanna und lächelte herzgewinnend. »Unter anderem leben sie *dort* weiter.«

Eines der Mädchen, die draußen bei dem Nobelfest Dienst taten – sie sahen allesamt aus wie Studentinnen aus besseren Kreisen – kam herein und teilte den Hausherren diskret murmelnd mit, die Krimilesung beginne bald. Gleichzeitig seien aber die ersten Regentropfen gefallen. Ob man ein Zelt aufstellen solle ...?

Der Hausherr bat formvollendet, ihn zu entschuldigen, was ich natürlich tat, und so zerstreute sich der Kreis ein wenig. Man plauderte leise und stand kultiviert zusammen. Ich sah den vor mir ausgebreiteten Stammbaum genauer an. Mich faszinieren diese Chroniken einer genetischen Linie, und diese Chronik hier war besonders eindrucksvoll. Es war ein Stammbaum, zu dem ich gerne einen Film im Schnelldurchlauf über all die Schicksale gesehen hätte, die sich hinter den Namen, den Daten, den Totgeburten und den zweiten Ehen verbargen.

Wie hatte ein Berthold oder Karl im 14. Jahrhundert gelebt? Was hatte er empfunden, als er geheiratet hatte, als er in den Krieg ziehen musste? Hatte er gefroren auf seiner Burg oder seinem Landgut? Was war seine Lieblingsspeise gewesen, und wie oft hatte er es mit den Dienstmägden getrieben, die in den hohen kalten Räumen mit dem rohen Mauerwerk, das vielleicht mit muffig riechenden Wandteppichen zugehängt war, herumschwirrten? Was hatte er von seinen Bauern gehalten, die mit ihrer Arbeit auf den Feldern inne hielten, wenn er vorbeikam, und ihn unterwürfig grüßten? Hatten sie noch Zähne im Mund, oder sah man nur Stummel, wenn sie lächelten?

Roseanna trat diskret zu mir und wies mich auf Bedeutendes hin: Die Lingenbergs stammten tatsächlich in direkter Linie von den Zähringern ab. Eine Generation vor Karl Friedrich, nein, zwei, hatten sie sich Anfang des 18. Jahrhunderts zu einem eigenen Zweig ohne nennenswerte Bedeutung entwickelt. Ihr Vorfahr war ein Onkel des Frauenfreundes Karl Friedrich gewesen.

Meine Augen wanderten ganz nach oben bis zu den ersten Zähringern. Das war nun wirklich ein Ausflug ganz weit zurück. Die Eintragungen hier vermischten sich mit dem, was ich über die Geschichte der Zähringer noch wusste. Da trat schemenhaft eine Figur namens Berthold I. aus dem geschichtlichen Dunkel. Keine Ahnung, wie das damals zugegangen war, doch auf jeden Fall war dieser Mann, der doch eigentlich in Süddeutschland lebte, Herzog von Kärnten und Markgraf von Verona gewesen. Seinem Sohn Hermann I. vermachte er den Markgrafentitel. Doch Hermann wollte lieber Geist statt Materie und starb 1074 als Mönch in Cluny. Sein Bruder Berthold II. trug den Herzogstitel weiter, aber seine Linie starb mit dem fünften seines Namens 1218 aus.

Der Sohn des frommen Hermanns I., der ordentlich durchgezählt Hermann II. hieß, ließ dann das Alte Schloss oberhalb von Baden-Baden bauen, und damit waren sie angekommen im badischen Alltag. Die Markgrafen!

Auch durch ein paar vorteilhafte Eheschließungen entwickelte sich das Haus Baden von nun an prächtig. Teilungen und Seitenzweige waren ihm zwar nicht erspart geblieben – der orangefarbene Markerstrich lief jedoch konsequent weiter durch die Jahrhunderte, verfolgt von dem dünnen Zeigefinger Roseanna von Lingenbergs, der wie ein Stöckchen aus der Schule vergangener Zeiten zeigte, was wichtig war. Irgendwann im frühen 17. Jahrhundert ging mit einem der vielen Christophs die Familie von Lingenberg eigene Wege. Während die regierende Linie grün weiterlief und in der Hochzeit eines Badeners mit der Stieftochter von Napoleon gipfelte, heiratete jener Christoph eine niedere Adelige, die dann allerdings zur Gräfin befördert wurde und mit der er die damals übliche Anzahl Kinder machte.

Die Hauptlinie hatte sich weiter entwickelt, wacker darum bemüht, Jungs zu zeugen, die über die Kinderschuhe hinaus kamen. Hatte aber nichts genützt. Mit den beiden früh gestorbenen Söhnen von Stéphanie und Karl war sie ausgestorben. Schließlich waren die Kinder der zweiten Frau von Karl Friedrich an die Regierung gekommen. Die anderen Nebenzweige von Onkels und Cousins verästelten sich weiter im niederen Adel. Darunter die Lingenbergs. Sie waren vermutlich nicht die einzigen.

In der Öffentlichkeit unbekannt, gab es hier im Südwesten sicher noch mehr Adelsfamilien, die untereinander verschwistert und verschwägert und durch uralte Bande aneinander gekoppelt waren. Ich blickte auf den Stammbaum. Welch eine Laune der Natur. Die eine Linie regierte, erwarb Reichtum – und die andere trocknete aus.

Und Baron Bernhard von Lingenberg, eine Art Endprodukt dieses langen Weges, würde nun also der Mann meiner Marie Lasalle werden.

»Mein Sohn heißt Bernhard«, sagte Roseanna mitten in meine Gedanken hinein. » Nach dem Begründer der Badischen Markgrafschaft in der modernen Form. Er starb 1431.«

Auch eine Definition des Wortes modern. Und dieser Nachkomme sollte mit Marie eine Bürgerliche heiraten. Da war er natürlich auch nicht der einzige Jungadelige. Heute war das kein Problem mehr, oder etwa doch?

Frau von Lingenberg setzte sich nach Chanel duftend neben mich und zeigte mir ein paar Bilder von ihrer eigenen Hochzeit, die sie offenbar stets bei sich trug. »Sie müssen sich vorstellen, meine Liebe, Korsagenkleider mit Radzimirseide waren damals geradezu gewagt, aber ich hatte das Modell auf einem alten Bild gesehen. Das Diadem ist ein Erbstück. Hier ein entfernter Verwandter des Hauses Hohenzollern, dort ein Gesandter der Bayernherzöge und dort hinten eine von den Vertretern des Hauses Schleswig-Holstein.«

Gesandte. Verwandte. Auf meinen erstaunten Blick hin erläuterte sie aber, sie habe die Bilder mitgebracht, um sie ihrem Sohn zu zeigen.

»Ich dachte, er kann die Ausstattung bewerten und sich überlegen, ob er bei seiner Hochzeit etwas Ähnliches machen will. Es wäre schön, wenn er in der Familientradition bleiben würde. Hier, die Fresien waren sehr hübsch arrangiert.«

»Ja, das waren sie, meine Liebe.« Ihr Schwager, der Künstlerbaron, strich sich eine in die Stirn kringelnde Locke zur Seite. »Geschmack, das ist es, worauf es ankommt.«

Ich betrachtete von schräg oben noch einmal die glänzenden Hochzeitsbilder. »Waren auch Vertreter des Hauses Baden dabei? Ich meine, das ist doch eigentlich Ihre nähere Verwandtschaft?«

»Sicher, sicher ...«, erläuterte Maries zukünftige Schwiegermutter und verstaute die Fotos wieder in ihrem Lederetui, das passenderweise eine Art Krone zierte. Irgendwo klingelte ein Handy. Fast wirkte es anachronistisch in diesem Ambiente, das den Atem von Jahrhunderten von Regenten, Burgfräulein, Landherren und gekrönten Ministern barg.

Baron Christoph von Lingenberg. Er meldete sich kurz und knapp nur mit »Lingenberg« und es wurde schnell klar, dass er ein Geschäftstelefonat zu führen hatte. Mit einer angedeuteten kleinen Verbeugung in meine Richtung verließ er den Raum. Er war mir sympathisch in seiner Melancholie. Vielleicht erwachte die Innerlichkeit seines allerersten Vorfahren, dieses Hermann I., wieder in ihm.

Ich betrachtete die Hochzeitsfotos, die merkwürdigerweise gar nicht verblichen wirkten. Ich hätte wetten können, sie waren nachkoloriert.

Die Fresien waren tatsächlich in Form eines Krönchens gebunden. Es sah nett, wenn vielleicht auch nicht mehr so ganz zeitgemäß aus. Die ganze Hochzeit musste damals, vor dreißig oder fünfunddreißig Jahren, eine einzige Pracht in Weiß und Rosa und Grün gewesen sein. Bögen mit Blumen, unter denen das Brautpaar auf den Fotos lachend hindurchhuschte, eine Musikkapelle in Uniform am Rande, viele Gäste, alle sehr elegant gekleidet, die Damen mit Schleiern vor den Hüten, hochhackigen Schuhen, weißen Handschuhen, feinen Lacktaschen. Die Limousine, in die das Flitterpaar kletterte, war mächtig und schwarzglänzend, an ihrer Fahrertür befand sich ebenfalls ein Krönchen. Die Braut ausladend in einem Spitzentraum, die Brautjungfern entzückend wie kleine Perlchen. Eine jüngere Ausgabe von Roseanna von Lingenberg lächelte mit einem sehr entspannten, wenn auch müden Gesichtsausdruck in die Kamera des Fotografen. Kein Zweifel: Hier sah man eine glückliche Braut.

Ich seufzte. Ausgerechnet in dem Jahr, in dem ich als Single vierzig wurde, musste das Schicksal mir lauter glückstrahlende Bräute in den Weg legen. Consuela konnte lange warten, bis ich ihren Karten wieder traute.

Irgendwann löste sich das Privatissimo in den Räumen der Weißenbergs auf. Baron Berthold überreichte mir eine mit Wappen und Titeln reich geschmückte Visitenkarte mit der Aufforderung, ihn anzurufen, wenn ich eine Frage hätte. Ich bedankte mich ratlos. Nachdenklich schlenderte ich schließlich mit Marie, die immer öfter unruhig auf ihre schicke kleine Armbanduhr sah, über den Festplatz. Allein die Kleider der Damen waren schon sehenswert. Viele trugen kurze, gutgeschnittene Jacken aus einer Art buntem Brokat über teuren Jeans oder Stoffhosen. An den Taschen sollt ihr sie erkennen: Die Kellybag von Hermès, die man als Normalbürger nur im Fernsehen sieht, lief hier mindestens fünfmal live herum. Und wenn man weiß, dass das knautschige Stück zwischen fünf- und zehntausend Euro kostet, kann man meine Ehrfurcht verstehen.

Eine hübsche Frau um die vierzig war gerade am Überlegen, ob sie sich ein Briefpapier mit einer Efeuranke aus Jadeplättchen gönnen sollte, als ihr Blick mich wie zufällig streifte. Sie wandte sich mir zu. »Reizend, nicht wahr?«

»Ja«, erwiderte ich trocken. »Aber ich fürchte, die 55 Cent-Briefmarke wird für so etwas Edles nicht ausreichen.« Sie sah mich verwirrt an. Wahrscheinlich hatte sie noch nie einen Brief selbst verschickt. Bevor sie sich abwandte, bemerkte ich an ihrem Revers eine Brosche. Ein stilisierter Baum, umgeben von den Umrissen des Badnerlandes ...

»Ein hübsches Schmuckstück«, bemerkte ich.

Kurzer prüfender Blick. Dann lächelte sie. »Ja, nicht wahr? Natürlich hat es vor allem ideellen Wert. Na ja, Sie wissen schon.«

Ich wusste nicht.

»Ist es ein Unikat?«, fragte ich hastig, bevor sich die Fremde von mir abwenden würde.

Sie betrachtete mich verwundert.

»Nein, natürlich nicht. Ich dachte, Sie wüssten das. Ich sah Sie nämlich vorhin aus dem Wohnhaus kommen ... Der Baron hat schon mehrere dieser Broschen verschenkt. Auch diese hier ...« Sie lächelte kokett. Der Baron? Christoph von Lingenberg? Oder sein Bruder Berthold?

»Aber warum –«, begann ich, doch sie sprach bereits weiter: »Natürlich nur an die richtigen Leute. Mit entsprechender Gesinnung. Sie verstehen ...«, sie wies auf die Brosche, »... die *alte Linie* des Hauses Baden. Der Findling ... Sie glauben doch auch daran?« Mein Puls schlug schneller. Wer erhielt diese Broschen, und wofür? In meinem Kopf schwirrte alles durcheinander: »Die richtigen Leute« ... »alte Linie« ... »Findling« ... Und *woran* sollte ich glauben?

Bevor ich fragen konnte, hatte sich die Frau abgewandt und entschwebte in der Menge.

In meinem Kopf versuchten sich Gedanken zu verknüpfen.

Einer der Barone von Lingenberg – ich tippte auf Berthold – verschenkte diese Broschen. Eine Brosche, die mit der Tasche zusammen im Secondhandladen abgegeben worden war ... Und die Polizei wusste noch immer nichts davon. Ich hatte ganz vergessen, Karina von meinem zweiten Besuch im Secondhandladen zu erzählen.

Ich versuchte, meine wirren Gedanken zu ordnen und zu speichern, doch da stand schon Marie neben mir und drückte meinen Arm. »Da ist er«, verkündete sie andächtig.

Von hinten, von dem Privatparkplatz aus, näherte sich uns winkend und lachend ein Mann. Maries Gesicht leuchtete auf wie von innen heraus, und dann erlebte ich eine weitere Überraschung seit Karina Ix: Bernhard von Lingenberg war ein ausgesprochen normaler, gut gelaunter Mann. Nicht groß, zum Vierschrötigen neigend, mit blondem strubbeligem Haar und den Gesichtszügen eines schlauen Bauern.

»Sorry Mariechen wegen der Verspätung, aber ein Großkredit, den ich bewilligt hatte, musste abgesegnet werden. Ist das deine neue Freundin? Ich bin Bernhard. Mit zweitem Namen Karl-Friedrich.«

»Maren. Ich heiße ansonsten noch Irmel. Nach einer Freundin meiner Tante, aber wer mich damit anspricht, muss wissen, dass er sich in Lebensgefahr begibt.«

»Oh je. Irmel. Freut mich trotzdem.«

Er lachte. Karl-Friedrich. Bernhard. Mir kamen all die Namen der hier versammelten Leute so bekannt vor, als läse ich einen Stadtplan von Baden-Baden oder Karlsruhe. Bernharduskirche, Karl-Friedrich-Gymnasium.

»Gefällt es Ihnen hier? Nobel, was? Tante und Onkel wissen, wie man mit Charme und Nonchalance aus altem Geld neues machen kann. Aber warten Sie, bis Sie erst sehen, wie meine verehrte Frau Mutter zu leben versteht. Sie hat sich erst kürzlich von den Bernadottes am Bodensee einen Rat geholt, wie man Blumen im Eingangsbereich dekoriert, damit sie nicht zu gewöhnlich wirken. Oder war es das Badezimmer? Jedenfalls für eine geborene Mänzel ein schöner Aufstieg.«

Er lachte wieder. Offen und unkompliziert.

»Aber sie war sehr freundlich, Ihre Mutter«, warf ich ein. »Man merkt den Schliff.«

»Ja, das ist sie. Und sie sieht heute mal wieder zehn Jahre jünger aus – ihre persönliche Kosmetikerin ist eine Heilige. Wenn sie sich mal wieder über mein unstandesgemäßes Benehmen ärgert, verblüht sie vor meinen Augen, und ich warne sie immer: ›Mama, reg dich nicht auf. Das macht alt. Das erste Mal, wenn in der Straßenbahn ein junges Mädchen für dich aufsteht, wird zum Schreckenstag für dich.‹ Nicht, dass sie jemals Straßenbahn fahren würde.«

Marie nickte verständnisvoll.

»Meine Mutter ist eben etwas Besonderes. Sie lebt ein bisschen in der Vergangenheit. Hat ganze Ordner voll Geschichtsunterlagen über Könige und Kaiser. Ihre Eltern haben mir erzählt, als Kind habe sie eine imaginäre Korrespondenz mit Kaiserin Sissi gepflegt, die keiner lesen sollte. Aber es ist ein liebenswertes Verrücktsein. Als Mutter war sie jedenfalls prima, denn sie hat mich mit Liebe überschüttet und mir trotzdem Freiheit gelassen.«

»Hört sich nach einer glücklichen Kindheit an.«

Bernhard lachte. »Kommt, Mädels, ich spendiere euch einen Sekt. Pardon: Champagner. Nett war sie also? Ja sie ist nett, aber wenn du mal vergisst, ihr *von* vor den Namen zu setzen, bedenkt sie dich mit einem Blick, der jedes Gefrierfach neidisch machen würde. Hat sie dir den Stammbaum gezeigt? Ja, na dann, alles in Ordnung. Du bist akzeptiert.«

Bernhard, der damit unkompliziert zum »Du« übergangen war, hakte uns beide unter und gemeinsam liefen wir zum nächsten Sektstand. Unterwegs begegneten wir einer Menge von Bekannten, Freunden, Golfpartnern, Tennispartnern, Skicliquen des Bräutigams. Manchen wurde ich vorgestellt: »Dr. Leiss vom Regierungspräsidium in Karlsruhe.« Aha. »Peter Preuss, Geschäftsführer der Preuss-AG.« Aha. »Herr Ulrich von Sternheim (nicht verwandt mit dem Dichter). Kollege und Burschenschaftsfreund meines Onkels. Falls du mal deinen Weinkeller renovieren willst.« Na, klar jeden Tag. »Tanja Scheck. Besitzerin der Scheck-Boutiquen in Stuttgart.« Aha!

Während ich es genoss, an einem galanten männlichen Arm zu flanieren, auch wenn er nur geliehen war, überlegte ich einmal mehr, warum ich auf Schritt und Tritt Ermordeten und Mördern begegnete, während Mädels wie Marie in dieser Zeit still und heimlich die männliche Reserve unseres Landes wegheirateten.

Kurz bevor wir gehen wollten, kam es noch zu einer Begebenheit, die ich hier in diesem ruhigen und feinen Ambiente als allerletztes erwartet hätte: Zu einem hübschen sauberen Rauswurf. In adeligen Worten würde man vielleicht von einem Eklat sprechen.

Vom Parkplatz her, Richtung Eingang, hatte sich Arm in Arm, mit auf dem Kies knirschenden Schritten, ein jüngeres Paar genähert, das sich nicht von all den anderen gutgekleideten jüngeren Paaren unterschied, die das Topklasse-Ereignis hier heimsuchten.

Doch diese hier schienen nicht erwünscht zu sein. Ich sah, wie Christoph von Lingenberg, im Hintergrund Roseanna, mit seinem Schwager sprach und dieser sich dem Paar näherte. Seine Handbewegung schien mir international verständlich: Hinaus. Oder, mit den Worten des einfachen Volkes: Raus hier!

Es gab eine Diskussion, der junge Mann schien sich nicht abweisen lassen zu wollen, die Stimmen wurden lauter und die Worte wurden durch den Kraichgauwind in Fetzen zu mir und zu Bernhard von Lingenberg getragen, der die Szene in einer Art gespannter Aufmerksamkeit beobachtete. »Nicht erwünscht.« »Privatgrund.« Der Abgewiesene schien sich aufzuregen, auch seine Stimme wurde lauter, seine Begleiterin kreischte empört, und ich meinte, das Wort »lachhaft« und »alte Geschichten« zu vernehmen. Marie neben mir übte sich schon mal in der Disziplin aller First Ladies, lächelte höflich-verbindlich und tat so, als bemerke sie nichts.

Bernhard verließ uns schließlich, schloss sich seinem Onkel an, und es schien mir, als spräche er begütigend auf das junge Paar ein. Die drehten schließlich ab und entfernten sich Richtung Parkplatz.

Als Bernhard zu uns zurückkam, trug sein Gesicht einen halb verärgerten, halb nachsichtigen Ausdruck. »Immer wieder die alten Geschichten. Sollen sie doch diese Frau und ihre vermuteten Untaten endlich ruhen lassen.«

»Du hast bestimmt Recht, Bernhard!«, zwitscherte Marie, doch ich hatte den starken Verdacht, dass sie gar nicht wusste, wovon er sprach. Dieses Mädel hatte mir auf jeden Fall etwas auf dem Heiratsmarkt voraus: Erst mal süß lächeln, Recht geben und viel später fragen.

Ich hingegen fragte mich jetzt schon, was diese Szene bedeutete. Vor allem, als ich mich umdrehte und Berthold von Lingenbergs befriedigtes Gesicht sah, als er die Hand auf die Schulter seiner Schwägerin legte.

8. Kapitel

Der Verein *Badische Freiheit* traf sich im hinteren Teil eines griechischen Restaurants unweit meiner Wohnung, so dass ich zu Fuß gehen konnte. Ich ließ Nessie ausgestattet mit einem sogenannten Parmaschinkenknochen alleine zu Hause und stellte ihr den Fernseher an, damit sie sich langweilte und einschlief.

Es regnete leicht und war kühler geworden, und als ich über den schmutzigen Werderplatz lief – am Indianerbrunnen klammerten sich die üblichen Betrunkenen fest, und aus den Läden schlichen schwer bepackte Frauen müde nach Hause – wurde die Sehnsucht, in ein etwas helleres und bürgerlicheres Viertel umzuziehen, fast übermächtig.

Der Wirt des *Rhodos* sah aus wie weltweit alle griechischen Wirte und verbreitete keinerlei mediterranen Charme. Einen Teller schwarzglänzender Oliven in der Hand, ließ er sich von meinem fragenden Blick nicht aufhalten, sondern wies mich mit einer Kopfbewegung nach hinten in den großen schmucklosen Veranstaltungssaal.

Es war dort ein Hufeisen aus Tischen aufgebaut – eine für mich unangenehme Versammlungsform, da man weder ausweichen noch früher gehen kann und obendrein jedermanns Beine zu sehen sind.

»Neue sitzen am Rand«, dröhnte ein großer kräftiger Mann mit Bürstenhaarschnitt. Er saß in der Mitte eines Triumvirats am Kopf des Hufeisens; zwei Männer und eine Frau, die wohl die allseits beliebte Funktion des Vorstandes einnahmen. Auf ihrem Tisch stand eine badische Fahne. Mineralwasser war in großen Flaschen an strategischen Punkten aufgebaut, einige Frauen tranken Kaffee, die Männer hatten Bier oder Wein vor sich stehen.

Tatsächlich, am Rand waren Stühle aufgestellt, auf denen bereits zwei mickrige junge Männer saßen, die beinahe wie Zwillinge aussahen. Sie betrachteten mich mit einer Mischung aus Neugier, Misstrauen und dem Triumph, Gleichgesinnte gefunden zu haben. Mir war das Ganze entsetzlich peinlich. Hoffentlich kannte mich hier niemand. Wieder überfiel mich der Ausläufer eines Tiefdruckgebietes: Ich sollte solche Dinge nicht tun.

Zu Beginn der Sitzung hatten wir zunächst alle aufzustehen und das ›Badnerlied‹ zu singen. Ich bewegte nur die Lippen, weil ich den Text nicht genau kannte.

Dann wurden alle begrüßt, die neuen Interessenten willkommen geheißen und um Verständnis gebeten, dass sie zu der späteren geschlossenen Sitzung den Saal zu verlassen hätten.

Hinter einem Stuhlbein bellte ein Dackel.

In der Zwischenzeit war der Kellner aufgetaucht und servierte Tsatziki und wenig badisch anmutenden Krautsalat als Vorspeise. »Als Hauptgang nehmen wir heute alle Spieß!«, wurde verordnet. »Griechischen Spieß!« Der erste Vorsitzende schien diesen Widerspruch zu spüren, hob das Glas und sagte feierlich: »Auf unsere griechischen Freunde, die auch immer wieder um Individualität mitten in der Völkervielfalt zu kämpfen hatten.«

Der Kellner sah aus, als interessiere ihn nichts weniger auf dieser Welt, und flüchtete.

»Wir sind heute zusammengekommen, um eine Protestveranstaltung auf dem Lidellplatz zu planen. Sie soll der Vorbereitung und vor allem der Sensibilisierung der Bürger für unsere Unterschriftenaktion dienen. Ihr wisst, die Protestkundgebung, die wir anlässlich der Feiern zum 55-jährigen Bestehen des Bundesverfassungsgerichtes als angeblich bedeutendem Markstein in der Entwicklung des Landes Baden-Württemberg planen.«

Gemurmel im Saal.

»Nicht wegen des Bundesverfassungsgerichts, dessen Ansiedelung in der badischen Hauptstadt wir natürlich begrüßen, sondern wegen der Anwesenheit hochrangiger württembergischer Politiker und anderer Repräsentanten dieses Staates beabsichtigen wir, verschiedene Aktionen durchzuführen. Abgesehen von dem Skandal des letzten Jahres, als unsere wertvollen, einmaligen Handschriften und unser Kulturgut verscherbelt werden sollten, damit gewisse Herrschaften ihre Häuser verschönern können ...«

»Wir müssen unsere Wohnung auch selbst renovieren«, kreischte eine dürre Frau mit schwarzgefärbtem Haar, bei der die Kopfhaut durchschimmerte. »Genau!«, bestätigten einige. Ein Mann klopfte auf den Tisch. »Ich verfüge über Informationen, die besagen, dass die Sippe in Salem längst beschlossen hat, ihr angeblich so geliebtes Schloss zu verkaufen. Die wollen die Kohle von den Handschriften *und* vom Schloss. Denkt an meine Worte. Im Herbst steht es in der Presse.«

Kurzes Schweigen.

»Abgesehen von diesem Skandal muss man sich fragen, was diese getürkte Abstimmung damals bei der Landesgründung uns gebracht hat.« Das musste in diesem Kreis offenbar nicht weiter erklärt werden. Alle nickten. Ich hatte keine Ahnung.

»Schwabenspießer«, murmelte neben mir einer der jungen Männer, der wie ich den Status des Besuchers innehatte, »solle bleibe wo sie herkomme. Eine Mauer tät ich aufstellen an der Landesgrenze.«

»So was wie den Limes«, sagte der andere Neubewerber. Beide lachten glücklich.

»Genau! Getürkt!«, rief der Mann, der sich bereits zu Salem geäußert hatte. Er war untersetzt und hatte aggressive blaue Augen. »Jeder weiß, dass sie die vier Wahlbezirke willkürlich und badenfeindlich eingeteilt haben und dass der ganze Wahlmodus für uns sehr ungünstig war. Hätte man die Mehrheit der Stimmen aller Badener ordentlich zusammengezählt, dann wären wir heute Baden und nicht ›Baden-Betrügerberg‹!«

Alle lachten. »Freund Schweickert, da hast du Recht«, bestätigte der erste Vorsitzende lobend. »Die starke Wahlkampfmaschinerie des schwäbischen Einheitsbreis hat uns erledigt.«

»Und wem haben wir es zu verdanken, dass unsere Revolution 1848 niedergeknüppelt wurde? Den Schwaben, denn die haben die Preußen in unser Land gelassen. Sie können ›alles außer Hochdeutsch‹ – da ist was dran. Wisst ihr, was die Werbekampagne mit diesem Idiotenspruch gekostet hat? Überall lachen sie uns aus deswegen.«

»Ja, denn vor allem *unser* Geld können sie ausgeben«, ereiferte sich wieder Freund Schweickert, der alle Eigenschaften des Fanatikers in sich vereinigte. »Wer nimmt denn unser Bodenseewasser und wässert seinen Ludwigsburger Blühenden Barock damit? Wer ist für den niederen Pegelstand in unserem See verantwortlich? Wer?«

Ich konnte es mir fast denken: Die Schwaben mit den Teufelshörnern.

»Ich bin dafür«, rief eine ältere Dame, »dass wir in Stuttgart eine Petition überreichen, damit die Benutzung des Begriffs *Schwäbisches Meer* untersagt wird!« Wildes Klatschen.

»Um noch mal auf die von Herrn Schweickert angesprochene Revolution zurückzukommen – ich frage mich, wie viel Liberalität lässt uns das Regime in Stuttgart eigentlich?«

»Die Kehrwoche! Wir dürfen sie rauskehren, wann wir wollen«, jauchzte die alte Dame.

»Genau, Frau von Theiss, die Kehrwoche. Darin steckt *in nuce* alles, was den Schwaben ausmacht. Wir hingegen, und das passt zum Thema, haben in Baden als erstes Land die Leibeigenschaft abgeschafft und wollten auch gleich die Todesstrafe mit erledigen, doch da wurden wir wieder von reaktionären Kräften gebremst. Wie immer. Wir atmen nun mal freien französischen Geist. Ich sage nur – Verfassung. Gedankt sei Napoleon. Ihm haben wir unsere vergrößerten Landesgrenzen zu verdanken.«

Auf die Tische wurde getrommelt, als lebte Napoleon noch unter uns und könnte sich über den Applaus einiger durchgeknallter Badener freuen.

»Über den Rhein weht der Esprit«, jubelte wieder die ältere Dame namens von Theiss, von der Roseanna sicher behauptet hätte, sie gehöre möglicherweise nur zum Briefadel. Für den Verdacht des sogenannten Bettadels gab es in Frau von Theiss' Fall nämlich keine Anhaltspunkte. »Aber an der Alb bleibt er stecken, der Esprit«, fuhr sie befriedigt fort.

»Nun haben wir ja bald den TGV«, sagte Schweickert, und wieder blitzten seine Augen angriffslustig, »aber leider hat man kein Geld für den Ausbau der Strecke zwischen Kehl und Offenburg, sehr wohl aber für einen Milliarden teuren Bahnhof in Stuttgart. *Stuttgart 21*. Frechheit.«

»Genau«, murmelten die beiden jungen Männer neben mir synchron.

»Das sind doch nur fünfzehn Kilometer.«

»Aber *badische* Kilometer«, erklang es neben mir.

»Und der Flughafen Basel kann auch nicht ans südwestdeutsche Verkehrsnetz angebunden werden, damit badische Geschäftsleute schneller an ihr Ziel kommen – dafür aber führt man eine Trasse hübsch am badischen Mannheim vorbei, um die Schwabenhändler schneller nach Frankfurt zu karren. Von dem Gebäude ihrer superteuren Neuen Messe aus, versteht sich. Und dort können sie G'schäftle machen. Ich habe von einem Kumpel der die Sekretärin von einem Vorstandsmitglied kennt, gehört, sie planen noch dieses Jahr eine Umbenennung des Konzerns »Daimler-Chrysler« in »Daimler«. Den *Benz*, unseren Benz, wollen sie unter den Tisch fallen lassen. Einfach so.« Protestrufe.

Ich war höchst erstaunt. Natürlich las man gelegentlich in der Zeitung von Ungerechtigkeiten bei Fusionen und der Verteilung von Geldern, doch bisher hatte mich diese Frage nicht sonderlich beschäftigt. Karlsruhe war eine schöne Stadt. Stuttgart kannte ich kaum.

»Freunde!«, mahnte der Vorsitzende. »Es entspricht unser Tradition seit unserer Gründung durch ehrenwerte badische Persönlichkeiten, dass wir versuchen, sachlich und fair zu sein. Doch was zuviel ist, ist zuviel. Zwei Drittel der Landesbehörden befinden sich in der selbsternannten Landeshauptstadt. Und wohin fließen die Gewinne der Badischen Staatsbrauerei – nach *Stuttgart 21*! Und in den Zoo, die Museen, den Flughafen und die Messe.«

»Ein Moloch!«

»Wir fordern Gleichberechtigung. Die Fördermittel des Bundes und des Landes sollen gleichmäßig verteilt werden. Wir wollen, dass die Straßen im Südbadischen genauso gut aussehen wie die in Sindelfingen. Und wir wollen den Erweiterungsbau für unser Generallandesarchiv.«

»Dort in Daimlercity haben sie Zebrastreifen aus italienischem Marmor. Jetzt mal ehrlich«, schrie die Schwarzgefärbte, als sei alles bisher Gesagte unehrlich gewesen.

Ein intellektuell aussehender Mann von schlanker Gestalt hob die Hand. »Europa gehört den Regionen. Stärkt auch das Elsass!«

»Genau. Das Elsass!«, murmelte einer der beiden Interessenten neben mir.

»Ohne Südweststaat sind wir besser dran. Unser Prokopfsteueraufkommen ist höher als das in Württemberg.« Das war wieder der Intellektuelle. Alle trommelten wieder zustimmend.

»Wir müssen die Feier im Rathaus dazu nutzen, ein politisches Korrektiv gegen die Regierung in Stuttgart aufzubauen.«

»Und vergesst mir die Handschriften nicht! Noch sind die Verkaufspläne nicht vom Tisch. Es ist eine Frechheit, dass das Haus Baden Wertgegenstände in alle Welt verhökert, die sie aus dem Volk herausgepresst haben. Und die sie sich aus unseren Klöstern einverleibt haben.«

»Das Haus Baden wird bei der Feier im September durch seinen Jungspund vertreten sein«, warf jemand ein. »Den wird man sich mal genau zur Brust nehmen. Wenn die glauben, sie könnten hier weiterregieren wie im Mittelalter, dann haben sie sich geschnitten. Kein Geld haben sie, weil sie alles verspekuliert haben, aber geh mal zur Rennsaison nach Iffezheim, da kannst du sie sehen mit ihren teuren Gäulen …«

Allgemeines empörtes Raunen. Die Badische Revolution fand zumindest in den Köpfen noch einmal statt.

»Wir haben noch Zeit bis Ende September, uns zu formieren, unsere Thesen gut zu formulieren und die Pressearbeit zu intensivieren«, versuchte der Vorsitzende die Menge wieder zur Ordnung zu rufen.

Der Intellektuelle erhob sich und sagte feierlich: »Mein Großvater, ein echter Altbadener, der Leo Wohleb noch gekannt hat, hat immer den Spruch zitiert, den man vor der Fusion zu sagen pflegte: ›Noch heute sind beide zu schauen als Bräutigam und Braut. Man kann sie leider nicht trauen. Weil keins dem anderen traut.‹«

Alle klatschten. Der Kellner trat ein und brachte weitere Getränke und Speisen herbei.

Schweickert trat nach vorne an den Vorsitzendentisch, es wurde gemurmelt und gemunkelt und aufgeschrieben. Ich hatte den Eindruck, er leiste Überzeugungsarbeit. Seine leicht hervorstehenden Froschaugen mit dem geltungsbedürftigen Blick glitten unfreundlich über uns.

Der Vorsitzende hob die Hände. »Leider müssen wir unsere Gäste nun bitten, den Saal zu verlassen. Der Knut Schweickert bringt euch nach draußen und händigt euch die Anwärterkärtchen aus. Ihr könnt euch überlegen, ob ihr Freundinnen und Freunde der badischen Sache werden wollt.«

Die jungen Männer und ich begaben uns nach draußen.

»Und, seid ihr interessiert, als Anwärter zu uns zu stoßen? Wollt ihr noch mal kommen?« Wir alle drei nickten. Die Jungs sehr überzeugt, ich eher zurückhaltend. Irgendwann hatte mir mal jemand beigebracht, dass Lügen etwas Schlechtes sei. Ausgerechnet in der Arbeit für das Gesetz hatte ich diesen Grundsatz schon mehrmals aufgeben müssen.

Knut Schweickert händigte uns die Ausweise mit dem »A« aus, die vorne ein badisches Emblem trugen. Ausweise wie jener aus der Tasche, die Irma Löber das Leben gekostet hatte. Die Ausweise entnahm er einem Stapel von etwa zwanzig Kärtchen, die er aus einem kleinen Kasten nahm, zusammen mit einem Zettel, auf das er das Datum schrieb und drei Strichlein machte. Ich sah, dass er bereits weitere Daten und Striche auf der Liste hatte. In aller Eile zählte ich sieben.

In dem Kasten lag auch ein Bogen mit kleinen, selbstklebenden

Blanko-Etiketten in leuchtendem Gelb. Schweickert beschriftete drei gelbe Sticker mit dem aktuellen Datum und klebte auf jeden unserer Ausweise je einen. »Meine Idee – Vertrauen ist gut, Kontrolle ist besser.« Er grinste stolz. »So. Damit kommt ihr in unsere Veranstaltungen in Zukunft ohne Probleme rein. Nach einem halben Jahr dürft ihr auch bei den internen Sitzungen dabei sein, sofern Ihr Euch bei mir mit Namen registrieren lasst. Wählen dürft Ihr erst nach einem Jahr, wenn ihr den endgültigen Ausweis bekommt. Dann gebt ihr den hier zurück. Ihr könnt euch das alles gut überlegen. Wir suchen Menschen, die es ernst meinen mit der badischen Sache. Die auch zu uns halten, wenn es brenzlig wird. Habt ihr verstanden?«

Die beiden jungen Männer nickten frenetisch. Ihre Augen leuchteten auf. Brenzlig, das war genau das, was sie offenbar suchten. Ich versuchte, ausweichend auszusehen. Schweickert sprach mich an. »Und du? Wie stehst du dazu?«

»Also – Baden, das ist schon, also ich muss sagen ... und die Handschriften, also, da muss man wirklich ...«

Ich versuchte mich zu erinnern, was mir Theo in gelegentlichen zusammengewürfelten Bemerkungen im Laden über den sogenannten Handschriftenstreit gesagt hatte. »Das sind einmalige Kunstschätze, die zu uns gehören«, schloss ich nichtssagend.

»Ja, die Handschriften haben uns neue Aufmerksamkeit beschert. Aber viel schlimmer ist, was sich da im Hintergrund noch alles abspielt. Die ›Zähringer-Stiftung‹ – gegründet, um das kulturelle Erbe des Großherzogtums zu verwalten – spielt falsch. Ein gewisser Herr Graf, dem Hause Baden verwandt, ist dort verantwortlich tätig, und der gleiche Graf managt auch die Auktionen für seine hochherrschaftliche Verwandtschaft in Salem.«

Die jungen Männer sahen verwirrt aus. Grafen und Stiftungen waren nicht das, was sie unter einer schönen brenzligen Situation verstanden.

Ich nickte wieder und suchte passende nichtssagende Worte: »Ja, das sieht danach aus.«

»Und nicht nur die«, verhieß Schweickert. Wie allen Fanatikern war es ihm ziemlich egal, was sein Gegenüber sagte. Er wollte nur seine Botschaft loswerden. »Es ist einiges faul in diesem Staate. Einiges oberfaul. Doch mehr möchte ich da heute noch nicht dazu sagen. Mehr nicht, aber es könnte bald eine Überraschung geben. Und wenn ihr dann dabei seid, könnt ihr stolz sein.«

»Kriegen wir dann richtige Ausweise? Oder Anstecknadeln?« Die Augen der beiden jungen Männer wanderten sehnsüchtig zu den anderen Kästchen im Hintergrund.

»Sowohl als auch, natürlich. Das erste Jahr habt ihr noch diesen provisorischen Ausweis mit dem A darauf, was seit einiger Zeit bei uns für ›Anwärter‹ steht. Dann gebt ihr den zurück und bekommt einen richtigen Ausweis mit Nummer. So einen wie diesen hier.« Er grinste und zeigte uns seinen eigenen Ausweis, ein moderneres Modell mit der deutlich erkennbaren Numer 111, allerdings auch ohne Foto. »Die A-Ausweise waren unsere ersten. Die haben damals mal hundert Stück probeweise drucken lassen und jetzt sind's noch fünfundachtzig. Das heißt, zweiundachtzig, wenn man eure drei abzieht. Nur damit ihr seht: Bei uns geht was ab. Wir sind im Kommen. Jetzt nehmen wir sie eben für euch An*wärter*. Nicht dass ihr denkt, ihr seid An*fänger*!«

»Geben denn auch alle ihren A-Ausweis wieder ab?« Ich versuche es harmlos klingen zu lassen. Doch so dumm war Schweickert nicht. »Warum fragst du?« Etwas Lauerndes trat in seinen Blick.

Ich musste jetzt sehr vorsichtig sein. »Na, das wäre doch ein Verlust für euch und ... damit niemand Missbrauch mit unserer badischen Sache treiben kann.«

»Das macht keiner!«, kam es drohend. »Das traut sich keiner. Badische Ehrensache!«

Es galt, Boden gut zu machen. »Sicher wollen sowieso alle so schnell wie möglich fest bei euch mitmachen. Ich meine, Badener ist man im Herzen und nicht nur als Anwärter«, ich stieß den Dünneren des Duos neben mir an, »gell?«

»Genau! Wer will den schon ewig Anwärter sein«, grollte der andere. Schweickert sah zwei vielversprechende Radaubrüder entschwinden.

»Das ist keine Schande. Also, wir haben seit diesem Jahr wieder sieben neue Anwärter. Einer sitzt im Rollstuhl im Altersheim und unterstützt und uns mehr ideell. Und einer ist ...«, hier räusperte sich Schweickert, »na ja, er ist derzeit in Haft, aber nur wegen eines Verkehrsvergehens. Kann ja mal vorkommen. Heute sind sowieso nur zwei von unseren Anwärtern da gewesen. Die habt ihr gesehen. Frau von Theiss und Herr Dr. Gleichsam. Gestandene Badener so wie ihr, aber die sind erst aus Empörung über den Handschriftenstreit zu uns gestoßen. Auch die neuen Jugendlichen, die sich für uns interessieren, fühlen badisch. Nette Jungs. Sportsmänner.« Er warf einen beflissenen Blick in die Liste und auf seinen Stapel Ausweiskärtchen. »Da haben wir wohl noch ein paar Schläfer unter unseren Anwärtern. Die Herrschaften müssen sich es wohl genau überlegen. Kenn ich auch nicht alle. Klar. Bin ja selbst erst wenige Jahre dabei, wollte aber unsere Kameradschaft nicht mehr missen, und wenn die jetzt von uns ganz groß in der Zeitung lesen, dann sind die allesamt wieder da. Das garantiere ich euch.«

Ich runzelte die Stirn. Hier war etwas seltsam.

Mit dem Daumennagel kratzte ich vorsichtig an dem Datumsschildchen auf meinem Kärtchen. Eine gelbe Ecke löste sich. Der Ausweis, der in der Tasche gelegen hatte, war nicht mit einem solchen Etikett beklebt gewesen. Hieß das, der Besitzer war schon vor Schweickerts Zeiten zur *Badischen Freiheit* gestoßen – einer der genannten ›Schläfer‹? Andererseits konnte man den Sticker, wie ich eben selbst gesehen hatte, problemlos entfernen ...

Schweickert musterte mich wieder misstrauisch. Ich verfolgte meinen Gedanken nicht weiter, jubelte stattdessen gespielt: »Alles prima Badener. Toll. Da würden sich andere Parteien geradezu die Finger danach schlecken.«

»Geil!«, sagte der junge Mann neben mir. »Badisch? Voll geil!«

Ab und zu muss ich etwas arbeiten, um Geld zu verdienen. Deshalb begab ich mich in Richtung Badische Landesbibliothek. Oehlschlägers hatten mich an Schreiners weiterempfohlen, die nun ebenfalls Begehrlichkeiten nach einem Wappen entwickelt hatten.

Zu meiner Überraschung traf ich in dem reizlosen Café am Eingang jemanden, den ich kannte. Roseanna von Lingenberg. Unverwechselbar nobel. Sie führte zierlich die eher plumpe Tasse zum Mund, wobei sie den kleinen Finger nicht abspreizte wie die Leute, die nur so tun, als seien sie vornehm, sondern ihn angeklappt hielt.

»Ach, Frau Mainhardt, nicht wahr? Sehen Sie, womit sich eine alte Frau beschäftigt. Nehmen Sie doch einen kleinen Moment neben mir Platz.« Zunächst murmelte ich den üblichen Protest, was die ›alte Frau‹ betraf, dann legte ich mein Buch auf ihren Tisch.

»Ich habe nur wenig Zeit«, bemerkte ich und ließ mich vorne auf der Stuhlkante nieder, womit ich zeigen wollte, dass ich *wirklich* nicht lange bleiben wollte. Dann schaute ich, womit sich die selbsternannte alte Frau denn tatsächlich beschäftigte. Ein schmales Bändchen. Eine Biographie. Markgraf August Georg. »Ein wenig bekannter Mann«, erläuterte Frau von Lingenberg. »Und doch nicht unwichtig, denn er starb ohne männliche Nachkommen, und dadurch fiel Baden-Baden an Baden-Durlach zurück und schuf damit das vergrößerte vereinigte Baden.«

»Nie gehört. Wann ist der denn gestorben?« »1771«, gab sie freundlich Auskunft, »Und zwar am 21. Oktober.«

»Das ist ja mein Geburtstag!«, sagte ich verblüfft.

»Sehen Sie. So haben auch Sie etwas gemeinsam. Die Historie ist immer ein Teil unseres Lebens.«

Und trank den letzten Schluck ihres Kaffees. Ich musste meine leicht negative Einschätzung von der Frau revidieren. Immerhin beschäftigte sie sich neben ihrem sorglosen Adelsdasein zwischen Teezeit und Abendgesellschaften wenigstens mit geschichtlichen Fakten.

Mit dem nächsten Satz machte sie alles wieder zunichte. »Der einfache Mensch ist sich dessen natürlich nicht so bewusst. Wir stehen da in anderen Traditionen. Führen Linien fort. Transportieren Ideen und Gedanken.«

»Waren Sie eigentlich auch in der Schule in Salem?«, erkundigte ich mich.

»Nein«, erwiderte sie kühl und packte ihre Sachen zusammen. »Nein.« Sie zögerte. Dann stand sie auf. »Einen schönen Tag noch.«

Als sie gegangen war, hatte ich den Eindruck, dass sie eigentlich noch etwas hatte sagen wollen.

****

Karina war heute zu unserem Treffen ohne Giant erschienen. Beinahe verloren stand sie da und wartete. Der sanfte Riese hatte sich am Fuß verletzt und ruhte zu Hause auf seinem Riesenbett in XXL.

Wir liefen diesmal entlang der Europahalle Richtung Günther-Klotz-Anlage. Skater rauschten pfeilschnell wie Mauersegler an uns vorbei. Einzelne Radfahrer probierten Kunststückchen, angesichts derer ich vor meinem geistigen Auge bereits den Orthopäden sah, wie er sich über ein Knie beugte, das Wort Meniskus murmelnd.

Ein kalter Wind pfiff, der Nessies Fell sträubte. Karina hatte die Hände fest in ihren Taschen vergraben. Manchmal fragte ich mich, was sie alles bargen. Eine Waffe? Handschellen?

»Karina, diese Brosche. Die Brosche, die die Frau im Secondhandladen erwähnt hat. Die Studentin hatte sie Herrn Konrad zum Kauf angeboten ... Du erinnerst dich vielleicht: Ein Baum auf dem Grund eines Umrisses von Baden. Ich muss dir etwas gestehen ...«

Und dann – besser spät als nie – berichtete ich ihr von meinem Alleingang im *Quick Secondhandladen*. »Wir wissen also, dass auch die Brosche noch in der Tasche war, als diese im Laden abgegeben wurde. Frau Lohse hat uns das verschwiegen, wahrscheinlich weil sie die Brosche gegen ihre angeblichen Prinzipien einfach verkauft hat. Und nun«, schloss ich, »habe ich eine solche Brosche an einer Frau gesehen.«

»Und? Name? Adresse? Wo hat sie das Schmuckstück gekauft?«

»Sie hat sie offenbar geschenkt bekommen – vom Baron, sagte sie. Sie kann damit nur entweder Christoph von Lingenberg oder seinen Bruder Berthold gemeint haben. Ihren Namen weiß ich nicht; sie war wie ich Gast auf dem Landschloss bei Bretten. Eines hat sie mir aber noch gesagt: Die Brosche war kein teures Einzelstück. Es gibt sie öfters. Besagter Baron verschenkt sie offenbar an einen elitären Kreis. Die Frau hat irgendwas von der alten Linie des Hauses Baden gesagt ...« Erst als ich es ansprach, fiel mir alles wieder ein. *Der Findling* ... Ich hatte ganz vergessen, der Sache nachzugehen.

Aber Karina zuckte nur mit den Achseln. Ich fragte mich, wann sie jemals diesen Gleichmut verlor.

»Dass diese Brosche in der Tasche war, wissen wir bereits. Die Lohse ist eingeknickt. Unangenehme Person ... Und das, was du gehört hast, entspricht unseren Recherchen: Diese ›badischen‹ Broschen werden in Pforzheim von einem Juwelier hergestellt, der sich auf Karnevalsorden, badische Pokale und dergleichen spezialisiert hat. Die Idee sei vor Jahren von einem Historiker an ihn herangetragen worden, an dessen Namen er sich nicht mehr erinnere. Aber es sei eine gute Idee gewesen. Er versendet die Broschen im Internet, sogar bis nach Amerika an badische Auswanderer, und er verkauft sie im Laden. Organisationen, sogar Firmen, nehmen ihm größere Chargen ab. Da ist kein einzelner Besitzer mehr auszumachen.«

Sie schüttelte den Kopf. »Maren, die Brosche bringt uns leider nicht weiter. Dass der Mörder – oder die Mörderin – von badischer Gesinnung ist, wussten wir schon aufgrund des Ausweises.«

»Aber diese ›alte Linie‹, von der die Frau auf Schloss Weißenberg sprach ...«

Karina sah mich beinahe mitleidig an. »Weißt du, ich glaube nicht, dass es bei dem Mord um ein wertloses Schmuckstück ging. Wenn nicht etwas ganz anderes hinter dieser Tat steckt, dann ging es um den Brief.«

»Was meinst du mit etwas ganz anderem?«

Sie seufzte. »Die meisten Tötungsdelikte sind erschreckend einfach motiviert. Geld. Liebe. Hass. Oder um eine andere Straftat zu verschleiern.«

Ich musterte sie forschend. »Du denkst immer noch an Herrn Konrad, nicht wahr?«

Sie lächelte und stupste mich an. »Erzähl mir lieber, wie es dir bei diesem Badenfanclub erging. Hast du mehr erfahren als wir?«

»Eigentlich nicht. Diese Leutchen von der *Badischen Freiheit* sind tatsächlich Irregeleitete. Harmlos wahrscheinlich. In manchem haben sie vielleicht sogar Recht. Es reicht denen, wenn sie ab und zu eine spektakuläre Unterschriftenaktion veranstalten können und die alte

Abneigung der Badener gegen die Schwaben ein wenig schüren und für sich ausnutzen können. Sie nehmen sich selbst zwar ungeheuer wichtig. Aber gefährlich? Kaum!«

Karina nickte gutmütig.

»Andererseits war die Person, der die Tasche gehörte, im Status des *Anwärters.* Ihr habt das ja sicher auch schon recherchiert: Die Mehrzahl der Besitzer dieser Ausweise, die derzeit auf Probe vergeben sind, können sie nachvollziehen. Bis auf einige Ausweise, die schon länger unterwegs sind ... Es war die Rede von drei Jugendlichen und dann noch von einigen anderen, die nicht mehr zu den Sitzungen erscheinen. Schweickert meint aber, die zeigen sich wieder, wenn die *Badische Freiheit* erst in der Presse erscheint. Er schien sich ziemlich sicher, dass dies demnächst der Fall sein wird.«

Mein Handy läutete. Es war Matthias. Ich drückte die Nummer weg und vergaß meinen Gedankengang.

Karina hatte mir immer noch interessiert zugehört. Das kannte ich aus meiner Zeit mit Elfie nicht. Zum Weitersprechen ermutigt, übersah ich leider einen wichtigen Punkt. Karina hatte ihn vielleicht nicht vergessen, aber im Unterschied zu mir hatte sie zu diesem Zeitpunkt nicht den entscheidenden Puzzlestein vor sich liegen ... Doch ich sah ihn nicht. Stattdessen verfolgte ich einen anderen Gedanken.

»Warum sollte diese Gruppe eigentlich plötzlich in der Presse auftauchen, wenn das bisher nie der Fall war? Schweickert will die Neuen natürlich halten, aber ich persönlich denke, die Jugendlichen geben bestimmt ihren A-Ausweis wieder ab, wenn sie sehen, dass es keine Randale gibt oder wenn der KSC aufsteigt und es dort noch badischer zugeht. Aber konzentrieren wir uns mal auf die, die länger dabei bleiben wollen und bald ordentliche Mitglieder werden. Frau von Theiss und Herr Dr. Gleichsam wären vielleicht am ehesten in der Lage, sich einer solchen Verschlüsselung zu bedienen. Ein Jugendlicher wohl kaum. Und die Tasche war vom Stil her eher die einer älteren Person als einer jungen. Außer letztere befindet sich auf dem Nostalgietrip. Es könnte Frau von Theiss' Tasche sein, denn warum sollte sie keine Aktentasche besitzen? Oder sie gehörte Herrn Dr. Gleichsam.«

Karina hustete.

Dann meinte sie achselzuckend: »Wir haben längst nachgehakt: Frau von Theiss konnte sofort ihren A-Ausweis zeigen. Herrn Dr.

Gleichsam war es sehr peinlich, dass er ihn suchen musste. Bis jetzt hat er ihn nicht gefunden, aber ...«

»Das ist doch merkwürdig, oder?«

Karina hob die Schultern. Ich dachte daran, wie oft ich meinen Führerschein suchte und fand es plötzlich nicht mehr ganz so merkwürdig.

»Schrift und Stil des Briefes lassen auf eine reifere Person schließen. Auch der wichtigtuerische Schweickert würde in dieses Schema passen, aber er hat natürlich kein A mehr auf dem Ausweis. Ich habe seine Karte gesehen. Er hat die Nummer 111.«

Karina nickte. Sie wirkte sehr verhalten. Manchmal dachte ich, dass sie ihr Wissen vielleicht doch nur mit schlechtem Gewissen mit mir teilte. »Herr Dr. Gleichsam sollte seinen Ausweis tatsächlich sehr bald finden. Wir haben ihn uns schon mal genauer angeschaut. Ihn und Frau von Theiss, mit der er wohl recht eng bekannt ist. Alibis haben sie beide übrigens für den betreffenden Nachmittag nicht. Frau von Theiss ist eine pensionierte Juristin, die ehrenamtlich in der Jugendarbeit tätig ist. Angeblich hat sie an dem Nachmittag zu Hause gelesen. Herr Dr. Gleichsam war Kinderarzt, arbeitet aber nur noch stundenweise in seiner eigenen Praxis, die nun von seinem Schwiegersohn weitergeführt wird. Er war an dem Mittag, als der Mord an Frau Löber geschah, spazieren. Leider ohne Zeugen.« Karina seufzte. »Wir überprüfen das natürlich alles. Auch ihre Verhältnisse. Die finanziellen und die privaten. Allerdings gehen wir dabei nicht zu auffällig vor, denn sie sind beide aus der besseren Karlsruher Gesellschaft und vollkommen unbelastet. Nicht mal Strafzettel. Die anderen namentlich bekannten Besitzer von diesen blöden A-Ausweisen sind aus dem Rennen. Der Mann im Knast hat sowieso das denkbar beste Alibi – er saß nachweislich in seiner Zelle. Der Rollstuhlfahrer scheidet aus naheliegenden Gründen aus. Alle anderen – Fehlanzeige.«

»Habt ihr sonst Spuren? Irgendwas?«

Karina seufzte noch mal. »Nein. Nichts. Eine alte Dame. In Mühlburg. In einem bürgerlichen Wohnviertel. Das zweite Mal, dass es einen älteren Mitbürger erwischt, nach dem Fall im Vierordtbad. Das stört das fragile Sicherheitsempfinden unserer Mitbürger, vor allem unserer älteren Mitbürger. Erst geht es ihnen an die Handtaschen, dann ans Leben. Das sorgt für Unruhe und für Druck von oben. Für mich.«

Sie sah mich an. »Wir sind nur zwei Frauen bei der Kripo Karlsruhe: Deine Ex-Freundin Elfie und ich – und ich weiß, sie sieht mich als Konkurrentin, aber ich wünschte wahrhaftig, Elfie hätte die Verantwortung für diesen Fall, der vielleicht ungelöst bleiben wird.«

Die Frage, die ich jetzt stellte, schien mir fast ein Verrat an Herrn Konrad.

»Habt ihr eigentlich etwas aus diesem Badeort in der Normandie gehört?«

Karinas offenes Gesicht verschloss sich. Was sollte das bedeuten? Versorgte sie mich nur mit nutzlosen bunten Nebenschauplätzen?

Schließlich kam es zögernd: »Ja. Herr Konrad hatte sich in einer Ferienwohnung eingemietet. Recht bekanntes Unternehmen. *Pierre et Vacances*. Früher mit Sitz in Karlsruhe. Das Paar hatte die Eigenschaft, wenig frequentierte Strände aufzusuchen, um nackt zu baden oder einfach seine Ruhe zu haben. So zumindest hat er es dargestellt. Es kam ein stürmischer Tag. Eigentlich war das Baden verboten. Trotzdem sind die beiden hinausgeschwommen. Nur ein Hundebesitzer, ein Tourist aus Mulhouse, der am Strand joggte, hat sie beobachtet. Sie hätten miteinander getobt und gelacht. Er habe noch gedacht, wie schön, dass Menschen in dem Alter noch so viel Freude am Leben haben.«

Karina hielt inne. Der letzte Satz hatte sich nachdenklich angehört. Ich musterte sie von der Seite. Vielleicht würde sie verstehen, dass ich manchmal Mitleid verspürt hatte für die traurigen Mörder meiner vorausgegangenen Fälle.

»Eine halbe Stunde später erschien ein durchnässter, aufgeregt stotternder Sigurd Konrad bei der deutschsprachigen Leitung seiner Ferienresidenz. Sie sollten die Polizei rufen, er befürchte, seine Frau sei ertrunken.«

»Gab es keine Badewärter in der Nähe?«

»Nein. Es war gegen Abend, der Strandabschnitt lag abseits, und er wusste nicht, wo ein Polizeiposten war. Der Strand war leer – keine anderen Badenden, die er zu Hilfe holen konnte. Die Leiche der Frau wurde erst mit der nächsten Flut ein ganzes Stück weiter weg angeschwemmt. Die Obduktion ergab Tod durch Ertrinken. Ich hatte allerdings nicht den Eindruck, dass die französischen Kollegen sich bei den Ermittlungen ein Bein ausgerissen haben. Möglicherweise hätte man da noch mehr finden können. Streit im Vorfeld. Diskussionen.« Karina machte eine beiläufige Handbewegung.

»Geld?«, fragte ich. Sie zuckte die Achseln. Wieder hatte ich den Eindruck, sie verschwieg mir etwas.

»Und?«

»Ja. Akte geschlossen. Die blauen Flecken an ihren Armen hat dein Herr Konrad mit dem vorangegangenen neckischen Liebesspiel erklärt.«

Nessie verschwand hinter einem Busch. Ich warf ihr scharfe Blicke hinterher.

»Es wäre immerhin möglich«, fuhr Karina fort, »dass die bindungslustige Frau Löber sich erst mal über ihren Zukünftigen informieren wollte, bevor sie sich bei Herrn Konrad engagierte. Als Fremdsprachensekretärin sprach sie Französisch. Sie rief also in Le Touquet an. Wir wissen nicht, mit wem sie dort alles gesprochen hat. Und ob sie dabei zufällig auf eine unschöne Wahrheit stieß.«

Und nach einer Weile, fast verträumt: »Das wäre doch wirklich ein wunderschönes Motiv.«

»Ihr werdet diese Spur also weiterverfolgen?«

Sie sah mich mit ihren Wolfsaugen an. »Aber natürlich, Maren. Was denkst du denn?«

10. Kapitel

Zu Hause erwartete mich wieder ein Anruf von Elfie. Niemals hatte sie mich so oft angerufen wie jetzt, da sie ein schlechtes Gewissen hatte.

»Wir haben uns jetzt entschlossen, Brahms zu spielen bei unserer ...«, hier machte sie auf dem Anrufbeantworter so etwas wie eine taktvolle Pause, »... Feier.« Womit sie das für mich offenbar schmerzliche Wort ›Hochzeit‹ vermied. »Du sitzt bei guten Freunden von Melchior – ein reizendes Paar namens Bernhard und Klaus! Es stört dich nicht, dass die beiden homosexuell sind, oder?«

Nein, Elfie. Zumindest weiß ich dann, warum sie nicht mit mir flirten wollen. Ich löschte ihren Anruf.

Nessie verlangte nach Futter sowie Liebe und meine Pflanzen nach Wasser. Während ich zur Hausfrau mutierte und danach meine Post sortierte, dachte ich über den Mordfall Löber nach. Ich sah die lebende Irma Löber beinahe vor mir. Eine durchschnittliche Rentnerin in ihrer spießigen Wohnung in der grauen Nuitsstraße. Witwe. Noch rüstig. Vielleicht hatte sie sich Hoffnungen auf eine etwas buntere Zukunft an der Seite des jovialen Herrn Konrad gemacht. Doch sie wollte auf Nummer sicher gehen und hatte sich in Le Touquet nach den Umständen des Todes seiner Frau erkundigt.

Das war die eine Sache. Die andere war, dass sie eine Tasche besessen hatte, in der sich etwas Brisantes befunden hatte. Meine Gedanken endeten immer wieder bei der gleichen Frage: Was war so brisant an einem provisorischen Ausweis für eine schrullige Partei und einer eigenartigen Steuerhinterziehungs- oder Betrugsanzeige, mit der Irma Löber vielleicht gar nichts hatte anfangen können? Die noch dazu mit einem historischen Code verschlüsselt war, so dass die alte Frau sie sowieso nicht hätte lesen können?

Die Sache mit der Verschlüsselung war mir ohnehin rätselhaft. Abgesehen davon, dass es heutzutage eine höchst ungewöhnliche Methode war, etwas unkenntlich zu machen, erforderte es besondere Kenntnisse. Warum etwas verschlüsseln, das man an die Behörden schicken wollte? Damit es nicht gelesen werden konnte, sollte es jemandem zufällig in die Hand fallen.

Das schien logisch. Demnach sollte der Brief noch nicht öffentlich werden. Der Verfasser wollte erst zu einem späteren Zeitpunkt mit seinem Wissen auftrumpfen.

Hatte er erst eine Erpressung versuchen wollen?

Natürlich hatte ich Karina gefragt, ob sie diesen Vorwürfen beim Finanzamt nachgespürt hatten. Sie hatte nur kurz geantwortet: Selbstredend hatten sie den Computer gequält und alle größeren Finanzskandale der letzten Jahre mit Karlsruhe und mit Baden sowie mit der Gruppe *Badische Freiheit* verknüpft. Das hatte natürlich einiges ergeben, aber von der Öffentlichkeit bisher verborgene oder nicht aufgeklärte Fälle, auf welche die genannten Eigenschaften zutrafen, waren keine aufgetaucht.

Ich machte mir einen Tee, und wieder läutete das Telefon.

Theo rief an, um zu fragen, ob wir am nächsten Wochenende frühstücken gehen wollten. Er habe von einer Kundin einen Gutschein für ein ›Langschläferfrühstück für zwei Verliebte‹ im Novotel geschenkt bekommen, und er traue sich dort nicht alleine hin. Ich wollte ihn zuerst vertrösten, doch dann gaukelte mir meine stark entwickelte kulinarische Fantasie Lachscanapées vor und dazu einen dienstfertigen Mann, der hinter einem Tresen stand und mich fragte, welche Zubereitung ich für mein Frühstücksei wünsche.

»Gut, Theo, und bei dieser Gelegenheit erklärst du mir bitte noch mal die Hintergründe dieses Handschriftenskandals! Ich weiß, dass es eine Art Bürgerinitiative gibt, aber so richtig aufgepasst habe ich nicht, wenn du davon erzählt hast.«

Theo belehrte mich, das sei ein Fehler.

****

Die Tage verstrichen. In der Presse war die alte Frau Löber nur noch kurze Meldungen und bald gar nichts mehr wert. Marie kehrte von einem Kurzurlaub mit Bernhard aus dem südlichen Elsass zurück und begründete die Wahl ihres Urlaubsortes mit der abstrusen Behauptung: »Das ist sozusagen Heimat für ihn, die Zähringer herrschten früher auch über Teile des Elsass'!«

Die beiden besuchten mich spontan und Marie brachte mir ein Glas Myrtille-Marmelade mit.

»Für Bernhards Mutter haben wir ein entzückendes Sofa gefunden.«

»Ein Sofa? Ihr schleppt ein Sofa aus dem Elsass mit nach Hause?«

»Nein, nein. Ein Sofa für ihr Puppenhaus. Sie hat eine unglaubliche Puppenstube von einer englischen Firma – ein englisches Herrenhaus. Du solltest es sehen, es ist wirklich perfekt. Sogar die Queen war schon zu Besuch – als Puppe natürlich.«

Bernhard lachte sein offenes Lachen. »Ich sag ja: Mama ist die geborene Vorzeigeadelige.«

»Schade, dass sie nicht selbst von adeliger Geburt ist!«, bemerkte ich leichthin.

Bernhard nahm das nicht übel. »Oh, an der Sache wird heftig gearbeitet. Sie hat irgendeinen Großonkel ausgegraben, der Vonorph oder von Orph heißt, aber richtig adelig im Sinne des gestrengen Gotha – nein. Und die Adelsprobe würde sie auch nur mit Mühe bestehen.«

»Adelsprobe?«, fragte Marie und hing an seinen Lippen wie ein Kindergartenkind, dem vorgelesen wird.

»Ja, um zu dem besonders angesehenen alten Adel zu gehören, musst du adelig im Sinne der salischen Erbfolge sowie des alten deutschen Namensrechtes sein. Aber keine Angst, der sogenannte ›Genealogische Adelsverein‹ hat die Regeln ein wenig entschärft. Zuviel Liberalität darf natürlich auch nicht sein. Wir wollen unter uns bleiben. Nach den alten Regeln spielen.«

Marie nickte andächtig. Bernhard lachte und zog sie an sich.

»Jetzt versuchen die Adelsverbände durch eine neue Rechtsprechung beim Namensrecht zu verhindern, dass Leute, die lediglich in eine adelige Familie einheiraten, den Namen weiter behalten dürfen, wenn die Ehe auseinandergeht. Sie sind dann – zumindest für die Dauer der Ehe – zwar rechtmäßige, aber sogenannte nichtadelige Namensträger! Und durch Adoption kann man auch nicht mehr so ohne weiteres echt adelig werden. Da gilt man dann als Pseudoadeliger. Aber auch ohne diese Regeln: Meine Leute sind in sich geschlossen und zeigen dir schon auf ihre Weise, dass du nicht dazu gehörst. Und zwischen dem Hochadel und uns – meine Güte, die Kluft zwischen einem weißen Rassisten in Alabama und einem schwarzen Bürgerrechtler an der Universität in New York City könnte nicht größer sein. Papa spricht nicht viel darüber, aber in Salem hat er sich wohl oft minderwertig gefühlt. Nebenlinie, in die auch noch Bürgerliche eingeheiratet haben. Sie haben ihn damit gehänselt. Nun, vergessen und vergeben. Ich finde das Ganze lächerlich.«

Ich nickte und Bernhard lachte zu seinen Worten, doch Marie war sehr aufmerksam.

Bernhard tätschelte ihr Knie. »Also, Mamas adelige Puppen können sich getrost auf ihr Sofa setzen. Denen kann niemand etwas wegnehmen!«

Ich selbst habe es übrigens auch schon mit einem Puppenhaus für Erwachsene versucht. Es sah aber nach kürzester Zeit genauso unordentlich und chaotisch aus wie mein richtiges Zuhause, und da ich keine Lust hatte, auch noch dort aufzuräumen und den Staubsauger zu schwingen, hatte ich die Sache wieder aufgegeben. Lieber würde ich mich eines Tages dem Second Life im Internet hingeben. Dort musste man wenigstens keine echten Fettflecken wegwischen.

****

Ich mochte Karina Ix nicht zu Hause anrufen. Trotz ihrer offenen Art schien mir das zu aufdringlich. Im Kommissariat müsste ich mich durchstellen lassen, was ich grundsätzlich nicht mag. Diese kurze Pause, nachdem man seinen Namen gesagt hat. Ist man gut genug? Interessant genug? Wichtig?

Deshalb war ich froh, als sie mich von sich aus anrief.

»Und?«

»Nichts.« Es klang resigniert. »Keine Spur, weder eine heiße noch eine kalte. Die Hinweise aus der Bevölkerung werden allmählich weniger, zumal sie sowieso von Anfang an ziemlich dürftig waren. Obwohl sich alle anderen älteren Frauen in der Stadt um ihre Sicherheit sorgen, rufen sie nicht bei uns an. Es gibt viel zu viele Leute, die sich nicht an die Polizei wenden, wenn es sich vermeiden lässt.«

»Was haben die Überprüfungen von Frau von Theiss und Herrn Dr. Gleichsam ergeben?«

»Der Gleichsam hat jetzt doch noch einen Zeugen herbeigeschafft, einen etwas merkwürdigen Mann, der am frühen Abend im Hardtwald immer auf der gleichen Bank sitzt und raucht. Ein Herr Korb. Der wollte erst nicht recht raus mit der Sprache. Es hat sich herausgestellt, dass er seiner Frau seit Jahren erzählt, er müsse immer bis 17 Uhr arbeiten, aber eigentlich schon um 15 Uhr Dienstschluss hat und die zwei verbleibenden Stunden als willkommene Auszeit von der Familie sieht.«

»Und die andere? Frau Butter hat eine ältere Person gesehen. Frau von Theiss *ist* eine ältere Person, wenn auch eine Dame. Vielleicht hat sie sich als Mann verkleidet, als sie Frau Löber aufsuchte. Und sie hat kein Alibi.«

»Maren, es tut mir Leid, dich immer wieder ernüchtern zu müssen, aber im richtigen Leben verkleidet sich kein Mensch. Sie hat aber auch keinerlei Motiv. Sie kannte weder Frau Löber noch Herrn Konrad. In dem Secondhandladen hat man sie niemals gesehen. Wir haben ihre Putzfrau gefragt. Ihr ist weder jemals eine solche Tasche aufgefallen noch fehlt jetzt eine. Sie hat ihren A-Ausweis noch. Eine Schriftprobe von Frau von Theiss ergab keine Ähnlichkeit mit der in dem zerrissenen Schreiben, welches uns vorliegt. Es gibt keine Verbindung zu der *Badisch Art* und ihr.«

»Der einzige, bei dem es tatsächlich eine Verbindung gibt, ist dieser Schweickert. Er war immerhin früher Mitwirkender in der *Badisch Art.*«

»Auch nicht so erstaunlich. Dieser Kreis der fanatischen Badenversteher ist überschaubar. Und der hat sowieso ein unantastbares Alibi. Doppelkopfrunde. Wasserdicht. Und die fand zu Hause statt. Er ist geschieden, und seine neue Freundin scheint extrem aufmerksam, sprich eifersüchtig. Wusste über alles ganz einfach eine Spur zu gut Bescheid. Jedenfalls hat sie ihn lückenlos überwacht. Der hätte nicht mal pinkeln gehen können, ohne dass sie die Zeit dabei abnahm. Ich wette, die zählt sein Geld nach und die Streichhölzer und macht seine Post auf. Übrigens eine Art Kollegin: Politesse.«

Schweigen.

Na dann. Aber warum werden Frauen *so*?

»Wir vermuten nun mehr und mehr, dass der Mord an Frau Löber nichts mit der Tasche zu tun hat, sondern ein gewöhnlicher Raubmord war, bei dem der Täter die Nerven verloren hat. Er hat nichts gefunden, was von Wert war, hat deshalb die Aktentasche mitgenommen, die Herr Konrad gerade erst gebracht hatte. Der Muff mag daneben gelegen haben und nach Nerz ausgesehen haben. Ein Raubmord mit zugegebenermaßen ungewöhnlichen Vorzeichen.

Ich hatte mich zuerst auch auf die Tasche konzentriert, aber hier kann es sich um einen Zufall handeln. Der einzige, den wir noch nicht so ganz vom Haken lassen können, ist dein Herr Konrad. Die Sache in Frankreich gefällt mir nicht. Dreimal Witwer, Unfälle, Krankheiten und bei allem Unglück doch dreimal geerbt. Das hat ein G'schmäckle, wie unsere schwäbischen Freunde sagen würden.«

11. Kapitel

Theo und ich saßen uns mit gezückten Messern gegenüber. Eine Anstandsminute musste drin sein, bevor wir uns aufs Buffet im Novotel stürzten. Sonst würden wir zu gierig wirken. Sie nannten es Langschläferfrühstück, aber wir hatten uns trotzdem bereits um neun Uhr dort eingefunden, eingedenk der Tatsache, dass Frühstücksbuffets mit den fortschreitenden Morgenstunden unansehnlicher werden. Wir bemühten uns müde und etwas gezwungen um die Konversation ›davor‹, damit man uns nicht gleich ansah, dass wir eigentlich eher selten in den Genuss eines solch üppigen Frühstücks kamen.

»Ich hätte dich übrigens beinahe in einer Zeitschrift gesehen. In der BUNTE.«

»Seit wann liest du so etwas? Hast du nicht Angst, du steckst dich mit dem Virus Regenbogenpresse an?«

Theo gähnte. »Es war bei unserem Südstadtfriseur. *Sexy Lady.* Schrecklicher Name. Als Mann traut man sich kaum in den Laden. Die Chefin dort ist wie verrückt nach solchen Heften. Ich habe schon versucht, sie umzuerziehen – habe ihr etwa eine wunderschöne Gesamtausgabe Martin Walser angeboten, doch sie sagt, sie tanzt nicht gerne.«

Es war wohl zu früh am Morgen für solche Wortspiele. Ich starrte ihn an.

»Walser – Walzer!« »Ach so.«

Theo fuhr fort: »Die haben in diesem Heft immer einen kleinen Teil zum Schluss, wo sie gesellschaftliche Highlights mit Gästeliste bringen, und da hatte auch dein Event auf dem Schloss im Kraichgau einen bescheidenen Raum gefunden. Leider warst du zwar unter den Gästen, aber nicht auf dem Foto. Mit so etwas könntest du nämlich Werbung machen.« Er unterdrückte ein Gähnen.

Ich gähnte auch. »Werbung! Ich erkenne dich nicht mehr wieder. Allmählich nähert ihr euch an, Matthias mit seinen 1001 Kontakten und du.«

»Niemals!«, erklärte Theo feierlich. »Er ist mein Konkurrent um dein Herz.«

»Ach, Theo!«, seufzte ich. »Wenn ich dir mein Herz schenken würde, du würdest nicht wissen, was du damit tun solltest. Wir würden uns nicht verstehen. Stell dir vor: Ich bin die Frau, die ab und zu sogar ein Buch *wegwirft.*«

Wortloser Vorwurf.

»Theo, sieh mich nicht an, als hätte ich gerade Kindstötung gestanden.« Er schwieg. Ein blöder Vergleich, dachte ich und verfiel auch in Schweigen.

»Gehen wir also.« Theo stand auf. Er hatte sich zur Feier des Tages in eine blaue Cordhose geworfen, und ich führte den kurzen schwarzen Blazer aus, den ich immer bei der Auftragsakquisition zu tragen pflegte.

Zwischen Obstsalat, Müsli und dem ersten Schluck Kaffee begann ich: »Der Handschriftenstreit, Theo.«

»Ja, er tobt. Nunmehr im Stillen, aber die grundsätzliche Frage ist immer noch nicht geklärt. Du weißt vielleicht, dass letztes Jahr im September eine Zeitungsmeldung Furore gemacht hat: Die Landesregierung plane Handschriften im Wert von 70 Millionen Euro aus dem Bestand der Badischen Landesbibliothek herauszunehmen und zu verkaufen, um die ungeklärten Eigentumsansprüche des 1918 abgedankten Hauses Baden zu befriedigen, die sich ansonsten auf bis zu 300 Millionen Euro belaufen könnten. Man wolle einen unsicheren Rechtsstreit vermeiden und daher diese Schriften opfern. Mit dem Geld sollte Schloss Salem, das der Familie seit 1802 gehört, restauriert werden. Über dem seriösen Haus Baden, das in der Öffentlichkeit vielleicht aus gewissen guten Gründen eher bescheiden auftritt, schwebt nämlich seit langem der Pleitegeier als zukünftiges Wappentier.«

»Weiter!«

»Natürlich ging ein Aufschrei durch die Fachwelt. Die Bestände der Badischen Landesbibliothek sind hervorgegangen aus der früheren Großherzoglichen Bibliothek und aus dem Säkularisationsbestand von 27 Klöstern von 1803 bis 1806. Mich darfst du nicht fragen, ich bin parteiisch, aber es sind einfach tolle Sachen darunter – wie das Stundenbuch von Christoph I., ›Durlach I‹ genannt. Außerdem wertvollste Handschriften von der Insel Reichenau sowie seltene hebräische und orientalische Stücke, gesammelt im 17. Jahrhundert. Der geplante Verkauf ist besonders skandalös, wenn man bedenkt, dass die Karlsruher Bibliotheksgesellschaft sowie der Steuerzahler viel Geld und Mühe investiert haben, die Stücke zu restaurieren und zu katalogisieren. Davon sollten jetzt also unbekannte Millionäre irgendwo in Japan und den USA profitieren, die sich diese kleinen ›German Kostbarkeiten‹ in einen Safe legen wollen, um sich daran zu erfreuen, um es mal vornehm auszudrücken. Man könnte auch andere Worte finden, aber die verwende ich nicht in Gegenwart einer Dame.«

Auf Theos ansonsten bibliophil blassen Wangen hatten sich rote Flecke äußerster Erregung gebildet. Wenn er sogar an Worte dachte, die er nicht in Gegenwart einer Dame, also in meiner, verwenden wollte, dann musste es ihm wirklich ernst sein.

»Man könnte den Erwerb der Handschriften aus der Landesstiftung bezahlen, die übrigens großteils aus dem Erlös des Badenwerks hervorgegangen ist. Als sich die Schwaben dieses Unternehmen eingesäckelt haben, hieß es nämlich: Wir sind doch ein Ländle! Es gehört doch alles uns zusammen. Aber das ist wieder ein anderes Thema, über das man sich als Badener stundenlang verbreiten könnte. Zurück zu den Handschriften. Warum badisches Kulturgut verscherbeln, wenn man andere Lösungen für die Finanznöte der Herren in Salem finden könnte?«

»Warum macht die Landesregierung dieses Spiel mit?«, fragte ich.

Theo zuckte die Achseln. »Diese Leute mit dem *von* vor ihrem Namen haben noch Macht, auch wenn man sie im Alltag nicht sieht. Und ich glaube *nicht*, dass sie ihre Interessenvertreter unbedingt bei Linken, Nihilisten, Grünen oder den Wohlfahrtsverbänden sitzen haben. Und ich denke, zu Stuttgart und unserem Ministerpräsidenten hat man einen besonders guten Draht.«

Ich dachte an die Sitzung der *Badischen Freiheit* und beschloss, dass ich einen Sekt brauchte. Die Flasche stand unberührt in ihrem Eisfach. Noch nie hatte ich bei Frühstücksbuffets wirklich jemanden Sekt trinken sehen. Deshalb rannte der Lehrling, den ich darum bat, er möge mir die Flasche öffnen, auch ganz verschreckt davon, um seinen Chef zu holen. Von irgendwoher erschien schließlich ein kleines Gläschen Sekt. Der Lehrling stellte es vor mich hin und verschwand, als habe er einen Geist gesehen.

»Besonders lächerlich wurde die Sache, als die Landesregierung in ihrem vorauseilenden Gehorsam gegenüber den ehemaligen Fürsten soweit ging, ein Gemälde – nämlich die berühmte Markgrafentafel von Hans Baldung Grien – zu kaufen, das längst dem Land gehörte. Muss ich mehr sagen? Ich sage nur, die Franzosen haben damals kurzen Prozess mit ihren Aristokraten gemacht …«

»Theo!« Ich sah mich vorsichtig um. Sektvernichter und Anarchisten. Sie würden uns hier bald Hausverbot erteilen.

Theo prostete mir mit ungewohnter Lockerheit zu und grinste so umstürzlerisch, wie es ein kleiner Antiquar aus der Karlsruher Südstadt eben fertig bringt.

****

Ich traf Herrn Konrad, als er vom Einkauf beim Drogerieladen am Werderplatz kam. Hätte ihn seine Damenriege so gesehen! Wenig erotisch anzusehen, schleppte er eine Riesenpackung Toilettenpapier sowie ziemlich preiswertes Rasierwasser mit sich herum.

»Ach, Fräulein Maren«, beklagte er sich und ging nunmehr zum vertraulichen Vornamen über, wobei mir auffiel, dass er mich bisher bei fast jeder Begegnung anders angesprochen hatte. »Als ich zu Ihnen kam, hatte ich lediglich das vage Gefühl, ich würde verfolgt. Und jetzt weiß ich es genau: Es ist die Kripo. Sie ziehen überall Erkundigungen über mich ein. Unterhalten sich mit meinen Frauenbekanntschaften, mit meinen ehemaligen Nachbarn, schnüffeln Details über meine Ehe aus. Man müsste Jesus sein, um solche Nachforschungen unbeschadet zu überstehen. Mein Gott, natürlich haben wir uns mal gestritten. Auch um Geld. Um was, frage ich Sie, streitet ein Ehepaar, wenn nicht um Geld!«

»Keine Ahnung. Ich war noch nie verheiratet, aber mit meinen Freunden konnte ich mich über schlichtweg *alles* streiten. Es hängt, so wie ich das verstehe, alles an Ihrem Alibi für den Nachmittag. Sie waren mittags für etwa eine Stunde bei Frau Löber, dann sind Sie ungefähr um drei bei mir gewesen, um mir zu sagen, dass Sie sich nicht mehr beobachtet fühlten. Zwischen zwei und drei ist Frau Löber umgebracht worden. Und für diese Zeit haben Sie kein Alibi.«

Er seufzte und stellte seine Klorollen ab.

»Wie soll ich ein Alibi haben? Ich gehe zu einer Bekannten zum Kaffeetrinken. Würde gerne bleiben, aber sie ist müde, will sich hinlegen. Also gehe ich und laufe einfach ein wenig durch die Stadt, wie es meine Art ist. Ich *muss* einmal am Tag durch die Läden laufen. Wie meine Mutter selig bin ich ein Stadtmensch. Zuerst bin ich ein wenig ums ZKM herumgestreunt und habe mir das Kinoprogramm für die nächste Woche geholt. Dann bin ich in die Innenstadt gefahren.«

Echte Verzweiflung stand in Herrn Konrads Gesicht.

»Wissen Sie, diese jungen Kripoleute haben keine Ahnung, wie man sich fühlt, wenn man alleine ist. Und nicht nur das: Als älterer Mensch alleine. Da hat der Tag achtzehn Stunden, die man füllen muss. Von außen kommt ja nichts. Kein Chef, keine Kunden. Keine Kollegen. Wenn du mit jemandem reden willst, musst du dir Mühe geben. Rausgehen. Da ist man froh, dass es das ECE-Center und die Postgalerie gibt. Ich habe mich also in die Postgalerie gesetzt. Oben in das Eiscafé, direkt am Rand. Da beobachte ich die Leute, die aus dem Saturnmarkt kommen. Viele haben große Tüten mit Computern. Oder Handys. Oder DVD-Geräten. Oft frage ich mich, ob sie sich das leisten können, was in diesen Tüten ist.«

Eine lange Rede. Ich war geneigt, ihm zu glauben. Ein Tag ohne Pflichten kann verdammt lang sein. Er interpretierte mein Schweigen falsch. »Ich hatte doch gar keinen Grund, die Irma umzubringen!«

Was war mit Le Touquet und Irma Löbers Nachforschungen dort? Doch ich sagte es nicht. Stattdessen fragte ich ihn spontan und direkter, als es sonst meine Art war: »Hat Sie Ihnen jemals Geld aus ihrem Privatvermögen geliehen?«

Es war nur so ein Gedanke gewesen, aber er traf fatalerweise ins Schwarze. Herr Konrad zuckte zusammen. Sein Gesicht war jetzt nicht mehr mitleidheischend, sondern böse.

»Jetzt fangen Sie auch noch an? Glauben Sie, ich bringe jemanden wegen tausend Euro um?«

Und nicht zum ersten Mal, seit es den Fall ›Irma Löber‹ gab, sah ich den netten heiteren Herrn Konrad in einem anderen, einem kälteren Licht und fröstelte wieder.

Dennoch hatte ich noch einen Frage an ihn, erhoffte mir allerdings nicht viel von der Antwort. In diesem Mordfall schien es keine Antworten zu geben, die zu etwas anderem führten als nur zu neuen Fragen.

»Dieser Knut Schweickert, der früher bei Ihnen in der Gruppe *Badisch Art* war ...«

»Ja, was ist mit ihm? Mieser Schauspieler. Anders als ich, darf ich sagen ...« Herr Konrad brach ab.

»Wie würden Sie den beschreiben? Was für ein Mensch ist er?«

»Ich würde ihn als potentiell gefährlich einstufen. Die *Badische Freiheit*-Leute sind eigentlich nicht rechtsgerichtet, aber wenn es nach ihm ginge, wäre das anders. Ein Fanatiker. Und wofür solche Typen fanatisieren, ist ihnen fast egal. Bei uns war er jedenfalls ein ewiger Unruhestifter.«

Es war zu dumm. Der einzige, der die Klammer bildete zwischen *Badisch Art*, der Ermordeten, dem Inhalt der Aktentasche und diesem Badener Grüppchen, hatte ein Alibi. Von dem ich sehr gut wusste, wie sicher es war. Ich spiele in einer sehr lockeren Rommeerunde mit, die sich nur höchst selten trifft, aber man merkt sehr genau, wenn einer aufsteht, rausgeht und länger wegbleibt als die übliche Zeit, die man braucht, um auf die Toilette zu gehen.

»Danke, Herr Konrad. Und ... ich meine, was ist mit dem Kellner, der Sie in dem Eiscafé in der Postgalerie bedient hat? Haben Sie dort selbst mal nachgefragt?«

Er sah mich mit einem Ausdruck verärgerter Ungeduld an.

»Gehen Sie mal in den Laden. Alle paar Minuten wechseln die Leute an den Tischen. Dazu haben sie noch den freien Eisverkauf. Das können Sie vergessen. Und diese Italiener schauen einem sowieso nicht ins Gesicht, sondern nur haarscharf in den Geldbeutel. Das ist bei denen genetisch angelegt.«

Herr Konrad seufzte und griff nach seinen Klorollen.

****

Elfie belästigte mich schon wieder mit ihrer Hochzeit. Diesmal mit der Hochzeitstorte.

»Wir stellen uns etwas Modernes vor. In Freiburg gibt es einen Bäcker, der bringt Gemälde von Picasso und anderen Malern der Moderne auf die Torte. Ich bin für Klimt, aber Melchior liebt Chagall. Was meinst du?«

»Ich würde die Bauernhochzeit von Brueghel nehmen. Ehrlich, Elfie, dies scheint mir ein unüberwindlicher Gegensatz zwischen euch beiden. Ich habe übrigens gelesen, dass die Tradition der Hochzeitstorte aus dem 1. vorchristlichen Jahrhundert kam und dass man ursprünglich mit der Torte nach der Braut warf.«

»Untersteh dich!«

»Was gibt es Neues im Fall ›Irma Löber‹?«

»Ich denke, du verstehst dich so gut mit Frau Kollegin Ix?«

Ich schwieg. Elfie wartete einen Moment, dann sprach sie mit der für sie in letzter Zeit typischen tieferen Stimmlage.

»Ich war heute bei der Morgenbesprechung dabei. Du weißt sicher schon Bescheid über Frau Butter?«

»Nein.«

Schmerzlich wurde mir in dem Moment wieder klar, dass ich bei all diesen Ermittlungen immer nur am Rande stand. Ich sollte mich – verdammt noch mal – endlich um meinen eigenen Kram kümmern.

»Die Ix-Leute haben sie also doch nochmals aufgesucht. Nach deiner bewährten Aussage. Aber sie hat alles abgestritten. Sie habe keine ältere Person, weder Mann noch Frau, ins Haus gehen sehen. Glaubhaft hat sie versichert, sie habe in der Tatzeit tatsächlich aus dem Fenster geschaut, da sie auf einen Gasthund gewartet habe. Und es sei außer dem Mann von Bofrost niemand ins gegenüberliegende Haus gegangen. Äußerst erstaunt war sie sogar, als man ihr vorhielt, zu einer außenstehenden Person von einem älteren Herrn gesprochen zu haben.«

Das Wort außenstehend zog Elfie genüsslich in die Länge.

»Elfie, diese Frau lügt. Sie will einfach nichts mit der Polizei zu tun haben. Irgendeine alte Sache. Das hat sie mir ganz offen gesagt. Wahrscheinlich weil sie annahm, dass ich wie jeder normale Mensch auch nichts mit der Polizei zu tun haben will.«

»Wie man sich täuschen kann, hm? Nun gut. Nichts mit der Polizei zu tun zu haben und auf die Drohung, unter Eid aussagen zu müssen, ebenfalls zu lügen, sind zwei verschiedene Paar Schuhe. Ich denke, sie wollte sich wichtig machen. Ein bisschen angeben. Mehr sein, als man ist.« Elfie räusperte sich, damit ich ausreichend Gelegenheit hatte, mir zu überlegen, ob dieses Symptom etwa auch auf mich zutraf. »Damals, als sie mit dir geredet hat, war das eben so.«

Nachdenklich betrachtete ich den Hörer, aus dem Elfies Stimme kam.

»Warum sollte sie das tun? Warum sollte sie sich bei mir – einer vollkommen Unbekannten – wichtig machen wollen? Es klang verdammt realistisch, was sie mir berichtet hat.«

»Das weiß ich nicht. Vielleicht ist auch inzwischen dein Wunsch, bei einem Kriminalfall erfolgreich mitmischen zu können, derart ausgeprägt, dass du den Leuten die Worte geradezu in den Mund legst. Könnte das sein?«

»Nein!«, erwiderte ich so heftig, dass Nessie neben mir zusammenzuckte. »Das könnte eben nicht sein. Ich habe mein eigenes Selbstbewusstsein. Ich muss mir nicht durch einen Beamtenstatus erst eine Dienstwaffe und dann einen Ehemann erschleichen. Und pass du nur auf, dass ich dir nicht wirklich deine alberne Hochzeitstorte hinterherwerfe.«

Seit Elfie Heiratspläne in Sachen Melchior schmiedete, war sie unnatürlich sanft und lieb gegenüber meinen Wutausbrüchen. Es war die Sanftheit der Siegerin.

»Beruhige dich doch wieder, Maren. Ich will dir ja nichts unterstellen. Vielleicht hast du dich nur verhört, hm?«

Ich hasse es, wenn man so betulich mit mir spricht, als sei ich eine Kranke, die Schonung braucht. Deshalb legte ich einfach auf, schnappte meinen ergeben dreinschauenden Hund, stieg ins Auto und quälte mich durch die Stadt bis ins belebte Mühlburg. Bediente die geniale Brötchentaste ohne schlechtes Gewissen. Nahm Kurs auf die Nuitsstraße.

Frau Butter musste zu Hause sein, denn ihr Fenster war offen. Dies war wirklich ein Frühjahr, in dem man mit offenem Fenster sitzen konnte. Ich genoss es, denn ich hasse Kälte und ertappe mich immer öfter dabei, wie ich – politisch inkorrekt – die Klimakatastrophe mit Erderwärmung ganz sympathisch finde. Frau Butters Stimme drang knatternd durch die Sprechanlage zu mir.

»Ja? Wer?«

»Ich komme wegen des Hundes. Wegen eines Hundes. Wochenendbetreuung.«

Eine misstrauische Pause. Nessie bellte. Dies schien Frau Butter von der Wahrheit meiner Ausführungen zu überzeugen.

Ich hakte Nessie von der Leine, und sie rannte wie ferngesteuert auf ihren kurzen Beinen die Treppe hinauf zu Frau Butter, die in ihrer Tür lauerte.

Im Treppenhaus roch es nach Essen. Irgendwo lachten Fernsehgestalten.

Kaum hatte mich Frau Butter gesehen, wollte sie die Tür zuschlagen. Doch sie hatte Pech. Nessie, gewöhnt, dass jeder mit dem Aufschrei »wie süß!« Herz und Tür öffnet, tobte bereits bei Frau Butter in der Wohnung herum.

»Sie? Sie haben mir die Polizei auf den Hals gehetzt! Das waren doch Sie, oder?« Sie musterte mich scharf. »Machen Sie, dass Sie fortkommen. Und du auch raus! Raus!«

Nessie reagiert nicht auf das Wort »Raus«. Vor allem nicht, wenn es so herrliche Stofftiere gibt, die man vom Sofa reißen und schütteln kann. Und die noch dazu nach anderen Hunden riechen.

»Darf ich hereinkommen und mein Tier holen?«

»Raus!«, kreischte sie. »Verschwinden Sie!«

Nun musterte ich mein Gegenüber. Sie schien mir blass und angespannt. Vielleicht ein wenig zu angespannt angesichts der Tatsache, dass die Polizei sie lediglich als harmlose Zeugin eines Mordes verhört hatte.

»Ich wollte fragen, wieso Sie behaupten, Sie hätten zur Tatzeit keinen alten Herrn ins Haus gegenüber gehen sehen.«

»Ich *habe* keine alten und auch keine jungen und auch keine mittelalten Leute gesehen.« Das hörte sich an, als spräche sie von Goudakäse.

»Warum haben Sie es dann mir gegenüber behauptet?«

»Ich habe mich geirrt. Kann man sich denn nicht mal irren? Ich habe Brillenstärke fünfeinhalb. Mindestens. Und jetzt gehen Sie sofort, oder ...«

Es war klar, dass sie keine richtigen Drohmittel zur Hand hatte, denn nach der Polizei zu rufen schien hier nicht angebracht.

»Hat Ihnen vielleicht jemand nahegelegt, Sie sollen sich nicht erinnern?«

Sie hielt inne in ihrem hilflosen Versuch, meinen Hund aus der Wohnung zu scheuchen. Nessie bedauerte, dass das lustige Spiel vorbei war, und knurrte auffordernd.

»Wer sollte mir denn so etwas gesagt haben? Natürlich nicht.«

Ach, liebe Frau Butter, dachte ich. Du lügst so schlecht. Andererseits war da aber etwas Hartes in ihren Augen, das mir verriet: Frau Butter würde bei ihrer Lüge bleiben. Definitiv.

Ich griff Nessie und leinte sie an. Sie schnappte nach mir.

»Ich lasse Ihnen meine Telefonnummer da.« So hatte ich es in amerikanischen Filmen gesehen. »Wenn Sie es sich noch anders überlegen, sagen Sie Bescheid. Ich würde sehr gerne genauer wissen, wie diese Person ausgesehen hat.«

Nessie warf einen letzten bedauernden Blick auf die so herrlich zerwühlte Couchlandschaft mit den Tieren und den Zeitschriften.

Erst als ich schon wieder draußen war, fiel mir ein, dass ich vergessen hatte, Frau Butter zu fragen, seit wann sie diesen großen teuren Flachbildfernseher hatte.

12. Kapitel

Als ob der Fall Irma Löber sich von mir offiziell verabschieden wollte, kam es am frühen Abend zu einem äußerst unerfreulichen Treffen, das mein Feind, der Zufall, arrangiert hatte. Ich lief von der Stadtbibliothek in Richtung Badische Landesbibliothek – die ich jetzt noch mehr achtete, seit ich wusste, welche Schätze dort lagen – als ich sie sah. Alle drei, halbwegs einträchtig: Karina Ix, Elfie und Melchior.

Mein Melchior. Mein ehemaliger Melchior. Das Trio saß im Freien. Es war zwar mild, aber immerhin erst April. Wollten sie sich auf Staatskosten erkälten? Mit ihrem Polizistenweitwinkelblick hatten sie mich sofort bemerkt. Als Melchior mich näherkommen sah, stand er auf, deutete eine Verbeugung an und behauptete mit einem verlegenen Lächeln, ich sähe gut aus. Melchior war eigentlich ein aufrichtiger Mensch, aber ich wusste, dass er diesmal log.

»Danke. Aber ich fühle mich nicht meinem Aussehen entsprechend.«

Er setzte sich wieder. Seine grünbraunen Augen hielten sich in meinem Gesicht fest, als fürchteten sie, über meinen Körper zu gleiten. Den Körper, den er so gut kannte. Mein Herz machte dieses Theater nicht mehr mit und versuchte mit schnellerem Schlag der Sache zu entrinnen.

Ich atmete tief ein. »Was macht ihr hier?«

»Sie tun, wofür sie bezahlt werden«, kam es sachlich von Melchior. Jetzt stand er wieder auf. »Ich lasse euch drei alleine. Wenn ich mich recht erinnere, gibt es ein paar Buchläden auf der Kaiserstraße.« »Ja, mehrere«, zirpte Elfie in einer für sie untypischen Stimmlage und versuchte es wie eine Verheißung klingen zu lassen. Melchior reichte mir seine kühle Hand. »Wir sehen uns, Maren.«

Elfie betrachtete mich misstrauisch. Dann war er gegangen und der Spuk vorbei. Mein Herz schaltete auf Normalbetrieb.

Die beiden Frauen hatten jede eine Art Agenda samt Kugelschreiber vor sich liegen sowie ihre Kripoeinheitshandys. Elfie wirkte wieder wie Elfie und sagte leutselig: »Maren, bleib ruhig noch etwas da. Du kannst mit uns feiern. Es sieht aus, als sei der Fall Löber gelöst.«

»Wie bitte?« Das war schnell gegangen. In der Zeitung hatte noch nichts gestanden.

»Und stell dir vor – ganz ohne deine Hilfe.« Das konnte sich Elfie-Noch-Kohlschröter nun doch nicht verkneifen

»Und tatverdächtig ist kein alter Mann oder eine alte Frau, sondern ein junger Mann mit Migrationshintergrund.«

Es dauert immer eine Weile, bis ich kapiert habe, dass es sich bei jemandem mit derart komplizierter Bezeichnung um einen Ausländer handelt.

»In Mannheim, gestern geschnappt, als er in dem Stadtteil Vogelstang eine Rentnerin in ihrer Wohnung aufgesucht hat, unter dem Vorwand, Geld für ›aufblasbare Krankenwagen in Afrika‹ zu sammeln ...« Elfie kicherte albern. Das hatte sie früher nicht getan.

»Und dann?«

»Dann hat er nach ihrer Handtasche gegriffen, die neben der Tür an der Garderobe hing, ganz ähnlich der Einrichtungssituation bei Frau Löber. Sie hat sich ebenfalls gewehrt, und er hat sie mit einer Lampe niedergeschlagen. Hat knapp überlebt. Konnte zur Tür kriechen. Die Nachbarn waren da und auf Zack. Fahndung ging sofort raus. Auf der Autobahn nach Frankfurt haben sie ihn gefasst.«

»Hat er den Mord in Karlsruhe gestanden?«

»Träum weiter, Maren. Natürlich *nicht*. Aber er hat kein Alibi für den betreffenden Nachmittag. Er ist nachweislich des öfteren in Karlsruhe gewesen. Hat hier eine Weile für einen Altpapierhändler gearbeitet und hat noch Kumpels hier. Als er für diesen Altpapierheini gearbeitet hat, hat er wahrscheinlich gute Adressen ausgekundschaftet. Und deine Frau Butter sagt ja, dass ein junger Mann ins Haus gegangen sei.«

»Der aber offenbar der Freund der kranken Frau im ersten Stock ist.«

»Wir werden sehen, ob sie das beschwören kann. Dieser bewusste Freund sagt nämlich, er glaube zu einem späteren Zeitpunkt bei seiner Bekannten gewesen zu sein. Außerdem wird Frau Butter das gegenüberliegende Haus nicht jede einzelne Sekunde beobachtet haben. Vielleicht wollte sie das Radio leiser stellen oder sie musste zur Toilette gehen.« Karina Ix schmunzelte. »Außer in Kriminalromanen habe ich noch niemanden erlebt, der ein Nachbarhaus lückenlos im Auge hat.«

»Und was ist mit dem älteren Mann, den sie gesehen hat?«

»Gesehen haben will. Wir haben für seine Existenz keine weiteren Anhaltspunkte. Vielleicht wollte Frau Butter dir gegenüber geheimnisvoll tun oder interessant erscheinen, indem sie quasi einen Unbekannten ins Spiel brachte. Oder sich einfach einen Spaß machen. Krimi spielen.«

Karina sagte es fast tröstlich im Unterschied zu der triumphierenden Schlange neben ihr.

Ich schüttelte den Kopf. Die beiden staatstragenden Damen musterten mich mit warmem Verständnis.

»Karina, ich bin mir sicher. Diese Frau lügt. Irgendetwas stimmt nicht mit dieser Frau Butter. Ich glaube, dass jemand ihr Geld ...«

Karina lächelte, wie man einem Kinde zulächelt.

»Diesen Herrn Konrad und seine Frauen werden wir uns aber trotzdem noch mal genauer anschauen«, drohte Elfie.

Karina klopfte an ihre Espressotasse. »Friede. Jetzt genießen wir erst mal die Sonne. Wie geht es Nessie?«

»Ich glaube nicht an den Ausländer in Mannheim.«

»Ausländer sagt man nicht. Komm. Trink was mit uns«, meinte Elfie und winkte dem Kellner mit italienischem Migrationshintergrund. »Sei eine gute Verliererin.«

Und sie meinte wohl mehr als nur einen Kriminalfall damit.

ZWEITER TEIL
September 2007

1. Kapitel

Einige Monate waren vergangen.

Es war Hochsommer geworden, doch er war unweigerlich wieder am Verblassen, denn mancher Morgen mutete beinahe herbstlich an. Die jungen Mädchen radelten trotzdem noch in bauchfreien T-Shirts an mir vorüber zum Schwimmbad. Matthias, mit dem ich aus Mangel an männlichen Begleitern gelegentlich etwas unternahm, sah es mit berufsbedingtem Misstrauen. »Die kriegen alle eine Nieren- oder Unterleibsentzündung. Krankenhaus, wenn der Beitragszahler Pech hat. Bei noch größerem Pech – Unfruchtbarkeit. Das bedeutet teure Hormonbehandlungen, die nichts bringen, und zum Schluss Therapeuten wegen Depressionen. Stichwort unerfüllter Kinderwunsch. Psychotherapeuten, Hypnose, Gestalttherapie – die ganze Palette ...«

Wenn ich noch länger gezwungen war, meine Freizeit mit Menschen wie Matthias zu verbringen, brauchte ich auch bald eine Therapie.

Meine Gedanken versuchten sich auf neue Ahnenforschungsaufträge einzupendeln, doch es fiel mir schwer. Ein Metzger aus Oberkirch wollte wissen, ob seine Vorfahren auch schon Metzger gewesen waren, und eine 100jährige wünschte einen Stammbaum für ihren Geburtstag. Im Unterschied zu dem der Lingenbergs sah ihrer klar und knapp aus wie die chemischen Symbole für ein einfaches Molekül. Nur immer ein Kind pro Generation. Chemische Formel ... woran erinnerte mich das? Keine Ahnung. Unter dem Berg von Enttäuschungen, die ich zu verdrängen hatte, schien auch mein Erinnerungsvermögen gelitten zu haben.

Von dem Mordfall Irma Löber hatte ich nicht mehr viel gehört. Es kamen die üblichen Verlautbarungen: Man arbeite daran. Man sei mit weiteren Ermittlungen beschäftigt. Für einen angeblich gelösten Fall kam mir das eigenartig vor, doch es gab niemanden, den ich fragen konnte.

Herr Konrad wurde offenbar noch zweimal einbestellt. Wenn ich ihn sah, winkte er mir zu, doch deutlich weniger gut gelaunt als früher. Die Aufführung seines badischen Theaterstücks war im Übrigen verschoben worden.

Von Karina Ix hörte und sah ich nicht viel. Fortbildungen, Krankheit, Urlaub. Ein paar Mal hatten wir Kaffee getrunken, doch sie hatte jeglichen Hinweis auf den Fall Löber vermieden und vom Thema abgelenkt, wenn ich sie danach fragen wollte. Irgendwann sagte sie, so als sei das eine Erklärung: »Mein Chef ist aus der Kur zurück!«

Elfies und Melchiors offizielle Verschmelzung am 29. September rückte näher. Mein eigener Jubeltag am 21. Oktober damit auch. Maries Traumhochzeit lag zwar noch in weiterer Ferne – im Dezember, doch warf sie natürlich aufgrund ihrer dynastischen Besonderheit weite Schatten voraus. Schließlich taten sich hier nicht einfach nur Herr Schmitt und Frau Maier zusammen, sondern Feines kam zu Edlem.

Deshalb erwartete ich auch neue Enthüllungen aus der Welt der zeremoniellen Vorbereitungen, als mich Marie eines Morgens Anfang September anrief und um einen Mittagessenstermin in ihrem bevorzugten Restaurant am Ludwigsplatz bat.

Ihre Stimme hatte besorgt, beinahe bedrückt geklungen. Eigentlich tendierte meine Bereitschaft, mir die Hochzeitsvorbereitungen meiner Freundinnen bis ins Detail ausmalen zu lassen, allmählich gegen Null, aber andererseits hatte sie mich eingeladen und mir einen interessanten allein stehenden Tischherrn versprochen.

Marie erschien gepflegt und spätsommerlich in Olivgrün und war daher perfekt getarnt. Säße sie unter einem Sommerbaum, hätte man sie glatt übersehen können. Sie hatte nicht nur am Telefon besorgt geklungen, sie sah auch jetzt ernst aus – was ihr natürlich sehr gut stand. Marie stand jede Lebenssituation gut.

»Was möchtest du? Ich nehme nur Salat. Tomate und Mozzarella. Büffelmozzarella natürlich, und dazu ein wenig Brot. Sie nehmen doch Balsamico Crema?« Die Bedienung nickte ergeben. »Und noch eine Orangina, bitte!« Die Bedienung nickte wieder ergeben.

Ich überwand mein Misstrauen gegenüber Tomaten im Allgemeinen, die ich meistens als rote Geschmacklosigkeit fürchten gelernt hatte, und bestellte das Gleiche.

Marie eröffnete unsere Unterhaltung mit einer Salve ihrer für sie typischen Konditionale. Ich konnte nur hoffen, dass sie sich bei ihrem Jawort auf Ja beschränkte und nicht auf eine Eventualklausel verweisen würde.

»Maren, es sieht aus, als hätte ich ein kleines Problem, und ich könnte mir vorstellen, dass du mir behilflich sein würdest, wenn es in dein Zeitfenster passen sollte.«

»Möchtest du deine Ahnenreihe aufpeppen? Soll ich in dir ein bisschen blaues Blut aufspüren, damit du aufrechter zum Altar schreiten kannst?«

»Nein, das ist nicht nötig. Bernhard ist anders als seine Eltern. Nicht so elitär. Lockerer. Und seine Mutter ist ja eigentlich auch irgendwie bürgerlich, wenn sie auch aus einer sehr angesehenen Medizinerfamilie stammt. Onkel, Tanten, Cousins – alle Ärzte. Professoren. Einer hat ein Labor und verdient so viel, dass er überall auf der Welt Häuser sammelt.«

Nettes Hobby. Und man findet im Alltag so viele Gleichgesinnte.

Marie atmete tief ein. Dann sah sie mich waidwund an.

»Was jetzt kommt, hört sich wahrscheinlich ziemlich seltsam an. Ich war letztes Wochenende bei den Eltern meines – Verlobten eingeladen, das hatte ich dir erzählt. Ich war natürlich schon öfters dort. Zum Tee. Einmal zum leichten Gabelfrühstück, und ich treffe sie gelegentlich bei gesellschaftlichen Anlässen. Wir sind mehrfach essen gegangen, drei Sterne, waren in Ausstellungen und in der Kirche, und einmal wurde ich zum großen Tee im Garten eingeladen, aber nun war ich zum ersten Mal einen ganzen Tag dort. Und die Nacht. In getrennten Räumlichkeiten.«

Marie errötete unzeitgemäß.

»Mittags, nach dem Essen, ist es dort Sitte, dass man sich hinlegt. Sie nennen es zurückziehen, was viel besser klingt als hinlegen. Würdest du das auch finden?«

Ich fand das auch.

»Ich bin in den Gartenanlagen spazieren gegangen. Sehr hübsch. Englischer Stil, aber die Familie hat ja auch möglicherweise gewisse Verbindungen ins engl...« Marie brach wieder genau dann ab, wenn es anfing spannend zu werden. Sie machte eine Pause. Finster musterte sie den Plebs, der an uns vorüberzog und sich wahrscheinlich des Nachmittags auch eher profan hinlegte als zurückzog.

»Ich bin also spazieren gegangen.«

»Wo war denn dein Verlobter?«, unterbrach ich.

»Er war mit seinem Onkel und der Tante im Salon. Die beiden haben immer viel Fachliches zu besprechen. Gut, also, man hat sich zurückgezogen, ich bin spazieren gegangen und dann habe ich diese wunderhübsche Katze gesehen. Meine Schwiegermutter hat panische Angst vor Hunden, liebt aber Katzen. Sympathischer Zug, finde ich.«

»Aha. Ich nicht!« Noch wusste ich nicht so recht, worauf meine Freundin hinauswollte. Sie hatte eine Katze gesehen. Na schön. Nessie beispielsweise sah auch gerne Katzen. Vor allem, wenn sie mit 50 Stundenkilometern die Flucht ergriffen.

»Es war eine Glückskatze. Dreifarbig. Oder sogar vier, wenn man die katzenübliche Graugrundierung mitrechnen würde«, verkündete Marie düster. »Ich wollte sie streicheln, und sie ist natürlich weggelaufen. Aus Langeweile bin ich ihr nachgegangen. Das Gelände zieht sich ein wenig den Hang hoch, da liegen Steine, es ist wirklich sehr romantisch, und nach einer Weile gelangte ich zu einer Art Schuppen. Schuppen wäre vielleicht nicht das richtige Wort. Eine Remise sagt man wohl dazu. Ich weiß, dass sie daraus ein Galeriecafé machen wollen, eines Tages. Es ist ja überhaupt ein herrliches Anwesen. Groß. Und schwer zu pflegen. Du findest heutzutage nicht mehr so leicht gutes Personal. Auch die Polinnen wissen, was sie wert sind. Ach, das sind alles ganz neue Probleme für mich, verstehst du? Vielleicht werde ich auch jemanden einstellen müssen. Wie verhält man sich in so einem Einstellungsgespräch? Meine Schwiegermutter kann das gut. Großzügig ist sie – aber immer mit Abstand. Bitte schön!«

Marie verlor sich wieder in den Errungenschaften ihrer hochgeborenen zukünftigen Verwandtschaft. Nessie gab unter dem Tisch ein Geräusch von sich, das Ungeduld im ersten Stadium symbolisierte.

»Und?« Mir ging es ebenso.

»Die Katze schlüpfte unten durch ein Loch in der Holztür in den Schuppen. Die Tür selbst war eigentlich verriegelt, aber das Schloss war alt und ziemlich lose. Mit einigem Geschick konnte man den Riegel hochdrücken, und ich bin der Katze gefolgt und hineingegangen. Der Innenraum war sehr interessant. Aus historischer Sicht. Drin stand eine alte Kutsche, Landauer sagt man wohl dazu, Autoteile von einem historischen Benz ... Von dem hat mir Bernhard berichtet, er möchte den später restaurieren – allerlei alte Möbel und Stühle und auch Bilder, die nicht mehr ohne Beschädigungen waren, ein paar Kinderspielsachen ...«

»Marie«, unterbrach ich ihre Ausführungen ungeduldig, »ich habe verstanden. Ein Schuppen, in dem Gerümpel stand. So wie bei jedem, der das Glück hat, einen solchen Schuppen zu besitzen. Ich muss diese Dinge leider alle in meiner Wohnung aufbewahren.«

»Dann habe ich ihn gesehen.« Marie ging nicht auf meine Worte ein. Ihre zweite Orangina neigte sich dem Ende zu. Eine dritte wäre Völlerei gewesen. Zwei Männer gingen Hand in Hand vorbei. Ein Kind näherte sich Nessie in Streichelabsicht. Nessie knurrte, das Kind erschrak. Ein Fahrradkurier radelte um seinen Lebensunterhalt.

»*Wen* hast du gesehen?«

»Nicht wen. Was! Eine Art Plakette. Du würdest es ein Schild nennen. Ein Beschlag ist wohl der korrekte Ausdruck. Mit einer Nummer. Ich habe dir ja, glaube ich, gesagt, dass ich mich eine Weile lang mit Friedhofskultur beschäftigt hatte. Ich könnte mir denken, dass die Plakette oder der Beschlag zu einem alten Sarg gehört.« Sie seufzte und überwand sich, einen vollständigen Satz ohne Konjunktiv zu sprechen. »Maren, ich habe *genau* solche Beschläge schon auf Bildern gesehen. Er gehört meiner Meinung nach zu einem alten Sarg. Du weißt möglicherweise noch, ich habe mich nach den Toilettenanlagen mit Bestattungswesen beschäftigt.«

»Ich weiß: Stilvoll sterben! Marie, das ist zwar vielleicht nicht das Erfreulichste, was man im Zuhause seines Zukünftigen finden kann – über einen verlorenen 24-karätigen Brillantring würde ich lieber stolpern, aber was kann ich da für ich tun? Und überhaupt – hast du diesen Beschlag noch?«

»Nein, ich habe ihn wieder hingelegt.«

Schweigen kehrte ein zwischen uns. Marie waren offenbar endgültig die Konjunktive ausgegangen. Nein, doch nicht: »Ich hätte gerne, dass du rausfindest, was es mit diesem Sargbeschlag auf sich hat. Ich kann das nicht machen. Da müsste man sehr diskret vorgehen.«

»Marie, ein Sargbeschlag? Ich meine, das ist doch nichts Besonderes! Manche Leute haben ein Faible fürs Morbide. Können es nicht abwarten, bis sie endlich tot sind. Bei mir im Haus wohnt eine junge Frau, bleich, dürr, trägt nie was anderes als Schwarz. Die gehört zu der für Lebenslust bekannte Gruppe der Gothics, und sie schläft tatsächlich in einem Sarg. Die Dinger kann man bestellen. In Holland gibt es einen Versandhandel für Sargbetten und dergleichen. Heißt ›Black Market‹.«

»Sehr interessant. Nein, Maren, da wären noch zwei weitere Details.

Dieser sehr kleine Beschlag wies ein Datum auf. Es war aber stark verwittert. Nur noch das Jahrhundert 1812–181... das war nicht genau zu erkennen. Und davor ein Kreuz. Es könnte 1817 gewesen sein. Außerdem hatte der Beschlag wie gesagt eine Nummer. Es war die Nummer 23 oder 28, das konnte ich nicht erkennen. Nein, ich glaube fast sicher, es war die 23!«

»Kein Name?« »Nein, kein Name.« »Hm.«

Marie sah mich an als müsse jetzt etwas von mir kommen. Etwas Substantielles.

»Ich frage mich, was es mit diesem Kindersarg auf sich hatte. Nur so aus Interesse.«

Kindersarg! Bei diesem Wort wachte ich doch noch auf.

Es ist merkwürdig. Es gibt ja ein paar Worte auf dieser Welt, die jagen einem solche Schauer über den Rücken, dass ihr Aussprechen fast tabu ist. KZ gehört dazu, Gaskammer, Hexenverbrennung ... und irgendwie gehört auch Kindersarg in diese Kategorie. Man weiß, dass auch ein Kind beerdigt werden muss. Doch man mag es sich nicht vorstellen.

Kaum hatte Marie das Wort erwähnt, schien es kälter zu werden am Ludwigsplatz. Ich betrachtete das gesträubte Fell von Nessie.

»Kindersarg?« »Ja. Natürlich. Wenn jemand von 1812 bis 181...-irgendwas lebt, ist er ein Kind gewesen, als er oder sie starb.« Schlüssig.

»Nun, Marie, das kann eine vollkommen normale Sache sein. Vielleicht auch eine Imitation.« Ich dachte an die alte Dame aus meinem Kundenkreis, die jahrelang glücklich mit der Illusion gelebt hatte, sie besitze eine echte Stradivari und sei demzufolge steinreich. In Erinnerung daran ergänzte ich: »Flohmarkt!«

»An dem Schild war der Rest eines kleinen Holzstücks und ein Nagel. Ich hatte den Eindruck, der Beschlag könnte versehentlich abgerissen worden sein oder sich beim Transport abgelöst haben. Das Schild sah etwa so aus ...« Hurtig holte Marie einen hübschen Lederblock heraus und zeichnete ein längliches, verziertes Schild mit einer Nummer auf. »Da.«

»Wenn ich dich recht verstehe, bedeutet das in deinen Augen, dass der dazugehörige Sarg früher auch in dem Schuppen stand und der Beschlag beim Wegtragen abgerissen ist.«

»Genau! Ich hätte es möglicherweise nur anders formuliert.«

»Ich weiß. Mit mehr Konjunktiven!« »Wie bitte? Was könntest du damit meinen …«

»Genau das. Marie, das ist vielleicht für dich ganz interessant, aber für den Rest der Welt eigentlich bedeutungslos. Vielleicht hat man irgendwann einmal mit dem Ableben eines Kindes aus der Familie gerechnet, dann hat das Kind doch weiter gelebt und der Sarg war überzählig. Vielleicht wollte man ihn einfach nicht wegwerfen. Jetzt hat man ihn weggeworfen und nur das alte nostalgische Schild aus Versehen liegen lassen.«

Marie beendete schnorchelnd ihr Getränk und sah mich ironisch an. Ich antwortete nicht.

»Und es wäre da noch etwas.« »Ja?«

»Auf diesem kleinen Schild war etwas wie ein Wappen aufgedruckt. Eingeprägt. Oder eingraviert. Das konnte ich so rasch nicht erkennen. Man sah es nur noch ganz schwach. Jedenfalls war es gekennzeichnet. Und es handelte sich um ein Wappen, das man hierzulande sehr gut kennt. Ich habe nachgeforscht. Das heißt, da war nicht viel zu forschen, denn ich habe es tausendmal gesehen. Auf vielerlei Abbildungen.« Sie holte tief Luft. »Es war das Wappen des Hauses Baden. Und darüber schwebte eine Krone. Ja, eine Krone.«

Als Ahnenforscherin musste mir das etwas sagen. Gedanklich sah ich allerdings nur zwei ziemlich hässliche Vögel vor mir, die gekrönt waren und eine badische Fahne in den Klauen hielten. Ich versuchte immer noch, einen lästigen und wahrscheinlich wenig lukrativen Auftrag wegzuschieben. Wie gesagt, ich hasse Aufträge im Freundeskreis. Beim Rechnungschreiben verkrampft sich mir immer der Finger, zwischen Gier und Anstand hin- und hergerissen.

»Nun, Marie, das alles hat nichts zu bedeuten. Meine Güte – ein alter Sarg. Das kann eine vollkommen harmlose Sache sein. Vielleicht nur nachgemacht.« Ich dachte wieder an die alte Dame mit ihrer Geige. Marie schüttelte langsam den Kopf und sah mich unverwandt an.

»Na ja, du hast mir ja erzählt, dass dein Herzensbrecher aus den entsprechenden Adelskreisen stammt. Ich selbst habe seinen Stammbaum gesehen. Er ist so lang, dass andere Familien drei daraus machen könnten.«

»Das schon, aber du hättest gerne bemerken können, dass sie zu einem eher entfernten Seitenzweig gehören. Noch aus der alten Linie, die

Mama immer die ›eigentliche‹ nennt. Grundsätzlich haben sie offiziell nichts mit dem jetzt regierenden Haus zu tun. Im Gegenteil. Das Verhältnis scheint möglicherweise eher angespannt. Vielleicht würde ich dir später davon erzählen. Auf jeden Fall, das weiß ich eben auch noch aus meiner Zeit in der Trauerhalle und aus der Literatur, die ich lesen musste, wurden nur Angehörige des regierenden Hauses mit solchen Beschlägen bestattet. Der Vorfahr meines Man… – meines Verlobten ist in Durlach beigesetzt und nicht in der Gruft des Hauses Baden in Pforzheim. Warum weiß ich nicht. Jedenfalls glaube ich nicht, dass sie ein Wappen und eine Krone auf ihrem Sargbeschlag hatten.« Sie seufzte, rückwirkend traurig über die banale Bestattung der altvorderen Lingenbergs.

Nachdenklich betrachtete ich meine Bekannte. Regierendes Haus! War sie etwa verwirrt?

»Marie, ich weiß nicht, ob es dir schon mal aufgefallen ist, aber wir leben in einer Demokratie. Schon seit einer ganzen Weile. Ich kann dir das Wort gerne mal buchstabieren. Es gibt hierzulande kein regierendes Haus mehr. Wenn du Sehnsucht nach Gekröntem hast, musst du die Kanalseite wechseln.«

»Offiziell nicht«, gab Marie vielsagend zurück. »Offiziell nicht. Doch man hat Geld. Geld und Macht. Noch heute.«

Ich dachte an meine bisher eher seltenen Aufträge aus Adelskreisen. Sie hatte nicht ganz unrecht. Diese Leute sehen aus wie Ich und Du, sie gehen normalen Berufen nach, sie leben scheinbar wie Jedermann, und doch: Wenn du in ihre Wohnungen kommst, dann erschlägt dich die Tradition mit alten Möbeln und Kandelabern. Irgendwo hängt immer ein stolzes Porträt vom streng blickenden Vorfahr, und der Tee kommt in Tassen, die man nicht fallen lassen darf, weil sie dein Monatsgehalt kosten würden. Vorausgesetzt, man könnte sie überhaupt noch irgendwo kaufen. Und der Familienschmuck ist meistens so klassisch, dass er über die Jahrhunderte hinweg problemlos an jeden Hals und zu jeder Generation von Kaschmirjäckchen passt.

»Das mag sein. Also, worum geht es nun, Marie?«

Sie wusste nicht recht weiter. »Ich möchte wissen, warum ich dieses Schildchen finden konnte. Ob an dieser Stelle einmal ein Sarg gestanden hat. Dort, wo er eigentlich nicht hingehört hat. Oder warum ein Kindersarg mit einer Plakette des Jahres 1812 bei meinen Schwiegereltern im Haus steht. Ihre Linie hat sich Ende des 18. Jahrhunderts von der Hauptlinie abgespalten. Die Beziehung ist – wie gesagt – nicht die Engste. Aber dieser Sarg könnte darauf deuten, dass es auch später noch Kontakte, *intime* Kontakte gegeben hat. Begreifst du?«

»Nein. Ich verstehe das alles nicht. Und selbst wenn – warum fragst du nicht einfach deinen Verlobten?«

Marie seufzte in die Tiefen ihres leeren Oranginafläschchens hinein. »Das möchte ich eben nicht. Er reagiert immer ein wenig merkwürdig, wenn die Rede auf seine Verwandtschaft kommt.«

»Das tun viele, auch ohne dass etwas Geheimnisvolles dahintersteckt«, bemerkte ich aus dem Schatz meiner in Jahren zur Erkenntnis geronnenen Erfahrungen mit Familien.

Marie schüttelte den attraktiven Kopf. Bemerkte sie eigentlich, wie viele Männer interessierte Blicke auf sie richteten?

»Ich will einfach wissen, was es mit diesem Sarg auf sich hat. Will wissen, wie wir, also ich und meine Kinder, wirklich mit dem Haus Baden verwandt sind. Versteh das doch. Ich selbst kann da nichts unternehmen. Mein Name darf keinesfalls in der Sache jemals erwähnt werden. Du hast keine Ahnung, *wie* heikel das alles ist.«

Ich sah mich einigermaßen ratlos auf dem Platz um. »Marie, das alles hört sich an wie aus einem Schauerroman. Ein Kindersarg, geheimnisvolle Verbindungen! Bist du sicher, dass du dich nicht im Jahrhundert geirrt hast?«

»Ich könnte sagen, dass ich im Moment in einer etwas eigenen Familiensituation lebe.«

»Ja. Den Eindruck habe ich auch. Also, was soll *ich* in der Sache tun?«

»Verschaff dir ein paar Details über diesen Sarg. Falls er überhaupt existiert hat.«

Sie atmete tief ein und rief nach der Serviererin.

»Und«, das fiel ihr sichtlich schwer, »finde heraus, ob es da irgendwann einmal eine unklare Sache mit einem Kindersarg gegeben hat. Mit einem toten Kind aus dem Herrscherhaus.«

»Wenn ich etwas herausfinde, dann musst du mit deiner neuen Familie sowieso darüber sprechen. Offenheit gehört doch zu einer Ehe.«

Als ob ich das wüsste!

»Warum? Es ist für nur für mich. Innerlich. Du verstehst das nicht, da du keine Kinder hast, aber es ist einfach wichtig zu wissen, welches Glied in welcher Kette sie sind. Wessen Züge sie weitertragen. Ich sage nur *William*. Und *Harry*. Du weißt schon.«

Hätte ich nicht bereits einen erfrischend normalen Bernhard sowie seinen Stammbaum kennen gelernt, so hätte man auf die Idee kommen können, Marie wäre übergeschnappt. Sie lächelte, und vor meinem geistigen Auge kletterte tatsächlich Prinz William aus dem Auto, ein verschämtes, von unten nach oben gerichtetes Dianalächeln auf dem Gesicht.

Marie verabschiedete sich mit feinduftenden Küsschen und mit einem vagen »Wir hören voneinander. Ich könnte dich bald schon anrufen.« Ich war verdutzt. Sie spürte das. »Maren«, sagte sie und legte mir eine gepflegte Hand auf die Schulter, »Ich weiß, dass das für dich alles seltsam klingt, aber ich interessiere mich außerordentlich für die Geschichte meiner neuen Familie. Aus verschiedenen Gründen. Schau einfach mal, was du rausfindest, ja?«

Gerade wollte ich ungeduldig werden, als mein Handy läutete und blinkte.

Erfreulicherweise Karina Ix. »Hallo, störe ich?«

»Nun, nicht direkt.«

»Wie geht es dir? Und hast du schon eine Idee, was wir Elfie und Melchior schenken könnten?«

»Wie wäre es mit einem Becherchen Gift? Schnellwirkend.«

»Maren!« »Okay, ich denke darüber nach. Ich rufe dich heute Abend noch mal an.«

Marie hatte das Telefonat mit Ungeduld abgewartet. »Ich möchte dich darauf hinweisen, dass ich bereit bin, dir für deine Nachforschungen eine Pauschalsumme zu zahlen. Meine Eltern würden sich daran höchstwahrscheinlich beteiligen.«

Sie schrieb eine Zahl auf die Rückseite unserer Rechnung.

Ich sah die Zahl, und zwei Gedanken gingen mir durch den Kopf.

a) Marie und ihre Eltern *waren* verrückt
b) Ich *wäre* verrückt, wenn ich es nicht machen würde.

Da die Gefahr des Verrücktwerdens akut bestand, notierte ich mir zu Hause auf einem Zettel, worum es in Maries seltsamer Angelegenheit eigentlich ging.

Marie war verlobt. Mit einem wie eng oder weitläufig auch immer verwandten Angehörigen des einstigen Herrscherhauses Baden. Auf dem Anwesen seiner Eltern hatte sie die Reste eines Kindersargs – oder was sie dafür hielt – entdeckt, einen Beschlag, der in ihren Augen genauso aussah wie Beschläge auf fürstlichen Särgen. Da sie sich mit Bestattungskultur auseinandergesetzt hatte, musste man ihr in diesem Punkt glauben.

Was ging es sie überhaupt an, was für Särge oder anderes Gerümpel in dem Schuppen ihrer Schwiegereltern herumstand? Ich hatte die vielleicht irrige Vorstellung, dass man sich als Frischverliebte und Frischverlobte für andere Dinge interessierte als für Kindersärge.

Das musste einen Grund haben. Sie hatte beunruhigt ausgesehen. Und dazu ihre ganze Geheimnistuerei. Und das Geld, das es ihren Eltern wert war. Ich hegte den stillen Verdacht, dass Marie nichts lieber sähe als eine geheimnisvolle nahe Verwandtschaft zum europäischen Hochadel.

Es würde mir nichts anderes übrig bleiben, als dieser Sarggeschichte nachzuspüren.

2. Kapitel

Das hörte sich leichter an, als es war. Ein Kindersarg aus dem Hause Baden?

Beinahe war es mir vor meinem eigenen Computer peinlich, diesen Suchbegriff in Google einzugeben, und ich war froh, dass eigentlich nichts Verwertbares dabei herauskam. Wer weiß, vielleicht wurden zweideutige Suchbegriffe im Internet beobachtet, und ich geriete in unschönen Verdacht. Kindersarg!

Nessie wandte sich von mir ab und legte sich aufs Bett. Zwei weitere Klicks.

Kindersärge, so nennt man auch große Schuhe. Ich möchte wissen, wer sich *das* ausgedacht hat.

Dieser erste Aufruf im Internet hatte also nichts ergeben.

Der nächste Schritt war, nachzuschauen, wo die Angehörigen des Hauses Baden ihre Toten begraben hatten. Denn in diesen Kreisen legte man sich nicht einfach auf irgendeinen Friedhof wie unsereins, sondern man hatte eine eigene sogenannte Grablege.

Grablege des Hauses Baden? Viele verschiedene Einträge beantworteten meine Frage. Kloster Lichtenthal in Baden-Baden fiel mir auf, und ich klickte es an, denn dort war ich schon mehrmals gewesen. Ein herrlicher Ort. 1288 von Rudolf I. gestiftet, sollten seine Nachkommen in der Fürstenkapelle Platz finden, aber bald reichte der Raum nur noch für ihre Herzen. Meine schwach ausgebildeten Kenntnisse in badischer Geschichte ließen mich aber vermuten, dass es sich hier um die ›andere‹ Linie des Hauses Baden handelte. Jedenfalls nicht um die, die das Karlsruher Schloss gebaut hatte.

Zu meinem makabren Suchwort erschienen natürlich zahlreiche Einträge zu dem würdigen Mausoleum im Hardtwald in Karlsruhe: Das war die richtige Linie. Dort war ich früher oft spazieren gegangen und hatte mir jedes Mal vorgenommen, die nächste Gelegenheit zur Besichtigung seines Inneren wahrzunehmen. Bis heute hatte ich es nicht geschafft.

Dazwischen, über Jahrhunderte hinweg und für den betreffenden Zeitraum zutreffend: Grablege in Pforzheim, wie Marie bereits gesagt hatte. Und dort die Schlosskirche. Ich lernte, dass diese Kirche mitten in der Stadt von 1538 bis 1860, also über dreihundert Jahre lang, die letzte

Heimstatt für die Gebeine der evangelischen Markgrafen von Baden gewesen war. Vierzig Särge seien dort auf zwei Grüfte verteilt. Darunter natürlich auch etliche Kinder. Mit ihren Särgen. Kindersärge eben.

Immer noch hatte ich wenig Lust, mich mit diesem Thema zu beschäftigen, und war beinahe froh, als Karina Ix wieder in Sachen Hochzeitsgeschenk anrief.

»Was machst du gerade?«

»Ich beschäftige mich mit Kindersärgen. Was hältst du von einem Paar Rennmäusen mit Käfig? Eine Hundebekanntschaft von mir hat gerade Nachwuchs und sucht Abnehmer.«

»Maren! Mäuse! Und wieso Kindersärge?« Sie lachte ein wenig unnatürlich. Sicher hielt sie mich für verrückt.

»Solche aus dem Haus Baden.«

Natürlich hätte ich das nicht sagen sollen. Doch Marie hatte mich nicht ausdrücklich zur Geheimhaltung verpflichtet. Vielleicht hatte sie es nur vergessen. Mehr würde ich aber bestimmt nicht mehr preisgeben.

Am anderen Ende der Leitung entstand eine kurze Pause. Sie war zwar kurz, aber doch lang genug, dass sie mir auffiel. »Was hältst du von einem amerikanischen Briefkasten?«

»Karina, warum warst du jetzt plötzlich so still, als ich von den Kindersärgen sprach?«

»Ich war doch nicht still. Ich denke nur, du solltest dich ein wenig mehr auf deine Arbeit konzentrieren und nicht auf jeden Verrückten und auf jedes Gerede hören. Gerade in dieser Sache gibt es etwa so viele Spinner wie beim Kennedymord und bei den Lady-Di-Verschwörungen. Wir könnten auch einen Stern nach dem Brautpaar benennen lassen. Wenn wir alle zusammenlegen ...«

»Soweit kommt es noch!« Für eine Schlange wie Elfie einen Stern! Höchstens einen, der schon erloschen war.

Später musste ich über die seltsame Reaktion von Karina nachdenken. Wen meinte sie mit Spinnern und – welches Gerede?

Wieder zurück an den Computer.

Marie schickte mir eine E-Mail.

»Bitte zu niemandem ein Wort! Peinlich!«

Matthias sandte eine neue Geldanlage. »Australische Milchprodukte sind im Kommen. Verfolge mal die Seiten ›Cangaroo Cheese‹ im Internet.«

Verbittert über die Banalität meines E-Mail-Verkehrs schrieb ich zurück: »Alles Käse!«

Um die Trostlosigkeit meiner Existenz zu vergessen, suchte ich mir weitere Informationen über diese Grablege heraus. Pforzheim war auf meiner emotionalen Städtelandkarte bisher so etwas wie eine leere Stelle. Ein paar Tastengriffe förderten die Schlosskirche als Ruhestätte der Badener zutage. Ein Foto: Eine sympathische, leicht erhöht stehende Kirche. Erbaut im 13. Jahrhundert. In der Reformationszeit evangelisch geworden.

Mein Interesse galt nun der Gruft. Ich las, dass sie sich unter der Apsis befand – und zwar dort unter einer Holztür im Boden – und aus einem durch einen Gang verbundenen Nord- und Südteil bestand. Ursprünglich vermutlich als Beinhaus genutzt, war die Südgruft, so der mir vorliegende Text in der typischen Faltblättchensprache, »ein stützenloser Raum mit flachen Kreuzgratgewölben«. Um 1611 hatte Markgraf Georg Friedrich diesen Raum zur Aufnahme der fürstlichen Toten gestaltet, aber bereits 1692 wurde sein Frieden gestört und er durch die Franzosensoldaten geplündert, wobei alle Särge verloren gingen. Der heutige Bestand, so erfuhr ich, entsprach der Neubelegung ab Ende des 18. Jahrhunderts. Särge aus Zinn und Holz saßen dort auf Sockeln, hatten manchmal Samtbespannungen, Beschläge und Kronenverzierungen. Dort lag immerhin das Herz von Karl Friedrich von Baden. Und seine beiden Frauen, die ich immer verwechselte, weil ihre Vornamen die gleichen nur in anderer Reihenfolge sind: Karoline Luise und Luise Karoline. Außerdem ruhte in Pforzheim noch eine Dame namens Magdalena Wilhelmine von Baden-Durlach aus dem Hause Württemberg. Von der hatte ich definitiv noch nie etwas gehört.

So weit, so gut. Insgesamt also eine Grablege wie alle anderen auch.

Wie konnte ich mehr erfahren, ohne Zeit für eine Fahrt nach Pforzheim verschwenden zu müssen? Das war nicht gegen das Schmuckstück Pforzheim gerichtet, sondern lediglich gegen Leute, die mir Geld dafür bezahlten, in Grablegen herumzustochern, um schwer nachvollziehbare eigene Träume zu erfüllen. Je schneller und schmerzloser das abzuwickeln war, desto besser.

Ich bin Ahnenforscherin. So weiß ich zumindest, wie ich theoretisch an Informationen komme. Ich rief beim Tourismusbüro in Pforzheim an. Eine freundliche Dame erbot sich, mir postalisch einen Prospekt der Pforzheimer Gruft zukommen zu lassen.

»Die Gruft ist Individualbesuchern nicht zugänglich. Nur nach Voranmeldung und in begrenzter Gruppenzahl werden kunsthistorische Führungen durch die Schlosskapelle angeboten.«

»Gewiss.« Schließlich war meine Generation reise- und kirchenerfahren. Ich war beispielsweise schon in der Kapuzinergruft in Wien herumspaziert. Deshalb entgegnete ich voll Verständnis: »In diesen engen Räumen wird die Luft schnell stickig und greift die historischen Denkmäler an.«

»Nein. Wir haben anlässlich der Renovierung auch eine ganz neue Belüftung bekommen. Eine Karlsruher Firma hat das gemacht. Aber nein. Sie dürfen im Moment überhaupt nicht in die Grüfte. Nach unseren derzeitigen Informationen können Sie vielleicht nach Absprache durch das Gitter einen Blick hineinwerfen.«

»Warum denn das?«

Kühl antwortete die Stimme. »Das Haus Baden hat das alleinige Nutzungsrecht für diese Begräbnisstätte und wünscht keinen Grufttourismus.« Das fand ich höchst eigenartig.

»Ja, aber ich dachte, diese Stätten gehören alle dem Staat. Seit 1803, seit der Säkularisation.«

»Schon, natürlich, aber würden Sie wollen, dass man im Grab ihrer Großmutter herumstochert?«

»Nein.« »Also.« Das musste erst mal genügen.

Erst, als ich schon aufgelegt hatte, kam mir der Gedanke, dass meine Familie das Grab meiner Oma selbst bezahlen musste – im Unterschied zu den Hochwohlgeborenen in Salem, die dazu den Steuerzahler bemühten.

3. Kapitel

»Die Sache mit den Handschriften ist noch längst nicht ausgestanden. Und es ist nicht nur das. Es gilt jetzt, mal ganz genau hinzuschauen, wie das Haus Baden mit seinem in Archiven gelagerten Gedächtnis umgeht. Wir haben deswegen eine Arbeitsgruppe gebildet, die sich heute Abend trifft. Ich finde, du solltest zu uns stoßen. Wir können denkende Menschen aller Altersgruppen brauchen. Und ich darf sagen, dass wir eine seriöse, streng intellektuelle Gruppe sind und uns damit von jeder Badentümelei abheben.«

Wie Theo das sagte, »aller Altersgruppen!« *Seht her, auch reife Damen wie Frau Mainhardt schließen sich uns an.*

Auf meinem üblichen Heimweg war ich bei meinem schrulligen Freund eingefallen. Ich hatte ihm einen weißen Amerikaner mitgebracht und hoffte, er würde sich anbieten, Tee zu kochen. Dazu gab es nähere Informationen zu der abendlichen Versammlung. Normalerweise bin ich kein Mensch für solche Initiativen. Wenn ich schon das Wort Arbeitsgruppe höre, schleicht sich mein Freizeitgefühl und meine Lebenslust auf leisen Füßen davon.

»Wir haben uns in letzter Zeit zusammentelefoniert und beschlossen, dass wir eine Bürgerinitiative gründen, um unser Anrecht auf unsere badische Vergangenheit zu unterstreichen. Machst du mit? Die nette Ulla aus der Nebeniusstraße ist dabei, Consuela natürlich, der Mark und die Inge, ein paar Schauspieler vom Theater. Alles gute Leute also. Dann noch der Chef vom Schokoladenladen, meine regelmäßigen Studenten und die Sandra, das ist die Frau, die manchmal im Verkehrsmuseum an der Kasse sitzt. Und dieser Mann, der diese schrägen Vorträge zur Karlsruher Geschichte hält. Torsten Fontane.«

Ein wahrhaft buntes Spektrum dessen, was Theos Laden an Kundschaft zu bieten hatte.

»Schon gut. Ich mache mit, Theo, aber bitte erkläre mir erst die Details. Gibt es etwas Neues rund um die Handschriften? Ich habe zurzeit keine BNN. Die eigentlichen Abonnenten sind in Urlaub und haben sie einfach abbestellt.«

Theo musterte mich. »Mädel, meines Wissens nach wirst du bald … na ja, also, hast du bald Geburtstag. Da sollte man allmählich in der Lage sein, sich eine eigene Zeitung leisten zu können.«

»Schenk mir ein Abo zum Geburtstag. Also, worum geht es euch genau?«

Theo sah skeptisch aus, doch der mitgebrachte Amerikaner diente als Bestechung.

»Es geht uns um das geradezu feudalistisch anmutende Gebaren der Leute, die unserem Land den Namen gegeben haben, und darum, dass sie sich allen Facetten ihrer Geschichte stellen. Auch den Unschönen. Du weißt schon ...«

»Nein«, antwortete ich, aber das hatte Theo noch nie aufgehalten. Er sprach bereits weiter: »Tagebücher durch die Hand der Großherzogin Luise vernichtet. Brände, die sehr passend kamen. Papiere beseitigt. Es geht schlicht und einfach darum, dass man Historikern aus aller Welt keine Maulkörbe mehr verordnet.«

Ich verstand das nicht. Welche Tagebücher? Brände?

Meine Familie stammt übrigens gar nicht aus Baden. Sie ist aus der Schweizer Gegend eingewandert. Mit etwas Glück und nach dem Wunsch des Herrn von Reitzenstein – so hatte ich gelesen – wäre ein Teil der Schweiz unter Napoleon an Baden gefallen, doch hatte dessen Großzügigkeit anscheinend hier ein Ende gefunden. Baden war meinen Vorfahren jedenfalls über die Jahre zur Heimat geworden. Dennoch kannte ich mich offenbar besser in den blutigen Nischen der englischen Geschichte aus als in der badischen, auf die ich nur stieß, wenn mich ein Ahnenforschungsauftrag dazu zwang.

Eine Lücke, die es zu schließen galt. Ich wünschte nur, alle Lücken in meinem Leben wären so leicht zu schließen. Dachte ich. Und sollte mich gewaltig täuschen.

****

In einem hatte Theo Recht. Ich sollte mir wirklich ab und zu eine Zeitung gönnen. Zufällig stand heute nämlich etwas über dem Mordfall Löber auf den Lokalseiten.

»Die Staatsanwaltschaft musste den 32-jährigen Mann aus Mannheim, der unter dem Verdacht stand, den Mord an einer Rentnerin in Mühlburg begangen zu haben, gestern nach längerer Ermittlungszeit von dem Tatvorwurf entlasten. Die Kriminalpolizei verweist auf neue Erkenntnisse und ermittelt weiter in verschiedene Richtungen.«

Das hieß: Sie hatten nichts. Hoffentlich hängten sie jetzt nicht den armen Konrad wieder an ihren Haken. Soweit er mir berichtet hatte, grübelte er noch immer über seinem Alibi und versuchte seinerseits den Kellner wiederzufinden, der ihn in der Postgalerie bedient hatte. Der *musste* sich doch an ihn erinnern! Leider war sich Herr Konrad selbst nicht mehr sicher, ob er den jungen Mann noch erkennen würde. Schwarzes Haar und dunkle Augen sind keine Seltenheit bei einem italienischen Ober in einem Eiscafé. »Es geht mir dabei nur um meine eigene Ehre. Die Polizei hat nichts gegen mich in der Hand, aber ich mag die Art einfach nicht, wie sie mich ansehen, wenn sie mit mir sprechen«, klagte er. »Außerdem stehe ich in der Öffentlichkeit. Und – nun, ich treffe mich zurzeit auch mit einer sehr netten Dame, die das Ganze missverstehen könnte.«

Der Heiratsmarkt aller Generationen blühte um mich herum, nur ich verharrte in der Singlewüste.

Bewaffnet mit einem Block und mit Nessie begab ich mich zu Theos Antiquariat, das jetzt am Abend alle Eigenschaften eines konspirativen Treffpunktes aufwies. Er hatte sogar Kerzen angezündet, die auf niederen Tischchen flackerten. Als er Nessie sah, schickte er sich mit Panik in den Augen an, alle wieder auszublasen. »Lass nur«, beruhigte ich ihn, »sie ist todmüde.«

Nessie legte sich auf die Jacke von Matthias, was dieser mit einem säuerlichen Lächeln quittierte. Consuela saß etwas ratlos herum. Ich konnte mir vorstellen, dass es ihr ziemlich egal war, was die Badener mit ihren Archiven anstellten.

Verschiedene Leute saßen auf Hockern, Becher mit Tee in den Händen. Ich kannte sie alle zumindest vom Sehen, bis auf den Mann, der in der Ecke lehnte, Spannung im Gesicht. Er war nicht besonders groß, aber sportlich gebaut, braun und gesund aussehend, und trug ein teures kariertes Hemd. Er mochte Mitte Fünfzig sein und hätte durchaus ein Manager auf Urlaub sein können. Auf seinem gut geschnittenen braungrauen Haar saß eine Brille mit Hornfassung. Vermutlich eine Lesebrille. Kurz und sehr aufmerksam musterte er mich, als ich mich setzte. Es war etwas in seinem Blick, das ich gelegentlich bei Priestern gesehen hatte: Eine innere Überzeugung, die durch den halb siegesgewissen, halb aggressiven Ausdruck in den Augen zum Ausdruck kam.

»Torsten Fontane! Nicht verwandt. Leider.«

»Maren Mainhardt!«

»Ich weiß.«

Theo und Matthias beobachteten diese kurze Vorstellung mit Misstrauen. Ein Mann im richtigen Alter und ihre Maren: Das bedeutete normalerweise Ärger. Doch ich hätte sie beruhigen können. Ein Blick genügte, und ich wusste Bescheid. Dieser Mann hatte kein Interesse an mir. Zumindest nicht als Frau. Er hatte eine andere Mission. Das spürte ich.

»Wir sind heute hier«, begann Theo feierlich, »um einen Aufruf an das Landesarchiv zu starten, das Archivgut, welches sich unstrittig im rechtmäßigen Eigentum des Hauses Baden befindet, zu einem realistischen Preis zu kaufen, um unschöne Auswüchse wie letztes Jahr rund um die Handschriften zu vermeiden. Ich darf übrigens jetzt schon verraten, dass es sich dabei nach gängiger Auffassung wohl nur um unbedeutende Stücke des früheren Hausfideikommisses handelt.«

Obwohl ich ernsthaft bezweifelte, dass jeder wusste, was ein Hausfideikommiss war, regten sich alle durcheinander auf.

»Im Interesse der Forschung« ... »Günstlinge, die gefällige Aufätze schreiben, haben Zutritt in Salem. So ist es auch heute noch. Gesinnungsprüfung. Hat mir zumindest eine Kollegin aus Bamberg erzählt.« ... »Alle Bürger haben ein Recht, Archivgut von vor 1918 einzusehen. Das ist im Landesarchivgesetz geregelt!«

»Ich habe gehört, bis jetzt ist noch niemandem die Benutzung des Familienarchivs verwehrt worden – wenn es für seriöse Publikationen war«, wandte eine der Studentinnen ein. »Und wer bestimmt, was seriöse Publikationen sind?«, schnappte Sandra vom Verkehrsmuseum neben ihr.

»Man muss den Chef des Hauses Baden fragen, wenn man das Familienarchiv einsehen will. Sie können die Benutzung erlauben oder verwehren, wie es schon mehrmals der Fall war. Gutsherrenart, sag ich nur.« Das war Theo in seinem Element.

»Die brauchen Geld«, meinte Matthias und blähte sich selbstgerecht auf. »Haben unklug gewirtschaftet. Schade, hätten einen ordentlichen Finanzberater gebraucht.«

Inge, die Freundin von Mark, die ein wenig zum Ordinären neigte, sagte: »Der großherzogliche Arsch gehört längst kanadischen und US-amerikanischen Bankern.«

»Genau! Hat sich sein Familienarchiv zusammengeflickt, wie es ihm passte, und vor allem hat er das rausnehmen können, was ihm *nicht* passte. Wisst ihr noch, dass sie die Ergebnisse einer angeblich unabhängigen Untersuchungskommission – war das nicht in den Achtzigern? – haben vernichten lassen, bevor sie an die Öffentlichkeit kamen? Muss ich mehr sagen?«

Alle grinsten. Ich gehörte mal wieder zu denen, die den Witz nicht verstanden. Consuela als Spanierin war entschuldigt, und Matthias scannte sowieso nur alle Anwesenden auf Versicherungstauglichkeit ab. Seine Hand zuckte andauernd nach seiner hässlichen Aktentasche, in der sich bekanntlich seine dubiosen Sonderangebote befanden.

»Was meint ihr damit?«

»Na, glauben Sie wohl, dass in den Familienarchiven auch nur ein einziges Wort zu Kaspar Hauser zu finden ist, hm? Das haben sie alles vorsorglich beiseite geschafft, und nicht nur das. Glauben Sie, dass in der Pforzheimer Gruft noch alles drin ist, was hineingehört?«

Das kam von Torsten Fontane. Er sagte es ruhig und gelassen. »Gehen Sie doch mal ins Generallandesarchiv und sprechen Sie mit Dr. Jacobs. Er kennt sich aus. Vielleicht besser als er sollte. Reden darf er natürlich nicht. Aber einmal, nach einer Führung, wir hatten etwas Wein getrunken ... Hinter dieser Tür, hat er uns gesagt, da liegt vielleicht eine fürstliche Leiche im Schrank, und sie können ihre Schuld mit einem Betondeckel verschließen – wie sie es angeblich vorhaben – die Wahrheit kommt irgendwann raus.«

»Betondeckel?«, fragte einer in Fontanes Richtung.

Der nickte knapp.

»War laut eines Zeitungsberichtes erwogen worden.«

Seine Worte gingen unter im allgemeinen Stimmengewirr, und dann kramte Theo eine mit der Schreibmaschine geschriebene Unterschriftenliste hervor und begann umständlich, irgendeine Forderung vorzulesen.

Mein Atem ging so schnell, dass die Kerze vor mir flackerte. Ich sah Torsten Fontane an und fragte: »Können wir uns nachher kurz unterhalten?«

Er sah mich ernst an. »Ich weiß nicht.« Und dann kam das Überraschendste, was ich jemals von einem Mann gehört hatte, und ich hatte schon eine Menge Überraschungen von Männern gehört: »Ich warne

Sie. Ich gelte als Spinner. Habe mir eine Welt aufgebaut, in der ich mich wohl fühle. Und ich setze Wissen voraus, um Sie in meine Welt einzulassen.«

Stumm sah ich ihn an. Eigentlich sah er aus wie ein ganz normaler Mensch.

»Wenn Sie drin sind, dann hat es Sie gepackt. Ich habe gehört, Sie klären gerne Mordfälle auf. Nun – ich öffne den Schrank des Hauses Baden für Sie, und heraus fällt die hübsche saubere Leiche.«

Theo näherte sich uns mit seinem selbstgebastelten Listchen, in der Hand einen Kuli mit Werbeaufdruck von McDonalds. Consuela schüttelte die rotschwarzen Locken, dass sie knisterten. »Ich unterschreibe nichts.«

Allgemeines Diskutieren.

»Rufen Sie mich an!« Torsten Fontane drückte mir eine Visitenkarte in die Hand, unterschrieb hastig auf Theos Zettel, verbeugte sich in alle Richtungen und verschwand. Matthias sah ihm griesgrämig hinterher. Theo zuckte die Achseln. »Er ist eigentlich in Ordnung, aber total verrückt. Ein Spinner.«

»So schlimm kann es nicht sein. Echte Spinner bezeichnen sich meistens nicht selbst als solche«, sagte ich. Und erstmals seit Melchior und ich uns endgültig getrennt hatten, fühlte ich einen Anflug von Interesse an einem Mann in mir aufkeimen.

****

Eine unruhige Nacht. Ein vertrödelter Vormittag. Das Gefühl, Zeit zu verplempern, ohne dass ich wusste warum. Gegen Mittag lief ich ziellos im Karstadt herum und versuchte etwas zu kaufen, damit sich meine Happy-Digits-Karte lohnte.

Hatte an nichts Interesse. Langsam ging ich wieder nach Hause. Machte noch einen kleinen Abstecher zum Bahnhof und kaufte mir die BUNTE. Mit unguten Gefühlen. Weit hast du es gebracht, Maren Mainhardt! Wenn du anfängst, alte Platten von Heino zu sammeln, sag rechtzeitig Bescheid.

»Kennen wir uns nicht?«

Hinter mir stand ein Mann, den ich im ersten Augenblick nicht einordnen konnte. Nur seinen Duft. Teuer. Mein Blick wanderte. Elegante

Reisetasche. Handgefertigte Schuhe. Eine Art Cape. Könnte Kaschmir sein. Den gleichen Mann konnte ich mir wunderbar in einem Mantel-und-Degen-Film vorstellen. Bernhards Onkel! Der Bruder von Maries Schwiegervater in spe. Der selbsternannte Künstler und Lebemann.

»Oh. Herr Lingenberg, nicht wahr?« »Den Baron erlasse ich Ihnen, aber das *von* sollten Sie mir gönnen. Wie geht es Ihnen?« »Danke.«

Er wandte sich kurz von mir ab und bezahlte seine Zeitschrift. »Darf ich Sie auf eine Tasse Kaffee einladen? Mein Zug geht in einer Dreiviertelstunde, und ich könnte mir keine angenehmere Gesellschaft denken als Sie. Spazieren wir doch hinüber ins Café *Am Tiergarten*!«

Noblesse hat etwas für sich, dachte ich, als wir im Café saßen und wie durch ein Wunder sofort bedient wurden. Vielleicht war es auch kein Wunder, sondern das Fingerschnippen des Barons, das wahrscheinlich genetisch angelegt war.

»Wohin fahren Sie?« »Nach Wiesbaden. Wir haben ein Verbindungstreffen.« Sein Mund, der inmitten eines kleinen Meers dezenter Fältchen zu Hause war, deutete ein Lächeln an. »Ja, ich war als Student Mitglied in einer Burschenschaft. Ich gestehe. Nun, das wurde uns beinahe in die Wiege gelegt. Heute sind wir alte Herren, aber noch immer hält einer zum anderen wie Pech und Schwefel.«

»Schön.«

»Ja. Heute ist Herrenabend. Manchmal ist es angesagt, die Damen mitzubringen, dann muss ich auf meine Schwägerin zurückgreifen. Glücklicherweise fühlt sie sich wohl in diesem Kreis. Hat sogar Verehrer. Mein Bruder ist manchmal ein rechter Trauerkloß. Kann die alten Sachen nicht vergessen. Mein Gott, das Leben findet doch heute statt und macht Spaß. Auf jeden Fall hat noch nach alter Tradition jeder von uns einen Euro in der Tasche. Wenn man Hilfe braucht, irgendwas, ruft man von der nächsten Telefonzelle aus an, und der jeweilige Konkneipant kommt und hilft.«

»Dazu würde auch ein Handy reichen«, bemerkte ich sperrig.

»Symbolisch. Eine Geste, meine Verehrte. Wir lieben Symbole und Gesten. Nun schauen Sie nicht so skeptisch, junge Dame«, sagte er fröhlich, »glauben Sie einem erfahrenen Mann von Welt, worauf es ankommt: Tradition. Sie hält alles zusammen. Man muss sich immer bewusst machen, wo man herkommt. Wo man *hingehört*. Erst dann kann man wissen, wo man im Leben *hin will!*«

Als Ahnenforscherin hatte ich dieser Ansicht nicht viel entgegenzusetzen; ich lebte schließlich davon.

»Was haben Sie denn studiert?«

»Ursprünglich Architektur. Hatte mich auf museale Bauten und Springbrunnenarchitektur spezialisiert. Später war ich dann in der Familienbank für Baufinanzierungen tätig. Aber ich bin nicht mehr berufstätig.«

»Wie nennt man das bei Ihnen? Privatier?«

»Genau«, sagte er und lächelte. »Ich genieße das gute Leben, meinen Titel, ein gewisses kleines Portefeuille – ist das schlimm? Mein Bruder ist anders – preußischer Geist. Pflichterfüllung. War in Salem, obwohl es ihm dort nicht gefallen hat. Hat meiner Meinung nach nicht alles aus der Sache rausgeholt. Schließlich war er gleichzeitig mit einigen der heutigen Senioren unseres verehrten Hauses Baden dort. Na ja, die alten Geschichten.«

Er winkte nach der Rechung.

»Ich denke, meine Schwägerin versteht mich. Zumindest manche Aspekte meines Lebens. Sie ist überhaupt eine bemerkenswerte Frau. Mein Bruder hat das Glück gehabt, das mir verwehrt war. Aber ich plaudere und plaudere. Und Sie? Haben Sie viele spannende Aufträge?«

»Ja«, antwortete ich und dachte an den Kindersarg, »sehr spannend.«

»Hoffentlich nicht *zu* spannend!«, lächelte er wieder. »Marie hat uns da etwas gebeichtet. Sie betreffend. Etwas von Mordfällen, mit denen Sie zu tun hatten.«

»Ich wusste nicht, dass ich Gegenstand einer Beichte bin, aber das macht mich stolz«, versetzte ich, »denn sonst gibt mein Leben sehr wenig Anlass zum Beichten. Leider.«

»Nun«, erwiderte er unverwandt lächelnd – denn bei guter Erziehung verblasst das Lächeln eben nie, auch nicht bei scheinbar unmoralischen Angeboten – »*daran* könnte man vielleicht etwas ändern. Wir sehen uns spätestens bei Maries Hochzeit.«

Er bezahlte, gab generös Trinkgeld und verbeugte sich. »Oder früher. My pleasure. Ich empfehle mich.«

Als er ging, sah ich ihm nachdenklich hinterher. Ich hätte gern einiges über diesen Mann gewusst. War er es, der diese Broschen an aufrechte Badener verschenkte? Und – ob er etwas über diesen ominösen Kindersarg wusste?

Plötzlich fragte ich mich, ob unsere Begegnung wirklich zufällig gewesen war.

Und noch etwas war merkwürdig. Etwas, das mir jetzt erst bewusst wurde: Warum hatte ich eigentlich die ganze Zeit das Gefühl, beobachtet zu werden?

Es war nicht ganz so schlimm mit mir, wie Fontane in Theos Laden angenommen hatte.

Ich *besaß* nämlich durchaus Bücher über Baden und die Badener. Immer mal wieder im Laufe der Jahre hatte ich sie gebraucht, hatte lustlos Fakten herausgezogen und Daten für Stammbäume nachgeschlagen. Offenbar muss immer erst jemand auf gewaltsame Weise sterben, bevor ich mich ernsthaft für meine Heimat zu interessieren beginne.

Hervorgegangen war das Badenerland, das derzeit anscheinend bei manchen so heftige Emotionen hervorrief, aus ziemlich verstreuten Landstrichen im Süddeutschen, vorwiegend im Breisgau und der Ortenau. Diese Gebiete wurden von verschiedenen kompliziert miteinander verbandelten, sich abspaltenden, aussterbenden und wiedervereinigten Fürsten regiert, welche bekanntlich ihrerseits wiederum alle irgendwie auf eine Seitenlinie der bereits erwähnten Zähringer zurückgingen – ein früher sehr angesehenes Geschlecht, das nach Höherem strebte. Immerhin hatte der letzte Zähringer, der 1218 starb, die Stadt Bern gegründet. Das heutige Haus Baden, hervorgegangen aus den Zähringern, erwies sich ebenfalls als eine komplizierte Angelegenheit, weil es mehrere Linien gab, die über die Jahrhunderte fleißig neue Residenzen gebaut, in andere Fürstenhäuser eingeheiratet hatten, Landstriche gewonnen oder verloren hatten sowie gelegentlich sang- und klanglos ausgestorben waren.

Doch dann war der Fleckerlteppich am Rhein von Napoleon offenbar als strategisch interessantes Stück Erde, vor allem als Gegenstück zum Deutschen Bund, angesehenen worden, und dieses allerhöchste Interesse lohnte sich damals: Handstreichartig wurde man zum Großherzogtum, und es gelang Karl Friedrich, sein Gebiet zu vervierfachen.

Aber es war wie heutzutage auch: Die Leute sind nie zufrieden. Lieber wären die Badener nämlich Könige geworden. So wie die Württemberger nebenan.

Die offizielle Erhebung zum Großherzogtum hatte 1806 stattgefunden. Vage erinnerte ich mich jetzt an einen Aufmarsch festlich gekleideter Leute, die letztes Jahr im September zu einer Gedenkveranstaltung ins Staatstheater geströmt waren. Damals hatte es – so entsann ich mich – Ärger gegeben wegen der Handschriften. Ein Bekannter war bei der Veranstaltung gewesen und hatte berichtet, selbst brave Bürger hätten das ›Badnerlied‹ dem Ministerpräsidenten und Prinz Bernhard von Baden geradezu entgegengeschleudert. Ich war damals lediglich am Theater vorbeigefahren, in Jeans und mit meinem alten Fahrrad, um mir Brötchen sowie eine Zeitung am Marktplatz zu kaufen.

Napoleon hatte dem kleinen Land zwischen Elsass und Schwarzwald jedenfalls ausgesprochen gut getan: Satte Gebietsgewinne fielen ab und endlich auch zwei Universitäten: Freiburg und Heidelberg. Dazu noch durchaus ansehnliche Orte wie Konstanz, Basel und Speyer. Und Mannheim.

Dann wurde Napoleon den Badenern allerdings zum Verhängnis, als er siebentausend von ihnen mit der Grande Armée nach Russland bis an die Beresina schickte, von denen aber nur ein paar Hundert zurück kamen ...

Betrachtete man die badische Geschichte des 19. Jahrhunderts, so konnte man insgesamt stolz aufs Ländle sein. Früher als anderswo, schon 1818, wurde hier eine parlamentarische Tradition begründet, Redefreiheit, eine freie Presse, die den Namen verdiente, und all diese Dinge, von denen wir heute meinen, sie seien immer schon da gewesen.

Immer wieder sorgte im 19. Jahrhundert das Spektakel um Kaspar Hauser für Turbulenzen rund um das Herrscherhaus, das ansonsten von seiner Karlsruher Residenz aus ein blühendes Land regierte. Heute würde man von einem ›Imageproblem‹ reden.

Kleiner Schönheitsfehler im freiheitsbewegten Baden: Die badische und die solidarische pfälzische Republik standen 1849 wieder vor dem Aus. Der Revolutionsversuch ihrer Bürger hatte mit einer saftigen Niederlage geendet, beigebracht in Rastatt durch preußische Truppen, die sich dann übrigens noch weitere zwei Jahre lang in Baden aufhielten. Wahrscheinlich hatten sie sich nicht so schnell vom badischen Wein trennen wollen. Trotzdem ging es in Baden liberal weiter. Bereits 1900 durften Frauen an den Universitäten Freiburg und Heidelberg studieren, und die erste Medizinstudentin war eine Jüdin aus Karlsruhe. Der Rest war soweit bekannt. 1918, nach dem Ersten Weltkrieg, war Schluss mit der Monarchie, und so dankte auch der letzte Großherzog Friedrich II. ab. Wir wurden Republik! Nach dem Zweiten Weltkrieg in US- und Franzosenzone geteilt, gab es dann 1952 den bis heute von der *Badischen Freiheit* kritisierten Zusammenschluss zu Baden-Württemberg.

Mit dem Land untrennbar verbunden war sein Namensgeber, das Haus Baden, und da befiel mich bleierne Müdigkeit, und sei es nur angesichts der Namen der Herrschaften.

Hermanns, Bertholds, vor allem aber Friedrichs tummelten sich in reicher Zahl auf ihren Zweigen.

Und doch war eines interessant und schien Darwins These vom Überleben des Stärkeren zu bestätigen: Es gab eine knallharte Auslese, auch unter den Fürsten. Zweige wie die Ernestinische Linie oder die katholische Baden-Badener Linie trennten sich vom Stamm, starben irgendwann aus und gaben dadurch den Stab weiter an die Linie Baden-Durlach. Wie ein ehernes Auswahlprinzip, bei dem der Tod eine große Rolle spielte.

Ich blätterte durch die Bücher, die ich zu Hause hatte. In diesem Punkt unterschied sich meine Ansicht wenig von der Meinung der Friseurin im *Sexy Lady* mit ihren BUNTE-Heftchen: Menschlich interessant waren meistens die Frauen aus den Adelsfamilien. Die sorgten auch damals schon für Spannung in den Stammbäumen. Und brachten die Familie nach oben. Immerhin hatte eine der Töchter von Stéphanie de Beauharnais, deren Söhne so früh gestorben waren, den Schwedenprinz Gustav Wasa geheiratet, und ein Badener Spross namens Victoria war sogar die Gattin des Königs von Schweden geworden.

Passenderweise rief gerade jetzt die Hochzeiterin Kohlschröter an.

»Melchiors erste Frau und die Töchter sollen auf seinen Wunsch zum Sektempfang kommen. Wie findest du das? Die *erste* Frau!«

Nie hatte mich Kripokommissarin Elfie Kohlschröter so oft um meine Meinung gefragt wie jetzt, da sie den Mann heiratete, den ich beinahe geheiratet hätte.

»Nie hast du mich so oft um meine Meinung gefragt, auch nicht, als es in unseren Fällen um Leben oder Tod ging.« Dies war einer der seltenen Momente, wo man sagt, was man denkt.

»Es geht für *mich* um Leben oder Tod«, übertrieb sie. »Du bist sowieso chaotisch. Dir ist die Etikette nicht wichtig. Aber ich lege schon Wert darauf, dass die Dinge so geschehen, wie sie sollen.«

»Oder so, wie du sie willst. Melchiors Kinder aus erster Ehe gehören zu ihm. Sie tragen seine Gene in die Zukunft«, sprach ich weise, durch die Geschicke des Hauses Baden voll in das Thema eingearbeitet. Insgeheim überlegte ich, was geschehen wäre, wenn *ich* Melchior geheiratet hätte. Natürlich wäre ich keineswegs tolerant gewesen, sondern hätte seiner Ex eine Flasche Dom Perignon auf die Füße fallen lassen.

Sie jammerte weiter, doch ich hörte nicht mehr richtig zu.

Im Stammbaum der Badenerfürsten hatte ich nämlich gerade den Parallelfall gefunden.

»Schau mal, Elfie, anderen ging es viel schlechter. Ich lese gerade etwas über die sogenannte Hochbergerin.«

»Wer soll denn das sein?« Kein Geschichtsbewusstsein bei unseren Staatsbeamten.

»Die zweite Frau von Großherzog Karl Friedrich. Die erste Frau hieß Karoline Luise, gebildet, hochadelig und Mütter von mehreren Söhnen. Nach deren Tod hat der offenbar rattenscharfe Senior noch mal geheiratet. Die Neue, Luise Karoline, war aber nur aus niederem Landadel, deshalb ›morganatisch‹, und ihre Kinder trugen nur ihren niederen Titel: Reichsgräfin von Hochberg. Dadurch kamen sie nicht für vorteilhafte Eheschließungen mit dem Hochadel in Frage. Diese Luise muss ziemlich verschwenderisch, intrigant, ehrgeizig und titelversessen gewesen sein – eine Art badische Lady Macbeth. Ihre Mutter kam schon nicht mit dem Geld aus. So wie ihre Nachkommen heute.«

»Bitte, Maren. Davon verstehst du nichts, und solche Behauptungen gehören sich auch nicht. Wir wollen doch die guten Sitten wahren.« Ich verdrehte die Augen. Staatstreue erstreckte sich bei Elfie offenbar auch auf gewesene Monarchen.

Trotzdem fuhr ich fort: »Luise hat genervt und sich immer wieder an den mit seinem eigenen Aufstieg mehr als genug beschäftigten Napoleon gewandt; er möge ihr helfen, mehr Geld und einen höheren Titel zu bekommen. Vor allem lag ihr daran, die Thronnachfolge für ihre Söhne zu sichern, sollten die Sprösslinge aus der ersten Ehe ohne männliche Nachkommen sterben. Manches davon bekam sie – vor allem die Titel und die Option auf die Thronnachfolge. Konnte man ihr auch unbesorgt zubilligen – es gab ja genug Jungs in der anderen, der alten Linie.

Doch, welch Wunder, die starben alle, beziehungsweise ihre erbberechtigten Kinder starben alle ohne Nachkommen. Zum Beispiel die von Stéphanie de Beauharnais, der Stieftochter Napoleons, die mit einem Enkel des Frauenfreundes Karl Friedrich verheiratet war. Zwei Buben hat die begraben. Danach kam der Onkel von Karl noch mal kurz dran, ein gewisser Ludwig, aber als der auch keine legitimen Söhne hatte, war der Weg frei für die niedere Brut der sogenannten Hochbergerin.«

»Ja und? Was haben die *heutigen* Angehörigen des Hauses Baden damit zu tun? Ich habe Prinz Bernhard mal bei einer Ehrung kennengelernt. Sehr korrekt und bescheiden, der junge Mann«, schnappte Elfie, die das Establishment verteidigte, wo es ging.

»Die Hochbergerin war ihre Stammmutter, und wären die anderen Jungs nicht gestorben, würden sie heute irgendwo im Kraichgau oder im Südschwarzwald auf einem schlecht beheizten Schloss hocken und vielleicht sogar arbeiten müssen wie andere Leute auch.«

»Wen interessiert das im 21. Jahrhundert noch? Hast du nichts Besseres zu tun?«

Ich atmete tief ein. Eigentlich wurde mir jetzt erst alles klar.

»Ungefähr eine Million Leute interessiert das. So viele äußern sich nämlich im Internet zu dem Fall.«

»Zu welchem Fall?« Elfie klang höchst genervt. Konnte ich sogar verstehen. Kein Thema, ein paar Tage vor einer Hochzeit.

»Zum Fall – *Kaspar Hauser*!«

»Also, Tischwäsche kann man immer brauchen.« Marie hatte sich mit Karina und mir in der Stadt getroffen, um uns zu helfen, ein Hochzeitsgeschenk für Elfie zu kaufen. Die beiden hatten sich bisher noch nicht gekannt, aber sie schienen sich zu mögen. Giant war zu Hause, Nessie auch, und deshalb saßen wir auf meinen Wunsch einigermaßen ungestört in dem sehr belebten Eiscafé in der Postgalerie, in dem Herr Konrad vergeblich nach seinem Alibi gesucht hatte.

Karina war zwar auch verheiratet, beschränkte sich aber in ihrem eigenen Wäscheschrank auf drei Garnituren Tischwäsche. »Wir sind beide selten zu Hause – berufsbedingt. Mein Mann ist Rechtsanwalt. Wir brauchen eine für werktags, eine wenn irgendwelche Kinder zu Besuch kommen und eine für Weihnachten und Geburtstage.«

»Praktisch«, erklärte Marie. »Rechtsanwalt, ja? Vielleicht treffen wir uns mal zu viert. Mein Mann ist im Bankgeschäft. Familie, Sie verstehen? Also, ich bekäme die Tischwäsche von der Familie gestellt. Sie haben irgendeine Weißnäherin, die schon seit Generationen für die Familie arbeitet. Eine echte Deutsche. Die anderen wechseln ja ständig und stehlen und wühlen in Privatsachen herum. Die weiß noch, an welcher Stelle man die Krönchen anbringen muss.«

Karina musterte Marie wie eine seltene Pflanze.

»Du siehst, dass hier viel los ist«, flüsterte ich zu Karina, als Marie aufstand, um die öffentliche Toilette aufzusuchen. »Da kann man einen alten Herrn gut übersehen. Gibt es übrigens etwas Neues im Fall Löber?«

»Nein. Nichts. Die Spuren erkalten jeden Tag mehr, und ...« Sie zögerte. Ich merkte, dass sie sich überlegte, ob sie zu unserer alten Vertraulichkeit zurückfinden sollte. »Die Tasche selbst ist niemals mehr aufgetaucht. Dumme Sache. Ich tippe immer noch auf deinen alten Filou aus der Südstadt, denn dreimal verwitwet will uns einfach nicht gefallen. Ein Selbstmord mit Tabletten, einmal Herzinfarkt und einmal ertrunken. Schon eine sehr hässliche und sehr ungewöhnliche Pechsträhne. Oder Glückssträhne, wie man es nimmt. Schließlich waren die Damen nicht gerade arm. Was ihn natürlich nicht automatisch zum Mörder macht.«

»Beruhigend.«

Karina bestellte einen Erdbeerkuchen mit Sahne. Ich wollte in meine diversen Hochzeitsgewänder passen und blieb bei Mineralwasser.

»Was ist mit der?« Karina schwenkte den Kopf in Richtung Toilette. »Warum hat sie denn Kronen auf ihren Tischdecken?«

»Das frage ich mich auch. Sie heiratet einen Adeligen. Irgendeinen ganz entfernten Spross der Zähringer. Oder Badener, wie man es nimmt.«

»Ach. Ich wusste gar nicht, dass es die noch gibt? Zähringer! Wie die Straße! Feiert sie dann auch wie es sich gehört in Schloss Salem?«

»Nein. Auf ihrem eigenen Gut. Wie das Verhältnis zum hiesigen Hochadel ist, weiß ich nicht. Wenn man die Schwiegermutter ansieht, möchte man allerdings meinen, sie erscheint regelmäßig in den Schlössern des Landes zum Tee.«

»Unsympathisch also? Arme Marie. *Meine* Schwiegermutter ist Holländerin. Will aber unbedingt als Deutsche gelten. Die Frau backt Weihnachtsplätzchen nach fast verschollenen altbadischen Rezepten. Unglaublich.«

»Ein Fall von Überidentifikation, aber zumindest nahrhaft.« »Du sagst es.«

Meine Gedanken wanderten zurück zu ihrer Frage. »Sie ist nicht direkt unsympathisch, diese neue Familie von Marie. Nur seltsam. Wie aus einer anderen Zeit.«

Marie kam zurück. »Na, habt ihr über mich getratscht?«

»Nein!«, sagten wir beide, und mit Erstaunen nahm ich zur Kenntnis, dass auch Kripobeamtinnen rot werden, wenn sie lügen.

****

Ich beschloss, mit meinen Recherchen vor Ort in Karlsruhe anzufangen. Den Namen Jacobs hatte ich mir nicht einmal aufschreiben müssen. Konnte man sich als Kaffeetrinkerin merken.

Das Generallandesarchiv war für Leute wie mich noch eine Steigerung zur Badischen Landesbibliothek. Erinnerungen an meine Studentenzeit kamen auf. Irgendwo musste ich sogar einen Benutzerausweis dieser ehrwürdigen Institution besitzen. Vor langer Zeit hatte ich dort im Lesesaal nach einem alten Flurnamen im Bereich Ettlingen geforscht.

Noch hatte ich keine Ahnung, wie ich mich Herrn Jacobs nähern sollte. Beim besten Willen konnte ich nicht fragen, wo es in Baden Kindersärge der ehemaligen Großherzöge gab. Was für ein Interesse konnte ich überhaupt an diesem Thema glaubhaft machen?

Das Generallandesarchiv ist ein unglaubliches Gebäude. Hohe, alte Räume. Stuck. Jugendstillampen. Uralte Aktenschränke. Mit gemustertem Milchglas verzierte hohe Portaltüren, hallende Gänge. Die vorletzte Jahrhundertwende steht einem dort so lebhaft vor Augen, als trete jeden Augenblick ein Offizier mit Schnauzbart oder ein badischer Beamter mit Ärmelschonern um die Ecke. Auch die Angestellten, die das Haus mit stillem eilendem Leben erfüllten, schienen aus einer anderen Zeit.

Die Frau an der Pforte teilte mir mit, Dr. Jacobs sei »nicht im Haus«. Erst übermorgen wieder. Ob ich in den Lesesaal dürfe? Ich durfte. Vorschriftsmäßig schaltete ich mein Handy ab, wobei es wie zum Trotz ein auffälliges Geräusch von sich gab, betrat den ruhigen Lesesaal und studierte die überschaubare Reihe von Nachschlagewerken, die zur allgemeinen freien Verfügung standen. Allgemein war hier relativ zu verstehen, denn das war kein Ort für die breite Masse. Ich zählte allein drei Rentner, die mit leuchtenden Augen in alten Plänen herumsuchten und wirkten, als gehörten sie bereits zum Inventar.

Meine Augen glitten über die Reihen der Karten und angegilbten Melderegister, einer halb zerfledderten Geschichte von Baden, entlang einzelner Ortschaften sowie der Haus- und Familienbücher, die mit ihrer steifen Schrift selbst für mich mühsam zu entziffern waren. Bücher, die außerhalb dieser Mauern kaum Publikumsrenner wären: *Medaillen des Großherzogtums*. Ich schlug es auf. Mein Blick fiel auf eine Hochzeitsmedaille aus dem Jahr 1806. Prinz C.F. Louis de Bade und Prinzessin Stéphanie als Jakob und Rachel aufeinander zugehend.

Ein handlicher, antiquiert wirkender Reclam Kunstreiseführer fand mein Interesse.

Ich schlug Pforzheim auf. Kunstdenkmäler in Pforzheim. Gar zu viele gab es dort nicht. Da war sie, die Schlosskirche.

Bedeutende Grablege. Aha. Aber von wem? Nicht die unterirdische, die Gruft. Sondern oberirdisch. »Die Kirche ist reich an bedeutenden Grabdenkmälern«. Markgraf Ernst, der die jüngere zähringisch-badische Linie begründet habe, liege nebst seiner Gemahlin in seiner eindrucksvollen Grabtumba, und an den Wänden könne man die Prunkepitaphe seiner Nachfolger und Verwandten bewundern.

Ich suchte weiter. In dem für Reclam so typischen Kleingedruckten. Die Grablege unter der Kirche war mit keinem Wort erwähnt. Ich sah auf das Erscheinungsdatum des Buches. 1979. Herausgeber ein gewisser Herr von Reitzenstein. Maren: Allein unter Adeligen!

Eigenartig, dass Herr von R. die Gruft nicht einmal erwähnte. Doch es sollte alles noch eigenartiger werden.

****

»Evangelisches Kirchenverwaltungsamt Pforzheim, Sie sprechen mit Frau Keller!«

»Mein Name ist Mainhardt. Ich wollte mich erkundigen, wann man die Schlosskirche besuchen darf. Ich meine, außerhalb der normalen Öffnungszeiten.«

»Sie meinen außerhalb der Gottesdienstzeiten. Montags und freitags von 15 bis 18 Uhr und mittwochs und donnerstags von 15 bis 17 Uhr. Und natürlich sonntagvormittags.«

»Gut. Danke. Und wann kann man die Gruft besichtigen?«

»Die Gruft ist leider im Moment nicht zu besichtigen, aber wenn Sie eine Führung buchen möchten ...«

»Ja, vielleicht. Kann man mit der Führung dann auch die Gruft aufsuchen?«

»Nein«, antwortete die Stimme sehr freundlich. »Aber die Führerin zeigt Ihnen gerne auf Wunsch Fotos von der Gruft.«

»Fotos?« »Ja, Aufnahmen. Und es gibt ein informatives Faltblatt.«

»Kann man denn niemals in die Gruft?« »Nein. Leider nicht.«

»Wenigstens bis zu einer Absperrung? Ich habe vom Tourismusbüro gehört, das sei möglich.«

»Möglich. Es sind aber immer wieder Bauarbeiten im Gange. Damit gehen Einschränkungen der verschiedensten Art einher. Am besten, Sie halten sich an der Treppe auf und schauen zu dem Verbindungsgang hinunter. Wenn möglich.« Ich verstummte einen Moment.

»Aber«, fügte sie an, »von dort sieht man natürlich nicht viel.«

Die Frau hatte sich vernünftig angehört. Deshalb wagte ich zu fragen: »Finden Sie das nicht etwas merkwürdig?«

»Offiziell nein. Man respektiert die Totenruhe.« In ihrer Stimme klang ein Lächeln mit. »Aber wenn Sie mich persönlich und als Pforzheimer Christin fragen – ja, schon.«

****

Das nimmermüde Internet enthüllte mir bei erneuter Eingabe des Begriffs ›Grablege‹ einen weiteren Kontakt in Pforzheim: Die ›Gönner der Schlosskirche‹.

Unter der angegebenen Telefonnummer des Ersten Vorsitzenden meldete sich ziemlich unverzüglich Herr Geist, ein freundlich wirkender Mann, der nur ganz leicht, aber erkennbar schwäbelte.

Ich nannte Namen und Wohnort, gaukelte ein kunsthistorisches Interesse an der Kirche vor, murmelte die Worte »Autorin für eine Genealogische Zeitschrift« und »frei« und »Auftrag«. Irgendwie mogelte ich mich damit durch die Vorstellungsrunde, bis er fragte, was er für mich tun könnte. Einleitende Sätze. Hin und Her.

Dann: »Es geht um die Gruft in der Pforzheimer Schlosskirche, die in meinem Werk eine Rolle spielen soll. Waren Sie jemals in dieser Gruft?« »Natürlich«, antwortete er, aber ich hörte bereits, wie er den Gang namens »Vorsicht« eingeschaltet hatte.

»Und Sie haben dort alles so vorgefunden, wie es ...« – meine Güte, wie fragte ich diplomatisch, was ich zu fragen hatte? – »... wie es sein soll?«

»Selbstredend.«

Wie weiter? »Herr Geist, das heißt also, dass alle Särge so stehen und da stehen wo sie immer schon standen?«

»Ich habe sie natürlich nicht vermessen«, kam es jetzt unsicherer. »Und ich möchte nichts von diesem Thema hören. Ich war in Ansbach, ich habe mit den Leuten gesprochen. Klarheit wäre gut. Das alles ist eine seltsame Sache, eine höchst seltsame Sache. Doch solange sich alle wie Angestellte der hohen Herren benehmen, kommen Sie da nicht weiter.«

Im Hintergrund hörte ich es klingeln und dann bellen. Herr Geist tat das, was ich an seiner Stelle auch getan hätte.

»Ich muss auflegen. Wenn Sie eine kunsthistorische Frage zu der Schlosskirche haben, gerne. Alles andere ... ich setze mich doch nicht in die Nesseln. Ich habe meine Meinung, aber ich behalte sie für mich.«

Klick. Das war's gewesen.

****

»Pforzheimer Tagblatt, Guten Tag.«

»Die Lokalredaktion, bitte.«

»Herr Gerstner also?«

»Wenn es möglich wäre.«

»Gerstner.« Typisch für Lokalredaktionen. Eine glatte Stimme mit leicht abweisendem Unterton. Leser mit sinnlosen Anliegen begleiten Tag für Tag ein Redakteursleben. Und nie darf er unhöflich werden. Sonst beschwert sich der Leser und bestellt die Zeitung kurzerhand ab, und der Redakteur kriegt Ärger.

»Herr Gerstner, mein Name ist Maren Mainhardt. Ich bin Ahnenforscherin und lebe in Karlsruhe.« Ein kleines Schweigen am anderen Ende. Dann, eher kühl. »Ich glaube, ich habe schon von Ihnen gehört. Was kann ich für Sie tun, Frau Mainhardt?«

»Ich hätte eine Frage, die Gruft in der Schlosskirche betreffend. Die Grablege der Badener. Bei Ihnen. In Pforzheim.«

Bekanntlich irritiert es mich, wenn mein Gegenüber so beharrlich schweigt. Erst nach einer langen Weile kam: »Ja. Was ist damit?«

»Haben Sie in Ihrer Zeitung schon einmal über diese Grablege berichtet?«

Ich hatte den Eindruck, der unbekannte, nie gesehene Herr Gerstner mochte mich nicht besonders. Trockenes Lachen. »Das ist ja, als ob Sie einen Journalisten aus München fragen, ob er schon mal über die CSU geschrieben hat. Natürlich. Die Schlosskirche ist eine unserer wenigen erhaltenen baulichen Attraktionen.«

»Gut. Und im Zusammenhang mit dem Haus Baden …«

»Auch. Die Kirche wurde renoviert, und in einem Festakt am 25. Juni 2006 wurde der Abschluss der Arbeiten gewürdigt. In Anwesenheit Ihrer Königlichen Hoheiten, der Prinzen von Baden. Und selbstverständlich gab es eine Besichtigung der Arbeiten.«

Ich suchte nach neuen Ansatzpunkten. Die Prinzen hatten mich erst einmal erledigt. »Ist man damals also gemeinsam durch die Gruft gegangen oder hatten Interessierte Zutritt?«

»Nein, natürlich nicht. Wo denken Sie denn hin? Man hat einen allgemeinen Einblick bekommen. Von der Absperrung aus.«

»Gut. Und hat Ihre Zeitung auch über die Särge im Einzelnen berichtet?« »Nein. Was sollten wir über die einzelnen Särge schreiben? Das ist ein morbides Thema, welches unsere Leser nicht schätzen würden.«

Jetzt musste ich einen Schritt weiter gehen. »Ist Ihnen jemals zu Ohren gekommen, dass es« – wie sollte ich fragen, ohne Maries neue Sippe in Misskredit zu bringen? – »Unregelmäßigkeiten in der Gruft gegeben hat?«

Da war es wieder. Dieses Schweigen, das genau eine Sekunde zu lange dauerte. Und das mir auch bei Karina aufgefallen war.

»Irgendwann gab es einmal Gerüchte über den Sarg von einer Margarethe. Da müsste ich nachschauen. Im 17. oder im 18. Jahrhundert ...«

»In neuerer Zeit, Herr Gerstner.« »Nein, davon weiß ich nichts. Habe selbst Fotos gemacht von der Gruft. Die müsste ich heraussuchen. Da war alles so, wie es in den alten Plänen ausgewiesen ist.«

»Wann haben Sie diese Fotos gemacht?«

»Vor der Restaurierung. In den achtziger Jahren. Ich müsste die Aufnahmen suchen. Das war, als die ganze Diskussion rund um diese Sache in Ansbach und diese SPIEGEL-Affäre begann.«

Aha, dachte ich. Jeder hat seine eigene SPIEGEL-Affäre.

»Ich kann Ihnen gerne unsere Artikel zuschicken, wenn Sie mir Ihre Adresse verraten.« Zögernd gab ich ihm meine Daten.

»Hören Sie, Frau Mainhardt. Es war eine großartige Leistung von seiner Königlichen Hoheit Prinz Bernhard von Baden, der ja, wie Sie sicher wissen, nunmehr Generalbevollmächtigter des Hauses Baden ist, diese Gruft restaurieren zu lassen und der Öffentlichkeit in einem – wenn auch beschränkten Maße – zugänglich zu machen. Das sollten wir nicht durch Kleinlichkeiten herabwürdigen, nicht wahr? Und niemand, der seriös arbeitet, fällt auf lächerliche Gerüchte herein. Ja?«

»Nein! Aber ich denke, die Gruft ist der Öffentlichkeit gar nicht zugänglich?« Darauf ging er nicht ein. Stattdessen sprach er weiter: »Sehen Sie die Dinge einmal in einem anderen Licht. Die Stadt Pforzheim ist froh, dass diese historische Stätte erhalten geblieben ist.«

»Das heißt also, ich könnte diese Gruft besichtigen.«

»Nein, natürlich nicht. Nur bis zur Treppe. Hab was läuten hören von drohenden Wasserschäden. Und es sei auf Jahre schwierig, da unten.« Gerstner lachte ein abgeklärtes Journalistenlachen. »Wenn man nicht in die Gruft geht, kann man natürlich nicht alles genau sehen.«

»Gäbe es da Ausnahmegenehmigungen?« Wieder lachte er. »Sie können es ja mal versuchen. Ja, versuchen Sie es ruhig. Auf Wiederhören, Frau Mainhardt.«

Nessie neben mir winselte. Ich gab ihr ein eigentlich verbotenes Stückchen Fleischwurst und hätte gerne mitgewinselt. Keine Unregelmäßigkeiten in der Gruft also. Aber vorauseilende Entschuldigungen für die Prinzengarde. Ich setzte mich. Wonach, zum Teufel, suchte ich eigentlich?

Nach einem Kindersarg, der in die Gruft gehörte, aber nicht dort war, sondern irgendwo auf einem Gut in Nordbaden? Der aus Gründen, die Marie dynastisch interessierten, bei ihren Schwiegereltern gestanden hatte und nicht mehr da, wo er einst zur Ruhe gebettet wurde?

Nehmen wir an, der Sarg hatte sich wirklich auf dem Anwesen der von Lingenbergs befunden. Reine Spekulation, aber wenn ja – warum? Weil dieses Kind mit ihnen zu tun hatte? Weil es noch verborgene enge familiäre Kontakte zur offiziellen Stammlinie des Hauses gab, nachdem die Zweige längst eigenständig geblüht hatten?

Und was hatten die Bemerkungen von Torsten Fontane mit allem zu tun?

Warum hatte ich einfach das Gefühl, dass da etwas nicht *stimmte?*

Das Gefühl kannte ich nur zu gut. Mich hatte es gepackt. Ich wollte etwas über die Pforzheimer Gruft herausfinden, denn der Gedanke, dass dort nicht ehrlich gespielt wurde, ließ mich nicht mehr los. Lügen erkenne ich. Und davon hatte ich in den letzten Telefonaten einige gehört.

Eine Tasse Kaffee, Zigarette und Kaffee, sowie ein Schreibblock vor mir – das sind Wundermittel in meinem Leben gegen jede Art von ungelösten Problemen. Gelegentlich, bei Lebenskrisen allgemeinerer Art, kommt noch eine Frauenzeitschrift hinzu, die mit munteren Tipps aufwartet, wie auch gescheiterte Frauen mittleren Alters noch etwas aus ihrem Leben machen können. In schweren Fällen von Lebenskrise ist ein Cognac nötig.

Ich setzte mich in das lebendige Café Palaver im Gewerbehof am Lidellplatz, bestellte mir einen Eiskaffee und dachte nach. Was wären die nächsten Schritte? Ich notierte die Fragen: Wer war für die Gruft verwaltungstechnisch verantwortlich? Was wusste das Archiv in Pforzheim über Gruft und Familie?

Ich schrieb mir ein paar Namen auf und bestellte angesichts der Kleider für die ins Haus stehenden Feierlichkeiten zum Essen nur einen Fruchtsalat. Ein junger Vater neben mir stand auf, schnallte sich sein Baby um und ließ die Tageszeitung liegen, als er mit großen Schritten und einem überirdischen Lächeln auf dem Gesicht davon schritt.

Ich blätterte die Zeitung durch. Übernächste Woche, am Samstag, dem 29. September – ausgerechnet an Elfies und Melchiors Hochzeit! – fand im Rathaus eine Gedenkstunde zum Einzug des Bundesverfassungsgerichts 1951 statt. 55-jähriges Bestehen. Immerhin kam Karlsruhe dadurch regelmäßig in den Hauptnachrichten vor.

In dem Blatt hieß es weiter, man wolle diese Feierstunde verbinden mit einer Feier der demokratischen Tradition im Südweststaat und des Liberalismus, der hier immer schon geherrscht habe. Das schmale Kartenkontingent für die Bevölkerung war ab nächsten Montag an der Rathauskasse zu erwerben. Ich beschloss, zu diesem schmalen Kontingent zu gehören.

Die Jubelfeier war um 14 Uhr. Zu Elfies Hochzeit würde ich also noch rechtzeitig erscheinen, und wenn ich das Jawort verpasste, war es auch nicht schade. Die Wahrheit lauerte im Hintergrund meiner Seele: Ich *wollte* das Jawort verpassen.

Eine ganz kleine Notiz auf einer der hinteren Seiten, die für Stadtfeste, Kultur und die Region reserviert sind, besagte, dass die geplante, lange verschobene Premiere von *»Drei sind zwei zuviel«*, die ursprünglich Ende September endlich hätte stattfinden sollen, erneut verschoben worden war. Armer Herr Konrad. Seine Ehre und sein Altersoptimismus waren mit seiner Hauptdarstellerin gestorben.

Zu Hause angekommen, nutzte ich erneut die Dienste des Internets und suchte die Nummer des Archivs in Pforzheim heraus.

»Für die Geschichte der Schlosskirche ist Herr Dr. Reiser zuständig. Genauere Auskünfte gibt er allerdings prinzipiell nicht am Telefon, seit der SPIEGEL einmal eine vollständig verzerrte Äußerung von ihm zitiert hat«, erläuterte die wachhabende Telefonzentrale. »Ich kann Sie für einen Kurztermin diese Woche eintragen.«

Warum eigentlich nicht? SPIEGEL! Immerhin. Pforzheim war nicht weit, und ich war erst zwei- oder dreimal dort gewesen. Ich entschloss mich leichten Herzens, Nessie bei Consuela zu parken und nahm den Zug. Nur zwanzig Minuten dauerte die Fahrt durch das enge Pfinztal und doch war es eine andere Welt.

Ich werde nicht recht schlau aus Pforzheim. Was ist es eigentlich? Eine Stadt? Ein größeres Schwarzwalddorf? Abstoßend hässlich durch die Betonmonster, die sie nach dem Krieg in die Innenstadt gebaut haben, oder ganz hübsch durch die alten Villen in den baumgesäumten ruhigen Straßen, die sich am Hang entlang schmiegen?

Jedenfalls gab es rund um den Bahnhof eine Menge Mitbürger mit Migrationshintergrund, wie meine Polizistenfreundinnen sagen würden, und ein lebhaftes Gewimmel strebte Richtung Fußgängerzone. Es war drückend. Die Luft schien sich zu stauen an den Bergen, die zwischen Pforzheim und den Schwarzwaldortschaften wie Wildbad, Dobel oder Bad Liebenzell standen.

Einen Plan in der Hand, wanderte ich vom Bahnhof aus nach links. Das Archiv war klein, schmuck, der Pförtner freundlich. Es herrschte die übliche ruhige Aufbewahratmosphäre. Der Pförtner wirkte arbeitslos. Auf seinem Plan waren nicht viele Namen verzeichnet, die heute Einlass in die Hallen der Pforzheimer Geschichte begehrten. Ich schielte ihm über die im blauen Arbeitskittel gewandete Schulter. Bei meinem Namen war ein Ausrufezeichen. Bei den anderen jedoch nicht.

Im Vorzimmer empfing mich eine mollige, dunkelhaarige Sekretärin, ohne mir Kaffee oder einen Stuhl anzubieten. Stattdessen sah sie auf die Uhr. »Herr Dr. Reiser hat nicht allzu viel Zeit. Termindruck. Wenn Sie sich also kurz fassen möchten ...«

Der Terminkalender unten im Empfang hatte zwar eine gähnende Leere am weiteren Vormittag bei Herrn Dr. Reiser verheißen, doch das mochte ein Irrtum sein.

Reiser, ein hagerer, ungesund aussehender blonder Mann mit einem schütteren Bart und einem flackernden Blick, stand hinter seinem Schreibtisch, als ich hereinkam. Für einen Staatsdiener hatte er ein ungewöhnlich großes Büro sowie eine noble, wenn auch unbequeme Sitzecke. Wortlos, mit einer Kopfbewegung, scheuchte er seine Sekretärin aus dem Büro.

»Nehmen Sie Platz, Frau Mainhardt. Was führt Sie denn zu mir?«

»Mein Beruf ist dem Ihren verwandt«, begann ich. »Ich bin Ahnenforscherin, und ich bearbeite derzeit einen Auftrag, der mit der Pforzheimer Gruft zu tun hat.«

»Nun, nun.« Er lächelte dünn. »Diejenigen, die dort liegen oder deren Vorfahren dort liegen, haben gewiss keinen Ahnenforscher nötig.«

»Es geht nicht unbedingt um jemand, dessen Vorfahren dort liegen.« Ich musste jetzt sehr vorsichtig sein. Jedes Wort konnte mich auf gefährliches Gelände führen. »Aber mein Auftraggeber hat ein gewisses Interesse an der Gruft.«

»Oh, das haben viele. Die Gruft wurde während der letzten Jahre restauriert, wie Sie wissen. Wasserschäden. Moder. Schlechte Belüftung. Bröckelnder Putz. Sie war in letzter Zeit der Öffentlichkeit nur in, sagen wir, beschränktem Maße zugänglich.«

Ich verstand nicht recht. War die Gruft jetzt zugänglich oder nicht? Ich ließ die Frage dennoch verstreichen und stellte eine andere: »Gibt es eine Art Bestandsaufnahme, was sich in der Gruft befindet?«

»Aber ich bitte Sie, Frau Mainhardt. Es ist seit vielen Jahren bekannt, was sich in der Gruft befindet. 1938 wurde ebenso eine Bestandsaufnahme der Särge gemacht wie noch einmal in den sechziger Jahren. Für die Restaurierung der Särge sowie der Gruft selbst wurden sie natürlich verschoben. Von der Südgruft in die Nordgruft und zurück. Doch selbstverständlich ist alles so, wie es Herr Dr. Lameyer vom Landesdenkmalamt beschreibt. Hier«, er wand sich aus seinem Sesselchen, ging zu einem Regal und holte ohne langes Suchen ein dickes Buch heraus. »Hier ist die Beschreibung der Pforzheimer Denkmäler, wozu natürlich auch die Grablege gehört. Ich lasse Ihnen die entsprechenden Seiten kopieren. Darin sind alle Särge einzeln aufgeführt. Sie sind alle vorhanden. Herr Dr. Lameyer ist ein renommierter Wissenschaftler. Wenn er schreibt, sie sind da, dann sind sie da. Er hätte keinen Anlass, etwas anderes zu behaupten. Eine größere Autorität gibt es nicht in dieser Sache.«

Er rief herrisch nach seiner Sekretärin und gab ihr den Kopierauftrag. Sie nahm den schweren Wälzer, warf mir einen mürrischen Blick zu und verschwand.

Ich sah Dr. Reiser an. War es nicht eigentümlich? Der Mann wusste gar nicht, warum ich da war. Dennoch hatte er unter den Hunderten von Büchern, die in seinem Zimmer standen, genau das Richtige herausgesucht. Er versicherte mir, alle Särge seien da, wo sie hingehörten, obwohl ich gar nicht danach gefragt hatte.

Dann würde ich eben *jetzt* danach fragen. Irgendwann musste die Sache ja mal vorangehen.

»Könnte es sein, dass irgendwann Särge aus der Gruft entfernt worden sind?« Er starrte mich an.

»Wie meinen Sie das?« Beim Badischen Staatstheater hätte der Mann keine Chance gehabt. Sein Erstaunen war zu wenig erstaunt.

»Nun, wie ich es sage.«

»Nein, ausgeschlossen. Meines Wissens nach hat niemand einen Schlüssel. Der einzige Schlüssel befindet sich in sicherem Gewahrsam beim Hochbauamt. Das ist absurd. Diese Särge sind außerdem sehr schwer. Tonnenschwer.« Er lachte überheblich. »Hier sind Ihre Kopien. Danke, Frau Mumm. Sie können dann in die Mittagspause gehen. Guten Appetit. Und nicht wieder so zuschlagen bei der Pizza! Italienische Lokale sind ja nicht gerade ideal, wenn man abnehmen will.«

»Kann nicht jeder so schlank sein wie Sie.« Frau Mumm errötete ein wenig. Sie war zu mollig, aber wer hörte das schon gerne? »Außerdem ist es bequem, und wir haben keine Kantine im Haus, wie Sie wissen. Bis später.«

Reiser wandte sich mir wieder zu und wies auf die großformatige Kopie:

»Hier sehen Sie alle Särge, die sich nach unserem Kenntnisstand in der Gruft befinden. Dies ist der bei Herrn Dr. Lameyer abgedruckte Plan von Hugenschmitt, der bekanntlich 1938 die Särge eingezeichnet hat. Und um es noch einmal zu betonen: Wenn er diesen Plan abdruckt, dann nur, weil er noch zutrifft. Hier – ein Foto der Gruft. Das ist der Sarg von Stéphanie von Beauharnais. Ein Reisesarg. Sie ist übrigens die Letzte, die in der Gruft bestattet wurde. Eigentlich hätte sie nach Frankreich in ihre Heimat zurücktransportiert werden sollen, aber nun ist sie bei uns geblieben. Es gibt noch einen weiteren Plan von 1962, wo im Rahmen einer Art Bestandsaufnahme ebenfalls alles eingezeichnet ist. Der Plan von 1938 ist wie gesagt in dem Buch von Kollege Dr. Lameyer aufgeführt. Und jetzt existiert natürlich auch ein weiterer Lageplan im Rahmen der Feststellung der notwendigen Arbeiten von 1983 sowie ein ganz neuer von diesem Jahr.«

»Wo kann ich den Plan von 1962 und die späteren einsehen?«

Er blicke mich muffig an. »Die sind im Moment in unserem Kellergeschoss. Das bekommt eine neue Klimaanlage. Leider vorübergehend fürs Publikum nicht einzusehen.«

Ich nickte langsam.

»Gut. Nun, ich werde mich dann weiter mit der Sache beschäftigen und mir vielleicht auch die Kirche selbst ansehen.«

»Tun Sie das!« Dr. Reiser stand auf und reichte mir eine unangenehm behaarte Hand. »Lassen Sie mich Ihnen zum Schluss noch einen Rat geben, Frau Mainhardt. Sie sehen doch aus wie eine vernünftige Frau. In dieser Sache finden sich eine Menge Verrückte. Richtige Verrückte. Gerade in Karlsruhe, wo falsch verstandener badischer Patriotismus blüht und sich zahllose übereifrige Amateurdetektive tummeln. Ich würde die Finger von dem Thema lassen. Da haben sich zu viele die Finger verbrannt. Und es ist wirklich nichts dran. Das können Sie mir glauben. Man muss aus historischer Sicht immer fragen, wer zu der damaligen Zeit ein Interesse daran hatte, das erstarkende und von Napoleon protegierte Großherzogtum Baden durch üble dynastische Gerüchte zu schwächen. Das Wort Bayern fällt da sicher nicht nur zufällig. Ich darf sagen, ich kenne die Markgräfliche Familie persönlich. Sehr honorige Leute. Man hat dort niemals an einen Zusammenhang geglaubt, und seit den DNA Tests ist das ja nun auch zweifelsfrei bewiesen.«

Ich befreite meine Hand.

»Von welcher Sache sprechen Sie eigentlich, Herr Dr. Reiser?«

»Warum sind Sie denn hier, Frau Mainhardt? Ich spreche von diesem unsäglichen Kaspar Hauser, der nur ein geschickter Betrüger war und der sich vor einen Karren hat spannen lassen, der eine Nummer zu groß für ihn war. Und heutzutage – von dem Gerede vom verschwundenen Sarg.«

»Und weshalb wurde er *ihrer* Ansicht nach ermordet?«

»Weil er sich mit den falschen Leuten eingelassen hatte, um sein inszeniertes Spielchen zu spielen. Warum sonst?«

****

Vor ein paar Jahren hätte ich das noch nicht gekonnt. Wäre gar nicht auf den Gedanken gekommen.

Jetzt überlegte ich mir, wie lange die Mittagspause einer Archivsekretärin wohl dauern mochte und wie viel Zeit sie für den Weg zu einer Pizzeria wohl verschwenden würde. Nicht mehr als fünf bis sieben Minuten, sollte man meinen. In einem sich erweiternden Kreis lief ich diese Zeitspanne um das Archiv herum ab. Zwei Pizzerien befanden sich in Frau Mumms theoretischer Reichweite. Eine war bis auf einen traurig aussehenden alten Herrn leer, und in der anderen saß die Gesuchte.

Sie schien nicht einmal überrascht, als sie mich sah. Das konnte auf Cleverness oder auf ein ausgeglichenes Gemüt deuten. Oder auf Dummheit, aber das wollte ich ihr nicht unterstellen.

»Haben Sie etwas dagegen, wenn ich mich kurz zu Ihnen setze?« Mit einem sehr knappen Nicken deutete sie auf einen Stuhl. »Ich habe nicht viel Zeit.«

»Also, ich finde es unmöglich, wenn Männer Frauen vorschreiben wollen, welche Figur sie gefälligst haben sollen.« Sie schwieg und sah mich verstockt an. »Zumal wenn sie selbst aussehen wie aus der Geisterbahn entsprungen«, fügte ich an. »Schaudert es Sie nicht jedes Mal, wenn er Ihnen die Hand gibt? Wie ein ausgehungerter Affe.«

Jetzt lächelte sie. Ich hatte gewonnen. Es kostete mich einen Cappuccino und einen von diesen Schnäpsen, die ich nicht mag und in denen eine bittere Kaffeebohne schwimmt.

»Dr. Reiser bewirbt sich um einen Sitz im Gemeinderat. Er hat gute

Chancen.« Sie kicherte. Ich spendierte noch eine Kaffeebohne. »Er ist einer, der sich gern gut stellt. Mit …«, sie sah nach oben und schickte ihr Kinn hinterher. Ich seufzte. In meinem letzten Fall hatte dieses »oben« Gott bedeutet. Hier vermutete ich andere Götter.

»Es kommt eben immer wieder vor, dass sich Leute nach dieser Gruft erkundigen, und es gibt das Gerücht, einer oder sogar zwei von den kleinen Särgen seien verschwunden. Und dann ist da dieser Mann aus Karlsruhe, er hat einen schönen Namen, warten Sie …«

»Fontane?«, warf ich ein, »Torsten Fontane?«

»Genau. Der macht viel Wirbel. Dr. Reiser sagt, er ist ein Krimineller. Dieser Mann behauptet, das Haus Baden hat die Särge von den Buben verschwinden lassen. Um eine gentechnische Untersuchung zu umgehen.«

Ich hatte es verhindern wollen, wirklich verhindern wollen, denn es schien so abgeschmackt, aber ich wusste – ich musste mich jetzt mit Kaspar Hauser beschäftigen. Kaum war ich zu Hause, musste ich es tun.

»Ich weiß nicht, was dran ist. Ich war niemals in der Gruft unten. Sie machen ja ein Riesengeheimnis draus. Meine Herren, ich hab andere Sorgen.«

Die Sache lief ins Geld: Es kostete mich noch eine Kaffeebohne, bis sie sich bereit erklärte, mir eine Kopie zu geben. Eine Kopie des Planes der Gruft aus dem letzten Jahr.

»Ich denke, der Keller, wo diese Pläne liegen, wird gerade neu klimatisiert?« »Ja, ja, natürlich. Wenn er das sagt. Alles prima Klima«, sagte sie und kicherte dazu. Noch eine Kaffeebohne und sie schliefe mir hier am Tisch ein.

Um 15 Uhr wollten wir uns am Bahnhof treffen. Sie mit einer Kopie des neuesten Planes und ich mit einer kleinen Überraschung. »Mögen Sie was Süßes, Frau Mumm? Ich bringe Ihnen gerne was mit!«

****

Eine Schachtel *Milka*-Herzen und eine Packung *Mon Chéri* in der Hand, lief ich durch die Straßen. Pforzheim ist ein moderner Ort ohne Schnörkel. Die Schlosskirche im Herzen der Stadt wirkt wie ein Überbleibsel einer Vergangenheit, die man Pforzheim eigentlich nicht zutraut.

Umgeben von einer sehr romantischen Grünanlage stand erhöht die mächtige Kirche, die von kraftvollen Pfeilern gestützt wie eine Wehrkirche wirkte. Es sah aus, als seien um das Gotteshaus herum Bauarbeiten im Gange. Ich sah Gerüste und Wagen mit Aufdrucken von freundlich lachenden Handwerkern, die Zangen und Hämmer schwangen. Gezeichnete Handwerker wohlgemerkt, denn so hatte ich in meiner Umgebung in der Südstadt noch keinen Handwerker aus Fleisch und Blut lachen sehen.

Zu meinem Glück stand die Kirche offen, was bei evangelischen Gotteshäusern nicht die Regel ist. Neben dem Eingang gab es das übliche Bildungsfaltblättchen mit den Texten, die sich von Rom bis Stockholm gleichen und von denen ich gerne wüsste, ob der Durchschnittsbesucher eigentlich wirklich etwas damit anfangen kann. So nach dem Muster »Aha, dieses Langhaus – da hinten der Lettner – hat ziemlich herkömmliche frühgotische Formen, und schau da, die hellen Farben und Formen der Spätgotik ...«

Ich mag eine Kirche oder ich mag sie nicht. Diese Kirche mochte ich. Sie war feierlich. Sie war groß und sie bot Überraschungen in ihrer abwechslungsreichen Bauform. Normalerweise zählte ich mich auch zu den Durchschnittsbesuchern, aber in letzter Zeit war ich ziemlich viel in bedeutenden Kirchen herumgekommen und hatte mir einen Blick für Besonderheiten angeeignet. Von Romanik bis Renaissance hatte die Pforzheimer Schlosskirche so ziemlich alles an Baustilen zu bieten, was das Mittelalter hergab.

Ungewöhnlich die kleine Kapelle, laut Führer die Margarethenkapelle, die zur Erinnerung an ein angeblich von Juden ermordetes Mädchen namens Margarethe Ende des 13. Jahrhunderts errichtet wurde. Der Anlass war Geschmackssache, doch die mächtige Menora in der kleinen Seitenkapelle schien mir ebenso bemerkenswert wie die reizende Muttergottes mit einem entzückenden Kind, welche in einer evangelischen Kirche ein ungewöhnlicher Gast war. Wunderschön auch der helle Stiftschor mit der Decke, die sich wie ein Baldachin über dem Raum spannte. Aber schon bei der verordneten Begeisterung für die Gurtarkaden und die Pfeilervorlagen musste ich passen.

Überhaupt interessierte mich an dieser Kirche vor allem ihre Gruft. Doch kein Gedanke an ein freies Betreten. Modern wirkende Glastüren trennten den Chorraum von der restlichen Kirche ab. Dahinter stand ein uralter Mann, der nach oben starrte. Als er mich sah, schloss er mir auf, und ich betrat das ungewöhnlich große helle Halbrund mit den mächtigen überlebensgroßen Steinfiguren sowie dem liegenden Epitaph in der Mitte.

»Das ist der Ernst, Markgraf Ernst, mit seiner Ursula«, erläuterte der alte Mann, als seien die beiden Freunde von ihm. »Sie ist 1538 gestorben.« Und seufzte wie bei einem persönlichen Verlust.

»Schöne Kirche«, bemerkte ich sparsam. Er nickte.

»Ich war als junger Bursch dabei, wie sie die Kirche zerbombt haben. Heimatreserve«, sagte er zu mir. »Aber sie haben sie schön wieder aufgebaut. Heute mache ich manchmal Führungen hier. Ehrenamtlich.«

»Wo liegen denn die späteren Badener begraben?«

Eine Art verächtliches Lächeln zog wie ein Wetterleuchten über sein Gesicht. »Da hinten an der linken Außenmauer. Sehen Sie diese Holzluke? Da sind Treppenstufen, die führen hinunter zu dem Gang, der die beiden Grüfte trennt. Nordgruft und Südgruft. Ich würde Ihnen den Gang gerne zeigen ...«

»Ja?« Ein Glücksfund, der alte Herr. Doch die Ernüchterung ließ – wie in meinen bisherigen Ermittlungen üblich – nicht auf sich warten.

»... Doch das ist nicht möglich. Kürzlich hatte ich einen Wissenschaftler aus Nürnberg zu Besuch. Er wollte auch nur einen Blick hinunter werfen. Fragte mich nach dem Schlüssel. Nur für die Treppe. Mehr geht sowieso nicht, das wusste er schon. Ich – rufe an beim Amt für Vermögen und Bau, doch der zuständige Herr, sagt man mir, sei momentan in Kur. Sein Vertreter werde mich zurückrufen. Ich telefoniere zweimal und – kein Rückruf. Jetzt ist der Herr aus Nürnberg wieder weggefahren. Dabei war es doch nur die Treppe!«

Hilflos sah er mich an. Ein netter alter Mann.

»Wissen Sie, ich habe dem Markgrafen geschrieben. Letzte Woche erst. Ob ich bei Führungen ausnahmsweise hinein darf, aber sie sagen, durch verschiedene Umbauten und anderes sei Wassereinbruch zu befürchten, und auf Jahre hinaus sind die Grüfte verschlossen. Jahre! Wassereinbruch!«

Ich schwieg.

»Früher, da ist manches vorgekommen. Aber wissen Sie, das müssen die mit ihrem Gewissen abmachen, die feinen Herren da unten in Salem.«

»Was meinen Sie damit?«

»Bei den Führungen fragen die Leute: ›Wer liegt denn wirklich da unten?‹ Was soll ich denen sagen? Ich meine, der arme Bub. Einer von uns einfachen Leuten. Er schläft da in seinem Sarg. Wenn er noch dort liegt. Du kannst einen Sarg verstecken, aber auf Dauer nicht die Wahrheit. Die Stéphanie hat ihren Sohn erkannt, als sie den Kaspar von weitem sah. In Ohnmacht ist sie gefallen. Und eine Mutter lügt nicht.«

Er fuhr aufgeregt fort: »Bleiben Sie mir fort mit denen. Rennpferde halten sie und teure Hochzeiten feiern sie, und in großen Autos fahren sie und dann meinen sie, wir glauben alles. Wie einfach sie leben. Schulden machen und dann alles verhökern. Wo haben sie denn die teuren Sachen her, die sie in Baden-Baden unter die Amis und die Araber gebracht haben? Ha! Vom Volk. Vom einfachen Volk. Nein, nein. Ich kann verzichten auf die Herren von Baden. Ich war nicht bei dem Gottesdienst im Juni. Wozu? Es wird ja doch nur gelogen. Aber die anderen, die buckeln alle. Nein, nein, jetzt ist Demokratie. Deshalb sag ich, was ich will, und bei den Führungen werde ich das jetzt auch nicht mehr verschweigen.«

Fürwahr eine freiheitlich-demokratische Einstellung mitten in Pforzheim in einer Kirche. Wo die Wahrheit aufhören mochte und die Gerüchte begannen, ließ sich so schnell nicht aus seinen Worten herausfiltern. Schade, aber die Uhr drängte. Bald war es drei und damit Zeit für das Treffen mit Frau Mumm.

Wie Lili Marleen stand ich auffordernd unter einer Laterne, dann ging ich vor dem Bahnhof hin und her, rund um die verabredete Stelle, doch Frau Mumm machte ihrem Namen keine Ehre. Sie traute sich nicht. Sie kam einfach nicht. Als es zehn nach drei wurde und dann Viertel nach drei und schließlich mein Zug zurück in die Residenzstadt aufgerufen wurde, da war mir klar – sie würde nicht mehr erscheinen.

Enttäuscht stieg ich in den Zug nach Karlsruhe und aß die halbe Schachtel *Milka*-Herzen selbst auf. Gegenüber zwinkerte mir ein dikkes Kind verschwörerisch zu. Der Zug wand sich liebevoll um die Täler und Hügel auf Karlsruhe zu, aber ich wünschte mich weit weg.

Ich mochte Maries Fall nicht mehr, der ohnehin eigentlich keiner war. Was zuerst nur nach einer harmlosen Marotte einer Möchtegernblaublütigen ausgesehen hatte, entwickelte sich in eine andere Richtung. Ich *wollte* mich nicht mit Kaspar Hauser und verschwundenen

Kindersärgen beschäftigen. Das Ganze war einfach zu billig. Eine scheinbare Enthüllung, ein Geheimnis, das Tausende vor mir bereits zu besserem Geld gemacht hatten – ein bunter Illustriertenstoff. Dafür war ich mir zu schade.

Unwillkürlich dachte ich an Karina Ix, solide Karlsruher Kriminalpolizistin, und ihren noch immer ungelösten Fall der ganz real ermordeten Irma Löber. Die nicht vor Jahrhunderten, sondern erst vor kurzem gestorben war und deren Blut beinahe auf meine Schuhe geflossen wäre. Das war Realität.

Kaspar Hauser war nur ein Märchen.

7. Kapitel

Consuela sagte, ich könne Nessie mindestens noch eine Stunde bei ihr lassen. Sie habe keine Kundschaft, und der Hund und sie sähen gerade gemeinsam mit dem Papagei fern. Der Papagei, den Consuela von einer Wahrsagerin geerbt hatte, die in Rente gegangen war, schrie »Hau ab!« im Hintergrund.

Glücklicherweise verschonten mich die hartnäckigen Bräute mit ihren Anrufen. Lediglich Matthias behauptete auf dem Anrufbeantworter, er habe Raika getroffen, und warum wir nicht mal alle miteinander etwas trinken gingen. Ich weiß, dass Raika Matthias als Inkarnation alles Spießigen verabscheut, und verwies Matthias' Wunsch deshalb ins Reich der Fantasie.

Ich hingegen wusste, dass ich jetzt versuchen würde, diesen Mann vom Denkmalamt anzurufen: Dr. Lameyer.

Meine leidvolle Erfahrung hat mich gelehrt, dass dringend gesuchte Gesprächspartner in Ämtern meistens »noch nicht im Haus«, »nicht mehr im Haus«, »in Urlaub«, »auf Fortbildung«, »in einer Besprechung« oder »nicht am Platz« sind. Deshalb war ich mehr als erstaunt, dass sich bei dem Anwählen der im Internet gefundenen Nummer keine Sekretärin, kein Automat, sondern der leibhaftige Dr. Lameyer meldete.

»Untere Behörde, Amt für Denkmalpflege, Pforzheim, Lameyer!«

Eine norddeutsch klingende Stimme. Sympathisch. Ich beschloss, offen zu spielen.

»Ich hätte gerne eine Auskunft, die Gruft in der Schlosskirche betreffend.«

»Ja«, gab er zurück, »welcher Art?«

»In Ihrem Werk ›Denkmäler der Stadt Pforzheim‹ beschreiben Sie die Gruft und Ihren Inhalt ziemlich genau.«

»Richtig. Das Buch war sozusagen mein Einstiegsgeschenk an die Behörde. Ich bin erst seit zwei Jahren hier.«

»Aha. Herr Dr. Lameyer, ich würde gerne wissen, ob wirklich alle 40 Särge, die Sie in Ihrem Werk aufführen, auch genau so dastehen, wie sie sollen!«

Ich hörte sein Schmunzeln fast durch die Leitung.

»Ja, ich denke schon, dass sie da sind. Versuchen Sie doch mal, sie wegzutragen!«

»Was heißt, sie denken schon, dass sie da sind? Haben Sie sie denn nicht gesehen?«

»Nein. Die Särge selbst habe ich nicht gesehen. Ich habe mich in meinem Werk auf die Darstellung von Hugenschmitt von 1938 sowie auf eine weitere ältere Beschreibung von Trost/La Croix aus den sechziger Jahren berufen, die uns jeweils eine vollständige Inventarliste übergeben haben. Der Hugenschmittplan ist zum besseren Verständnis ja auch im Buch abgedruckt.«

»Sie waren also selbst nicht da, um die Sarganzahl zu überprüfen?«

»Nein. Warum hätte ich das unbedingt tun sollen? Mein Buch ist ziemlich umfangreich, wie Sie beim Lesen bemerkt haben, und da ist Recherche in jedem einzelnen Fall natürlich schwierig. Die Renovierungen waren zu der Zeit abgeschlossen. Es wurde mir berichtet, die Särge seien wieder auf ihre Plätze gebracht worden, und ich habe mich auf die Darstellungen, die mir vorlagen, verlassen. Es hat aber sowieso niemand Zutritt zu der Grablege außer den Restauratoren und den Handwerkern. Und die waren die meiste Zeit beaufsichtigt, wenn sie mit ihrem Bauschutt und den Särgen herumhantierten. Haben Sie schon das offizielle Foto gesehen, auf dem die Gruft abgebildet ist?«

»Ja. Aber dort sehe ich beispielsweise keine Kindersärge.«

»Ja, ja, diese Kindersärge. Sie waren anscheinend vorübergehend in der Nordgruft untergebracht. Wurden, soweit ich weiß, intern neu nummeriert und dann wieder in die Südgruft gestellt. Die Inschriftenrestauratorin musste sich schließlich daran zu schaffen machen, manchmal auch bei Tageslicht. Versteht sich. Die Särge waren übrigens die ganze Zeit mit weißen Tüchern abgedeckt, wegen der Deckenabbrüche und des Mörtels. Dann haben die ja auch die Belüftungsanlage neu installiert. Da wurde nämlich einiges an Staub aufgewirbelt. Praktisch und nicht bildlich gesprochen.«

»Herr Dr. Lameyer, halten Sie es für möglich, dass einer der Kindersärge fehlt?«, fragte ich jetzt rundheraus.

Seine Antwort kam ebenfalls sachlich und ohne Verzierungen. »Ja, man hat von dem Gerücht gehört. Ein selbsternannter Heimatgeschichtler aus Karlsruhe hat mich deshalb angeschrieben. Ich weiß es nicht. Ich sage nichts dazu. Nur soviel: Diese ganze Kirche mitsamt der Gruft und ihrer Restaurierung ist eines der am schlechtesten dokumentierten historischen Baudenkmäler, das ich jemals erlebt habe. Es existieren keine Fotos von der fertiggestellten Arbeit. Nur das eine einzige offizielle, auf dem man nichts Signifikantes sieht. Besuche in der Gruft sind derzeit nicht möglich, nicht mal für kunsthistorische Fachleute. Ich habe mehrfach einen offiziellen Restaurierungsbericht angefordert. Habe mich auch mit Vertretern des Hauses Baden selbst in Verbindung setzen wollen, habe aber dort keinerlei Gehör gefunden. Mehr kann ich Ihnen nicht sagen. Warum sprechen Sie nicht mit der Dame, die die Inschriften erfasst hat? Frau Dr. Sprecher aus Mannheim.«

»Das werde ich tun. Danke.«

Herr Dr. Lameyer, den ich wohl von Angesicht niemals sehen würde, machte eine kleine, letzte Gesprächspause.

»Ich weiß nicht, warum Sie hinter diesen Kindersärgen her sind, obwohl ich es mir denken kann. Sie sind ja nicht die erste und Sie werden nicht die letzte sein. Ich würde Ihnen aber empfehlen, vorsichtig zu sein. Hier geht es um Ehre und um Ansehen und möglicherweise auch um viel Geld. Und wenn diese Dinge zusammenkommen, kann es gefährlich werden.«

»Ach, Herr Dr. Lameyer«, sagte ich, und das kam nun wirklich aus tiefster Überzeugung, »wenn Sie eine Ahnung hätten, *wie* gut ich das weiß!«

****

Jetzt sollte alles schnell gehen. Ich mochte nämlich nicht mehr warten. Vor mir lag ein Wollknäuel, so verwirrt, als hätte eine junge Katze damit gespielt. Wenn ich den Faden jetzt hinlegte, musste ich jedes Mal wieder von vorne anfangen. Als Marie mich anrief, nahm ich deshalb nicht ab, sondern hörte ihr am Anrufbeantworter zu.

»Hallo, Maren. Ich bin es, Marie. Noch Lasalle.«

Kichern.

»Hättest du Lust, nächste Woche eventuell an einem Abend mit Bernhard und mir nach Baden-Baden zu fahren? Wir wollen vielleicht ein wenig in die Spielbank und einen Cocktail trinken. Schicke Kleider ausführen. Und dich. Wie geht es übrigens voran? Könnte man sagen, du hast irgendetwas in der bewussten Sache herausgefunden? Aber kein Wort zu Bernhard. Du weißt ja, wie seine Mutter ist ...«

Sie legte auf und ich nahm wieder ab. Dank der Segnungen des

Internets hatte ich sogar den Namen »Sprecher« in Mannheim aufgestöbert – allerdings gleich dreimal.

Die erste verneinte mit ausländischem Akzent, als ich sie fragte, ob sie etwas mit der Gruft in Pforzheim zu tun hatte, und legte auf. Der zweite Sprecher rief seine Frau ans Telefon. »Hier ist jemand, der dich was wegen Kindersärgen fragen will!« Ich hörte nur noch, wie die Frau im Hintergrund schrie: »Die schrecken heutzutage vor nichts mehr zurück, Arno. Vor nichts. Leg einfach auf.« Die dritte meldete sich erst nach sechsmaligem Läuten.

Ich bin Ahnenforscherin. Muss öfters am Telefon Leute überzeugen, mit mir zu sprechen, die eigentlich seit Jahrzehnten nichts mehr mit meinen Auftraggebern zu tun haben wollen. Durch diese Arbeit habe ich mir eine sympathische, vertrauenerweckende Telefonstimme und ein paar alte Vertretertricks aus der Kiste des Matthias angeeignet. Die Leute hören nämlich erfahrungsgemäß nichts so gerne wie ihren eigenen Namen sowie den Titel, wenn sie einen haben.

»Guten Tag, Frau Dr. Sprecher. Frau Dr. Sprecher, mein Name ist Maren Mainhardt. Ich würde Sie gerne etwas fragen, ihre Arbeit in den letzten Jahren in der Pforzheimer Grablege betreffend. Danke, Frau Dr. Sprecher.«

»Sind Sie von der Presse?« »Nein, mein Interesse an der Sache ist mehr ... privater Natur, Frau Dr. Sprecher.«

»Hören Sie: Ich werde ganz bestimmt nicht mit einer Person am Telefon über meine Arbeit reden, von der ich nichts weiß. Wenden Sie sich an das Staatliche Hochbauamt in Pforzheim, die sollen Ihnen alles Nähere sagen.« Und legte auf.

Soweit die Vertretertricks.

****

Mein letzter Versuch war Frau Mumm in Pforzheim. Dank ihres ungewöhnlichen Namens konnte ich auch diese Telefonnummer herausfinden. Bereits nach einmaligem Läuten meldete sie sich. Ihre Stimme klang trotzdem verschlafen.

»Frau Mumm, Erinnern Sie sich? Ich war bei Ihnen im Archiv in Pforzheim. Es ging um die Gruft und Sie wollten mir eigentlich den Plan ...«

»Lassen Sie mich bitte in Ruhe. Ich weiß nichts von einem Plan. Von Plänen und Särgen. Und rufen Sie mich nicht mehr an, sonst muss ich Sie bei der Polizei anzeigen. Bitte belästigen Sie mich nicht weiter und spitzeln Sie mir ja nicht nach. Das sind alles Verrückte.«

Hastig spulte sie dieses eingelernte Sprüchlein herunter.

Gut. Jemand hatte ihr gesagt, dass sie nicht mit mir reden sollte. Jemand hatte gewusst, dass ich mit ihr in der Pizzeria gesessen hatte. Jemand hatte mich beobachtet.

Wer war dieser *Jemand?*

Es war wohl Zeit, Torsten Fontane anzurufen. Ich war reif dafür. Doch vorher würde ich noch mit Dr. Jacobs vom Generallandesarchiv sprechen. Ich musste für alles gewappnet sein.

****

Dr. Jacobs war ein sympathischer, schmaler Mann mit humorvollen Zügen und licht gewordenem grauem Haar. Er bekleidete eine führende Position im Archiv und hatte deshalb ein großes Büro, in das ein alter Baum fast hineinzublühen schien. Die üblichen alten hohen Aktenschränke, riesige Schreibtische, wenig modernes Zubehör schmückten den Raum.

»Wir sind die einzige Behörde in Baden-Württemberg, die noch mit den Möbeln aus ihrer Entstehungszeit eingerichtet ist. In diesem ehrwürdigen Gebäude sind wir jetzt seit dem Jahr 1905. Geschaffen als Institution wurden wir allerdings schon hundert Jahre zuvor. Durch Napoleons Protektion war Baden so groß geworden, dass das markgräfliche Archiv nicht mehr alles speichern konnte, was sie sich an Landstrichen und damit an Dokumenten einverleibt hatten.«

Immer wieder Napoleon. Warum hatten wir jede Menge Luisen- und Markgraf-Christoph-Straßen oder Bertholdplätze und keinen einzigen Napoleonweg? Oder ein Napoleon-Gymnasium? Undankbares Badenervolk.

Dr. Jacobs war sehr entgegenkommend und sehr freundlich. Er hatte mir anstandslos einen Termin gegeben, nachdem ich behauptet hatte, in genealogischem Auftrag unterwegs zu sein.

»Ja, ich kenne die Fürstliche Gruft. Ich war auch selbst drin. Anlässlich einer Veranstaltung habe ich einen Vortrag über ihre Bedeutung aus Sicht des Archivs gehalten. Gerne zeige ich Ihnen, welches alte Quellenmaterial ich verwendet habe. Sie wurde übrigens sehr sorgfältig restauriert. Die Särge mit den Kronenaufsätzen und den Samtbespannungen wurden ganz wunderbar hergerichtet.«

»Haben Sie auch die Kindersärge gesehen?«

Ganz und gar unvoreingenommen schien sein Blick. »Kindersärge? Nein, tut mir Leid. Auf die habe ich nicht geachtet. Waren wohl in sehr schlechtem Zustand, mussten geradezu gestützt werden von Holzgestellen, denn sonst wären sie auseinandergefallen. Nein, die waren für mich nicht von Bedeutung. Warum auch? Sie waren wenig oder gar nicht geschmückt.«

Kein Wunder, dass der Beschlag von den morschen Särgen abfallen konnte ...

»Hatten sie Sargbeschläge oder Bezeichnungen?«

Er musterte mich fragend. »Es werden wohl kleine Nummern daran gewesen sein. Man muss sie ja schließlich wiederfinden, nicht wahr?«

»Herr Dr. Jacobs, wie empfinden Sie persönlich denn den Umgang der Hauses Baden mit der Gruft und den – Geheimnissen der Gruft?«

Er zuckte die Schultern.

»Geheimnisse! Ich bitte Sie! Alles nur Gerede. Vielleicht vermarktet sich eine gewisse Familie manchmal ein wenig ungeschickt. *Ich* hätte damals vielleicht nicht alle Ergebnisse der Untersuchungen zu dem Fall, dessen Name ich hier nicht zu nennen brauche, vernichten lassen, aber nun ja. Das ist Geschmackssache. Aber sonst ist das ehemals Großherzogliche Haus sehr offen, was ihre Familiengeschichte angeht. Wir haben da keinerlei Klagen von Forschern.«

»Wie schön. Die unabhängigen Wissenschaftler müssten ihre Erkenntnisse ja irgendwo für sich selbst gespeichert haben. Hat man sie gefragt?«

Dr. Jacobs lächelte sanft. »Vielleicht. Aber ich kenne ihre Namen nicht. Tut mir Leid. Und ich weiß auch nichts von den Kindersärgen. Frühe Kindestode waren damals an der Tagesordnung. Man hat sich nicht viel Mühe gegeben mit den Kleinen, wissen Sie. Es waren einfach zu viele.«

»Fürstensöhne waren nicht ganz so zahlreich. Und die, die es gab, waren wichtig für den Fortbestand eines Hauses.« Er nickte säuerlich. Ich fuhr fort: »Und nach Stéphanie und ihren Söhnen hat man dann die

Grablege gewechselt. Nach Karlsruhe. Und das Kapitel in Pforzheim geschlossen. Die Gruft zugeschlossen. Für immer.«

Er lächelte mich weiterhin freundlich an. Ich merkte, dass hier nichts mehr zu machen war.

»Zeigen Sie mir noch die Tür zum Familienarchiv des Hauses Baden?«

»Aber gerne!«

Wieder gingen wir die langen Gänge entlang. Vitrinen. Türen. Schränke. Bilder. Eine Zwischentür: »Zutritt nur für Archivpersonal«.

Rechts eine weitere Tür. Reich geschmückt. Oben eine Verzierung, die majestätisch aussah. Löwen. Wappentiere. Und die Zahl 1904.

»Hier. Hier ist das Familienarchiv. Es ist kein sehr großer Raum.«

»Darf man da hinein? Oder einen Blick hineinwerfen?«

»Aber nein!«, sagte Herr Dr. Jacobs, freundlich wie immer.

8. Kapitel

Mir gegenüber saß Torsten Fontane. Ich hätte längst davon überzeugt sein sollen, dass er verrückt war. Alle hatten es gesagt. Auf mich wirkte er nicht verrückt, sondern ruhig. Beinahe zu ruhig.

Wir hatten uns in der Wirtschaft *Zum Alten Ketterer* am Lidellplatz getroffen. Eine Kneipe, die ich nicht sehr häufig aufsuche, doch sie schien mit ihrer traditionsreichen Ausstattung zu diesem Fall zu passen.

Zwei anstrengende Tage lagen hinter mir. Tage, in denen ich wie fremdgesteuert einer Wahnidee nachgejagt war, die mit meinem heutigen Leben im 21. Jahrhundert nichts zu tun hatte.

»Sie waren also in Mannheim, liebe Frau Mainhardt?«

Bevor ich anfangen konnte zu erzählen, hob er seine Hand und lächelte. »Etwas dagegen, wenn wir uns duzen? Es verhandelt sich besser so, und ich habe den Eindruck, dass wir ein Stück Weges zusammen gehen werden. Torsten.« Er kam mir mit seinem Glas entgegen.

»Okay, also: Maren.« Wir prosteten uns ein wenig halbherzig zu. Er war für mich kein Mann zum Duzen.

»Also. Du hast natürlich alles gemacht, was ich auch getan habe. Lass mich raten: Tourismusbüro angerufen. In der Kirche gewesen. Du warst bei diesem Dr. Reiser im Archiv, hast den Lameyer vom Denkmalamt gesprochen, hast dich beim Hochbauamt erkundigt, die ganz wunderbar verstehen, sich rauszureden. Auch nach der Renovierung waren Besuche im Bereich jenseits der Luke nur mit Führungen möglich. *In* die Gruft selbst durfte sowieso niemand. Früher konnte man aber mit dem Führer bis zur Absperrung gehen. Heute darf man offenbar nur noch bis zur Treppe und einen Blick in den Gang hinunter werfen. Die Särge. Anzahl? Keine Antworten. ›Bitte wenden Sie sich an das Sekretariat des Hauses Baden in Salem.‹ Vielleicht hast du sogar geschrieben? Nein? Aber ich. Dort – zuerst gar keine Reaktion. Dann ein kühler Formbrief. Aufgrund ständiger Wasserschäden, die immer wieder aufs Neue Anlass zur Sorge gäben und die sich durch den Umbau des Reuchlinkollegs auch nicht bessern würden, sehe man auf Jahre hinaus keine Möglichkeit, die Gruft je zu betreten. Auf Drängen – patzige Reaktionen. Man sei nicht befugt, Auskünfte über eine private Begräbnisstätte zu erteilen. Das sei die persönliche Angelegenheit der

Familie des Hauses Baden. Und es sei zu eng und zu gefährlich, in der Gruft herumzugehen. Irgendwann verliert man die Geduld. Sobald du das gewisse Unwort erwähnst, gehen die Läden ganz herunter.

Du hast sogar persönlich mit Frau Dr. Sprecher gesprochen, welche die Inschriften aufgenommen und bearbeitet hat? Ich übrigens auch. Sie hat aber die Kindersärge des 19. Jahrhunderts nicht restauriert, sondern nur die Särge in der Nordgruft, will sich an die anderen nicht erinnern, kann sich aber keinerlei Unregelmäßigkeiten vorstellen. Es sei eine entspannte Arbeit gewesen. Alles in allem. Dann hast du – nach Lektüre der Zeitungsartikel über die Wiedereröffnung – Heidelinde Würz aufgetrieben, die eigentliche Restauratorin der Särge in der Gruft. Alles natürlich im Auftrag des Architekten, der als Generalunternehmer fungiert hat. Dazu kommen wir noch. Sie hat dir im Brustton der Überzeugung bestätigt, dass alle Särge genau so stehen wie auf dem Plan von Hugenschmitt aus dem Jahre 1938, nicht wahr?«

Stumm nickte ich.

Fontane fuhr fort: »Dann hast du Dr. Jacobs vom Generallandesarchiv angesprochen. Er müsste es doch wissen. Er war doch schließlich vor Ort. Doch er hat sich mit anderen Dingen befasst. Mit den Prunksärgen und nicht mit den halb zerfallenen der Kinder. Und für alles Weitere möchte er eine schriftliche Anfrage, von der ich dir sagen kann, dass deren Bewertung lange dauern wird. Sehr lange.«

Verblüfft hörte ich ihm zu. Er hatte meinen Weg beschrieben. Genau meinen Weg. Den Weg ins Nichts.

»Außerdem habe ich noch einen gewissen Gerd Axtmann angerufen«, fügte ich stolz an. »Der Mann macht privat kunsthistorische Führungen in Pforzheim. Er war nicht zu Hause. Ich habe mit seiner Mutter geredet. Sie hat es ihm aber offenbar nicht ausgerichtet. Später habe ich ihm aufs Handy gesprochen. Er hat jedoch niemals zurückgerufen.«

»Oh!«, sagte Torsten mit schmalem Lächeln. »Das wundert mich nicht. Gerd Axtmann, ein abgebrochener Student, war früher Schlossführer in Salem. Er ist einer der wenigen, die Zugang zu den Privatarchiven der Hochberger erhalten – für seine pseudowissenschaftlichen historischen Informationsblättchen über badisches Kulturgut, die er erfolgreich veröffentlicht und in denen er ihre Größe und vor allem ihre Legitimität immer wieder hervorhebt.«

Wieder dieses irreale Gefühl. Als ob ich in einer Postkarte von

Salvador Dalí lebte. Oder eine dieser bizarren Traumsequenzen in einem Hitchcock-Film durchlebte. Was sollte das alles? Also gut: Etwas stimmte nicht mit den uralten Särgen der Badener. Was ging es mich an? Was tat ich hier mit diesem Mann, der sichtlich einem Phantom nachjagte, von dem ich noch nicht genau wusste, wie es hieß?

Aus Hilflosigkeit stellte ich die Frage, die für uns Deutsche die Entscheidung leichter macht, ob jemand als verrückt angesehen werden muss oder nicht: »Sind Sie, pardon, bist du eigentlich berufstätig?

Torsten lachte. »Du bist also auch bemüht, meinen Gesundheitszustand herauszufinden, was?« Sein Blick wurde spöttisch.

»Was heißt *auch*?« »Wie all die anderen. Ich beschäftige mich auf eine Art und Weise mit der Stadtgeschichte von Karlsruhe, die manchen Leuten nicht gefällt. Ich denke in kraftvollen Symbolen, schaue, wo die Spuren der Vergangenheit sich heute noch manifestieren, und ich spreche die Wahrheit aus. Ohne Tabus.«

»Es ist billig, die Leute mit Kaspar Hauser zu ködern. Ein Sonderangebot für kulturell Halbgebildete.«

»Billig oder nicht: Die Fragen der Geschichte sind noch immer unbeantwortet.«

»Wenn man sie heute noch stellen will.«

Er zuckte die Achseln.

»Also gut«, sagte ich, »ein paar Minuten gebe ich dir für deinen Kaspar Hauser. Ich habe mich weder jemals damit beschäftigt noch interessiert mich das Thema besonders.«

Torsten Fontane lächelte das überhebliche Lächeln aller Fanatiker, die sich ihrer Sache sicher sind.

»Gut. Wie du willst. Ich werde es kurz machen und mich auf die Aspekte beschränken, die dich interessieren. Aufgetaucht in Nürnberg am 26. Mai 1828. Ein unsicher laufender, etwa sechzehnjähriger Knabe, der auf dem Stand eines sechsjährigen war, nur in Satzfetzen sprechen konnte, das Protokoll aber mit den Worten Kaspar Hauser unterschrieb und angab, ein Reiter werden zu wollen wie sein Vater einer war. Er aß nur Wasser und Brot, freute sich über Besuch in seinem Gewahrsam, lernte schnell, so dass man ihm eine große Intelligenz und bald auch eine vornehme Geburt nachsagte. Anselm von Feuerbach nahm sich seiner an, er erhielt Unterricht und blühte auf. 1829 versuchte ein maskierter Mann, ihn zu töten. Der englische Adelige Lord Stanhope, dem

Verbindungen zum badischen Herrscherhaus nachgesagt wurden und der behauptete, Kaspar Hauser sei ein Ungar, gewann mit Geschenken das Vertrauen des Jugendlichen sowie die Aufsicht über ihn und brachte ihn in die Obhut von Johann Georg Meyer nach Ansbach, wo er 1833 in den Hofgarten gelockt und umgebracht wurde. Er liegt in Ansbach begraben, eine Exhumierung der Leiche scheint schwierig zu sein, da Bombeneinschläge in der Nähe die Lage des Grabes verändert haben. Bald schon verbreitete sich die sogenannte Prinzentheorie, die besagt, dass Kaspar Hauser der rechtmäßige Sohn des bereits 1818 mit 32 Jahren verstorbenen badischen Großherzogs Karl und seiner Frau Stéphanie sei und damit die einzige Hoffnung auf ein Weiterleben der alten männlichen Zähringerlinie des Hauses Baden gewesen war.«

Er hielt inne und trank einen Schluck. Ich wartete geduldiger, als es meine Art war.

»Es klingt kompliziert, ist es aber nicht. Wie du weißt, war Karl Friedrich zweimal verheiratet. Anspruch auf den Thron hatten die Kinder aus erster Ehe. Dort existierten 1812 mehrere männliche Nachkommen: Allen voran Karl, der mit Napoleons Stieftochter Stéphanie verheiratet war und der seit 1811 regierte – die beiden hatten eine Tochter, männlicher Nachwuchs schien wahrscheinlich. Ansonsten existierten noch Karls Onkel, der kinderlose Friedrich sowie der vom Hof verbannte Ludwig – beides Söhne von Karl Friedrich. Dessen ältester Sohn Erbprinz Ludwig war 46-jährig bei einem Unfall gestorben.

In dem unwahrscheinlichen Fall des Aussterbens der Zähringerlinie war im Vertrag von Ried ursprünglich festgehalten worden, dass wesentliche Teile Badens an Bayern fallen sollten.«

»Vertrag von Ried? Nie gehört!«

»Geschlossen im Oktober 1813. Hatte eigentlich höhere Ziele. Besagte etwa, dass Bayern aus dem Rheinbund austrat, am Krieg gegen Frankreich teilnahm, seine Armee dem österreichischen Kommando unterstellte und dafür völlig souverän blieb, seine Territorien behalten konnte und eben im Fall des Aussterbens der Badener Gebietsgewinne machen würde. Etwas, das übrigens später revidiert wurde. Doch es kam genau so. Beide Söhne von Stéphanie starben als kleine Kinder.«

»Klingt höchst kompliziert. Wussten denn die Leute damals so genau über die Angelegenheiten ihres Fürsten Bescheid?«

»Natürlich. Baden war ein liberales, ein aufgeklärtes Land. Der Hof repräsentierte, zeigte sich häufig in der Öffentlichkeit, und von seinem Gedeihen hing gerade in der Residenzstadt die wirtschaftliche Blüte ab. Und außerdem hatte Karlsruhe damals nur 14 000 Einwohner. Eine Kleinstadt. Nach dem Auftauchen von Kaspar Hauser wurde getuschelt, er sei der 1812 namenlos verstorbene Erbprinz. Die Nachfolge des badischen Throns war ins Gerede gekommen, auch unter den anderen Staaten. Das hat die Menschen damals sicher auch beschäftigt. Die waren ja nicht blind oder taub. Bekanntlich hatte ja Karl Friedrich zum zweiten Mal morganatisch, also nicht standesgemäß geheiratet. Luise Karolines Kinder konnten nur auf den Thron hoffen, wenn die alte Linie ausstarb, was niemand für wahrscheinlich hielt. Die stolzen Zähringernachfolger aus der ersten Ehe hatten sich natürlich gegen diese sogenannte Eventualsukzession der Hochbergsöhne gewehrt und hatten ihre niedrig geborene Verwandtschaft – vor allem nach dem Tod des alten Karl Friedrich – ziemlich mies behandelt: Wie Mätressen oder Bedienstete. So etwas kann Hass schüren. Hass bis zum Mord. Vor allem bei ehrgeizigen Charakteren. Denken Sie an Lady Macbeth.«

Merkwürdig. Das hatte ich selbst schon einmal über die Hochbergerin gesagt.

»Es war nicht mehr aufzuhalten. Als man fürchten musste, dass kein Knabe mehr geboren werden könnte, der überlebte und die alte Linie weiterführte, rückten die Hochbergsöhne einige Felder weiter in diesem Machtspielchen. Zuerst – in der Ära nach Napoleon – auf diplomatischem Parkett, doch wurden sie 1818 schließlich auf dem Aachener Kongress zu Erbberechtigten erklärt. Karl Friedrichs jüngerer Sohn Ludwig regierte nach dem Tod seiner beiden kindlichen Großneffen zwar noch zwölf Jahre, doch da er nicht standesgemäß verheiratet war, erlosch mit ihm die alte Zähringerlinie endgültig. Mit Leopold, dem vierten Großherzog, bestieg 1830 der erste Spross der einst verachteten Hochbergerin den badischen Thron. Und bis heute haben wir sie. Nicht mehr als Regenten, aber als vermögende Erben ihrer einst regierenden Altvorderen.«

»Hört sich wie ein Krimi an«, meinte ich widerstrebend. »Ich weiß nicht, ob es ein guter ist oder ein schlechter.«

»Es ist einer. Und er ist noch nicht zu Ende. Du weißt von den gentechnischen Untersuchungen, die 1996 parallel von den Universitäten München und Birmingham anhand von Blutflecken in der Unterhose Kaspar Hausers gemacht wurden und die keine Verwandtschaft mit dem Hause Baden ergaben. Ein zweifelhafter Beweis: diese Hose wird seit 174 Jahren an wechselhaften Orten ausgestellt. Angeblich habe man den legendären Blutfleck gelegentlich mit roter Farbe aufgefrischt. Verglichen wurden extrahierte Einzelstränge der Mitochondrien-DNS. Über eine polymerase Kettenreaktion in einem bestimmten Gemisch wurde das Fragment in immer gleichen Reaktionszyklen vervielfältigt und über die DNA-Sequenzanalyse konnte dann die Basenfolge bestimmt werden. Sie unterschied sich von der der beiden Nachfahrinnen aus weiblicher Linie von Karl und Stéphanie.«

Ich schüttelte den Kopf.

Torsten lachte und zeichnete etwas auf seine Serviette. Nachdenklich betrachtete ich die Schlangenlinie. Sie erinnerte mich an meinen Chemieunterricht, aber auch an etwas anderes. Ich runzelte die Stirn.

»Grundsätzlich ist es heute problemlos möglich, zuverlässige genetische Fingerabdrücke auch von älterem Material zu nehmen. Fünf Jahre später untersuchte das rechtsmedizinische Institut in Münster Gewebeproben, entnommen aus unterschiedlichen Quellen wie Hut, Hose und Haarlocke, und verglich sie wieder mit dem Erbgut einer Nachfahrin Stéphanies: Astrid von Medinger, die sich Blut aus dem Finger nehmen und eine Haarlocke abschneiden ließ. Anstatt sieben Abweichungen in den Proben wurde diesmal nur noch eine einzige gefunden. Man stellte eine fast hundertprozentige Gleichheit der DNA fest, was natürlich auch kein endgültiger Beweis ist.«

Ich sah in mein Glas, als liege darin die Wahrheit.

»Jetzt kommt unsere Gruft ins Spiel. Dort liegt der Sarg des am 16. November 1812 aus unbekannter Ursache plötzlich gestorbenen Prinzen, der noch in derselben Nacht in Pforzheim beigesetzt wurde. Übrigens hat das badische Königshaus erst 1824 eine Todesurkunde für das Kind präsentiert, in dem man eigenartigerweise als Todestag den 16.10. 1822 angab. Der eigentlich als kerngesundes Kind geborene Prinz, der so urplötzlich erkrankte und starb, der sich durch die Todeskrämpfe zur Unkenntlichkeit verändert haben soll, wie manche Zeugen berichteten, und den nach seinem Tod angeblich weder seine Mutter noch die Amme je identifiziert hat, wurde sehr hastig in einer Nacht- und Nebelaktion nach Pforzheim gebracht, dort aber mit Prunk bestattet. Liegt wirklich *er* in der Pforzheimer Gruft oder ein Kind aus einer bürgerlichen Familie? Was für ein Kind könnte das sein? Gleich alt wie der Prinz und aus Karlsruhe, aber todkrank. Beispielsweise das des Arbeiters Johann Blochmann, der rein zufällig im Dienste Luise Karolines von Hochberg stand. Wie leicht wäre es, alle Spekulationen für immer abzustellen, indem man diesen Sarg beziehungsweise die Reste seines Inhalts untersuchen ließe! Und die Hausarchive öffnete, die vom Generallandesarchiv verwaltet werden! Theorien wuchern. Vom plötzlichen Aufstieg mancher Leute am Hof, beispielsweise dem von Blochmann, einem Mann aus einfachsten Kreisen, bei dem Kaspar Hauser jahrelang versteckt in der Waldhornstraße gelebt haben soll und für dessen eigentlichen Sohn es keinen Eintrag in den Listen des bayerischen Heeres gab, in dem er angeblich gedient haben und gestorben sein soll. Beweisen lässt sich nichts. Außer, wenn dieser Kindersarg geöffnet wird. Das alles war übrigens die absolute Kurzversion.«

Ich schluckte. Gegen meinen Willen bestellte ich mir noch etwas zu trinken. Rotwein. Um diese Uhrzeit bei mir ein ernstes Warnzeichen. Normalerweise trinke ich harmlose Sachen, wenn ich in der Stadt unterwegs bin: Tomatensaft. Cappuccino. Im Sommer ein Radler.

»Und jetzt sind wir bei unserem Thema angekommen. Der Sarg Nummer 23 fehlt unseren Erkenntnissen nach in der Pforzheimer Grablege des Hauses Baden.«

Der Rotwein kam. Ich trank in großen Schlucken. Torsten Fontane beobachtete mich amüsiert.

»Wie kommst du darauf?«, fragte ich. »Keiner darf in die Gruft. Keiner.«

Torsten Fontane lächelte. »Nicht direkt keiner. Es tut nicht direkt etwas zur Sache, aber der Generalunternehmer, der die Arbeiten an der Gruft koordiniert – zufälligerweise selbst ein Adeliger, ein gewisser Herr von Sternheim – hat die Lüftungsarbeiten an eine sehr alte Karlsruher Heizungsfirma vergeben. Der zuständige Bauleiter, ein gewisser Horst Hauser – übrigens nicht verwandt – hat sich immer schon für die Geschichte seines Namensvetters interessiert. Seit einiger Zeit sind sowohl Herr von Sternheim als auch Horst Hauser in unserer stadtgeschichtlichen Gruppe *Karls-Unruhe* engagiert. Wäre das dem hohen Hause bekannt gewesen, hätte die Firma diesen Auftrag wahrscheinlich nicht bekommen.«

Ich blieb noch einen Moment bei den letzten Bemerkungen hängen. An irgendwas erinnerten mich seine Worte. An was nur? Ein Wort, ein Name ...

Torsten Fontane sprach weiter. »Fotos zu machen war Hauser nicht möglich. Aber er hat eine Zeichnung angefertigt, wie die Gruft heute aussieht. Wohlgemerkt: Wir sprechen von der Südgruft.«

Er griff in seine Tasche, schob unsere Getränke zur Seite. Mit einer Serviette wischte ich rasch einen Spritzer Rotwein vom Tisch.

»Hier haben wir drei Pläne. 1. Der Plan von Hugenschmitt aus dem Jahre 1938. Er ist überschrieben mit den Worten *Die fürstliche Gruft in der Schlosskirche zu Pforzheim.*«

»Den kenne ich. Reiser hat ihn mir gegeben.«

Ich sah den Plan trotzdem noch einmal genau an. Mit geschnörkelter Schrift waren alle Särge aufgeführt, die sich in dem Raum befunden hatten: Karl Friedrich, seine beiden Frauen, verschiedene andere Damen des Hauses. Sogar Königin Friederike von Schweden, eine Badenprinzessin. Und dann an der Wand links Stéphanie und neben ihr oder vor ihr, wie man es sehen wollte, ihre beiden früh gestorbenen Söhnchen. Insgesamt waren es zwölf Kindersärge, die sich in dem Raum befanden.

Schweigend schaute ich das zweite Bild an, das mir Torsten hinlegte: »Hier ein Grundrissplan von Trost aus dem Jahre 1962. Wieder zählen wir zwölf Kindersärge.«

»Und hier haben wir den Plan von 1990 – eine Aufnahme eines Vermessungsbüros, das als Grundlage für die Restaurierungen dienen sollte. Sie haben die Farbschichten, die Größe und Länge der Särge aufgenommen und einen Plan erstellt. Das war, bevor die Restaurierungsarbeiten an den Särgen durch Heidelinde Würz begannen. Das gleiche Bild wie 1962. Die Kindersärge sind übrigens nicht restauriert worden. Sie waren während der Arbeiten in ihrer Position sehr durcheinander geraten. Sie waren also nicht ihren Nummern entsprechend alle in der Nordgruft abgestellt worden, bevor die Arbeiten an der Südgruft begannen. Hier ein Kindersarg mit Nummer.«

Ich sah auf das Bild. Eine kleine, geradezu winzige Holzkiste. Eine geschwungene hölzerne Tafel mit angedeutetem Wappen und der altmodischen Zahl 24 darauf. Genauso hatte Marie mir das im Schuppen gefundene Schild beschrieben und aufgezeichnet.

»Größere Särge wurden auch anfangs im Chor oben zwischengelagert. Alles in allem eine unübersichtliche, vielleicht absichtlich so herbeigeführte Situation.«

»Herr Dr. Reiser sprach von einem ganz neuen Plan. Einem von diesem Jahr.«

Torsten Fontane schüttelte den Kopf. »Ich glaube nicht an diesen Plan. Er ist ein Phantom, um die Fragenden zu beruhigen. Den einzigen, den ich dir zeigen kann, ist der von Horst Hauser. Und der ist *hier*.«

Ein ganz klar gezeichneter Plan lag vor meinen Augen. Beinahe kindlich schlicht. Von links oben bis rechts unten waren die Erwachsenensärge durchnummeriert. Nur um die oberen vier Särge herum befanden sich die Kindersärge, die keine Nummern trugen.

»Hauser hat alles so übernommen, wie er es gesehen hat. Mit den Zahlen. Die Nummerierung der Särge ist neu und entspricht nicht mehr der des Planes von Hugenschmitt. Auf die Nummerierung der Kindersärge hat man nunmehr ganz verzichtet. Das soll verwirren und ablenken. Achte nicht darauf. Zähle einfach nur die Särge.«

Ich musste nicht lange zählen. Trotzdem tat ich es zweimal. Es waren elf. Elf Kindersärge und keine zwölf mehr.

»Ein Sarg fehlt.« Wie immer bei Torsten fielen seine Worte ganz sachlich.

»Wie alt«, ich schluckte, »wie alt ist diese Zeichnung?«

»Sie ist drei Monate alt. Wie lange der Sarg schon fehlt, wissen wir nicht. Das offizielle Gruftfoto, das in dem Touristenfaltblatt abgebildet ist, zeigt einen Ausschnitt des Raumes, in dem gar keine Kindersärge zu sehen sind. Auf alle Fälle, selbst wenn die Särge alle da wären, lügt die Restauratorin. Denn die Kinder von Stéphanie müssten neben ihr liegen. Da, wo sie immer lagen. Sie behauptet, die kleinen Särge seien so flach am Boden, dass man sie nicht sähe. Doch der Boden ist leer. Warum also lügt sie?«

Ich bestellte mir noch einen Rotwein. Mich trieb eine andere Frage um: Warum hatte ich mir selbst die wenigen Zigaretten abgewöhnt, die ich ab und zu geraucht hatte? Dann hätte ich jetzt wenigstens etwas, um das ich meine zitternden Finger legen könnte.

»Es ist ganz klar«, erklärte Torsten Fontane ruhig, »was hier gespielt wird. Das Haus Baden hat den Sarg im Zuge der Renovierungsarbeiten, als sowieso alles durcheinander war, unauffällig verschwinden lassen, um eine gentechnische Untersuchung zu verhindern. Für mich ist das sonnenklar. Seit die Debatten um das Haus Baden anlässlich des Handschriftenverkaufs und ihrer anderen Heimlichkeiten wieder aufgeflammt ist, haben die Herrschaften Angst, die Frage nach der ursprünglichen Legitimität ihrer Linie kocht wieder hoch. Und seit die Gruft – wahrscheinlich auf Druck der Behörden, die den Spaß ja schließlich bezahlt haben – wieder in der Wahrnehmung der Öffentlichkeit ist, mag ihnen der Boden unter den Füßen zu heiß geworden sein. Für sie steht das gute Renommée auf dem Spiel. Ihre edle Abkunft und ihre saubere Weste.«

Mir war schwindelig. Und das nicht nur vom Rotwein.

»Ich jedenfalls beabsichtige die ganze Sache bald an den SPIEGEL weiterzugeben. Es wird Zeit, dass sich jemand mal der Sache annimmt.«

»Tu es nicht, Torsten«, sagte ich leise. »Tu es nicht. *Noch* nicht.«

Neugierig musterte er mich. »Warum denn nicht?«

Ich hob mein Weinglas. Unsere Augen trafen sich, doch sie berührten einander nicht. Er war ein ausgesprochen gut aussehender Mann. Doch er sah mich, er hörte mich und nahm mich doch nicht wahr. Einen Moment lang bedauerte ich das. Zwei Hochzeiten und ein Todesfall, dachte ich.

Verdammt, was machte ich?

»Gib mir noch ein paar Tage, Torsten. Dann werde ich dir sagen können, ob es vielleicht eine ganz andere Erklärung für das Verschwinden des Sarges gibt. Noch kenne ich sie selbst nicht.«

9. Kapitel

Ein Hund hat gute und hat schlechte Seiten. Die schlechte Seite ist, dass man mit ihm ständig raus muss. Bei Regen, Sturm, Schnee und Hitze.

Die gute Seite ist, dass man mit ihm reden kann, so lange man will, und er hört zu. Vor allem, wenn er sein Abendfutter noch nicht hat und man ihn mit der geschlossenen Dose erpressen kann.

»Ja, da schau mal: Huhn mit Reis. Gleich. Nessie, in was für ein Chaos sind wir da geraten, bitte schön?«

Nessie war das scheißegal. Ihre braunen feuchten Hundeaugen wanderten von der Futterdose zu mir und zurück.

»Also ganz kurz zusammengefasst …«

Nessie sah bei dem Wort »kurz« ungläubig drein.

»Die wie auch immer zusammengesetzte Gruppierung um Torsten Fontane, dem Kaspar-Hauser-Forscher von eigenen Gnaden, hat einen Informanten in der neu restaurierten Pforzheimer Gruft. Dort scheint – so zeigt der Vergleich mit den verschiedenen Plänen von früher – ein Kindersarg verschwunden zu sein. Es handelt sich bei dem unschönen Inhalt offiziell um den Leichnam des 1812 verstorbenen Sohnes der Stéphanie de Beauharnais, welcher eines Tages Thronfolger geworden wäre. Das wurde er nicht, denn sowohl er als auch sein Bruder sind als Kinder gestorben, so dass unerwarteterweise die Söhne der ehrgeizigen, verschwendungssüchtigen Luise Karoline ans Ruder kamen, die normalerweise keine Chance gehabt hätten.«

Ich hielt inne und schenkte mir ein Glas Rotwein ein.

»Torsten Fontane nimmt nunmehr an, dass in der Pforzheimer Gruft eben nicht der Leichnam des Erbprinzen lag, sondern ein vollkommen anderes Kind. Den Gerüchten nach ist der gesunde kleine Prinz nämlich kurz nach seiner Geburt aus dem Schloss entführt und gegen ein todkrankes Kind, nämlich den Sohn eines Hofbediensteten, ausgetauscht worden. Später tauchte der Erbprinz, der jahrelang gefangen gehalten worden war, auf abenteuerliche Weise wieder auf, und zwar als Kaspar Hauser. Warum man ihn nicht gleich umgebracht hat? Fontane hat dafür natürlich auch eine Erklärung. Der Großonkel des kleinen Prinzen, Großherzog Ludwig, sei Mitwisser des Komplotts gewesen. Dieser Ludwig, der sich offenbar recht gut mit der Hochbergerin verstand, wurde durch den Tod von Stéphanies Söhnen schließlich selbst zum Thronfolger. Mit dem versteckten Erbprinzen habe man ihn erpressen können, um so dafür zu sorgen, dass er ohne legitime Nachkommen blieb. Nur so hatte die eigentliche Drahtzieherin des Ränkespiels, Luise Karoline, eine Chance, nach dem Tod ihres Stiefsohns Ludwig ihre eigenen Söhne auf dem Thron zu sehen. Nachdem Kaspar Hauser aber aufgetaucht ist und seine Herkunft sowie die offensichtliche äußerliche Ähnlichkeit zu den anderen Badenern zu Diskussionen führte, hat man ihn irgendwann beseitigt. Hört sich an wie aus einem der blutigeren Stücke von Shakespeare.«

Nessie sah traurig aus. Aber aus den falschen Gründen, fürchtete ich.

»Gentechnische Analysen von Kleidungsstücken von Kaspar Hauser und entsprechende Proben von Nachkommen der alten Zähringer – wohlgemerkt der anderen Linie aus Karl Friedrichs erster Ehe – haben keine hundertprozentige Sicherheit gebracht. Eine DNA-Analyse des Körpers aus der Gruft wäre hingegen eindeutig. Torsten Fontane und seine Anhänger sind überzeugt davon, dass irgendwann im Laufe des ausgehenden 20. Jahrhunderts, vielleicht aber auch erst in letzter Zeit, der Sarg Nummer 23 verschwunden ist – und zwar durch die Hand derjenigen, die als einzige ungehinderten Zugang zur Gruft haben: Die heutige Familie des Hauses Baden. Torsten Fontane vermutet, dass der Sarg in Salem versteckt wird.«

Nessie gähnte ausgiebig.

»Ich hingegen könnte ihm sagen, dass der Sarg möglicherweise nicht in Salem steht, sondern in einem kleinen Landschloss bei Sinsheim, irgendwo im Kraichgau. Oder dass er dort nach Maries Auffassung für eine Weile gestanden hat. Als Beweis diente die abgerissene Seitenplakette mit dem Wappen des Hauses Baden und der Jahreszahl 1812 bis 181... Marie nahm an, vielleicht 1817. So kam sie ja einerseits darauf, dass es sich um einen Kindersarg gehandelt haben müsse, dachte aber andererseits nicht an den skandalumwitterten Erbprinzen, der ja nicht fünf Jahre, sondern nur wenige Tage gelebt hatte. Da die Jahreszahl sehr schlecht zu lesen war, könnte die 17 leicht auch eine 12 sein. Der Erbprinz hat von 1812 bis 1812 gelebt. Die Frage ist jetzt: Nehmen wir an, der Sarg war wirklich auf Schloss Lingenberg. Wie kam er da hin, und vor allem: *Warum* war er da?«

Nessie legte sich auf ihre Pfoten, stieß einen inbrünstigen Seufzer aus und gab die Hoffnung auf Huhn mit Reis auf.

»Es könnte sein, dass die von Lingenbergs ihrer hochwohlgeborenen Sippschaft einen Gefallen tun wollten und ihnen die peinliche Last des Sarges mit dem brisanten Inhalt abnehmen wollten. Es gilt herauszufinden, wie eng oder harmonisch das Verhältnis zwischen dem Haus Baden und den von Lingenbergs tatsächlich ist. Hatten wir da nicht eine Einladung nach Baden-Baden? Von Marie und ihrem Verlobten?«

Nessie drehte sich weg. »Okay, du kriegst jetzt dein Futter.«

Begleitet von leisen Schmatzgeräuschen rief ich Marie an und sagte zu, dass wir kommende Woche gemeinsam den versprochenen Ausflug nach Baden-Baden machen würden.

»Das ist schön«, sagte sie. »Ich dachte schon, unsere Freundschaft sei möglicherweise am Verblassen, weil du neidisch bist. Na ja, ich heirate einen Mann der ersten Kreise, eine andere Freundin heiratet deinen ehemaligen Liebhaber und du wirst bald vierzig und hast auch in diesem Jahr keinen Partner gefunden.« Dazu lachte sie herzlich. Ich konnte nur hoffen, dass Marie vor ihrem Eintritt in besagte erste Kreise einen Volkshochschulkurs *Taktgefühl für Fortgeschrittene* besuchte.

»Aber nun wäre ich doch erleichtert. Könnte man eigentlich sagen, dass du ...«, jetzt senkte sie ihre Stimme konspirativ, »in meiner gewissen, persönlichen Sache weitergekommen bist?«

»Ja. Aber darüber sprechen wir ein anderes Mal.«

****

Bei all dem war der Mordfall Irma Löber ziemlich in den Hintergrund getreten. Für mich ein eigenartiges Gefühl, denn ich hatte die Frau schließlich gefunden. Warum ließ mich ihr Tod so unberührt? Ähnlich wie bei Hiltrud Binder war sie eine vollkommen durchschnittliche ältere Frau gewesen. Damals hatte mich gerade diese scheinbare Durchschnittlichkeit gereizt. Ich wollte das Geheimnis hinter jener Hiltrud herausfinden. Doch Irma Löber hatte kein Geheimnis gehütet. Dessen war ich mir inzwischen sicher. Sie hatte nur die falsche Tasche besessen. Auch die Presse schien sich nicht mehr für ihr Ableben zu interessieren. Laut Karina, mit der ich eine schöne Wanderung mit Giant und

Nessie am Rheinstrandbad machte – warum sollten sich immer nur die Spaziergänger im Oberwald zu Tode erschrecken? – war der Fall kein Ruhmesblatt für sie selbst und ihre Leute.

»So lange nach der Tat haben wir nur noch eine Chance, wenn das beim Mord erbeutete Diebesgut wieder zum Vorschein kommt oder wenn sich jemand an etwas erinnert, das er vergessen zu haben glaubte. Da wir von einem Einzeltäter ausgehen, ist auch nicht zu erhoffen, dass sich eine Bande untereinander verfeindet und wir einen Hinweis aus einschlägigen Kreisen bekommen. Und Maren – fang bitte nicht wieder mit deiner Frau Butter an. Die Frau ist nochmals mehrfach befragt worden. Nichts. Die bleibt bei der uns gegenüber gemachten Aussage. Sie liegt derzeit sowieso im Krankenhaus.« Karina hob die Hand. »Nein, sie ist nicht ermordet worden und auch nicht vergiftet, sondern sie hat ganz einfach ein schwaches Herz. Immer schon gehabt. Es geht ihr nicht besonders gut.«

»Aber wenigstens habt ihr euer Augenmerk nicht mehr auf den armen Herrn Konrad gerichtet.«

Karina blieb stehen. Giant auch. Beide sahen mir gelassen in die Augen. Nessie verrenkte sich den Hals, um an Giant hochzublicken.

»Aber, Maren. Wir haben den Anruf in Frankreich keineswegs vergessen. Es wird weiter ermittelt. Nein, wir können ihm lediglich nichts beweisen. Das ist bei uns etwas ganz anderes.«

****

Dennoch wirkte Herr Konrad etwas befreiter, als ich ihn beim Aldi im Weiherfeld traf.

Ich bin ein bekennender Aldifan, und ein Besuch dort hat für mich immer etwas von einer Wundertüte. Inzwischen habe ich es zu einer Art Sport entwickelt, für zwanzig Euro so viel einzukaufen, dass ich eine Woche überleben kann, sollte Aldi durch eine Naturkatastrophe ausgelöscht werden.

»Was macht Ihr Theaterstück?«

Er sah mich betrübt an. »Schleppend. Es ist nicht dasselbe ohne die Irma. Sie geben sich Mühe, die anderen, aber es ist nicht dasselbe. Anfang Oktober haben wir nun endlich Premiere. Sie sind natürlich auch eingeladen.« Letzteres klang nicht sehr einladend.

»Danke.« »Nur mit der Technik haben wir noch ein bisschen Probleme. Die Szene im Zoo, Sie erinnern sich ...«

Leider ja, dachte ich und schauderte bei der Erinnerung. »Da wollen wir eine Dschungelszene an die Wand werfen oder projizieren oder wie sie das heute nennen, aber technisch kriegt das von uns keiner hin. Früher hat das der Schweickert gemacht, aber der kommt ja jetzt nicht mehr zu uns. Hat diese eifersüchtige und neugierige Freundin, die ihm ständig hinterher spitzelt. Na ja, es ist kein Schaden, denn er war ein mieser Schauspieler, auch wenn er sich für einen großen hielt. Er hätte früher an einer privaten Schauspielschule studiert. Monologe und große Reden seien seine Spezialität. Wichtigtuer! In Wahrheit war er sowieso nur Speditionskaufmann.«

Männliche Rivalität vergifteten Herrn Konrads Worte. Noch ein alternder Hahn auf dem Hühnerhof? »Nun, aber zumindest diese technischen Dinge konnte er ganz gut. Auch wenn er sonst nicht gerade der große Sympathieträger war.«

Das konnte ich bestätigen. Schweickert war ein aufgeblasener Wichtigtuer. Aber solche Leute sind nützlich. Immer gewesen. Wem? Anderen, die ein wenig schlauer sind und die leise die Fäden im Hintergrund ziehen. Wer ließ Schweickert handeln und *was* tat er?

»Macht sich da wichtig in dieser Freiheitspartei. Das sind diese Leute, die unbedingt überall eine Rolle spielen müssen. Auf großen Bühnen agieren.« Ich betrachtete Herrn Konrad nachdenklich. Das traf irgendwie auch auf ihn zu.

»Und mit wem der alles verkehrt! Mit Reichen, mit Adeligen, mit Geldgebern aus der Wirtschaft. Sogar einen Termin beim Oberbürgermeister hätten sie schon gehabt. Er sei ein Vertrauter höchster Kreise. Allerhöchster. Das gehe bis zu denjenigen, die dieses Land einst regiert hätten. Ist das nicht lachhaft? Dabei machen sie doch gerade immer mal wieder Unterschriftenaktionen gegen die in Salem. Wohin sich ein Mensch mit wenig Selbstvertrauen verirren kann!«

****

Ein paar Tage verstrichen. Das schöne Spätjahr vertuschte, dass es bei mir in keinem Bereich voranging. Meine Bewerbung für eine Wohnung in der Gartenstadt war abgelehnt worden. Im nächsten Monat hatte ich wieder eine Chance. Wir schrieben Montag, den 24. September. In der Zeitung stand in einer historischen Notiz, dies sei der Tag, an dem Markgraf Karl Wilhelm allen Religionsfreiheit zugesichert hatte, die sich in der neuen Residenzstadt niederlassen wollten. Nur noch wenige Tage bis zu Elfies und Melchiors Hochzeit. Und ein paar Wochen bis zu Maries Eheschließung. Dazwischen am 21. Oktober mein Geburtstag.

Alles finstere Aussichten für den Rest des Jahres. Außer für heute. Heute würden wir zusammen nach Baden-Baden fahren: Marie, Bernhard und ich.

In der Zeitung hatte heute Morgen ein weiterer Hinweis auf die Feierstunde zum Geburtstag des Bundesverfassungsgerichtes am Samstag gestanden, die man wegen Terrorgefahr nicht am Ort selbst, sondern im Rathaus begehen werde. Erneut jubelte das Blatt, dass dies ein derart bedeutender Tag für die parlamentarische Demokratie sei und auch bedeutsam für Baden und damit auch für das gemeinsame Staatsgebilde Baden-Württemberg, und dass der Ministerpräsident sowie Vertreter des Hauses Baden, Fernsehkameras und sogar die Justizministerin aus Berlin erwartet würden.

Mein Blick wanderte zufrieden zu der Einlasskarte, die an meiner Pinnwand hing. Wahrscheinlich würde die Feier sterbenslangweilig werden, aber wenigstens hatte ich Gelegenheit, endlich die Nachkommen der Hochbergerin zu sehen, der man soviel Niederträchtigkeit zugetraut hatte.

Baden-Baden löst bei mir immer einen Reflex aus: Mich elegant anzuziehen und dekorativ zu schminken sowie meinen Goldschmuck aus der halb verstaubten Schatulle unter dem Schreibtisch herauszuholen. Ich verteilte Parfüm an strategischen Punkten meines Körpers, auch hinter meinem Ohr. Man konnte ja nie wissen, was an einem Montagabend alles passieren würde.

Marie Lasalle und ihr Nachwuchsbaron holten mich um sechs Uhr ab. In Bernhards Wagen, einem mittelgroßen, steingrauen BMW. Bernhard, flott, alert und nach wie vor sympathisch in seiner bodenständigen Art, roch gut nach Rasierwasser und nach der schicken Lederjacke, die auf der Rückbank lag wie ein schlafendes Wildtier. Marie trug außer Chanel N° 5 eine beigefarbene Designerhose und ein kurzes Lederjäckchen mit Goldverzierung an Kragen und Knopfleiste. Aufgeregt wandte sie sich zu mir nach hinten. »Spielbank! Herrlich. Mal in Baden-Baden bummeln gehen. Das sind alles Sachen, die wir heute noch genießen und die wir später, wenn die Kinder da sind, nicht mehr machen können«, schwärmte sie von Gegenwart und Zukunft gleichzeitig. Wo blieben ihre berühmten Konjunktive, wenn sie an ihren Nachwuchs in spe dachte?

Bernhard bog auf den Zubringer Richtung Baden-Baden ab, der weit schwingend auf die Hügel zusteuerte, in die sich das Städtchen so luxuriös eingenistet hatte.

»Ihr werdet bestimmt ein Kindermädchen haben. So warst du es doch gewiss früher auch gewohnt? Wie die anderen Adelsfamilien im Land auch?«

Bernhard überholte. Er fuhr sicher, souverän und so verlässlich wie er wirkte.

»Nein«, sagte er in den Rückspiegel. Ein Nachteil des Singledaseins ist, dass man immer hinten sitzen muss. »Mit so etwas hatten wir nie zu tun. Wir wurden nicht verwöhnt. Mein Vater ist ein einfacher Mann geblieben. Und als Kind war er nicht gerade auf Rosen gebettet. Und seine Eltern auch nicht. Sie haben im Krieg alles verloren, und außer einer guten Schulbildung in Salem hatten sie zunächst nicht viel von ihrem klangvollen Namen. Alles andere haben wir uns im Hier und Heute erarbeitet. Mit Fleiß und Disziplin.« Er lachte. »Nenn es gute Gene.«

Marie verzog das Gesicht. Alter Adel war gut, aber ein bisschen altes Geld dazu – das wäre noch das Sahnehäubchen. Kein Wunder, dass ihre Träume an einem großherzoglichen Kindersarg klebten.

»Salem?«, fragte ich. Viel wusste ich nicht über die Schule. Hörte ich den Namen, dachte ich an Adjektive wie ›elitär‹ und ›eiserne Disziplin‹.

»Ja.« Bernhard suchte einen Parkplatz in der blitzsauberen Tiefgarage unter dem Kurhaus. Obwohl Montag war, kein klassischer Ausgehtag, war viel los.

»Salem. Gegründet 1920 von Max von Baden und seinem Sekretär Kurt Hahn. Sie sind alle hingegangen. Mein Urgroßvater, mein Großvater und auch mein Vater. Der, glaube ich, zusammen mit seinem entsprechenden Altersgenossen von den Ex-Großherzögen. Dieser

Salembesuch war ihnen wohl von der herrschenden Linie des Hauses Baden versprochen worden. Vater spricht allerdings nicht viel davon. Ich glaube, die Zeit hat ihm nicht besonders gefallen. Er war wie gesagt gleichzeitig mit den hohen Herrschaften dort, aber eben als ärmlicher Verwandter. Morganatisch hat man da früher dazu gesagt. Von der Kirche anerkannt, aber gesellschaftlich nichts wert. Da gab es wohl Hänseleien und Rangkämpfe. Wie Jungs eben so sind. Deshalb wollte er auch nicht, dass ich dorthin gehe, obwohl meine Mutter es gerne gesehen hätte. Die richtigen Leute, die richtigen Kontakte. Mein Vater ist in diesem Punkt sehr zurückhaltend. Ich weiß, wohin ich gehöre, sagt er. Mama regt das natürlich auf. Zu bescheiden sei er, wirft sie ihm vor.«

Marie nickte für Mama.

Bernhard zuckte die Achseln. »Mir ist das egal. Hauptsache tüchtig. Das Meiste, was wir besitzen, haben wir uns alleine zu verdanken. Tüchtige Sippe.«

Wir liefen auf Marmor von der Tiefgarage Richtung Spielbank, und ich ließ den Zauber eines Abends in Baden-Baden auf mich wirken.

Den ersten Wächter im Kurhaus passieren. Sich in eine wohlduftende Schlange an der Rezeption einreihen. Stehen und Warten auf dichtem Teppichflor. Spiegel. Licht. Festlichkeit, die man sich für drei Euro einen Abend lang leihen konnte.

Ausweis. Chips wechseln. Und Herzklopfen.

Ich setzte auf die 16 und die 10. Melchiors Geburtstag. Und verlor auf einen Schlag 20 Euro und meine restlichen Illusionen. Marie setzte auf 1 und 11 und 15. Keine Ahnung warum. Sie warf vieldeutige Blicke zu ihrem Bernhard hinüber, der überhaupt nicht setzte.

Sie gewann dreihundert Euro. Ich konnte es nicht fassen. Das Glück ist unfair. Hält sich einfach immer an das Gewohnte.

»Kommt!«, jubelte die Goldmarie, »ich lade euch auf einen Cocktail ein!«

Wunderschön, die Bar. Die tausend Flaschen, die Gläser, die Lüster, das Kristall und die Spiegel waren eine Gegenwelt zu draußen. Die murmelnden Stimmen der Croupiers. Spannung, die über allem lag. Ein paar asiatische Damen suchten nach Freiern, viele Russen nach dem Glück, das im Geld liegt, manche allein stehenden Spieler älteren Semesters suchten nach einem Ausweg aus der Einsamkeit.

Ich trank zwei Cocktails und erlebte die Stadt draußen wie ein Gemälde von Chagall, in dem sich die Dächer, die Häuser und die Straßen nicht an die geographischen Gegebenheiten halten.

Schließlich trank ich einen Kaffee, und dann aßen wir im *Leo's* am Leopoldplatz zu Abend. Carpaccio und später Spaghetti mit Scampi.

Ich nahm den Platz zum Anlass für ein dynastisches Gespräch.

»Dieser Leopold«, begann ich, »war der erste, der damals aus der sogenannten Hochberglinie das Land Baden regierte.«

Bernhard nahm seine Hand von Maries Rücken und machte eine abwehrende Bewegung.

»Oh, die leidige Hochbergsache. Schweigen wir davon. Meine Mutter hasst diese Frau so, als sei sie ihr persönlich begegnet. Die Dame ist doch seit Ewigkeiten tot, aber Mama kennt alle ihre Schandtaten: Eine intrigante Xanthippe, die so verschwendungssüchtig gewesen sei, dass sie den ganzen Staat in die schlimmsten Krisen gestürzt habe; sie hätte gemeinsam mit ihrem Vielleicht-Liebhaber und Stiefsohn Ludwig versucht, die Macht an sich zu reißen. Am liebsten hätte sie das ganze Land an Napoleon verkauft, vorbei an ihrem greisen Ehemann, den sie drangsalierte, wo sie konnte. Ihre privaten Schulden sollten frech als Landesschulden anerkannt werden und vieles andere mehr. Oh, mir ist das egal. Das sind doch alte Geschichten.«

»Was für ein Mensch mag sie wohl gewesen sein? Man sagt, enttäuschte Frauen bringen vieles fertig.« Marie vermied einen Seitenblick zu mir und stocherte in ihrer Crème Brulée.

»Ich denke, sie war nur eine verbitterte und gierige Person, die sich von der Heirat in den Hochadel einfach mehr versprochen hatte und ihr Heil in Keifen, Zetern und Intrigieren gesucht hat. Letztlich aber harmlos. Für meine Mutter spielt es aber im Grunde gar keine Rolle, was für eine Frau die Hochbergerin persönlich war. Entscheidend ist, dass sie durch ihr intrigantes Geschick ihre Nachkommen an die Macht brachte. Das kann ihr Mama nicht verzeihen – zumal sie nur allzu gerne auf unsere direkte Abstammung von der alten Zähringerlinie verweist. In diesem Punkt sind sich Mama und mein werter Onkel Berthold sehr einig.«

Bernhard grinste nachsichtig über Maries zufriedene Miene und ergänzte, mehr zu mir als zu seiner zukünftigen Frau gewandt: »Wenn du mich fragst – das ist nichts als ein Spleen von den beiden. Manchmal könnte man fast meinen, Mama bildet sich ein, anstelle meines

Namensvetters, des Prinzen von Baden, könnte heute *ich* von Salem aus die ehemalige Markgrafenfamilie repräsentieren.« Bernhard lachte wie über einen guten Witz. »Du hast ja unseren stattlichen, weit verzweigten Stammbaum gesehen. Aber was bedeutet das schon? Im offiziellen Stammbaum des Hauses Baden, wie er sich in Geschichtsbüchern findet, tauchen wir nicht einmal auf. Genug davon ...«, er strich Marie, die irritiert aussah, liebevoll über die Schulter, »... gehen wir noch mal rüber in die Spielbank? Die Eintrittskarte gilt noch die ganze Nacht, und ich möchte mein Glück wenigstens einmal versuchen. Obwohl – noch mehr Glück«, Bernhards Hand mit dem Siegelring wanderte wieder zu Maries geradem Rücken, »wäre ja kaum auszuhalten!«

Marie lächelte lieb wie ein Engel.

»Nein, lass uns lieber nach Hause fahren«, bat ich. »Nessie ist bei Consuela, und die geht früh schlafen. Ihre seherischen Kräfte brauchen viel Ruhe. Und ihre Augen auch. Kein Mensch geht zu einer Kartenlegerin mit Brille von Fielmann. Deshalb schont sie sie.«

»Na, dann. Gehen wir.« Bernhard schien leicht zu lenken zu sein. Glück für Marie, die ich als ehrgeizig und geltungsbedürftig einschätzte. Weit entfernt war sie damit nicht von den Damen Hochberg und Schwiegermama.

Baden-Baden ist schön, wenn man in der Stimmung für süßen Kitsch ist. War ich aber nicht. Ich mochte nicht neben zwei Verliebten herlaufen, nur durch einen halben Meter getrennt. Früher hatte ich nie verstehen können, wieso Singles sich immer nur mit Singles zusammentun.

Heute Abend verstand ich es.

»Oh, Gott, der Familie entkommt man nicht. Da drüben steigt doch tatsächlich mein werter Herr Onkel aus dem Auto.« Bernhard nahm eine Sonnenbrille aus der Tasche. Ich verstehe nie, wieso Leute meinen, sie könnten sich durch zwei braune Kreise im Gesicht unsichtbar machen. Ich erkenne jeden, auch mit Brille.

»Vielleicht sieht er uns nicht. Er ist ziemlich oft hier. Liebt Baden-Baden mitsamt den Millionären. Ich weiß nicht, warum er nicht endlich hierher zieht. Er sagt, er sieht die Sterne nie so schön glitzern wie von der Terrasse des Neuen Schlosses aus. Da steht er dann immer am Silvesterabend, mit Champagner, einem Döschen Kaviar und irgendeiner Hübschen, die er beeindrucken will, und träumt von früher, als es noch Kutschen, Lohndiener und Adelige mit Einfluss gab. Eine aus der Hochbergsippe, Luise von Preußen, Großherzogin und Mama der späteren Königin von Schweden, hat übrigens 1923 hier ihren letzten Atemzug getan. So gut gefiel ihr die Stadt. Zum Sterben schön! Ich mache mir nicht soviel aus diesen Dingen wie meine werte Mama und mein Onkel.«

Wir stiegen ein. Als wir aus der Tiefgarage fuhren, warf ich nach rechts oben einen Blick auf das leer stehende Neue Schloss, auf das darüber in Ruinen liegende so genannte Alte Schloss und auf die verschachtelte, fast südländisch wirkende Altstadt von Baden-Baden – Keimzelle des Hauses Baden in grauer Vorzeit. Irgendetwas fügte sich in meinem Inneren zusammen. Es waren zwei Worte gewesen, die Bernhard eben gerade gesagt hatte. Etwas von seinem Onkel. Und das Schloss. Über die Aussicht. Etwas Wichtiges ...

Über die belebte Autobahn, auf der sich die Riesenkästen von Lastern wie beleuchtete Häuser aneinander reihten, fuhren wir zurück.

Ich war meiner eigentlichen Frage kein bisschen näher gekommen. Was hatte der Sarg Nummer 23 – und um den handelte es sich wohl – in Bernhards Zuhause zu suchen? Was hatten seine Leute mit den Herrschaften auf Salem zu tun? Warum fragte ich ihn nicht einfach? Marie hatte mich sowieso den ganzen Abend so gespannt von der Seite angesehen, als warte sie auf eine Enthüllung.

Wir bogen in Ettlingen ab. Fuhren auf die Stadt zu. Jetzt gab es weniger Verkehr. Der künstliche Tag von Baden-Badens Nachtleben wich der echten Nacht.

Nacht. Sterne. Sterne. Nicht verwandt ...

Die Erkenntnis traf mich unvermutet.

»Bernhard, du hast mir doch neulich kurz einen Herrn von Sternheim vorgestellt. Wie gut kennt dein Onkel ihn?«

Bernhard musste nicht nachdenken. »Er ist ein enger Freund der Familie. Mein Onkel ist mit ihm in allen möglichen Adelsverbänden und Clubs. Was weiß ich, wo die sich immer treffen. Schließlich war mein Onkel auch Architekt, da gibt es viele Berührungspunkte.«

Schweigend legten wir den letzten Rest der Fahrt zurück.

»War doch ganz nett, Maren. Und du sahst auch nicht schlecht aus. Ich würde ja keine Knoblauchscampi essen, wenn ich unterwegs in Baden-Baden bin, du verstehst. Aber du könntest manchmal ein wenig fröhlicher sein«, flüsterte mir Marie zu, als sie mich zu meiner Haustür begleitete. »So bist du schwer vermittelbar.«

10. Kapitel

Zu Hause rief ich Torsten Fontane an. Ich schätzte ihn als Menschen ein, den man auch nach zehn Uhr noch anrufen konnte, und so war es auch.

»Von Sternheim?« Er klang so nüchtern und so ruhig wie immer. »Der Generalunternehmer, der die Gruft restaurieren ließ? Ja, der gehört lose zu unserer Gruppe. Untergruppe von *Karls-Unruhe*. Der Kaspar Hauser-Rehabilitationsgruppe Karlsruhe. Er ist ziemlich fanatisch, und wenn ich das sage, will es etwas heißen. Er hat eine sehr interessante Theorie über Schloss Mahlberg aufgestellt. Autobahn Freiburg. Raststätte Mahlberg. Gegenüber liegt eben jenes schöne Schloss Mahlberg, in dem Hennenhofer, ein gerissener Mann, Protegé und hoher Beamter des Hofes, gelebt hat, der den Austausch der Kinder überwacht haben soll und auch bei Kaspars Ermordung die Hand im Spiel gehabt haben soll. Nach 1833 wurde er mit Gunstbezeigungen der Badenfürsten nur so überschüttet.

Laut von Sternheims Theorie ist Mahlberg das Schloss, von dem Kaspar in seinen sogenannten Schlossträumen berichtet haben soll. Das war mal wieder die Kurzfassung für Maren, die eigentlich nichts mit Kaspar Hauser zu tun haben will. Also, dieser von Sternheim ist ein echter Getreuer.«

»Ist er auch in der Sache des verschwundenen Sarges und der Anklage, dass das Haus Baden ihn entfernt habe, so rege? Ich meine – beteiligt er sich da ebenso lebhaft an der Debatte?«

Ein kurzes, beinahe erstauntes Schweigen. »Nein, jetzt wo du es erwähnst. In dieser Frage ist er bisher bei uns in der Gruppe nicht als besonders aktiv aufgefallen.«

Es sprach für Torsten Fontane, dass er nicht wissen wollte, was meine Frage bedeutete.

Der Mann gefiel mir. Aber nicht jetzt. Später vielleicht …

****

Nessie tat so, als schliefe sie. Zusammengerollt zuckte sie mit ihren dichten struppigen Augenbrauen, unter denen ein misstrauisches halbes Auge hervorsah. Es war klar, dass sie keine Lust hatte, sich weitere Gruftstories anzuhören. Aber ich kannte keine Gnade. »Solange du deine vier Pfoten unter meinen Tisch streckst, hörst du dir bitte auch meine Geschichten an.«

Nessies Blick wechselte ins Hasserfüllte.

»Also. Wir können davon ausgehen, dass durch die Freundschaft mit Herrn von Sternheim die Familie von Lingenberg eine Gelegenheit hatte, an den Sarg ihres werten Verwandten zu kommen. Von Sternheim hat die Gruft als Generalunternehmer restauriert.

Wenn der werte Verwandte überhaupt in diesem Sarg liegt! Nicht das Haus Baden hätte demnach den Sarg entfernt. Von Stehlen kann man ja strenggenommen sowieso nicht sprechen, denn es sind ja ihre eigenen Knochen. Die Angehörigen des Hauses Baden müssen aber den Verlust bemerkt haben. Es fällt ja auch bei solchen Familien auf, wenn ein Sarg der Sippe fehlt. Warum haben sie geschwiegen? Und warum schweigen und mauern vor allem meine offiziellen Gesprächspartner? Im Grunde ist das logisch. Jeder in den entsprechenden Ämtern, von ›Bau und Vermögen‹ über das Hochbauamt bis zu den Archiven, der das Gerücht von dem verschwundenen Sarg gehört hat oder sein Verschwinden möglicherweise selbst bemerkt hat, muss annehmen, dass die Entfernung Sache des Adelshauses Baden war. Und wer will sich mit denen schon anlegen? Dennoch können die königlichen Hoheiten kaum sehr ruhig schlafen. Denn sie müssen sich ja ernsthaft überlegen, *wo* die Überreste ihres Altvorderen sind und was der Dieb damit anstellt. Wie hat Torsten gesagt: Der Sarg muss gezielt entfernt worden sein, denn einfache Grabräuber würden die wertvoll aussehenden Grabkronen mitnehmen und nicht einen morschen alten Kindersarg.«

Nessie versteckte das halbe Auge unter einer Vorderpfote.

»Soweit sind wir also. Die von Lingenbergs haben den Sarg gestohlen, und zwar mit Hilfe ihres treuen Bundesgenossen und Freundes von Sternheim, der einer der wenigen war, die Gelegenheit hatten, ihn vorübergehend unauffällig zur Seite zu schaffen. Aber warum? Er war bei den Lingenbergs. Aber wo ist er heute?

****

Die ganze Nacht grübelte ich darüber nach. Bis mir auffiel, dass ich alle meine anderen Aufträge vernachlässigte – nur um mich in die Angelegenheiten von Leuten zu mischen, die mich normalerweise wahrscheinlich nur am Dienstboteneingang empfangen würden.

In einem nächtlichen Anfall von Wut stand ich auf und packte die gesamten Gruftunterlagen zusammen, um sie unter »Erledigt« abzulegen. Darunter war auch der Stammbaum des Hauses Baden. Ich kannte ihn gut. Lange genug hatte ich daraufgestarrt.

Doch jetzt schien er plötzlich eine Antwort zu bergen.

Ohne die Beseitigung des Erbprinzen wären die Hochberger nie und nimmer an die Regierung gekommen. Und niemals in den Besitz von Macht, Geld und Einfluss. Wie groß das Vermögen wirklich war, hatte man ja gesehen, als sie ihr Familiensilber bei der Sotheby-Auktion im Neuen Schloss in Baden-Baden auf eine eher basarartig anmutende Weise verhökert hatten. Die Nachkommen einer verschwenderischen gierigen Person fielen nicht weit vom Stamm? Theorie, Maren, nur eine Theorie.

Wäre die Hochberglinie also nicht ans Regieren und ans Erben gekommen, so wäre alles bei der alten Zähringerlinie geblieben. Die von Lingenbergs aber gehörten zu der alten Linie, die einst regiert hatte. Ich erinnerte mich an den zierlichen Zeigefinger Roseannas, der den Stammbaum entlanggefahren war.

Und Baron Berthold von Lingenberg – was hatte er zu mir gesagt? *Man muss sich bewusst machen, wo man herkommt, wo man hingehört, um dorthin zu gelangen, wo man hin will* ... Glaubte der Baron allen Ernstes, dass die Seitenlinie der von Lingenbergs vielleicht – bei günstigem Aussterbemodus – selbst an die Spitze des steinreichen Adelshauses geraten wäre? Maries Verlobter Bernhard hatte solche Gedanken als »Spleen« bezeichnet. Andererseits – die Geschichte Badens war voll solcher Zufälle ...

Mein Herz schlug so laut, dass ich Angst hatte, Nessie könnte davon aufwachen.

Angenommen, die Lingenbergs hatten ihre Chance genutzt. Die Renovierung der Gruft in Pforzheim unterstand einem befreundeten Bundesgenossen. Er hatte ihnen geholfen, den Sarg zu entfernen und...

Jetzt schien alles glasklar.

»... Und ihn selbst heimlich gentechnisch untersuchen zu lassen! Um sich zu rächen. Dem verhassten Haus Baden zu schaden. Und um endgültig die Wahrheit über Kaspar Hauser ans Licht zu bringen.«

Es konnte nicht anders kommen. Klopfendes Kopfweh und bleiche Übelkeit empfingen mich am anderen Morgen, denn ich hatte noch eine halbe Flasche Rotwein getrunken, bevor ich eingeschlafen war. Ich löste gerade zwei Alka Seltzer auf – der Erfinder dieser Tablette gehört für mich heilig gesprochen – als Marie anrief.

»Maren, du hörst dich verschlafen an. Heute ist Dienstag und damit wäre dies ein Arbeitstag, nicht wahr? Hast du eigentlich etwas herausgefunden, den Sarg betreffend? Ich gehe heute wahrscheinlich mit meiner Schwiegermutter in die Stadt. Wir müssen nach Schuhen und Handtasche schauen. Für das Standesamt. Bei der Kirchlichen würde ich natürlich ihre Sachen nehmen. Das ist Tradition in der Familie. Ich finde es ganz herrlich, diese alten Traditionen.«

»Ich nicht«, erwiderte ich grob. »Ich würde sehr gerne in meinen eigenen Klamotten heiraten und nicht in den abgetragenen der Altvorderen meines Mannes.«

»Nun, wir wissen ja, dass du überhaupt sehr gerne mal heiraten würdest, Maren, da wäre es schon egal, in welchen Kleidern, wie?«

Blöde Kuh, dachte ich.

»Bis jetzt habe ich keine schlüssigen Erkenntnisse. Gib mir noch ... vier Tage Zeit.«

»Warum ausgerechnet vier Tage?«

»Ich weiß es nicht«, antwortete ich. Und zu diesem Zeitpunkt glaubte ich das vielleicht auch. Tief innen aber wusste ich wahrscheinlich damals schon warum ...

Die zweite Braut, nämlich Kommissarin Elfie Noch-Kohlschröter, begegnete mir überraschend am Bahnhof. Ich hatte mir schon wieder die BUNTE gekauft, um mich auf harmlose Weise mit der Welt des Adels auseinanderzusetzen. Vielleicht sah ich sie jetzt aber auch mit anderen Augen, die von Fürstenbergs und die von Faber-Castells und wie sie alle hießen. Bisher waren das nur bunte Namen für Paradiesvögel aus einer anderen Zeit gewesen. Plötzlich sah ich tragische Schicksale dahinter, so nach dem Motto: »Lieber Psychologe, was kann ich tun? Ich wäre so gerne hochadelig, bin aber nur mitteladelig und alle gucken auf mich runter!«

»Wir sind am Überlegen, ob wir mit dem Zug nach Paris fahren«, sagte sie und wurde rot. Es stand ihr nicht, denn sie trug ein gelbes T-

Shirt. Nicht ihre Farbe. »Aber Melchior fährt nicht gerne nach Frankreich, denn dort lebt ja seine Ex-Frau. Alles dort erinnert ihn an sie. Vor allem die verfeinerte Küche und die filigrane Eleganz.«

»Das sind tolle Voraussetzungen für eure Ehe. Wohin darfst du denn dann fahren? Nach Wisconsin, USA. Da ist die Küche schlecht, und die Frauen haben dicke Ärsche«, schlug ich vor.

Elfie biss sich auf die Unterlippe. »Melchior spricht nicht viel über diese Dinge.«

»Melchior spricht bekanntlich überhaupt nicht viel.«

»Na ja. Wir haben ja noch Zeit. Übrigens, weißt du schon, dass diese Frau Butter – die Zeugin im Fall Irma Löber – gestorben ist? Heute morgen. Wir schauen uns mal in ihrer Wohnung um. Zumindest schadet es nicht, ein Auge darauf zu haben. Die Frau hat sowieso eine komische Verfügung getroffen: Die Nachbarn und Freunde aus dem Viertel seien ihre Familie und dürften sich gleich nach ihrem Tod alles nehmen, was sie bräuchten. Nur damit irgendeine Nichte nichts kriegt, die sie nicht ausstehen kann.«

»Ich wusste nicht, dass Frau Butter gestorben ist.«

»Karina hat es rein zufällig erwähnt. Eigentlich hat die Alte ja nichts weiter mit dem Fall zu tun, obwohl du da wohl anderer Meinung warst.«

»Allerdings. Und bisher hatte ich auch manchmal Recht.«

»Überstrapaziere dein Glück nur nicht.«

»Oh, in diesem Punkt musst du dir, glaube ich, keine Sorgen machen.«

Wäre dies ein Stummfilm, so stünde »*Zwei Zicken unterhalten sich*« als Untertitel unter der Szene.

****

»Kennen wir uns nicht?«

Eine Männerstimme, die mich mit der zeitlosen Anmachformel ansprach. Erfreut drehte ich mich um. Man kann ja nie wissen.

Vor mir stand Dr. Gleichsam. Gemeinsam warteten wir am Donnerstagmorgen vor dem Kartenschalter des Badischen Staatstheaters. Ich hatte nämlich beschlossen, etwas mehr reine und hohe Kunst in mein liebesleeres Leben eintreten zu lassen. Sobald die Hochzeiten vorbei waren, würde ich öfters a) ins Theater b) ins Kino c) ins Museum und d) ins Schwimmbad gehen. Das Vierordtbad, Schauplatz meines letzten Mordfalls, würde ich dabei meiden.

»Ja, von der *Badischen Freiheit*.« Die letzten Worte flüsterte ich. Nicht unbedingt wollte ich in der Öffentlichkeit mit einem Haufen berufsmäßiger Badener identifiziert werden.

»Sind Sie auch eingeladen zu der Veranstaltung am Samstag? Im Rathaus. 55 Jahre Recht und Gerechtigkeit in Baden. Nun ja, das mit der Gerechtigkeit ist Ansichtssache.«

»Nein. Eingeladen bin ich nicht. Ich habe mir auf normalem Wege eine Karte besorgt. Aber ich war ja auch erst ein einziges Mal bei den Sitzungen. Obwohl ich genau wie Sie einen A-Ausweis habe. Vielleicht käme ich damit an den Saalwächtern vorbei.«

Gleichsam schüttelte den Kopf.

»Kommen Sie nicht. Ein seltsamer, schlecht organisierter Haufen ist das. Schon allein das mit diesen A-Ausweisen ... Kürzlich traf ich einen alten Herrn, mindestens 88 Jahre alt, und der zeigte mir seinen Parteiausweis und hatte auch nur ein A. Sag ich: ›Na, Sie sind aber ein Spätberufener.‹ Daraufhin war er beleidigt. Und es stellt sich raus, dass er zu den Gründungsmitgliedern dieser Gruppe gehört. Die bekamen auch ein A. Damals bei der Gründung nämlich wurden diese Ausweise eigens gedruckt – A für Anfang oder was weiß ich – und heute nehmen sie sie für ihre neuen Interessenten. Manche Gründungsväter haben aber ihren A-Ausweis behalten, andere haben sich irgendwann einen richtigen machen lassen. Chaotischer unsystematischer Haufen ist das! Von dem ursprünglichen Zweck der Ausweise hat mir nie einer erzählt. Wahrscheinlich haben sie es selbst vergessen. Wissen nicht mehr, wer ihre komischen Ausweise heute noch hat und wer nicht.

Ich habe die Einladung für Samstag auch nur deshalb bekommen, weil ich diesen aufgeblasenen Schweickert vor dem Finanzamt getroffen habe. Würde ein wichtiges Ereignis für uns, und jeder solle Zeuge sein. Sie wissen ja, dass sie diese Unterschriftenaktion planen. Ich werde mich da jedenfalls nicht beteiligen. Nur nicht in der ersten Reihe stehen. Man weiß nie, wer bei solchen Veranstaltungen mitschneidet. Da sind bestimmt Kameras aufgebaut. Vor dem Gebäude und im Saal.«

Oh je, dachte ich, während ich so verbindlich nickte und lächelte, wie es der Freiberufler gelernt hat zu tun – egal wie groß der Schwachsinn ist, den man ihm erzählt.

»Also, dann vielleicht bis zur nächsten Sitzung, ja? Wünsche einen guten Tag!« Und wandte sich dem Kartenschalter zu. »Zweimal ›Arsen und Spitzenhäubchen‹ bitte!«

Ich hatte eigentlich auch Tickets für »Arsen und Spitzenhäubchen« holen wollen, doch jetzt überlegte ich es mir spontan anders. Das Schicksal konnte grausam sein. Vielleicht machte es sich einen Spaß und platzierte mich direkt neben Dr. Gleichsam.

Draußen band ich mein Fahrrad los und fuhr Richtung Stadt. Am Durlacher Tor brachte ich mein Rad durch beidbeiniges Absteigen jäh zum Stehen. Der Fahrer hinter mir prallte beinahe auf mich drauf. Ich rechnete mit den handelsüblichen Beschimpfungen oder Ermahnungen, doch er war Japaner. Stieg ab und verbeugte sich, lächelte und fuhr weiter. Unglaublich. Ich sollte vielleicht nach Tokio reisen. Mit meiner Fahrweise würde ich dort ganze Armeen zum Lächeln bringen.

Ich sprach zu mir selbst: »*Das* konnten wir nicht wissen! Wie auch? Niemand hat es uns gesagt, weil niemand es für wichtig hielt oder sich daran erinnerte. Auch manche Gründungsmitglieder haben noch Ausweise mit einem A darauf!«, murmelte ich. »Das heißt, es kommen als Besitzer der Tasche noch mehr Leute in Frage als die, die wir kennen und die unbekannten Anwärter, die sich nicht mehr gemeldet haben. Also noch mal: Nicht nur diejenigen, die in *letzter* Zeit A-Ausweise bekommen haben. Sondern auch altgediente Mitglieder des Clubs, die noch von *früher* einen solchen Ausweis haben. Karina muss herausfinden, wer die Gründungsmitglieder dieser Organisation sind. Die müssen ja irgendwo registriert sein.«

Hinter mir klingelte es wieder. Diesmal ein Deutscher. Wahrscheinlich sogar ein Badener.

»Fahren Sie oder stehen Sie? Vielleicht können Sie sich mal entscheiden.«

Ich fuhr rechts ran und griff nach meinem Handy. Es war ein Privileg, dass ich ihre Handynummer nicht nur hatte, sondern auch anwählen durfte. »Karina. Ich habe etwas Neues. Etwas höchst Interessantes.«

»Unmöglich«, sagte sie. »Es gibt nichts Neues. Außer, dass deine Frau Butter gestorben ist. Traurig ... wir waren da und haben sicherheitshalber die Wohnung angesehen. Die Frau hat nur in ihren Träumen gelebt. Ein Zeitungsarchiv hätte sie aufmachen können.«

»Vergiss es. Karina. Ihr müsst herausfinden, wer zu den Gründungsmitgliedern der *Badischen Freiheit* gehört hat, und dann habt Ihr vielleicht euren Mörder. Nicht nur Neumitglieder und Jugendliche haben einen A-Ausweis. Auch diejenigen, die bei der Gründungsversammlung dabei waren, und das passt auch viel besser zu Frau Butters Beobachtung, dass ein älterer Mann ins Haus gegangen sei.«

»Du und dein alter Mann! Das hat sie uns gegenüber nie bestätigt. Also gut, ich werde mit diesem Braun sprechen. Warum hat er uns das nicht gesagt?«

»Bevor du ihn beschuldigst: Ich nehme an, er wusste es gar nicht. Die Gründungsmitglieder sind so altbekannt, dass sie ihre Ausweise bei Veranstaltungen nicht mehr zeigen müssen. Oder sie sind so betagt, dass sie gar nicht mehr zu den Sitzungen erscheinen. Er selbst ist ja erst seit zwei Jahren dabei. So wie auch dieser Schweickert die alten Mitglieder nicht alle kennen kann.«

Karina gab einen missmutigen Laut von sich. »Ich schicke Bodo hin. Dieser eigenartige Verein muss ja irgendwelche Unterlagen über seine Gründung haben. Ich hoffe, wir erreichen gleich die richtigen Leute. Was machen wir jetzt mit Elfie? Es sind nur noch zwei Tage bis zur Hochzeit.«

»Ich habe mich entschlossen. Ich schenke ihr einen Stammbaum auf Büttenpapier. Da kann sie gleich ihre Stieftöchter eintragen. Und vielleicht haben wir noch ein Ästchen für seine Ex-Frau.« Ich schwang mich wieder aufs Rad.

»Hexe!« »Erfreut. Mainhardt.«

Ich radelte weiter, eine Hand am Ohr. Eine alte Frau schüttelte den Kopf, als sie mich sah. Am Rathaus entlang. Nur noch zwei Tage.

An der gläsernen Eingangstür hingen bereits Plakate, die auf die Veranstaltung am Samstag hinwiesen. Beginn: 14 Uhr. Zeit genug, beides zu besuchen, denn Elfies Jubelfest begann erst um vier.

»Ich bin gerade vor dem Rathaus.«

»Schön. Also dann.«

Als sie schon auflegen wollte, fiel mir noch etwas ein. »Karina, ich habe eine Bitte. Sozusagen im Gegenzug zu den A-Ausweisen.«

»Ja?«

»Dürfte ich mir die Wohnung und die Sachen, die Frau Butter hinterlassen hat, ansehen?«

»Wenn sie noch da sind. Die Frau hat keine Nachkommen außer der Nichte, die sie nicht mag. Sie hat bekanntlich testamentarisch verfügt, dass die Leute im Haus und im Viertel sich gleich nach ihrem Tod nehmen dürfen, was sie wollen. Und zwar einen Tag nach ihrem Ableben. Damit die Blumen und die Lebensmittel nicht verderben. Da haben wir keine legitimierte Zugriffsmöglichkeit. Der Wille der Verstorbenen ist zu respektieren.«

»Stimmt. Das hat sie jedem erzählt. Sogar mir. Fand sich wohl mächtig großzügig damit. Karina ... dürfte ich mich auf euch berufen? Bitte. Ich habe ein Gefühl.«

Karina lachte. Im Hintergrund hörte ich ein tiefes, mächtiges Bellen. »Ich habe Giant heute ausnahmsweise ins Büro mitgenommen. Mein Mann kommt später heim. Sonst ist er so lange alleine, und letztes Mal hat er das Küchenbuffet ausgeräumt.«

»Karina!«

»Na gut, ich glaube noch immer nicht an die These von Frau Butters Beobachtungen, doch meinetwegen geh deinen Gefühlen nach. Hoffentlich erfährt mein Chef nichts davon, sonst ist es aus mit Gefühlen.«

****

Das Mittagessen mit Torsten Fontane fand in gespannter Atmosphäre statt. Wir saßen im Café Palaver, das er offenbar ebenso liebte wie Matthias das Karstadtselbstbedienungsrestaurant. War es bei Matthias der ewige Versuch, die Damen an der Kasse irgendwie zu betrügen, indem er zwei Salamischeiben aussehen ließ wie eine, so mochte es bei Torsten der leichte Touch von Bohemien sein, das ihn in den begrünten Hinterhof zog.

Ich hatte es geschafft, dass mich Theo begleitete. Seinen Laden hatte er dafür geschlossen, eine Art Sensation. »Eine kleine Tour könnte mir gut tun«, hatte er gesagt. Tour! Es waren höchstens zwei Kilometer von Ort zu Ort, aber für jemand, der seine Wanderschuhe herauskramt, bevor er durch den gepflegten Parkweg des Beiertheimer Wäldchens läuft, mag der Ausflug über die Kriegsstraße zur Tour geraten.

»Torsten, ich bin zu der Überzeugung gelangt, dass – wenn der Sarg Nummer 23 überhaupt verschwunden ist, oder sagen wir vielmehr: entfernt wurde – es nicht die Angehörigen des Hauses Baden waren, die du für verantwortlich hältst.«

Es war Donnerstagabend. Der Abend, an dem Torstens Traum platzte. Er sah mich an wie ein Kind, dem man das Spielzeug weggenommen hat. Sein Biowein wurde abrupt zur Seite gestellt. Die Augen wurden kühl, die Lippen schmal. Theo lächelte in seinen Bart und nippte an seinem geliebten grünen Tee.

»Wie meinst du das?«

»Ich – muss wissen, dass ihr das für euch behaltet. Beide.«

Torsten nickte widerstrebend. Theo nickte gar nicht. Ich wusste sowieso, ich konnte mich auf ihn verlassen.

»Zusammenfassend gesagt: Ich vermute, dass die zukünftige Familie meiner Freundin Marie Lasalle – du hast sie gesehen, Theo – den Sarg hat entfernen lassen. Wahrscheinlich der Bruder ihres zukünftigen Schwiegervaters.«

»Wie das? Das war unmöglich.« Ich schluckte. »Durch die Mithilfe des Generalunternehmers von Sternheim, der verantwortlich war für die Renovierung der Gruft.«

»Warum sollte der das tun und seinen Arsch riskieren?«

Erstaunt über die grobe Sprache hob ich die Augenbrauen. Es ist nicht gut, Fanatikern ihre Visionen zu zerstören. »Weil sie zueinander halten. Weil sie in verschiedenen Vereinigungen zusammensitzen. Auch Adelsverbänden, wo einer dem anderen hilft, koste es was es wolle. Sternheim ist sowieso ein enger Freund der Familie. Geht ein und aus. Es ist wohl so, dass Baron Berthold von Lingenberg gerne den wohlhabenden Privatier erster Kreise gibt. Vielleicht hat man den Lingenbergs irgendwann früher seitens der Hauptlinie mehr Geld und Ruhm in Aussicht gestellt, als das jetzige Haus Baden dann einzulösen bereit war. Und aus Bemerkungen habe ich gespürt, dass sie Bernhards Vater wohl in Salem nicht gerade als Ebenbürtigen akzeptiert haben. Ihn gehänselt haben. Das trägt seine feine Frau denen immer noch nach. Nichts wäre den Lingenbergs lieber, als dass die reiche Verwandtschaft in Salem als zweitklassig dastünde.«

»Aber …«

Torsten brach ab. Er war intelligent genug, um zu wissen, dass alle Fakten, die er zusammengetragen hatte, auch ganz genau auf diesen Tatbestand zutreffen konnten.

»Aber das heißt, dass die Lingenbergs möglicherweise das Ergebnis einer eventuellen DNA-Untersuchung kennen.«

»Ja. Und das Haus Baden muss mit dieser Angst leben, seit sie wissen, dass der Sarg verschwunden ist. Wie lange können sie die Gruft noch versiegeln, wenn die Gerüchte um sich greifen? Wie, wenn die Versteigerungen und Verkäufe der letzten Jahre dazu gedient hätten, Geld zu bunkern oder beiseite zu schaffen, bis die Wahrheit bekannt wird? Rückwirkend wird es mühsam und zeitaufwändig sein, nachzuvollziehen, was sie im Einzelnen verkauft und zu Geld gemacht haben. Und wer sollte das tun? Das Land? Der Steuerzahler? Wieder einmal zu Diensten des Hauses Baden?«

»Aber das ist doch Unsinn. Selbst ein wie auch immer lautendes Ergebnis einer DNA-Analyse würde doch die Legitimität des Hauses Baden heute wohl nicht mehr in Frage stellen. Und rechtlich wäre der Fall sowieso längst verjährt«, meinte Theo, der ansonsten fassungslos von mir zu Torsten und zurück geblickt hatte. Wie ruhig war sein Leben gewesen, bevor ich darin aufgetaucht war.

»Rechtlich vielleicht schon. Aber der Ruf der Familie wäre ramponiert. Man muss bedenken, dass sie zum Hochadel gehören, sie verkehren mit den europäischen Königshäusern! Ein Imageschaden kann da verheerende Folgen haben. Es gibt natürlich noch eine ganz andere Möglichkeit.« Langsam dämmerte mir eine Erkenntnis, die Torsten Fontane noch weniger gefallen würde.

»Die Lingenbergs kennen das Ergebnis, und es ist positiv. Die Blutsverwandtschaft ist erwiesen, der Erbprinz tatsächlich als Säugling gestorben und liegt in seinem Sarg, wie es sich gehört. Das hieße, die ganze Kaspar-Hauser-Prinzentheorie wäre vom Tisch. Deshalb haben sie es nicht an die große Glocke gehängt. Auf diese Weise lebt die verhasste Verwandtschaft wenigstens im Ungewissen. Oder ein *wenig* im Ungewissen. Vielleicht wissen sie die Wahrheit aber auch schon längst. Wer weiß schon, was sich in den Familienarchiven befindet ... Ein negatives Ergebnis der Blutsverwandtschaft hätten die Lingenbergs in die Welt hinausposaunt.«

Mein Handy meldete sich.

»Karina?«

Theo warf Torsten einen vielsagenden Blick zu.

»Wir haben noch nichts herausfinden können. Justus Braun ist im

Urlaub. Er ist geschieden. Seine Ex-Frau sagt, sie weiß nicht, wo er die Unterlagen zu dieser ›Deppenpartei‹ – ja so hat sie sich ausgedrückt – aufbewahrt. Er ist der einzige, bei dem alle Unterlagen, die Mitgliederentwicklung betreffend, gelagert sind. Ich war im *Rhodos*, wo sie sich treffen. Der Wirt ist mit seiner Freundin in Freiburg. Das Handy hat er abgestellt. Der griechische Kellner kann sich nur noch an den Namen Rüster oder so ähnlich erinnern, der manchmal den Raum vorbuchte, wenn Justus Braun verhindert war. Wir überprüfen das derzeit. Also gut – geh morgen in die Nuitsstraße und schau dir die Sachen der verblichenen Frau Butter an. Bodo geht mit dir. Ich will nicht, dass du das alleine machst.«

»Warum denn das?«

»Ich weiß nicht. Nenne es auch ein Gefühl, wenn du willst.«

Ich legte auf.

Torsten saß nur da und starrte in sein Glas, das er wieder an sich genommen hatte. Irgendwann hob er den Kopf.

»Ich weiß nicht, ob du Recht hast. Noch gibt es keine Beweise. Aber in einem hatte *ich* Recht!«, meinte er mit einer Mischung aus Trauer und Trotz. »Wie auch immer, es stimmt etwas nicht in diesem Keller in Pforzheim! Es sind nicht mehr alle Särge da, oder?«

****

Die Wohnung einer Verstorbenen zu betreten ist wie ein Kästchen zu öffnen, das einem nicht gehört. Man tut es mit schlechtem Gewissen, mit einer Prise Spannung und mit Angst. Wie wird das eines Tages bei mir sein? Alles, was einem wichtig war, zum Sperrmüll?

»Wir haben den Abtransport der Sachen gestern Mittag stoppen lassen.« Karinas Assistent Bodo Gutenberg empfing mich mit Handschlag »Na, Sie kommen doch auch zu der Hochzeit von Kohlschröter-Oberst morgen, Frau Mainhardt. Ich dachte ja eine Zeitlang, dass *Sie* die Braut sein würden.« Und lachte herzlich.

»Die Welt besteht aus Täuschungen.«

»Haben Sie schon ein Geschenk?« Bodo war offenbar nicht von seinem Lieblingsthema abzubringen.

»Vielleicht finde ich hier eines. Wie wäre es damit?« Eine Tänzerin aus Porzellan. Zwei turtelnde Vögel. Häkeldeckchen. Kissen. Geschirr.

Gläser. Bücher. Fotoalben. Zwei Pelzmäntel. Eine Handtasche, teuer aussehend und neu riechend. So neu wie der Flachbildfernseher. Parfüm. Auch edle Sorten darunter. Kaum etwas davon verbraucht.

»Sie hat sich was gegönnt in letzter Zeit.«

»Ist Kollegin Ix natürlich auch aufgefallen. Aber wir konnten trotzdem nichts wirklich Verdächtiges feststellen.«

»Ihr Schreibtisch?« »Ist nichts von Bedeutung drin.« Bodo grinste. Sein schriftstellernder Vater schlug bei ihm wieder durch. »Mitnichten ein Löschpapierabdruck von verdächtigen Briefen ... keine rätselhaften Tagebucheintragungen. Keine erdrutschartigen Kontobewegungen.« Er seufzte. »Es gab keinen wirklichen Grund, die Wohnung zu versiegeln. Das Testament war bekannt, und die Nachbarn scharren schon mit den Hufen.«

Ich sah mich um: Postkarten aus dem Urlaub. Kochrezepte. Viele Hundebücher. Fernsehzeitschriften. Strickzeug: Eine einzelne Socke. Zahllose Medikamente neben ihrem Bett. Fläschchen. Tablettenschachteln. Einen Moment verweilte ich dabei.

»Alles untersucht«, beeilte sich Bodo zu versichern, »aber der Arzt im Krankenhaus sagt, das Zeug war in Ordnung. Die Frau ist eines natürlichen Todes gestorben.«

Ich ging in die Küche.

»Darf ich?«

Bodo nickte. Ich machte den Kühlschrank auf. Schinken, Lachs, Gänseleberpastete. Sekt. Hier hatten die Nachbarn wohl pietätvoll verzichtet. »Zumindest hat sie gut gegessen, bevor sie starb«, bemerkte ich und schloss den Kühlschrank leise wieder. Hier war nichts zu finden.

Bevor ich ging, setzte ich mich auf die Fernsehcouch und versuchte, mich in Frau Butter hineinzuversetzen: Sie hatte den Eingang gegenüber perfekt beobachten können. Sie hatte viel Fernsehen geschaut. Sie hatte aus dem Fenster geschaut. Sie hatte gelesen. Nein, eher herumgeblättert. Worin? In Büchern? Die hatten alle im Schlafzimmer gelegen.

Auf dem Couchtisch lagen all ihre Zeitschriften. Auf einem Stapel. Der Couchtisch war der Ort für die Boulevardpresse: FRAU IM SPIEGEL, DAS NEUE BLATT. Die BUNTE.

Die BUNTE?

Auf ihrem Schreibtisch hatte auch eine BUNTE gelegen. Nur eine einzige Ausgabe. Wieso eigentlich dort?

Ich sprang auf und ging zurück ins Esszimmer. Bodo folgte mir, wie sonst eigentlich nur Nessie. Schade, dass mir immer die falschen Männer nachlaufen. Warum dachte ich jetzt an Torsten Fontane? Er gefiel mir. Er hatte etwas Ehrliches. Doch er war kein Mann für mich. Und diesmal würde ich *vorher* klug werden und nicht hinterher.

Ich nahm die BUNTE in die Hand. Was suchte ich eigentlich? Ich sah sie durch. Hatte sie irgendwo eine Seite durch ein Eselsohr gekennzeichnet? Hatte sie etwas hineingeschrieben?

Da – nein, das war das Kreuzworträtsel.

Es war einfach nichts zu finden. Ich blätterte sicherheitshalber noch einmal durch: Nichts.

Warum haben die Fernsehdetektive oder auch die Geschöpfe von Agatha Christie immer diese unglaublichen Erkenntnismomente? Sie sehen, stutzen und finden dann den entscheidenden Beweis. Ich sah, aber nichts geschah! Kein Stutzen und kein Finden.

Frustriert legte ich das Heftchen wieder an seinen Platz. Das Datum der Zeitschrift fiel mir auf: Die Ausgabe nach dem Mord. Und damit etwa der Zeitraum, als Frau Butter ihre Aussage mir gegenüber zurückgenommen hatte. Das konnte ein Zufall sein. Vielleicht aber auch nicht. Wieso lag ausgerechnet diese Ausgabe von den anderen getrennt auf ihrem Schreibtisch? In dieser Zeitschrift konnte etwas Wichtiges stehen.

Ein Fettfleck auf Seite 117. Nein, wieder nichts. Das war nur ein Rezept für ›Köstlichen Karottenkuchen‹.

Weiter. Ich blätterte. Seite 117. 118. 119.

Leg es hin, Maren, und lass die Finger davon. Dieser Mord wird niemals aufgeklärt werden, und ganz gewiss nicht durch dich. 120. 121 …

Überlege dir lieber, was du Marie vorschwindeln willst, wenn sie dich fragt, warum ihre feine Verwandtschaft eigentlich anderer Fürsten Särge hortet. Die Wahrheit wäre vor ihrer Traumhochzeit wenig erfreulich. Seite 125. Was war das? Nur ein Kugelschreiber-Abdruck. Hinweis auf eine Notiz auf der vorherigen Seite? Also noch mal zurück …

Und ein Hochzeitsgeschenk für die anderen beiden Hochzeiter hast du immer noch nicht. Und dein Hund wartet bei Consuela. Matthias will dich auch mal wieder sehen, und wie lange hast du Raika und die kleine Ana nicht mehr zum Pfannkuchenessen eingeladen?

All das drängte sich nach vorne in meinem Kopf, um *es* zu verdrängen. Das Wissen, dass da *etwas* war.

Und da war es: Seite 124 war nicht da. Sie war so säuberlich herausgetrennt, dass man ihr Fehlen kaum bemerken konnte. Aber warum?

»Waren schon viele Nachbarn und Freunde in der Wohnung?«, fragte ich Bodo.

»Ja, was sollten wir machen? Es war der notariell beglaubigte Wunsch der Verstorbenen, dass sich jeder sofort etwas holen durfte. Wir haben uns aber bei der Staatsanwaltschaft eine Sonderverfügung geben lassen – es durften keine Schriftstücke mitgenommen werden! Und alles, was sich die Leute mitnehmen durften, muss bis auf Weiteres aufgehoben werden. Außer den Lebensmitteln. Jeder, der etwas mitgenommen hatte, musste sich außerdem ausweisen. Jedes Stück wurde aufgelistet. Natürlich waren auch einige Neugierige da, die nur geschaut haben. Wir konnten nicht alle namentlich erfassen ... Wie gesagt, die ganze Sache war nicht zu verhindern.«

»Sie brauchen nichts mehr zu verhindern. Es war schon jemand hier, der gefunden hat, was er suchte«, bemerkte ich trocken. Und dann nachdenklich: »Nachbarn und Freunde durften kommen. Das heißt, nicht alle, die hier aus- und eingingen, kannten einander?«

»Nein. Sie war ja noch im Seniorenkreis und beim Tierschutzverein aktiv. Aber von uns war immer einer dabei. Polizeiobermeisterin Schrat hat die Sache überwacht.« Eine kleine Pause, während derer Bodo errötete. »Eine sehr fähige Person.«

Ich lehnte mich gegen den Türrahmen. »Haben wir bald die nächste Bullenhochzeit?«

»Frau Mainhardt!«

Langsam nickte ich.

»Kann ich mit Polizeiobermeisterin Schrat sprechen, bitte?«

»Muss ich die Chefin fragen!«

Bodo war immer noch beleidigt.

Ich wusste, dass ich die Gunst von Karina und ihren Vorgesetzten aufs Äußerste strapazierte, doch ich konnte nicht anders. Ich griff nach dem Handy.

»Karina, ich bin überzeugt, dass eure Polizeiobermeisterin Schrat einen Mörder gesehen hat.«

****

Susanne Schrat war zierlich, jung, mit Wespentaille und kindlichen blauen Augen. Sie sah aus, als sei sie Balletttänzerin und die Dienstwaffe würde ihr aus den kleinen Händen fallen, bevor sie sie benutzen konnte. Doch ich wusste inzwischen, dass so etwas täuschen konnte.

»Ich habe aufgepasst. Die Leute, die etwas mitgenommen haben, mussten sich ausweisen, und ich habe alles aufgeschrieben. Es waren ziemlich viele, aber es ist keiner mit Sachen rausgekommen, ohne dass ich ihn gesehen hätte.«

»Nur Frauen?«

»Nein. Es waren auch Männer da. Manche kamen mit ihren Ehefrauen. Andere allein. Sie hat gesagt, Nachbarn und Bekannte dürften sich etwas holen. Das war hier im Viertel Stadtgespräch.«

Ich nickte.

Bodo und Karina betrachteten mich skeptisch.

»Ich denke, dass Irma Löbers Mörder erfahren hat, dass Frau Butter gestorben ist. Ich vermute, sie hat ihn erpresst. Unklar ist noch, wie sie die Identität von jemandem herausfinden konnte, den sie nur kurz auf der anderen Straßenseite gesehen hat. Er hat jedenfalls die Gelegenheit genutzt, unter den Augen der Polizei nachzusehen, ob sie etwas hinterlassen hat, das ihn belastet. Das Belastende könnte in der Zeitschrift BUNTE gewesen sein.«

»Warum hat er nicht die ganze Zeitung mitgenommen?« Karina sah finster und frustriert aus. Das tat mir Leid. Ich bin nicht besser als die Kriminalpolizei, ich denke nur anders.

»Weil er sich sonst hätte ausweisen müssen. Bei euren Leuten am Eingang. Aber ein Blatt konnte er einfach so einstecken. Er hat natürlich nicht damit gerechnet, dass ich«, hier räusperte ich mich taktvoll, »*wir* die fehlende Seite bemerken würden. Klüger wäre es jedenfalls gewesen, die BUNTE beiläufig zu den anderen Zeitschriften im Wohnzimmer zu legen.«

»Ach«, sagte Bodo. »Und wie machen wir jetzt weiter?«

Karina sah mich mit einem vielsagenden Blick an. Der Blick besagte, dass zu Recht *sie* hier die Chefin war und nicht Bodo.

»Wir rufen beim Archiv der BUNTE an. Ich will wissen, was auf dieser verdammten Seite stand. *Wenn* das alles so stimmt.«

****

Ich war aufgekratzt, ruhelos, gleichzeitig aber auch leer und erschöpft. Trotz der heißen Spur, die sich im Mordfall Löber auftat, fühlte ich mich deprimiert.

Morgen würde Elfie heiraten. Melchior heiraten. Das wurde mir erst jetzt so richtig bewusst. Plötzlich schien mir nichts anderes mehr von Bedeutung.

Ich hatte wirklich einmal gedacht, das könnte etwas werden mit uns beiden. Eine Zeitlang. Bis alles schief gelaufen war. Wieder einmal. Sollten sich alle Mörder dieser Welt in der Nuitsstraße in Karlsruhe-Mühlburg ein Stelldichein geben! Ich wollte endlich auch von jemandem geliebt werden.

Stichwort Liebe. Ich stand auf meinem Balkon, schaute in den Abend und wusste, dass ich Nessie jetzt bei Consuela holen musste. Es wurde Zeit, dass ich mich wieder mehr um meinen Hund kümmerte, sonst würde eines Tages sein erstes gesprochenes Wort: »Paëlla« sein und nicht »Maren«. Drüben bei Consuela brannte Licht. Ihre Gestalt bewegte sich schemenhaft hinter dem dünnen Vorhang mit den Goldlamettafäden.

Ich trat auf meinen Hausflur. In meinem Haus wohnen Italiener, Türken, das stets schwarzgekleidete Gothic-Mädchen und natürlich auch Deutsche. Das zusammen ergibt im Alltag eine einzigartige Geruchsmischung aus Knoblauch, gedünstetem Gemüse, Räucherstäbchen und gebratenen Frikadellen. Ich kenne diese Geruchsmischung, denn sie empfängt mich jeden Tag. Doch heute roch es in meinem Hausflur nach etwas anderem. Fremd. Nach einem sehr teuren Deodorant. Einem, das sich hier keiner leisten konnte.

Ich fragte mich, ob die Aktentasche auch nach diesem Parfüm gerochen hatte. Und ob es wirklich ein Mann gewesen war, den Frau Butter ins gegenüberliegende Haus hatte gehen sehen.

Plötzlich hatte ich Angst. Wir hatten es hier mit einem sehr raffinierten Mörder zu tun. Und dreist. Unter den Augen der Polizei ein Beweisstück zu entfernen, sprach für Kaltblütigkeit.

Vorsichtig, als könne jeder Schritt zu hören sein, ging ich wieder in meine Wohnung, schloss ab und rief Consuela an. »Consuela, ich glaube, ich werde beobachtet.«

Sie fragte nichts. Sie kam sofort.

Eine Freundin, die dir deinen Hund bringt, sich zu dir setzt und deine Angst wegredet, ist Gold wert. Als sie ging, schloss ich zweimal ab, lauschte an der Tür. Nichts. Nur Stille. Der Geruch war schwächer geworden.

Mir war zum Heulen zumute.

11. Kapitel

»Es war nicht ohne Weiteres möglich.« Karina rief mich gleich am frühen Morgen an. Ich hatte schlecht geschlafen und war gerade dabei, höchst missmutig in meinem Schrank nach den Sonntagskleidern zu suchen, die ich zur Samstagshochzeit tragen wollte. Immer noch erwog ich die Möglichkeit der Absage. Aber wie würde das aussehen? Verbitterter Single kann sich nicht mit den Tatsachen abfinden.

Die Hochbergerin fiel wieder mir ein. Ein kleines Hoffräulein namens Geyer von Geyersberg, abhängig von der Gunst des Hofes, zur Hochzeit mit einem alten Mann genötigt, um aufzusteigen zu ... ja, zu was? Zu nichts eigentlich. Zumindest aus feministischer Sicht.

Doch immerhin war sie die Mutter der späteren Großherzöge gewesen. Und noch zweihundert Jahre nach ihrem Wirken erinnerte man sich an ihre Gemeinheiten, an ihre Intrigen und Affären. Nur weil sie nicht die Stellung innehatte, von der sie meinte, sie habe sie erheiratet. Solche Leute würde es immer geben. Und nicht nur Frauen!

Mitten in meinen Betrachtungen, in der rechten Hand eine silberne Bluse und einen langen schwarzen Rock, in der linken einen bunten kurzen Folklore-Rock und eine kurze weiße Bluse mit Schößen und Spitzenärmeln, läutete das Telefon.

Es war Karina, die mir gestanden hatte, sie sei eine Langschläferin. Doch trotz der frühen Stunde klang sie gelassen und heiter wie immer. Im Hintergrund hörte ich das Tapsen schwerer Pfoten.

»Ich mach das Dir zuliebe, aber du glaubst nicht, wie schwer es ist, ein Exemplar der Zeitschrift BUNTE zu bekommen, das älter ist als drei Nummern. Im Archiv in der Redaktion in München war gestern niemand mehr. Konnten nur noch über den Hausmeister eine Redaktionsnotbesetzung erreichen. Sie arbeiten seit kurzem mit einem komplizierten Dokumentationssystem, auf das sie auch noch stolz sind. Heben keine Zeitschriften mehr in Papierform auf. Außer den erwähnten letzten drei Nummern. Die älteren Hefte werden als Dateien abgespeichert und von einem speziellen Programm verschlagwortet und verwaltet. Der Zugriff erfolgt über ein Dokumentationssystem mit Passwörtern, die nicht jeder hat.«

Ich legte den Folklore-Rock zur Seite.

Karina fuhr fort: »Der Leiter des Archivs ist im Skiurlaub in Schruns, seine Stellvertreterin war nicht zu erreichen und die Softwarefirma, die das Programm erstellt hat, meldet sich nicht. Die Redakteure, die heute in der Redaktion sind, können das System nicht bedienen. Aber wir bleiben dran. Sie suchen jemanden, der sich im Archiv auskennt. Hier in der Stadtbibliothek heben sie übrigens auch nur die letzten zwölf Nummern auf. Ein Vierteljahr. Wir versuchen es weiter in den anderen Bibliotheken. Aber es ist nun mal Samstag!«

Ich schüttelte den Kopf.

»Gute Nachrichten gibt es von der *Badischen Freiheit*. Die Geschiedene von Justus Braun hat nun doch plötzlich entdeckt, dass sie sich nützlich machen könnte, und hat uns einen Haufen Unterlagen ihres Mannes überstellt, von denen sie meinte, es könnte vielleicht auch etwas über die ›Deppenpartei‹ dabei sein.«

»Reizende Frau.«

»Ja, nicht wahr. Es macht natürlich jetzt am Samstagmorgen einige Probleme, genügend Kollegen zu finden, die das alles durchgehen. Dem Kriminaldauerdienst wurde heute Morgen noch ein Totschlagsversuch in der Rheinstrandsiedlung gemeldet. Vielleicht muss das mit den Unterlagen nicht heute sein.«

Sie interpretierte mein Schweigen richtig. »Okay, ich setze zwei Leute dran. Die freuen sich: Ein Ordnungsfanatiker ist er nämlich nicht gerade, dieser Braun.«

»Was ist eigentlich mit Schweickert?«

»Den haben wir auch gefragt. Er weiß nicht, wer von den Gründungsmitgliedern noch A-Ausweise haben könnte. Er wusste nicht einmal davon. Aber er hat uns ein paar Namen von Leuten genannt, die sehr lange dabei sind und sich nie mehr ausweisen müssen. Diese Liste erhebt allerdings keinen Anspruch auf Vollständigkeit, und es kommen sowieso nicht mehr alle Gründungsmitglieder zu den Sitzungen. Das alles kostet Zeit.«

»Na, bravo!«

****

Ich gehe traditionell jeden Samstagmorgen auf einen Kaffee ins Wolfbräu am Werderplatz. Da ich heute wenig Zeit für ein Treffen mit Marie hatte, musste sie dorthin kommen, wenn sie mich sehen wollte. Für sie kam der Besuch dort einem Kulturschock gleich.

»Mein Gott, eigentlich wäre diese Kneipe hier nicht ganz mein Milieu«, sagte sie und legte ein großes Tuch unter ihren Po auf den Stuhl. »Ich glaube, wenn mich meine Schwiegermutter jetzt sehen würde, zöge sie ihre Heiratseinwilligung zurück.«

»Hast du nicht manchmal Angst vor dem Druck, den all dieses feine Getue auf dich ausüben wird?«

»Nein. Warum? Ich habe immer schon Edles und Teures geliebt. Schon als Kind. Und sie ist im Prinzip nicht so übel. Also, um ganz ehrlich zu sein, Maren, ist sie mir manchmal sympathischer und näher als mein Schwiegervater. Er ist so still und so ernst. Und arbeitet wie ein Besessener. Dass er seinen Titel nicht nennt, gut – das könnte man noch verstehen, aber er ist irgendwie nicht lebenslustig. Na ja, ich habe durch die Blume erfahren, dass er es als Kind ziemlich schwer hatte. Sie waren eben nicht besonders reich. Und im Krieg wurden seine Eltern und er ziemlich herumgeschubst. Auf zugigen Schlössern von Verwandten und so. Das könnte unschön gewesen sein.«

Marie fuhr sich etwas affig durchs Haar. »Einen Cappuccino, bitte. Mit geschäumter Milch. Den Zucker können sie gleich weglassen, Fräulein. Danke.«

Dann wandte sie sich mir zu.

»Hast du etwas herausgefunden? Gibt es also doch eine engere Verbindung zwischen dem Haus Baden und meiner Linie? Dynastische Geheimnisse? Ich bin so gespannt.«

Ich schwankte. Marie aufklären? Dass ich vermutete, dass der Bruder ihres Schwiegervaters versuchte, das Haus Baden zu diskreditieren? Dass er einen Sarg gestohlen hatte? Aus welchen Motiven auch immer, aber edle mochten es kaum sein.

Ich betrachtete meine Fingernägel. Sie sollten noch lackiert werden. Ich musste duschen, mir die Haare waschen, mich schminken, und immer noch stand ich ohne Geschenk für die beiden Hochzeiter da, die heute endgültig ihre Neurosen zusammenwerfen wollten.

Vielleicht ergab sich heute noch etwas in der Angelegenheit der *Badischen Freiheit*. Und ich wollte noch zu dem Festakt im Rathaus.

Dies alles und dazu noch eine schockierte Marie – das schien mir für einen Samstagvormittag einfach zuviel.

Schließlich, dachte ich, werde ich bald vierzig.

»Am Montag«, eröffnete ich ihr deshalb entschlossen, »am Montag sprechen wir darüber. Mir läuft die Zeit davon. Heute Mittag der Festakt und heute Nachmittag die Hochzeit. Du weißt, wie Hochzeiten sind!«

»Ich werde es bald ganz genau wissen.« Sie betrachtete mich kritisch von allen Seiten. Ihren Cappuccino ließ sie stehen. »Von meiner neuen Familie werden heute beim Festakt bekanntlich auch Vertreter anwesend sein. Du solltest deshalb noch einen Friseurbesuch einplanen, meine Beste.«

****

»So schöne Locken. So schöne Locken!«

Mein Lieblingsfriseurladen beherbergte meine Lieblingsfriseuse Anita: Ein immer glückliches, immer begeistertes, eher einfaches Wesen, das die Gabe hatte, selbst an den abscheulichsten Köpfen noch etwas Gutes zu entdecken.

»Ich wasche erst einmal. Dann mache ich ganz kleine Farbakzente. Dann föne ich einen wunderbaren Lockenkopf zurecht. Eine Zeitschrift?«

Ich ließ mich ergeben zurückfallen. Friseursalons sind etwas Wunderbares. Keiner will etwas von dir. Du wirst einfach nur zum Objekt.

»Gern.«

Aus einem Kämmerchen zerrte sie ein paar uralte Zeitschriften hervor. »Sorry. Aber wir haben den Lesezirkel nicht mehr. Der Chef meint, wenn wir die Preise halten wollen, sollen wir auf Kaffee, Zeitschriften und Reservierungen verzichten. Gott sei Dank habe ich die alten nie weggeworfen. Es ändert sich ja nicht viel. Und die Kinder schauen gerne die farbigen Bilder an.«

»*Bunte* Bilder?«, wiederholte ich.

»Ja. Genau. Darf ich ein klein wenig abschneiden?« »Ja, ja!« Sie begann rechts.

»Hattet ihr auch die BUNTE abonniert?«

»Klar.«

»Und auch aufgehoben?«

»Wahrscheinlich. Ja, die Spitzen sind ein wenig porös. Da müssen wir schon was wegnehmen. Eine Kur-Packung täte Ihnen auch gut.«

»Kann ich die von Ende April bitte mal haben? Habt ihr die noch?«

»Die Zeitschriften vom April haben wir weggeworfen. Wegen dem Wasserschaden«, dröhnte die Nachbarfriseuse, eine junge Dicke namens Tara. Danke, lieber Gott oder wer auch immer. Es ist eben *nicht* wie im Fernsehen.

»Stimmt. – Nein, aber nicht die BUNTE. Die habe ich damals eben *nicht* weggeworfen, weil immer so gute Gesundheitstipps drin sind. Die liegen alle bei mir im Schrank. Hol sie doch mal her.«

Während Anita gutgelaunt an meiner rechten Seite herumschnitt, blätterte ich mit zitternden, schweißnassen Fingern in der letzten Aprilausgabe herum.

Die BUNTE war feucht. Sie roch ein wenig muffig. Sie war zerfleddert, aber sie war es: Die Ausgabe von der Woche nach Irma Löbers Tod.

Und die Seite 124 war auch da.

Es war die Seite mit den vermischten Society News. Mit den edlen Events der Reichen.

Und da war es: Ein Foto eines Empfangs in Heidelberg anlässlich einer Universitätsfeier. »Auch noble Gäste fanden den Weg in das Heidelberger Rathaus, darunter die Familie von Lingenberg, die den Familienstammsitz bei Sinsheim für diesen Anlass wohl gerne verließ.«

Ich starrte darauf. Da waren sie. Die Lingenbergs, wie sie leibten und lebten.

Roseanna, Berthold, Maries zukünftiger Schwiegervater.

Die von Lingenbergs!

****

Anita hatte mich nicht gerne gehen lassen. Ausnahmsweise verlor sie ihre verkaufsfördernde gute Laune. »Schönes, dichtes Haar ...«

»Ich habe doch gerade erst angefangen. So kannst du doch nicht gehen. Dafür kann ich doch kein Geld verlangen.« Mir war alles egal. Sollte ich doch als komische Alte auf der Hochzeit erscheinen.

Zu Hause angekommen, wählte ich sofort Karinas Nummer. Ich nehme nie ein Handy mit zum Friseur. Ausgerechnet dann läutet es nämlich garantiert, und ich muss es an ein von Shampoo schäumendes Ohr pressen.

Karinas Stimme war ruhig wie immer. Ich musste sie bei Gelegenheit fragen, was das Geheimnis ihrer stoischen Gelassenheit war. Yoga vielleicht? Meditation?

»Maren? Bist du in Eile? Wir haben inzwischen die Namen von fünf Gründungsmitgliedern der *Badischen Freiheit*. Was nicht zwingend heißt, dass die noch ihre alten A-Ausweise haben. Ein Bastian Kroll. Rudolf, genannt Rudi Schanze, Rosi Mänzel, Hans-Peter Wildenmann. Und ein Traugott Helfer. Unsere Leute sind dabei, diese Personen aufzuspüren. Traugott Helfer lebt wohl nicht mehr, und eine geschiedene Dame aus dem jetzigen Vorstand meint, Kroll sei im Streit mit ihrem Ex-Mann, der sehr rechthaberisch gewesen sei, ausgeschieden. Wildenmann sei nach Uelzen gezogen – warum auch immer – und ...«

»Karina, entschuldige die Unterbrechung. Ich habe diese BUNTE gefunden ...«

»Ach ja, deine BUNTE. Leider haben wir bisher noch keinen Zugriff auf das Archiv, aber wir bemühen uns, jemanden aufzutreiben, der sich auskennt. Die Leute, die das Archivierungssystem angepasst haben, sind ebenfalls nicht zu erreichen. Sie haben einen Anrufbeantworter, der uns verheißt, ein Servicemann werde zurückrufen. Die Kollegen in München fahren gerade zu der Adresse der Firma, obwohl ich ja nicht sicher bin, dass ...«

»Ich glaube, das ist nicht mehr nötig. Ich habe die betreffende Ausgabe, und ich habe auch den betreffenden Artikel. Karina, es ist unglaublich. Wirklich. Ich kann es nicht fassen.«

Karina wartete einen Moment mit der Antwort. Dann: »Du meinst es ernst, was? Ich komme zu dir.«

Nessie freute sich. Besuch. Sie ist ein geselliges Tier und liebt Besuch. Wenn er wechselt. Denn zu oft der gleiche Besuch – vor allem männlicher Besuch – bedeutet für sie Grund zur Sorge. Karina hingegen verband sie gedanklich mit Giant. Ständig lief sie um sie herum, um ihren hochgewachsenen Freund zu suchen.

»Hier ist das Bild, Karina. Der Empfang der Stadt Heidelberg. Und die Personen, die darauf abgebildet sind. Kommt dir jemand bekannt vor?«

Karina nahm ohne falsche Eitelkeit ihre große Brille aus der Tasche. Jemand, der mit einem Wesen wie Giant spazieren geht, kann auch ohne Bedenken eine große Brille tragen.

»Nein. *Sollte* mir jemand bekannt vorkommen?«

Es ist merkwürdig. Der Mensch wohnt so in seiner eigenen Gedankenwelt, dass er nicht merkt, dass die anderen eine andere Adresse haben. Karina wusste ja gar nichts von den Lingenbergs. Der Auftrag von Marie war eine eigene Baustelle gewesen.

Eine durchschnittliche ältere Frau in Karlsruhe wird ermordet. Sie hat niemals in ihrem Leben etwas mit den Angehörigen des ehemaligen badischen Herrscherhauses zu tun gehabt. Vielleicht nicht einmal ihre Namen gewusst. Gut, sie war Wahlbadenerin gewesen, vielleicht, der Adresse nach, dem Stimmrecht und vielleicht nach all den Jahren dem Herzen nach, doch sie hatte sicher nicht geahnt, dass sie sterben musste, weil es zwischen den längst verblichenen Fürsten eine uralte Fehde gegeben hatte. Dass sie zwischen mächtige Mahlsteine geraten war. Bayern, Österreich. Napoleon. Gebietsansprüche. Und zu alledem ein geheimnisvolles, stotterndes Findelkind.

Noch hatte ich nicht alle Fäden in der Hand, sondern jagte nur einer Ahnung nach.

Ich zwang mich zur Vernunft, etwas, das mir eigentlich in jeder Lebenslage sehr schwer fällt.

»Gut. Karina. Ich kenne jemanden auf diesem Bild. Rein zufällig.«

Karina stellte die Frage, die eigentlich alles kaputt machte. »Auf welchem Bild? Hier sind doch mehrere Anlässe abgebildet, bei denen sich die Society selbst feiert.«

»Aber nur eines hat sich in unserer Gegend abgespielt.«

»Na gut«, antwortete sie fast widerwillig, »um was geht es denn nun? Und sollten wir uns nicht allmählich fertig machen für ...«

»Hier sind recht deutlich die von Lingenbergs zu sehen. Lies mal die Unterschrift ... Marie Lasalles künftige Schwiegerfamilie. Ihr Schwiegervater, ein Architekt, ihre Schwiegermutter, eine ziemlich affige, aber harmlose Societydame, die von bürgerlich nach adelig geheiratet hat, und – jetzt komme ich zum entscheidenden Punkt – ihr Schwiegeronkel. Berthold von Lingenberg. Ehemaliger Architekt. Lebemann großen Stils. Viel Fassade mit wenig dahinter. Und: Meiner Meinung nach der Mörder von Irma Löber.«

Karina starrte mich an. »Das kann nicht dein Ernst sein. Warum in aller Welt sollte ein Baron oder Graf oder was dieser Mann auch immer ist, der irgendwo im Kraichgau lebt, eine Rentnerin in Karlsruhe erschlagen? Das ist doch ein vollkommen anderes Milieu! Die beiden sind sich niemals begegnet. Morde geschehen nicht einfach so, Maren. Leute morden nicht, weil ihnen die Frisur einer Rentnerin nicht passt oder weil sie schlecht gelaunt sind. Warum also?« Karina sah mich beinahe verzweifelt an. Sie war des Falles auch müde.

»Maren, ich habe einiges gehört von deinen Fähigkeiten, mit den Leuten zu reden und auf ungewöhnliche Zeichen zu achten, und laut Elfie hast du tatsächlich manchmal den richtigen Riecher gehabt. Niemals hätte ich dich sonst in diesen Fall mit einbezogen. Aber jetzt begibst du dich ins Reich der reinen Fantasie.«

»Diese fehlende Seite 124 aus Frau Butters BUNTE, Karina! Ich bin mir sicher, sie wurde gestohlen. Auf der folgenden Seite ist mir ein Abdruck aufgefallen, wie ihn ein Kugelschreiber durch mehrere Seiten hindurch hinterlässt – das bedeutet, Frau Butter hatte die betreffende Seite *markiert*!«

»Das besagt kriminalistisch gesehen gar nichts. Frau Butter kann die Seite aus allen möglichen Gründen markiert und selbst herausgetrennt haben. Jemand anders kann ihr die BUNTE gegeben haben. Jemand anders kann den Artikel vorher bereits herausgetrennt haben. Und es gibt unzählige Gründe, warum jemand so einen Artikel aufbewahren könnte.«

Ich wartete ab. Karina fuhr fort: »Weil sie die Bilder schön fand, weil sie mal in Heidelberg war. Weil sie den Kraichgau mochte. Weil sie Adelige aus der Region sammelte. Außerdem war ja auf der Rückseite noch ein weiterer Event in München. Eine Modenschau mit Uschi Glas. Frau Butter war vielleicht Fan von Uschi Glas.«

»Ein Fan von Uschi Glas? Unser unsterbliches Schätzchen?«, fragte ich. »Mein Gott, jetzt begibst *du* dich aufs Gebiet der Fantasie, Elfie.«

»Du hast mich eben *Elfie* genannt.«

»Das tut mir Leid. Wahrscheinlich, weil sie auch immer zuerst an allem gezweifelt hat, was ich vorgebracht habe. Und warum war die Seite 124 verschwunden, Karina?«

»Ich weiß es nicht. Sie hat sie selbst herausgerissen und einer Freundin gegeben.«

»*Ich* denke, Berthold von Lingenberg hat sich, möglicherweise verkleidet, nach ihrem Tod unter all die Leute in ihrer Wohnung gemischt. Es war ein hohes Risiko, doch er musste es eingehen. Ich gehe davon aus, dass die Frau ihn erpresst hat. Auch wenn ihm ihr Tod sicher sehr gelegen kam – er musste sich vergewissern, dass sie nichts hinterlassen hatte, das ihn verraten konnte. Und: Er wusste, sie hatte ihn durch den Beitrag in der Zeitschrift BUNTE identifiziert. Er hat die besagte Ausgabe gesucht und sie auf ihrem Schreibtisch gefunden. Mit seinem Bild – noch dazu mit Kugelschreiber markiert! Er hat die Seite unauffällig herausgetrennt, hat sie eingesteckt und mitgenommen. Da er scheinbar ohne ›Beute‹ aus der Wohnung ging, wurde er nicht kontrolliert. Er konnte nicht damit rechnen, dass überhaupt jemand merken würde, dass die Seite fehlt.«

Karina musterte mich mit einem neu entdeckten Misstrauen. »Der Mann konnte doch nicht wissen, dass sie alles ihren Nachbarn und Freunden vermacht hat. Das ist doch vollkommen irreal.«

»Ist es nicht. Diese Frau Butter hat jedem, aber auch wirklich jedem erzählt, wie sie ihr Erbe zu verteilen gedachte. Sogar mir bei meinem ersten Besuch. Und wenn sie ihn erpresst hat, dann hatten die beiden sicher mehr als einmal Kontakt.«

»Woher kennst du diesen von Lingenberg überhaupt? Und welches Motiv sollte der Mann haben?«

»Hab ich doch gesagt. Durch Marie. Marie heiratet in diese Familie ein. Bernhard von Lingenberg. Ich habe ihn ein paar Mal getroffen. Und …« Ich zögerte. Karina würde mich für verrückt erklären, wenn ich ihr die Sarggeschichte erzählte.

»Motiv, Maren!«

»Ich denke, dass Berthold von Lingenberg noch in eine ganz andere Sache verwickelt ist. Ist zu kompliziert. Eine Art – Diebstahl. Und ich frage mich, was diese beiden Dinge miteinander zu tun haben …«

»Maren, sei mir nicht böse, aber diesmal verrennst du dich. Für mich ist dieses fehlende Blatt aus der BUNTE kein Beweis. Zwar habe ich dir zuliebe nach dem Heft recherchieren lassen, aber das hat uns eine Menge Zeit und Arbeit gekostet, ohne dass bisher etwas Nennenswertes dabei herauskam. Ich denke, wir müssen eher versuchen, die Gründungsmitglieder dieser dubiosen Gruppierung ausfindig zu machen. Es standen keine Adressen auf der Liste, bei dreien allerdings Telefonnummern. Bei einer davon ist die Leitung tot, und bei zwei Leuten meldet sich diese deprimierende Stimme und sagt ›Kein Anschluss unter dieser Nummer‹. Wir versuchen über die Datenbank der Telekom die ehemaligen Besitzer dieser Nummern zu ermitteln. Mörder sollten nicht versuchen, an Wochenenden gefasst zu werden. Es misslingt ihnen garantiert.«

Noch immer überlegte ich, ob ich Karina die Sache mit dem verschwundenen Kindersarg erzählen sollte. Aber selbst ich wusste nicht, wie ich die Dinge in einen halbwegs sinnvollen Zusammenhang bringen konnte.

Eine Tasche. Ein verschlüsselter Brief mit einer Anklage wegen Betrugs. Warum war der Brief verschlüsselt gewesen, und an wen war er gerichtet? Dann ein Ausweis. Versehentlich in die Hände von Frau Löber geraten. Was war daran so brisant, dass man dafür mordete?

Und dann fiel mir diese scheinbar unbedeutende Brosche ein, die ursprünglich ebenfalls in der Tasche gewesen war. Und doch war sie – wie hatte ich das nur übersehen können! – ein wichtiges Symbol und zugleich das Bindeglied zu dem Mann, der diese Broschen offenbar an Gleichgesinnte verschenkte. Die an die so genannte »alte Linie« glaubten. Genau wie er: Baron Berthold von Lingenberg.

Ein dekadenter Adeliger, der einen Kindersarg gestohlen hatte.

Warum? Um ihn gentechnisch untersuchen zu lassen? Was war mit dem Ergebnis dieser Untersuchung? Was würde er damit machen?

Es irgendwann der Öffentlichkeit präsentieren. Und zwar auf möglichst spektakuläre Weise.

Wann wäre denn solch ein Auftritt spektakulär? Wenn die Öffentlichkeit dabei wäre. Möglichst viele Leute. Presse. Fotografen. Politiker.

Ja, das war es!

Der Festakt heute Mittag. Im Rathaussaal.

Der letzte fehlende Puzzlestein sank wie eine Schneeflocke an seinen Platz, und vieles ergab plötzlich einen Sinn.

****

Ich glaube nicht, dass jemals ein Hochzeitsgeschenk zufälliger und liebloser gekauft wurde als das, was eine immer noch ungläubige Karina und ich hastig im Karstadt erstanden. Ratlos irrten wir durch die Haushaltswarenabteilung. Fassten dies an, stellten es wieder zurück. Im Hintergrund ließ uns ein kahlköpfiger Mann mit Ringerfigur nicht aus den Augen. Ich vermutete, es war der Kaufhausdetektiv.

»Wir können den beiden unmöglich ein Kochtopfset schenken, Maren. Beide hatten vorher bereits einen eigenen Haushalt. Und du weißt, dass Elfie alles in perfektem Zustand und perfekter Ordnung hält.«

Ratlos irrten wir weiter durch einen Urwald an Kaffeemaschinen und Schneidebrettern.

»Mir egal. Mir egal. Wir haben nicht mehr viel Zeit. In etwas mehr als einer Stunde fängt der Festakt an.«

Karina hatte widerstrebend Bodo informiert, und der hatte verschiedene erfahrene Mitarbeiter der Kripo sowie einige Uniformierte zu dem Einsatz vor dem Rathaus abgestellt. Womit ein paar Hochzeitsgäste von Elfie und Melchior bei der Jubelfeier fehlen würden, was ihnen recht geschah. Es herrschte schlechte Stimmung unter all jenen Beamten, die an diesem Wochenende frei gehabt hätten. Zur Bewachung der Ehrengäste waren ohnehin viele Polizisten bereits auf den Dienstplänen.

»Ein Spargelschäler?« »Melchior hasst Spargel!«

»Eine Nudelmaschine?« »Benutzt man nie.«

»Racletteset für zwei!« »Fällt mir nicht ein, noch zur Intimität im Hause Oberst beizutragen.«

»Handtücher?« »Wird als Anspielung verstanden.«

»Zwei gleiche Bademäntel.« »Vergiss es. Ich möchte mir die beiden möglichst nur angezogen vorstellen.«

»Ein Theaterabonnement!« »Schwierig mit den Dienstplänen.«

Lastendes Schweigen zwischen Karina und mir.

»Wenn sie ja nicht beide arbeiten würden ... meine Nachbarin hat junge Kätzchen«, murmelte ich.

Karina stöhnte auf. »Kätzchen! Hätte ich mich nur nicht auf dich verlassen.«

»Ich hab's. Für Melchior das perfekte Geschenk, und Elfie kann sich auch daran erfreuen, denn sie geben keine Widerworte.« »Was?« Karina tippte sich an die Stirn. »Wo willst du denn jetzt noch ein Aquarium mit Fischen herkriegen?«

Wir kauften den beiden schließlich einen kleinen Fernseher. Fürs Schlafzimmer. In Rosa.

Und dazu einen DVD-Spieler und eine DVD: »Vier Hochzeiten und ein Todesfall«.

Auf dass im Schlafzimmer ewige Ruhe herrschte. Wie in einer Gruft.

****

Festakte an einem Samstagmittag inmitten des Getriebes der Innenstadt haben etwas Unpassendes. Ein Festakt ist an einem Sonntag zu Hause. Samstags kauft man ein und trifft sich mit Freundinnen. Locker. Nicht in Schwarz.

Ich trug nämlich eine schwarze Hose und ein schwarzes kurzes Jackett. Darunter mein Lieblings-T-Shirt in glänzendem Weiß, und ich konnte nur hoffen, dass es kühl blieb, denn das T-Shirt hatte einen Kirschfleck oben an der Schulter. Mit jeder Wäsche verblasste der Fleck ein wenig, doch er verschwand nicht für immer – wie ein Mahnmal. Denn die Kirschen hatte ich mit Melchior zusammen gegessen. Irgendwann irgendwo am Kaiserstuhl bei Freiburg.

Ähnlich schick angezogen wie ich strebten noch mehr Bürger Richtung Rathaussaal. Limousinen mit Prominenten fuhren langsam und wie triumphierend durch eine abgesperrte Schneise. Es gab Polizei genug. Karinas Leute konnte man natürlich nicht eigens erkennen.

Blitzlichter flammten auf. Theo und seine Getreuen waren als winziges Grüppchen präsent und verteilten Flugblätter.

Die *Landesvereinigung Baden in Europa* flankierte den Eingang mit rot-gelben Fahnen. Ich sah, dass sie einen Tisch aufgebaut hatten, der wie eine Bierbank aussah und wohl auch eine war, und Unterschriften gegen die Ausverkaufspolitik der Landesregierung sammelten.

Eine Bürgerwehr marschierte auf in prachtvoll geschmückten Uniformen. Eine Winzergenossenschaft aus Baden und gegenüber eine aus Württemberg kredenzten Wein aus kleinen Gläschen mit dem Datum des Anlasses.

Auf der anderen Seite des Marktplatzes liefen Leute vorbei, denen es kaum gleichgültiger sein konnte, wie lange es das Bundesverfassungsgericht oder das Land Baden-Württemberg bereits gab. Manche blieben stehen, darunter eine amerikanisch aussehende Familie mit einem riesenhaften schwarzen Vater und einer rothaarigen Mutter in Jeans. Die Kinder hatten McDonalds-Fähnchen, die sie begeistert schwenkten, als eine schwarze Karosse mit Stuttgarter Nummer anrollte. Mit vorsichtigem Lächeln entstieg der Ministerpräsident, blickte erfreut um sich und winkte – in völliger Verkennung der eigentlichen Umstände – der US-Familie mit einer automatenhaft wirkenden Handbewegung zurück. Genoss das Bad in der Menge. Sogar im gelegentlich so feindseligen Baden, so mochte er glauben, schätzte man ihn offenbar sehr.

Jetzt kam der Karlsruher Oberbürgermeister, flankiert von seinen Bürgermeisterinnen und Bürgermeistern sowie einigen Stadträten. Die Bundestags- und Landtagsabgeordneten. Bürger, die wie ich rechtzeitig nach den wenigen frei vergebenen Karten geschnappt hatten, mischten sich darunter.

Ohne offizielles Protokoll sah ich Maries künftige Schwiegereltern herannahen – er wie immer ernst und melancholisch in einem dunkelblauen Anzug, sie in Schwarz mit einem Hut, der aussah wie eine Krone. Ich seufzte. Illusionen sterben zuletzt.

Ich warf Karina, die still neben mir stand, einen Blick zu.

»Wo ist er?«

»Ich weiß nicht. Er wird sicher noch kommen.«

»Maren, ich stelle dir den Einsatz hier persönlich in Rechnung, wenn hier und heute nichts passiert. Elfies Hochzeitsfeier beginnt außerdem demnächst. Das schaffen wir nicht mehr.«

Eine Art Raunen ging durch die Menge, als – flankiert von zwei Motorrädern als Geleitschutz – der Mercedes des Hauses Baden erschien. Direkt vor dem Eingang hielt er, ein zweiter dahinter. Es stieg der aus den Medien bekannte junge Prinz mit seiner Frau aus, gefolgt von seinem Bruder und einigen weiteren Angehörigen der hochherrschaftlichen Familie, darunter eine elegant gekleidete ältere Dame.

»Ist das die Mutter des Prinzen?«, hörte ich es hinter mir tuscheln. »*Wenn* sie es ist ... dann ist die aus dem Hause Habsburg. So wie die Sissi!«

Eine weitere Zuschauerin hatte ihre Zweifel. »Also ich glaub's nicht. In den Zeitschriften sehen die ja immer anders aus. Auf jeden Fall gehört sie aber dazu.«

Die Familie bewegte sich lächelnd und ganz selbstverständlich durch die Menge. Lange Übung. Man merkte: Sie waren es gewohnt, dass ihnen neugierige Blicke folgten.

Von Theos Getreuen kamen einige Buhrufe und mehrere hingeworfene Aufforderungen. Ich meinte die Worte »Wir müssen unsere Häuser auch selbst renovieren und erhalten!« zu vernehmen, was ich etwas verfehlt fand, da die meisten von uns kein gotisches Münster instand zu setzen hatten.

Der Direktor der Badischen Landesbibliothek erschien und ging grußlos an der Familie des Hauses Baden vorüber, die sich freundlich und professionell, dabei aber sehr bescheiden und verhalten lächelnd den Fotografen stellten.

Jetzt sah ich Knut Schweickert. Er trug ebenfalls Schwarz. An seinem Revers prangte das badische Wappen. Mit einem wichtigtuerischen und großspurigen Gesichtsausdruck näherte er sich dem Eingang. An seinen Kumpels von der *Badischen Freiheit*, die mittlerweile neben dem Eingang ein Plakat »Baden lebt!« entrollt hatten, lief er vorüber, ohne ihnen einen Blick zuzuwerfen.

Inzwischen hatten sich die Gäste nach drinnen begeben. Das übliche Gemurmel. Sekt und Brezeln und Gespräche in Grüppchen. Garderobe wurde abgegeben, Märkchen sorgfältig eingesteckt. Letzte Gänge zur Toilette. Gelangweilte Blicke auf das übliche Festaktprogramm. »55 Jahre Bundesverfassungsgericht – 55 Jahre gelebte Demokratie im Südwesten« – Reden folgten unweigerlich. Die Justizministerin sprach. Dann die Präsidentin des Bundesverfassungsgerichts. Der Ministerpräsident. Karlsruhes Oberbürgermeister trat ans Pult. Die Fraktionsführer der im Landtag vertretenen Parteien nutzten die Gelegenheit. Musik von Brahms. Ein kurzes Grußwort des derzeitigen Generalbevollmächtigten des Hauses Baden, Prinz Bernhard.

Dann wieder Musik, die Europahymne, und zuletzt ein Grußwort des Bundespräsidenten, verlesen von einer Karlsruher Schülerin. Oh je, solche Festakte werden sich wohl nie ändern. Sie überstehen alle Zeitläufte. Sie bleiben ewig gleich.

Karina und ich saßen hinten. Sie hielt Blickkontakt mit ihren Leuten.

Hinter mir eine Bewegung.

Ich drehte mich um und sah direkt in die amüsierten Augen von Baron Berthold von Lingenberg.

Er war am Rand stehen geblieben. Meine Hände waren eiskalt. Am meisten macht mir Angst, dass Mörder nicht wie Mörder aussehen. Jeder könnte einer sein oder einer werden. Die Frau hinter dir in der Schlange beim Aldi, der Pfleger im Altenheim, der Manager, der immer so kontrolliert wirkt.

Auch Berthold von Lingenberg sah nicht aus wie ein Mörder. Er war vielleicht eitel. Und er war faul. Vielleicht auch schwach. Eine Liane, die sich festklammerte an von anderen erarbeiteten Titeln und an einem Rest von Wohlstand. Was ihm geblieben war, war sein gutes Auftreten und sein glatter Charme. Etwas, das man nicht kaufen konnte und das er deshalb verkaufte.

Ich drehte mich noch einmal um. Er lächelte mir zu. Harmlos und unwissend. Ohne jede Anspannung.

»Verdammt, Karina, ich glaube ich habe mich getäuscht.«

»Mach dich nicht lächerlich.«

»Er ist es nicht. Er ist es nicht.«

»Hast du den Verstand verloren?«, flüsterte sie, während der Ministerpräsident mit seinem penetranten Schwäbisch den Saal akustisch füllte. »Es war doch deine Idee – die Sache mit dem Bild. Und dass von allen Personen, die darauf sind, *er* der Mann ist, den Frau Butter ins Haus gehen sah.«

»Sie hat sich wichtig gemacht, und dabei hat sie geschwindelt«, murmelte ich, »deshalb ihr Zögern, als ich nach der ›älteren Person‹ fragte! Sie wollte nicht zuviel sagen, und so hat sie die Wahrheit einfach ein bisschen verdreht ... Dann, nachdem sie das erpresste Geld bekommen hatte, hat sie plötzlich alles abgestritten. Sie *hat* jemanden ins Haus gehen sehen, aber es muss nicht *dieser* Mann gewesen sein. Es muss überhaupt kein Mann gewesen sein.«

Mein Blick wanderte weiter zu Maries künftigem Schwiegervater. Ernst. Weich. Melancholisch. Wahrlich nicht das Gesicht eines Mörders. Weiter glitten meine Augen.

Roseanna von Lingenberg ...

Und dann fiel mir plötzlich wieder dieser Name ein: ›geborene Mänzel‹. Ich hatte ihn von Bernhard gehört, als er über seine Mutter sprach. Aber er war mir erst vor kurzem noch einmal begegnet: Karina hatte ihn erwähnt, als es um die Gründungsmitglieder der *Badischen Freiheit* ging.

Die Reden nahmen ihren Fortgang, ich nahm nichts wahr. Mir war schwindelig. Hier stimmte etwas nicht. Ich sah, wie sich Knut Schweickert in der dritten Reihe unruhig bewegte und sich umsah. Er griff nach unten in seine Aktentasche.

Alles war merkwürdig. Die Stimmung unwirklich.

Ich dachte an Kaspar Hauser, an dessen fürstliche Herkunft zu glauben ich mich eigentlich immer noch weigerte. War der gesunde Prinz wirklich gegen ein sterbenskrankes kleines Bürgersöhnchen ausgetauscht worden, und hatte jemand später auch nicht davor zurückgeschreckt, den lebenden Beweis dafür zu töten? Unter den Augen der Welt. Unter den Augen der Welt.

Doch wenn es stimmte, wenn es stimmen sollte, dass es tatsächlich Luise Karoline von Hochberg gewesen war – ehrgeizig, aus kleinen Verhältnissen. Dummdreist. Und kühn in ihrem Hass ...

Ich machte den Mund auf, doch es war zu spät. Brahms verklang. Applaus.

Vorne in den ersten Reihen das übliche Gemurmel, Füßescharren, Blätterrascheln. Ich sah, dass sich Prinz Bernhard aufmachte, um ans Pult zu treten. Einen Moment lang dachte ich noch, dass es keine angenehme Pflicht war, die er da hatte. Angesichts der Proteste gegen ihn musste ihm das unbewegt würdevolle Gesicht schwer fallen.

Doch er war noch nicht am Rednerpult angelangt, als sich Knut Schweickert erhob. Er nutzte die allgemeine Überraschung. Ohne, dass ihn jemand aufhielt, eilte er nach vorne und hielt dabei einen Umschlag in die Höhe.

Karina neben mir zog zischend die Luft ein, ich krampfte meine Hand um den Sitz. Atemlos hörte ich zu.

»Sehr verehrte Damen und Herren, der Herr Prinz wird mir freundlicherweise den Vortritt lassen müssen, denn ich habe Ihnen allen etwas sehr Interessantes zu verkünden, diese hochherrschaftliche Familie betreffend ...«, rief Schweickert ironisch in die Menge der Festgäste, die wie vom Donner gerührt waren – manche Bürger standen auf, um besser zu sehen. Blitzlichter flammten auf.

Karinas Leute wollten die Bühne stürmen, doch auf ein Zeichen von ihr hielten sie inne, als habe man sie gegen eine Spiegelwand laufen lassen. Das alles spielte sich innerhalb von Sekunden ab.

Die Saalordner schienen einen Augenblick lang unschlüssig, ob

Schweickerts Auftritt nicht doch zum Programm gehörte. Dieser nutzte die entstandene Irritation und fuhr fort:

»Ich veröffentliche hiermit stellvertretend für die ›echten‹ Zähringer und mit deren Erlaubnis die mir vorliegenden Ergebnisse der gentechnischen Untersuchung eines ganz bestimmten Kinderleichnams aus der Gruft in Pforzheim, die beweisen wird, dass der hier anwesende Familienzweig des Hauses Baden ursprünglich unrechtmäßig zu einem Thron und damit auch zu einem Riesenvermögen gekommen ist. Ich habe hier die originalen Ergebnisse, sie halten jeder Untersuchung stand. Ich öffne dieses Dokument jetzt vor Ihren Augen das erste Mal. Und dann möchte ich die Herren und Damen Hochberg«, er machte eine verächtliche Geste in Richtung der Prinzenfamilie, »bitten, an ihre Plätze zu gehen.«

Im Saal steigerte sich das Raunen zu einem Tosen. Dann passierten mehrere Dinge gleichzeitig.

Das Mikrofon ging aus. Die Saalordner hatten das Rednerpult erreicht und fassten Schweickert am Arm. Und Schweickert begann zu brüllen.

»Die sind keine Prinzen! Betrug an der Geschichte! Betrug am Steuerzahler! Erst das Schloss in Baden-Baden. Und jetzt noch Salem verhökern!« Seine Stimme schnappte über. Er versuchte sich loszureißen, als die Sicherheitskräfte ihn von der Bühne zerrten.

Im Saal begann sich die Erstarrung zu lösen. Der Ministerpräsident stand auf und sah sich hilflos nach seinen Leibwächtern um. Die Präsidentin des Bundesverfassungsgerichtes lief zum Seiteneingang, das Handy in der Hand, der Oberbürgermeister versuchte nach vorne zu kommen, scheiterte aber an den Stühlen, die quer standen.

Karina nickte dem Einsatzleiter zu, und die Polizisten setzten sich in Bewegung, um den außer Rand und Band geratenen Schweickert zu übernehmen.

Der kämpfte, zappelte und schrie. »Die WAHRHEIT! Man schuldet uns die Wahrheit! Hier ist sie!« Er schwenkte wild den Umschlag und traf damit einen der Saalordner, die ihn aus dem Saal zu führen versuchten, mitten ins Auge. Der Getroffene schrie auf und riss Schweickerts Arm brutal hinunter. Der Brief fiel zu Boden.

Einer von Karinas Leuten stürzte hinzu, um sich danach zu bücken, aber jemand anderes war schneller.

Die elegant gekleidete Dame aus der Familie der beiden anwesenden Prinzen war inmitten des allgemeinen Tumultes aufgestanden. Es war eben jene, die nach Ansicht des Volkes aus dem gleichen Holz wie Sissi geschnitzt war. Mit einem hochmütigen Lächeln war sie durch die aufgeregt tuschelnden Reihen geschritten. Elegant. Würdevoll. Mit der Selbstverständlichkeit eines Menschen, der bereits als Kind zur Disziplin erzogen worden war und diese Disziplin täglich lebte.

Kurz hing ihr herablassender Blick an Schweickert, ihrem Ankläger, der mittlerweile mit Gewalt vorangezerrt wurde und sich noch immer heftig wehrte. »Ach, guter, verblendeter Mann!«, schien dieser Blick zu sagen, »Sie armes Werkzeug!« Es sah so aus, als blicke die Königin im Märchen zu einem einfachen Landmann herab. Ihre Haltung war vorbildlich. Erziehung, Herkunft und vielleicht auch diese unberechenbaren Gene sorgten dafür, dass keine Anzeichen eines Schrecks zu erkennen waren.

Und schon bückte sie sich gewandt, griff nach dem Umschlag, hob ihn auf.

»Hochberger!«, tobte Schweickert an der Saaltür, »Betrüger! Wir Badener wollen die *wahren* Erben!« Ein letztes Mal versuchte er, sich freizukämpfen, und warf dabei Hilfe suchende Blicke in den Saal. Die Tür schloss sich hinter ihm. Der Spuk war vorbei.

Inzwischen war es im Saal atemlos still geworden. Karina stand auf und lief zu ihrem Einsatzleiter. Wisperte.

»Sie erlauben doch!«, sagte die Dame mit höflicher Entschiedenheit zu dem hinzugeeilten Polizisten und wies auf den Brief. »Ich glaube, der hier ist an meine Familie adressiert.« Der Beamte stand sprachlos.

Und wieder schritt sie mit hoch erhobenem Haupt durch die Reihen, gänzlich unbeeindruckt vom Blitzlichtgewitter der Pressefotografen. Überall raunte es. Man machte ihr Platz. Durch den Vorraum. Die Menschen drängten sich hinter ihr. Einzelne Rufe.

Dann ging sie zum Fenster. Unter den Blicken der Gäste, die nicht glauben konnten, was sie sahen, zerriss sie den Umschlag mit kräftiger Hand in winzige Stücke.

»Sie erlauben?«, fragte sie noch einmal mit einem amüsierten Lächeln, diesmal den Hausherrn. Der Oberbürgermeister stand steif und versuchte, Worte zu finden. Einige Journalisten begannen zu ahnen, was geschehen würde, und rannten zum Ausgang.

Und über den erstaunten Blicken und Häuptern der ahnungslosen Karlsruher löste sich das Rätsel um Kaspar Hauser vorerst in tausend Papierschnitzel auf.

Irgendwann begann das Orchester wieder zu spielen.

Und dann ein Wutschrei, der die Melodie brutal durchschnitt.

»Idiot!«

Wir wandten die Köpfe, und unser aller Blick fiel auf Roseanna von Lingenberg, die weiß wie die Wand und mit Hass in den Augen aufgestanden war. Unkontrolliert brach es aus ihr heraus: »Ich krieg euch noch!«

Karina und ich sahen uns an. Und wir sahen die Wahrheit.

****

Sie führten sie taktvoll ab. Sie machte keine weiteren Schwierigkeiten.

Nur als sie an der eleganten Dame des Hauses Baden vorbeikam, lachte sie mit einem knallenden Geräusch kurz auf. Die Dame lächelte. Roseanna lächelte nicht zurück.

12. Kapitel

»Das ist doch mal wieder kein Mordmotiv. Deshalb mordet man doch nicht.«

Bodo starrte das Protokoll an. Karina saß nur so in sich versunken da. Sie wirkte erschöpft.

Roseanna von Lingenberg hatte gestanden. Der Psychologe war inzwischen gegangen. Er hatte ihr eine Spritze gegeben, dann war sie in die Zelle des Untersuchungsgefängnisses gebracht worden. Der Familienanwalt war informiert worden und hatte eine erste Stellungnahme abgegeben.

Marie und Bernhard waren als Familie bei fast allem zugegen gewesen. Marie stand unter Schock, klammerte sich an ihren Bernhard und warf mir Blicke zu, die hätten töten können.

»Ich würde zu ihm halten«, zischte sie mir kurz zu. »Skandale unter den oberen Schichten des Landes sind häufig und werden durchgestanden. Da kann man von der Queen drüben nur lernen. Haltung! Stiff upper lip!«

Ich schüttelte den Kopf.

Viel später waren Karina und ich alleine. Die ersten Gespräche mit Roseannas schockiertem Ehemann und ungläubigem Sohn waren gelaufen. Die Staatsanwaltschaft informiert, die Presse hingehalten. Vor dem Fenster des Gebäudes der Kriminalpolizei war es erst dämmerig, dann dunkel geworden. Nun saßen wir einander müde gegenüber und tauschten Fakten aus.

Ich war natürlich bei den Gesprächen nicht dabei gewesen. Wie immer.

Und dennoch hatte ich dabei unwissentlich eine Rolle gespielt. Denn Roseanna von Lingenberg, so erfuhr ich von Karina, hatte von mir gesprochen.

»Diese Genealogin, Frau Mainhardt – sie hat Ihnen einen Wink gegeben, nicht wahr? Ich habe Sie im Rathaussaal zusammen gesehen. Ich wusste, sie hat dem Sarg nachgeforscht. Ich habe sie schon seit einiger Zeit beobachtet ...«

Ich schüttelte ungläubig den Kopf.

Vorübergehend gegen das Gefühl ankämpfen zu müssen, man werde verfolgt, ist eine Sache. Zu erfahren, dass es tatsächlich *stimmt*, eine ganz andere.

Vor Karina lag beschriebenes Papier, stand eine Tasse Kaffee und daneben eine halb ausgetrunkene Cola. Rauchen konnte sie während einer Vernehmung natürlich nicht, dafür zündete sie sich jetzt eine Zigarette an. Ich bemerkte, dass ihre Hand leicht zitterte.

»Tolle Geschichte, das da. Muss ich schon sagen.«

Ich nickte. Noch schien alles verwirrend und unglaublich.

»Karina, darf ich es zusammenfassen? Eine Geschichte für uns beide daraus machen?«

Sie nickte. »Erzähl deine Geschichte. Für uns beginnt jetzt der trockene Papierkram für die Staatsanwaltschaft. Ich höre zu ...«

Ich holte Luft.

»Roseanna von Lingenberg! Schon ihre eigene Schwiegermutter hatte diesen Dünkel und hat ihn ihr wohl eingeimpft. Immer den Stammbaum vor Augen. Sie, die Lingenbergs, seien eigentlich direkte Nachkommen jener Zähringerlinie, die erbberechtigt sei ... Und dann kamen die Hänseleien hinzu, denen ihr Mann als Junge in Salem ausgesetzt war und über die er nicht sprechen wollte. Vielleicht haben sie sich darüber lustig gemacht, dass die Familie ziemlich bescheiden leben musste. Angeblich hatte man ihnen nach dem Krieg Geld versprochen. Sozusagen als Zuwendung der wohlhabenden Verwandtschaft. Aber außer der Ausbildung von Bernhards Vater in Salem war von dem Versprechen nichts übrig geblieben. Roseannas eigene Kinder wurden bei den Einladungen zu noblen Adelsevents übergangen, was noch schlimmer ist als zweitklassig behandelt zu werden. Ausgeschlossen von den ganz feinen Festen der Nachkommen des Hauses Baden! Sie waren schlicht und einfach verarmt und uninteressant. Und Roseanna, die ursprünglich eigentlich Roswitha Mänzel hieß, hätte doch so leidenschaftlich gerne dazugehört. Im Laufe der Jahre hat sie sich immer mehr in diesen Gedanken verstrickt und krankhaft hineingesteigert. Die Szene auf dem Gut im Kraichgau, die ich miterlebt habe, war ein Hinweis darauf. Sie duldete keine entfernten Verwandten der *anderen*, der Hochberglinie, in ihren Kreisen. Und sie ließ für Eingeweihte und Freunde diese Broschen herstellen, als Erkennungszeichen der ›alten‹ Zähringer. Lachhaft. Ihrem Schwager hat sie wohl auch einige gegeben, die der an seine Damen verteilt hat.

Durch ihre Verbindung zu den von Lingenbergs mit ihren alten Wurzeln ist sie zur fanatischen Badenerin geworden. In der Bewegung *Badische Freiheit* wollte sie vor allem dem Haus Baden ans Leder. Deshalb hat sie diese Gruppe, die ursprünglich mehr ein Geschichtsverein war, mitgegründet. Sie spielte dabei unter ihrem Mädchennamen eine unauffällige Rolle, niemand hat sie uns gegenüber erwähnt.

Warum auch? Sie war nicht im Vorstand, erschien nur noch selten zu den Sitzungen. Ihr heutiger Name und ihre Motivation waren unbekannt. Sie hat dort auf eine Chance gewartet, ihr Anliegen publik zu machen. Dieser Verein sollte ihre Plattform sein, die Feier im Rathaus der lang ersehnte Anlass. Den geltungsbedürftigen Schweickert hatte sie sich dabei als Handlanger herausgesucht. Außer, dass er die Ergebnisse verkünden sollte und dass er dabei der urbadischen Sache diente, wird er nicht viel gewusst haben.«

Karina nickte zustimmend und übernahm: »Soviel zur Mörderin. Kommen wir jetzt zum Mord: Nach Roseannas Aussage nahm sie immer diese Aktentasche aus der Kammer in ihrer Karlsruher Wohnung, wenn sie zu den Versammlungen der *Badischen Freiheit* ging. Darin befand sich ein erster verschlüsselter Entwurf der Enthüllungsrede, die sie Schweickert bei nächster Gelegenheit geben wollte, damit er Zeit hatte, sich entsprechend vorzubereiten.

Dann aber passierte etwas Unvorhergesehenes: Ihrer neuen polnischen Putzfrau hatte sie offenbar irgendwann gesagt, sie könne ruhig Dinge, die sichtlich nicht mehr in Gebrauch waren, mitnehmen. Die Frau, in dem Bemühen alles richtig zu machen, hat die alte Tasche, die gar nicht zu einer so vornehmen Frau wie Roseanna passte, gefunden, mitgenommen und zusammen mit dem Muff in den Secondhandladen getragen. Da sie kein Auto hat, wird ihr Mann sie gefahren haben. Sie hat allerdings gleich am selben Mittag ihrer Arbeitgeberin davon berichtet.

Diese ist sofort in Panik zu dem Laden gefahren, der am Tag der Abgabe immer besonders viel verkauft, und musste mit ansehen, wie Herr Konrad ihre Tasche forttrug. Darin, glaubte sie, befand sich noch ihr Parteiausweis, die Brosche sowie die vollständige Rede, die sie ihrem Vertrauten, dem geltungssüchtigen Möchtegerndeklamator Schweickert, hatte aushändigen wollen.« Wir hielten einen Moment inne.

Dann sprach Karina weiter: »Warum sie die Nachricht verschlüsselt hat? Bleibt ein Fragezeichen. Vielleicht wegen Schweickerts extrem neugieriger Lebensgefährtin, vielleicht als Anspielung auf die Verschwörung zum Tod Maria Stuarts. Vielleicht hat sie sich auch einen Spaß daraus gemacht, die Nachricht zu codieren. Dafür spricht die einfache Codierung.«

Ich nickte und ergänzte: »Ihr Sohn hat erwähnt, dass sie als Kind fiktive Briefe mit Kaiserin Sissi auszutauschen pflegte, die sie verschlüsselte ... Ihr Sohn und ihr Mann missbilligen übrigens ihren Kreuzzug gegen die Verwandtschaft in Salem. Sie wollte also sicher auch nicht, dass diese beiden jemals eine solche Ansprache verfrüht in die Hände bekämen.«

Karina nahm den Faden wieder auf und fuhr langsam fort, als versuche sie selbst zu verstehen:

»Sie musste jetzt also befürchten, dass Herr Konrad die Nachricht finden könnte. Was wir nämlich nicht wussten – der obere Teil des Briefes fehlte ja – war, dass die offiziellen Anreden nicht verschlüsselt waren. Herr Ministerpräsident, sehr geehrte Präsidentin des Bundesverfassungsgerichts ... und so weiter.«

»Und jemand, der ein verschlüsseltes Schreiben mit solchen Adressaten findet«, warf ich ein, »würde es zur Polizei bringen. Stichwort ›Terrorgefahr‹. Roseanna wusste, wie kinderleicht der Text zu decodieren war, und sie musste fürchten, dass die Rede vorzeitig an die Öffentlichkeit kam und damit ihr ersehnter Knalleffekt zerstört würde. *Das* zumindest hat sie verhindern können.«

»Ja«, bestätigte Karina, »sie ist allerdings *nicht* in Mordabsicht zu Irma Löber gegangen. Deshalb hat sie sich auch nicht heimlich ins Haus geschlichen. Sie wollte ihr einfach nur die Tasche abschwatzen. Wollte das vermisste Schreiben vielleicht rasch an sich nehmen. Hat ihr Geld geboten. Hat ihr gedroht. Aber Frau Löber blieb stur. Sie behauptete – was ja auch stimmte – dass die Tasche leer sei, und wies der fremden Frau die Tür. Drohte mit der Polizei und unterschrieb dadurch ihr Todesurteil. Diese Frau sollte Roseanna und ihrem großen Ziel jedenfalls nicht im Wege stehen. Sie verlor den Kopf.

Versuchte, die Tasche mit Gewalt an sich zu reißen. Es gab einen Kampf, vielleicht nur ein Gerangel. Roseanna von Lingenberg hat Irma Löber dabei erschlagen. Im Affekt. Dass sie den nachgemachten *Oscar* nahm, hätte uns auf die falsche Spur locken können, war aber absoluter

Zufall: Er stand in greifbarer Nähe auf der Kommode. Unklugerweise hat sie dann die ganze Tasche – ebenso wie ihren alten Muff – mitgenommen, anstatt sie nur zu durchsuchen. Das hat uns auf die richtige Spur gelenkt.«

»Genau«, ergänzte ich, »denn andernfalls hättet ihr Herrn Konrads Verfolgungswahn keine weitere Beachtung geschenkt. Ein verhängnisvoller Fehler.«

»Ohne solche Fehler wäre der Staatsanwalt arbeitslos«, bemerkte Karina trocken.

»Lass mich raten, wie es weiterging: Frau Butter hat Roseanna vom Fenster aus gesehen. Die Frau fiel ihr als fremdartig in der biederen Nuitsstraße auf, und sie hat dieses Bild abgespeichert. Nur hatte sie natürlich zunächst keine Chance, mit ihrem Wissen etwas anzufangen. Sie wollte den Kontakt mit der Polizei vermeiden.«

»Unverständlich«, sagte Karina ironisch, »Dabei gibt es so nette Kripobeamte, findest du nicht?«

»Sie dachte deshalb, es sei am besten, sie verschweige eine unbekannte, gut gekleidete Frau. Behauptete einfach, es sei niemand Besonderes ins Haus gegangen. So hatte sie ihre Ruhe. Bei mir hat sie dann lediglich ihr Bedürfnis befriedigt, es irgendjemandem zu erzählen. Sie wollte sich wichtig machen, bekam dann, als ich genauer nachfragte, kalte Füße und hat die Wahrheit ein wenig verdreht.«

Karina seufzte ergeben. »Ja, es gibt so viele Motive, warum die Leute nicht mit uns reden wollen. Lass mich mal wieder weiterreden, sonst muss ich dir mein nächstes Gehalt überweisen. Als Frau Butter dann in der BUNTE das Bild von den Lingenbergs sah, hat sie die Frau erkannt. Der Name der Familie war erwähnt, und sie hat sie angerufen. Eigentlich ziemlich dreist. Erpressung ist kein Kavaliersdelikt, aber Frau Butter war alles andere als eine harmlose alte Frau. Vielleicht lag ihr nicht einmal so viel am Geld, sondern mehr an dem Kitzel, den das Ganze in ihr Leben brachte. Auf einmal war sie wer. Sie hat sich für das Geld von Roseanna vermutlich lauter Luxusdinge gekauft, die sie nicht brauchte. Nun, als Frau Butter starb – sie hatte tatsächlich *jedem* ungefragt von ihrer merkwürdigen testamentarischen Verfügung erzählt, sogar Roseanna – begab sich diese in die Wohnung der Verstorbenen.

Sie wusste, wie die Alte sie identifiziert hatte. Sie wollte sichergehen, dass keine Hinweise herumlagen. Und – sie wurde fündig. Die betreffende BUNTE lag auf ihrem Schreibtisch, und ihr Foto war mit Kuli markiert. Da wir, die Polizei, aber aufgrund des noch immer ungelösten Mordfalls dafür sorgten, dass jeder, der etwas mitnahm, registriert wurde, hat sie unauffällig die einzelne Seite herausgetrennt. In der Wohnung herrschte ein Kommen und Gehen, da war das möglich. Sie dachte, sie sei nun sicher.«

»Also doch«, bemerkte ich mit leiser Genugtuung. »Und weiter?«

»Obwohl sie noch immer nicht wusste, wo sich der ursprüngliche Brief befand, fertigte sie ein zweites Schreiben an. Dessen Inhalt Schweickert heute eigentlich hätte vortragen sollen. Sie wollte im Hintergrund bleiben. Ich denke, sie traute ihm nicht. Und das mit Recht.

Denn dieses Großmaul Schweickert hatte ihr versichert, er werde bei dem Festakt die Gelegenheit haben, die Ergebnisse im großen Rahmen zu verkünden. Sie hat ausgesagt, nichts davon gewusst zu haben, dass er sich sozusagen gewaltsam Gehör verschaffen wollte.

Dass sie allen Ernstes geglaubt hat, er könnte zu diesem Anlass eine offizielle Redeerlaubnis erlangen, zeugt vom Grad ihrer Verblendung. Reines Wunschdenken. Das gilt im Übrigen auch für ihn. Hat er tatsächlich gedacht, man würde ihn anhören, ihn lange genug reden lassen?«

»Vielleicht glaubte er das gar nicht«, warf ich ein, »vielleicht genügte es ihm, Aufsehen zu erregen, Gerüchte zu schüren, die Presse zu alarmieren ...«

Karina seufzte. »Möglich. Und das ist ihm ja leider auch gelungen. Sobald wir ihn zu der Sache vernommen haben, werden wir mehr dazu wissen. Das gilt leider nicht für das Ergebnis der gentechnischen Analyse, denn das kennt nur Roseanna. Und dieses Ergebnis wird gerade vom Städtischen Reinigungsdienst zusammengefegt.«

»Und diese Zeichnung auf dem codierten Brief in der Tasche? Die aussah wie eine Formel?«

Karina zuckte die Achseln. »Vielleicht ein grobes Schema. Wir wissen es nicht. Möglicherweise wollte sie Schweickert, um ihn zusätzlich anzuspornen, klar machen, wie brisant das Ergebnis war. Doch die Details sollte er genau wie alle anderen erst heute erfahren. All das entsprach ihrem Sinn für historische Tragödien. Diese Frau lebt in der Vergangenheit. Nicht umsonst hat sie sich zeitlebens lebhaft für die

Schicksale zu kurz gekommener Königinnen aus dem Angelsächsischen interessiert.«

»Maria Stuart!«

»Genau.«

»Und Baron Berthold?«, fragte ich.

»Hat gar nichts mit der Sache zu tun. Ebenso wenig wie sein trauriger Bruder. Roseanna ist eng befreundet mit dem Architekten und Generalunternehmer von Sternheim. Eine Seelenverwandtschaft. Er hat ihr geholfen, in den Wirren der Restaurierung den allseits begehrten Sarg aus der Gruft nach Schloss Lingenberg zu schaffen. Sie hat eine Genanalyse machen lassen. Wir wissen nicht, wo. Roseanna ist die einzige, die den Namen und die Adresse des Labors weiß, und sie will sie uns nicht nennen. Warum, darüber kann man nur spekulieren.«

»Vielleicht, um jemand aus ihrer eigenen Sippe zu schützen«, vermutete ich. »Marie hat mir gegenüber einmal erwähnt, es gäbe etliche Mediziner in Roseanna Mänzels Familie.«

»Möglich. Wir haben sie in dem ersten Verhör vorhin gefragt, was die Genanalyse eigentlich erbrachte, doch sie will es nicht sagen. Nicht jetzt und nicht uns. Aus ihrer Sicht logisch. Was hätte sie jetzt davon? Sie würde dem Haus Baden vielleicht schaden, doch durch die Tatsache, dass sie gemordet hat und im Gefängnis sitzt, würde das Licht des Skandals grell auf sie selbst fallen und von der eigentlichen Sache ablenken. Nein, Roseanna ist schlau. Sie wird warten, bis sie frei ist.«

»Seltsam«, sagte ich. »Wo es ihr doch so wichtig war.«

Karina zuckte die Achseln. »Sie denkt nicht wie normale Menschen. Und mit diesem Wissen bleibt sie interessant. Maren, Roseanna wollte nicht morden. Sie wollte ihre Mission erfüllen. Und von denen, die sie beneidete, hasste und liebte, endlich ernst genommen werden. Wenn sie nur lange genug wartet, erreicht sie das vielleicht noch.«

Wir schwiegen beide.

»Und«, sagte ich nach einer Weile nachdenklich, »sie bleibt der Stachel im Fleische des ihr verhassten Hauses Baden. Ihr Sargnagel, wenn du so willst.«

Karina kicherte. »Stimmt. Denn je nachdem, wie das unbekannte Ergebnis der Analyse ausfiel, muss die Familie des Prinzen in ständiger Furcht davor leben, dass Roseanna damit jederzeit an die Öffentlichkeit gehen kann.«

»Besonders ängstlich sahen mir die Vertreter des Hauses Baden heute allerdings nicht aus«, stellte ich fest und dachte an die vornehme Dame, die das Problem so souverän auf ihre Weise gelöst hatte.

»Ich denke, Roseanna lebt in ihrer eigenen Welt. Sie hat die Bedeutung ihrer ›Intrige‹ völlig überschätzt. Zumal es sowieso mehr als fraglich ist, ob ihre Seitenlinie je eine Chance gehabt hätte, an die Macht zu kommen – auch ohne den genialen Coup der Hochbergerin.«

Wir beide wussten, dass jetzt die entscheidende Frage kam – die alles entscheidende Frage.

»Wo, zum Teufel, ist der Sarg? Ist er wieder in der Gruft oder ist er noch bei den Lingenbergs oder ... ich meine, was haben sie mit ihm gemacht? Inzwischen wieder in die Gruft geschafft? Und was ist mit seinem Inhalt?«

Karina sah mich an, hob ihr Champagnerglas und sagte:

»Hört sich nicht schön an, aber ich weiß es nicht. Die Mitglieder des Hauses Baden sagen kein Wort dazu. Entweder haben sie gewusst, dass der Sarg verschwunden war, und haben in eiserner Selbstbeherrschung geschwiegen, oder er ist wieder da. Obwohl sie auf jeden Fall von den Unregelmäßigkeiten in der Gruft gewusst haben dürften. Ich kann sie nicht zwingen, dazu eine Aussage zu machen. Die Familie hat das Nutzungsrecht der Gruft, und sie haben nichts verbrochen. Ich fürchte, wir werden nie wissen, wo dieses Kind für immer ruht. Und wir werden nie erfahren, wie dieses Kind, das man Kaspar Hauser nannte, wirklich hieß: Hauser oder *von* Baden?«

Ich sah Karina an, und langsam sagte ich: »Roseanna wollte an die Öffentlichkeit gehen. Mit ihrem Ergebnis. Das lässt doch nur einen Schluss zu, findest du nicht?«

Karina klappte ihren Laptop zu. »Ich bin Kripobeamtin, Maren. Ich glaube an Beweise.«

Und stand auf. »Gehen wir?«

»Gehen wir!«

Epilog

Wir kamen zu spät zu Elfies Hochzeit. Viel zu spät. Also, gut, um ehrlich zu sein: Wir kamen kurz nach 22 Uhr. Sie waren gerade am Abräumen. Der Gemeindesaal, in dem sie gefeiert hatten, musste um 23 Uhr leer sein.

Melchior war schon gegangen.

»Er hat sich nicht wohl gefühlt.«

Elfie setzte sich zu uns. In ihren Augen brannte ein mörderisches Feuer, eines das ich bisher bei ihr noch niemals bemerkt hatte.

»Und die vielen Gäste. Das sei nicht seine Sache. Und seine Töchter. Gott sei Dank ist der Gedanke vom Tisch, dass die Jüngere zu uns ziehen will. Die beiden haben die ganze Zeit nur französisch miteinander geredet und gekichert. Können die beiden kein Deutsch, hab ich gefragt. Warum können die kein Deutsch. Frag sie doch selbst, hat er nach mir geschnappt.Glaubt ihr das – wir haben schon am Hochzeitstag den ersten Streit!«

Und dann bestellte Elfie Kohlschröter-Oberst bei den Leuten, die die Tische saubermachten, eine große Flasche Champagner. Nicht Mineralwasser wie sonst. Champagner.

»Maren!«, sagte sie nur.

»Elfie!«, sagte ich. Und dann war alles zwischen uns in Ordnung.

Außer, dass ich beschloss, Melchior gelegentlich unverbindlich anzurufen. Oder konnte etwas Schlechtes daran sein, sich nach dem Befinden eines jungen Ehemanns zu erkundigen?

Danksagung

Für Bernd und Doris sowie für alle Freunde in Karlsruhe, Rastatt und Baden-Baden, die »Marens« Abenteuer begleiten.

Der Dank der Autorin gilt neben anderen auch besonders Peter Michael Ehrle von der Badischen Landesbibliothek für eine Unterstützung sowie Manfred Bögle für seine anfeuernden Ideen.

»Blaublut« ist ein Krimi, kein historisches Werk.
Zum Weiterlesen empfehle ich dem interessierten Leser das Buch »Frauen am Badischen Hof« von Anette Borchardt-Wenzel, das mir bei meinen Recherchen sehr gute Dienste geleistet hat.

Karl Wilhelm
Markgraf
von Baden-Durlach
1679–1738

∞

Mag
von
1677

Friedrich
Erbprinz von Baden
1703–1732
∞
Anna Charlotte
von Nassau-Oranien
1710–1777

Markgräfin Karoline Luise
geb. von Hessen-Darmstadt
1723–1783

∞

Karl Friedrich
Markgraf, Kurfürs
1.Großherzog von
1728–1811

Karl Ludwig
Erbprinz
1755–1801
∞
Markgräfin Amalie
geb. von Hessen-Darmstadt
1754–1832

Friedrich
Prinz
1756–1817
∞
Luise
von Nassau-Usingen
1776–1829

Ludwig I.
3. Großherzog (seit 1818)
1763–1830
∞
Katharina Werner
Gräfin
Langenstein
† 1850

Amalie
von Baden
1776–1823

Karoline
von Baden
1776–1841
∞
Maximilian
Kg. v. Bayern
1756–1825

Luise
Zarin Elisabeth
1779–1826
∞
Alexander
Zar v. Russland
1777–1825

Frederike
von Baden
1781–1826
∞
Gustav IV.
Kg. von Schweden
1778–1837

Marie
von Baden
1782–1808
∞
Friedr.Wilh.
v.Braunschw.-
Wolf.
1771–1815

Karl
2. Großhzg.(seit 18
1776–1823
∞
Großherzg.Stephani
geb. de Beauharnais
1789–1860

Luise
von Baden
1811–1854
∞
Gustav Wasa
Prinz von
Schweden

Erbprinz
geb. u. gest.
1812
(angeblich
Kaspar
Hauser)

Josephine
von Baden
1813–1900
∞
Karl Anton
v. Hohenzollern-
Sigmaringen

Alexander
Erbprinz
1816–1817

Mar
von
181
∞
Her
Han

∞ ***Luise Karoline Geyer von Geyersberg***
Reichsgräfin von Hochberg

Leopold
4. Großherzog (seit 1830)
1790–1852
∞
Großherzogin Sophie
geb. von Schweden
1801–1865

Wilhelm
Markgraf von Baden
1792–1859
∞
Elisabeth
von Württemberg
1802–1864

Amalie
von Baden
1795–1859
∞
Karl Egon
Fürst von Fürstenberg
1796–1854

Maximilian
von Baden
1796–1882

Ludwig II.
5.Großherzog
(regierungsunfähig)
1824–1858

Friedrich I., Prinzregent (seit 1852)
6.Großherzog (seit 1856)
1826–1907
∞
Großherzogin Luise
geb. von Preußen
1838–1923

Wilhelm
von Baden
1829–1897
∞
Marie
von Leuchtenberg
1841–1914

...

Friedrich II.
Letzter Großherzog (1907–1918)
1857–1928
∞
Großherzogin Hilda
geb. von Nassau
1864–1952

Victoria
von Baden
∞
Gustav V.
Adolf
Kg. von Schweden

Ludwig Wilhelm
von Baden
† 1888

Max
Prinz von Baden
Reichskanzler 1918
1867–1929
∞
Marie von Cumberland

Markgraf Berthold
1906–1963
∞
Theodora v. Griechenland

Markgraf Max
* 1933
∞
Valerie
Erzherzogin von Österreich

Erbprinz Bernhard
* 1970

Badische Krimis von Eva Klingler

Kreuzwege

Der dritte Maren-Mainhardt-Krimi

288 Seiten
ISBN 978-3-7650-8357-0

Ein Krimi rund um Karlsruhe und den Pfälzer Jakobsweg

Eine grausige Entdeckung im Karlsruher Vierordtbad versetzt die Badegäste in Schrecken und die Polizei in höchste Alarmbereitschaft: Im Warmluftraum wurde eine Frau erwürgt.

Die Hobby-Detektivin Maren Mainhardt staunt nicht schlecht, als ihre überkorrekte Freundin, Kriminalhauptkommissarin Elfie Kohlschröter, sie erstmals um Ermittlungshilfe bittet. Maren lässt sich dies nicht zweimal sagen. Mit ihren bewährten Methoden – gesunder Menschenverstand, Menschenkenntnis und Intuition – begibt sie sich auf Spurensuche in der Vergangenheit des Opfers.

Eine Spur führt auf den Jakobsweg nach Speyer, wo die Ermordete, eine ehemalige Nonne, zwei Jahre zuvor der Pilgerroute folgte. Dort erfährt Maren, dass zur selben Zeit schon einmal eine Frau erwürgt aufgefunden wurde – in der Krypta einer Germersheimer Wallfahrtskirche. Maren wittert eine Verbindung zwischen den beiden Morden.

Bei Ihren Recherchen stößt Maren auf Bilder einer verschwundenen mittelalterlichen Pilgerfigur, die darauf hindeuten, dass sich die Wege der Mordopfer tatsächlich in Speyer kreuzten. In der Krypta des Speyrer Doms laufen schließlich alle Fäden zusammen ...

G. BRAUN BUCHVERLAG
Karlsruhe
www.gbraun-buchverlag.de

Titelgestaltung: Steffen Harms, Darmstadt
Satz: Annett Rücker, G. Braun Buchverlag
Lektorat: Patricia Keßler
Druck: Ebner & Spiegel, Ulm

ISBN 978-3-7650-8377-8